HEYNE <

Das Buch:
Johnny Harris ist der Sohn eines stadtbekannten Taugenichts –
und man hatte ihm prophezeit, dass er keinen Deut besser als sein
Vater werden würde. Er scheint die Erwartungen aller sogar
noch übertroffen zu haben: Vor elf Jahren wurde er wegen Vergewaltigung und Mordes an einer siebzehnjährigen Schülerin
verurteilt. Nur die junge Lehrerin Rachel Grant ist fest davon
überzeugt, dass Johnny den Mord nicht begangen hat, für den er
zehn Jahre im Gefängnis büßen musste. Nach seiner Entlassung
nimmt Rachel ihn unter ihre Fittiche. Doch dann geschieht wieder ein Mord, und der Verdacht fällt sofort auf Johnny – und nur
Rachel ist auf seiner Seite. Eine schwierige Zeit liegt vor ihnen …

Die Autorin:
Karen Robards lebt mir ihrer Familie und vielen Tieren in Louisville, Kentucky. Als Heyne-Taschenbücher liegen von ihr vor:
Nacht des Schicksals (01/13465), *Die Frau des Senators* (01/13601)
und *Gefährliches Vertrauen* (01/13649).

KAREN ROBARDS

Sommer des Herzens

Roman

*Aus dem Amerikanischen
von Christa von Hadeln*

WILHELM HEYNE VERLAG
MÜNCHEN

HEYNE ALLGEMEINE REIHE
Band-Nr. 01/13823

Titel der Originalausgabe
ONE SUMMER

(Der Titel erschien bereits in der Reihe
Romane für »Sie« mit der Band-Nr. 04/149.)

Umwelthinweis:
Dieses Buch wurde auf
chlor- und säurefreiem Papier gedruckt.

Taschenbuchausgabe 07/2003
Copyright © 1993 by Karen Robards
Copyright © dieser Ausgabe 2003 by
Ullstein Heyne List GmbH & Co. KG, München
Copyright © der deutschsprachigen Ausgabe 1995 by
Wilhelm Heyne Verlag GmbH & Co. KG, München
Der Wilhelm Heyne Verlag ist ein Verlag der
Ullstein Heyne List GmbH & Co. KG
Printed in Denmark 2003
Umschlagillustration: Corbis / Bob Krist
Umschlaggestaltung: Nele Schütz Design, München
Satz: Buch-Werkstatt GmbH, Bad Aibling
Gesetzt aus der Cochin
Druck und Bindung: Nørhaven Paperback A/S, Viborg
http://www.heyne.de

ISBN: 3-453-87020-4

Dieses Buch ist meiner Schwester gewidmet, die mich wieder inspiriert hat. Und wie immer, in Liebe, den Männern in meinem Leben – meinem Mann Doug und meinen Söhnen Peter und Chris.

1

Seit jenem alptraumhaften Morgen konnte Rachel Grant den süßen Duft von Clethrablüten nicht mehr ertragen. Sie empfand es als Ironie, dass ausgerechnet dieser Geruch sie jetzt zu ersticken drohte.

Rachel stand auf dem glühendheißen Asphalt an der Greyhound Busstation und wartete auf Johnny Harris. Johnny Harris, der böse Bube, dem sie jahrelang versuchte, ein einigermaßen gutes High-School Englisch beizubringen. Johnny Harris, der großmäulige Sohn eines Tunichtguts, dem alle prophezeiten, er würde keinen Deut besser als sein Vater werden und der diese Erwartungen schließlich noch übertraf.

Johnny Harris wurde vor elf Jahren wegen Mordes und Vergewaltigung einer siebzehnjährigen Schülerin verurteilt. Heute kehrte Johnny Harris, mit ihrer Hilfe, nach Hause zurück.

Rachel hörte bereits das Motorengeräusch, bevor der Bus in Sichtweite kam. Sie fühlte sich unbehaglich. Nervös um sich blickend, hielt sie nach einem möglichen Beobachter Ausschau – Bob Gibson von der Fahrkartenausgabe war nur verschwommen hinter der Glasscheibe seines Schalters zu erkennen, der in einer ehemaligen Tankstelle untergebracht war. Jeff Skaggs, der im vergangenen Mai die High-School absolviert hatte, arbeitete jetzt im ›Seven-Eleven‹ und steckte ein paar Münzen in einen Coke-Automaten. Genau hinter seinem geparkten Pritschenwagen entdeckte sie einen Clethrastrauch mit lederartigen, sattgrünen Blättern und kleinen weißen Blütentrauben.

Rachel fühlte sich sofort etwas wohler, als sie erkannte, dass dieser Duft einer äußerst realen Quelle entstammte. Trotzdem hatte der Zufall etwas Unheimliches für sie.

Marybeth Edwards blutüberströmte Leiche wurde neben einem Clethrastrauch gefunden, fast auf den Tag genau vor elf Jahren, während einer Hitzewelle, wie sie im Augenblick wieder in Tylerville herrschte. Ein weißer Blütenregen, von ihr ausgelöst im Kampf gegen den Angreifer, bedeckte ihren Körper. Der süße Duft der Blüten milderte den scharfen Geruch des Blutes. Es war August – wie heute – und so heiß wie in einem Pizzabackofen.

Rachel, die damals auf dem Weg zur Tylerville High-School gewesen war, um ihr Klassenzimmer für das neue Schuljahr in Ordnung zu bringen, hatte als eine der ersten die grässliche Entdeckung gemacht. Der Schrecken dieses Anblicks hatte sie niemals verlassen. Auch nicht die Gewissheit, dass Johnny Harris, der sich in das blonde Mädchen verliebt hatte, nicht der Mörder war. Er hatte sich heimlich, gegen den Willen der Eltern, mit Marybeth getroffen, und als sie tot aufgefunden wurde, mit seinem Sperma in ihrem Leib, schien der Fall klar zu sein. Innerhalb von einer Woche wurde er verhaftet, verhört, und anschließend wegen Mordes verurteilt. Allein auf Grund der Theorie, dass Marybeth ihm in jener Nacht erklärt hätte, es sei aus zwischen ihnen, sie würde sich nicht mehr mit ihm verabreden. Die Anklage wegen Vergewaltigung wurde fallen gelassen. Es gab zu viele Leute, die wie Rachel bezeugen konnten, welcher Art die Beziehung zwischen Marybeth und Johnny gewesen war. Für Rachel stand fest, dass der Junge, den sie kannte, eine so abscheuliche Tat nicht begangen haben konnte. Sie war immer der Überzeugung gewesen, dass das einzige ihn entlastende Verbrechen war, Johnny Harris zu sein.

Jetzt betete sie, dass sie sich nicht getäuscht hatte.

Mit quietschenden Bremsen fuhr der Bus in die Haltestelle ein und kam mit einem Ruck zum Stehen. Die Tür ging auf. Rachel blickte in die leere Türöffnung. Ihre Finger umklammerten den Griff ihrer Sommerhandtasche. Ihr Körper verkrampfte sich. Die hohen Absätze ihrer weißen Pumps versanken im weichen Asphalt.

Da stand er in der Tür. Johnny Harris. Er trug abgewetzte braune Cowboystiefel, zerschlissene Jeans und ein weißes Baumwoll-T-Shirt. Das Hemd spannte sich über breite Schultern und muskulöse Oberarme. Seine Haut war erstaunlich frisch und braungebrannt. Er war dünn. Nein, das war nicht das richtige Wort – schlank war treffender. Schlank und fest und zäh wie Leder. Sein Haar war unverändert, kohlrabenschwarz, nur länger als früher. Es reichte ihm fast bis auf die Schultern. Sein Gesicht war das gleiche –, sie hätte ihn überall auf der Welt wieder erkannt. Allerdings ein paar harte Linien um Mund und Kinn waren dazugekommen.

Der etwas abweisend, aber gutaussehende Junge, den sie in Erinnerung hatte, sah zwar immer noch abweisend und gut aus – hatte sich aber zu einem gefährlich wirkenden Mann gemausert.

Plötzlich wurde ihr bewusst, dass Johnny Harris fast dreißig Jahre alt sein musste. Wenn sie jemals etwas über ihn gewusst hatte, dann konnte sie es jetzt vergessen.

Johnny Harris hatte die letzten zehn Jahre seines Lebens im Bundesgefängnis verbracht.

Er stieg auf den Asphalt hinunter, blickte sich um. Rachel, die etwas abseits stand, gab sich innerlich einen Ruck, sie musste auf ihn zugehen. Ihre Absätze steckten in den kleinen selbst geschaffenen Kratern im Asphalt. Sie schwankte. Als sie ihr Gleichgewicht wieder gefunden hatte, waren seine Augen auf sie gerichtet.

»Miss Grant.« Er lächelte nicht, als er ihre Gestalt prüfend von oben bis unten musterte. Sein Blick, der ihre weiblichen Formen unverhohlen abschätzte, wirkte beinahe unverschämt, so dass sie für einen Augenblick ihre Fassung verlor. Das war nicht der Blick, den sie als Lehrerin von einem männlichen, ehemaligen Schüler erwartet hatte. Von Respekt keine Spur.

»J-Johnny. Willkommen zu Hause.« Eigentlich absurd,

diesen hart wirkenden Mann wie einen Schüler zu begrüßen, aber der Vorname kam ihr automatisch über die Lippen.

»Zu Hause.« Seine Lippen verformten sich zu einem dünnen Strich als er sich umblicke. »Ja, richtig.«

Sie folgte seinem Blick und sah, dass Jeff Skaggs sie jetzt mit aufgerissenen Augen anstarrte. Die Nachricht von Johnny Harris' Rückkehr würde sich bis zum Abendessen wie ein Lauffeuer in ganz Tylerville verbreitet haben, das wusste Rachel. Ideell Skaggs, Jeffs Mutter, war die größte Klatschbase der Stadt.

Nicht, dass Rachel aus Johnnys Rückkehr ein Geheimnis machen wollte … in Tylerville, Kentucky, konnte man nichts geheim halten, jedenfalls nicht für lange. Jeder wusste über jeden Bescheid. Trotzdem hatte sie insgeheim gehofft, dass er die Chance haben würde, unbemerkt anzukommen. Er sollte sich mit der neuen Situation vertraut machen können, bevor der unvermeidliche Proteststurm losbrechen würde. Wäre ein gewisser Teil der Einwohner im voraus über Johnny Harris' Rückkehr informiert gewesen, hätte sie Himmel und Hölle in Bewegung gesetzt, um das zu verhindern.

Jetzt wusste man es, oder würde es sehr bald wissen. Es würde ein Mordsgeschrei geben, großteils ihretwegen. Sie hatte damit gerechnet, seitdem sie seinen Brief erhalten hatte. Er bat sie darin, ihr einen Job zu beschaffen, damit er auf Bewährung freikäme. Sie hatte zurückgeschrieben und seine Bitte erfüllt.

Sie hasste Auseinandersetzungen, besonders wenn es dabei um ihre Person ging. Damals hatte sie den Standpunkt vertreten, dass der Junge, so wie sie ihn kannte, ein besseres Schicksal verdient hatte. Und dieser Überzeugung war sie bis heute treu geblieben.

Nur, der große, verdrossen aussehende Fremde, der jetzt neben ihr stand, war nicht mehr der Junge, den sie in Erinnerung hatte. Sein fast unverschämter, abschätzender Blick war der beste Beweis dafür.

Der Fahrer stieg aus, um den Gepäckraum des Busses zu öffnen. Rachel riss sich zusammen und meinte obenhin: »Besser, wir holen jetzt dein Gepäck.«

Er lachte. Es klang eher spöttisch als belustigt.

»Miss Grant, das habe ich bei mir.«

Ein schmutziger Matchbeutel, der über der einen Schulter hing, wurde als Beweis hervorgezogen.

»Oh. Also, dann … dann können wir ja gehen.«

Er sagte nichts. Sie wandte sich um und ging zu ihrem Wagen – auf merkwürdige Weise verwirrt. Natürlich hatte sie nicht erwartet, dass ein achtzehnjähriger Schüler aus dem Bus steigen würde, aber auf einen erwachsenen Mann war sie auch nicht vorbereitet.

›Närrin!‹ schalt sie sich.

Sie versuchte ruhig zu bleiben, als sie die Tür ihres blauen Maxima öffnete. Sie blickte über die Schulter zurück und konnte gerade noch erkennen, wie Johnny Harris sich zu Jeff Skaggs drehte und ihm ein Zeichen machte. Der Anblick des langen, obszön himmelwärts gestreckten Mittelfingers zeigte ihr deutlich, dass sie sich bei Johnny Harris verrechnet hatte. Und das hatte sie sich selbst eingebrockt!

»War das wirklich notwendig?«, fragte sie leise, als er zum Wagen kam.

»Yes.«

Er ging um den Wagen herum, öffnete die hintere Tür, warf seinen Matchbeutel auf die Rückbank und nahm dann auf dem Beifahrersitz Platz. Rachel blieb nichts anderes übrig, als einzusteigen.

Und das tat sie. Erstaunlich, wie klein ihr der normalerweise geräumige Maxima jetzt vorkam, mit Johnny Harris auf dem Schalensitz neben ihr. Seine Schultern waren breiter als das graue Polster der Rückenlehne, so breit, dass sie fast bis zu ihr hinüberreichten. Seine Beine – zu lang, um sie auszustrecken – waren auseinander gespreizt. Ein Jeansknie lehnte an der Gangschaltungskonsole zwischen den Sitzen. Seine Nähe beengte sie. Er wendete seinen Kopf in ihre Richtung, und seine Augen (sie waren von einem tiefen, rauchigen Blau – komisch, dass ihr das entgangen war) musterten sie wieder. Der Ausdruck war unmissverständlich.

»Schnall dich bitte an. Das ist Vorschrift.«

Rachel verspürte plötzlich das Bedürfnis, ihre Schultern einzuziehen, ihren Busen vor seinen Blicken zu verbergen. Normalerweise war sie Männern gegenüber völlig unbefangen.

Ehrlich gesagt, in den letzten Jahren hatte sie kaum Notiz von ihnen genommen. Vor langer Zeit hatte ihr törichtes Herz mit voller Hingabe geliebt, so wie sie einen Mann immer lieben wollte. Er hatte ihre Liebe und ihre junge, ungezügelte Leidenschaft genommen, und sie dann wie ein wertloses Geschenk beiseite geschoben. Sie hatte überlebt, aber daraus gelernt, dass es besser war, die Männer aus ihrem Leben auszuschließen.

Aber Johnny Harris konnte man nicht ausschließen. Seine Augen – nein, das bildete sie sich nicht ein –, ruhten wieder auf ihren Brüsten. Instinktiv blickte Rachel an sich herunter. Ihr ärmelloses Kleid aus weißem Baumwolltrikot war hochgeschlossen, der Rock streifte beim Gehen ihre Knöchel und schmeichelte ihrer schlanken Figur. Es war damenhaft elegant geschnitten und völlig unprovozierend. Trotzdem wurde sie das Gefühl nicht los, dass sie von seinen Blicken ausgezogen wurde. Und das mochte sie ganz und gar nicht. Es kostete sie einige Anstrengung, sein Verhalten zu ignorieren, aber etwas Besseres fiel ihr im Augenblick nicht ein. Also beachtete sie ihn nicht.

»Tja, dann will ich nicht gegen die Vorschrift verstoßen.«

Rachel war der spöttische Unterton seiner Worte nicht

entgangen, aber zumindest legte er den Sicherheitsgurt um und befestigte ihn. Zu ihrer Erleichterung lenkte ihn dies von ihr ab.

Rachel war mittlerweile so nervös, dass sie mit zitternden Fingern vergeblich versuchte, den Schlüssel in das Zündschloß zu stecken. Beim dritten Mal klappte es. Der Motor sprang an. Erstickend heiße Luft strömte ihr aus den geöffneten Ventilen der Klimaanlage entgegen. Ungeduldig drückte sie auf ein paar Tasten und Knöpfe, bis die vorderen Seitenfenster surrend heruntergingen. Die Luft draußen war keineswegs kühler, und sie spürte, wie sich kleine Schweißperlen auf ihrer Stirn bildeten.

»Es ist heiß, findest du nicht auch?« Ein gutes, unverfängliches Gesprächsthema, dachte sie.

Er gab eine Art Grunzen von sich.

So weit so gut. Sie legte den Gang ein, nahm den Fuß von der Bremse und drückte den Gashebel hinunter. Aber anstatt vorwärts aus der Parklücke zu fahren, schoß der Maxima rückwärts, bis er von einem Betonpfosten vor Callies Waschsalon aufgehalten wurde.

Sie hatte aus Versehen den Rückwärtsgang eingelegt. Rachel fluchte im stillen.

Nach dem Aufprall blieben beide einen Augenblick regungslos sitzen. Rachel war noch nicht ganz zu sich gekommen, als Johnny sich in seinem Sitz umdrehte, um den Schaden zu begutachten.

»Nächstes Mal würde ich es mit dem ersten Gang versuchen«, sagte er.

Rachel antwortete nicht. Was sollte sie auch groß sagen? Sie legte den ersten Gang ein und fuhr an. Die Stoßstange war mit Sicherheit verbeult, sie würde den Schaden aber erst untersuchen, wenn Johnny Harris sich nicht mehr in ihrem Wagen befand.

»Mache ich Sie nervös, Miss Grant?« fragte ihr Passagier, als es Rachel irgendwie gelang, unbeschadet auf die zweispurige, dicht befahrene Ringstraße einzubiegen. Die feuchte Luft wirbelte Strähnen des kinnlangen Haars vor ihre Augen und beeinträchtigte die Sicht. Etwas fahrig strich sie ihr Haar mehrmals aus dem Gesicht, bis sie es schließlich mit einer Hand festhielt. Sich mit einem Beifahrer zu unterhalten, gleichzeitig einen Wagen zu steuern, sei etwas ganz Alltägliches, sagte sie sich. Mit etwas Konzentration konnte man beidem gerecht werden.

»Natürlich nicht«, antwortete sie und zwang sich zu einem Lächeln. Nicht umsonst unterrichtete sie seit dreizehn Jahren an einer High-School. Kühl und beherrscht zu erscheinen, auch im größten Chaos, war ihr zur zweiten Natur geworden.

»Sind Sie sicher? Sie sehen aus, als ob Sie sich fragen, wann ich mich auf Ihr Gerippe stürze.«

»W-wie bitte?« Rachel war so überrascht, dass sie kaum sprechen konnte. Die Hand, die bis jetzt das Haar aus ihrem Gesicht gehalten hatte, fiel auf das Steuerrad zurück, als sie ihm einen schockierten Blick zuwarf. Natürlich wusste sie, dass dies im Teenager-Jargon bedeutete, ›mit jemandem zu schlafen‹. Sie konnte es einfach nicht fassen, dass er ihr gegenüber eine solche Bemerkung machte. Sie war fünf Jahre älter als er, und auch in ihrer Backfischzeit wäre kein junger Mann auf die Idee gekommen, so etwas zu ihr zu sagen. Außerdem war sie seine Lehrerin gewesen, zum Teufel noch mal, und jetzt tat sie ihr möglichstes, um ihm zu helfen und ihm als Freund zur Seite zu stehen.

Aber dieses Vorhaben erwies sich schwieriger als erwartet.

»Schließlich sind es zehn Jahre her, seitdem ich das Vergnügen hatte, eine Frau … oh, Verzeihung, in ihrem Fall muss ich wohl sagen … in Gesellschaft einer Dame zu sein. Beunruhigt es Sie, wenn ich so geil bin?«

»Was?!« Wieder starrte sie ihn fassungslos an.

»Verdammt noch mal, passen Sie auf die Straße auf!« Der unerwartete Befehlston ließ sie zusammenfahren und sie gehorchte sofort, obwohl seine Hand das Steuerrad bereits ergriffen hatte. Ein schwer beladener Lastzug donnerte haarscharf an ihnen vorbei und ließ den kleinen Wagen erzittern.

»Sie hätten uns beinahe umgebracht! Jesus Maria!«

Die Hitze und Anspannung waren zu viel für sie. Rachel wurde übel. Mit einem Knopfdruck schloss sie die Fenster. Die Klimaanlage verbreitete sofort wohl tuende Kühle, und sie genoss die kalte Luft auf ihrem überhitzten Gesicht.

»Um Gottes willen, wer zum Teufel hat Ihnen das Fahren beigebracht? Das ist ja lebensgefährlich, was Sie da machen!«

Als sie nicht antwortete, lehnte er sich wieder in seinen Sitz zurück. Nur seine Hände, die zu Fäusten geballt auf seinem Schoß lagen, verrieten die innere Anspannung. Seine Augen konzentrierten sich jetzt nur noch auf die Straße.

Wenigstens hatte sie damit ein Problem gelöst und sich seinen unmissverständlichen Blicken entzogen, ob das ein Fehler war? Denn mit dem jungen Johnny Harris konnte man nur fertig werden, wenn man ihm die Stirn bot. Wenn er glaubte, jemanden an die Wand drücken zu können, dann tat er es auch.

»So kannst du nicht mit mir reden«, unterbrach sie ihr Schweigen. »Das erlaube ich nicht.«

Während sie sprach, lagen ihre beiden Hände auf dem Steuerrad; ihre Augen waren auf die Straße fixiert. Sei ruhig, kühl und gefasst, sagte sie zu sich. Nur so wird man mit ihm fertig. Von der Bushaltestelle zum anderen Ende der Stadt würde die Fahrt mindestens noch zehn Minuten dauern.

An diesem Donnerstagnachmittag herrschte überraschend dichter Verkehr. Auch bei besten Verkehrsverhältnissen neigte sie bedauerlicherweise dazu, mit ihren Gedanken von der Straße abzuschweifen. Sie lebe in Wolkenkuckucksheim, schalt ihre Mutter oft, anstatt mit beiden Beinen auf der Erde zu stehen und sich auf ihre

Aufgaben zu konzentrieren. Die Folge davon waren unzählige Auffahrunfälle mit Blechschaden.

Und die Straße war sehr befahren.

»Inwiefern? Oh, Sie meinen, das mit dem geil sein? Ich wollte Sie nur beruhigen. Sie brauchen keine Angst zu haben, dass Sie angefallen werden … oder was immer. Jedenfalls nicht von mir.«

Bei dieser unschuldig klingenden Erklärung streiften seine Augen sie wieder und gaben unverhohlen zu verstehen, dass er ihren Körper bewunderte. Ihr schien es fast so, als würde er absichtlich versuchen, sie durch seine Gegenwart zu verunsichern. Sollte das zutreffen, sagte sich Rachel, so konnte sie nicht verstehen, warum. Schließlich war sie die einzige Verbündete, die er in der Stadt hatte.

»Du hast wohl vor, für dich alles noch schwieriger zu machen, Johnny?« fragte sie ruhig.

Seine Augen verengten sich. »Kommen Sie mir nicht mit dem erhobenen Zeigefinger, Miss Grant. Ich bin nicht mehr auf der High-School.«

»Jedenfalls war dein Benehmen damals besser.«

»Und meine Aussichten auch. Die sind jetzt im Eimer, und soll ich Ihnen was sagen? Mir ist es scheißegal.«

Sie verstummte. Und genau das hatte er wahrscheinlich auch beabsichtigt.

Schweigend fuhren sie an Wal-Mart, dem Burger King Lokal vorbei, an Kroger und mehreren kleinen Antiquitätenläden. Sie waren jetzt bald am Ziel und Rachel wurde innerlich etwas ruhiger. Nur noch wenige Minuten und sie würde ihn los sein. Vorsichtig lenkte sie den Wagen in eine Parklücke auf dem Parkplatz hinter Grants Eisenwarenhandlung, die ihr Großvater um die Jahrhundertwende gegründet hatte.

»Über dem Lager ist eine kleine Wohnung. Sie ist für dich. Du gehst hier nur um die Seite herum und dann die Treppe hinauf.«

Während sie sprach, zog Rachel die Handbremse an und ließ den Motor laufen. Sie reichte ihm einen Schlüssel, der an einem Metallring baumelte.

»Hier ist der Schlüssel. Die Miete wird jede Woche von deinem Gehalt abgezogen. Wie ich in meinem Brief geschrieben habe, arbeitest du von acht bis achtzehn Uhr mit einer Stunde Mittagspause. Montag bis Samstag. Ich erwarte, dass du morgen früh um acht Uhr erscheinst.«

»Ich werde pünktlich da sein.«

»Gut.«

Er blieb unbeweglich sitzen, ließ den Schlüssel von seinem Zeigefinger hängen und sah sie mit einem Ausdruck an, den sie nicht beschreiben konnte.

»Warum haben Sie mir überhaupt diesen Job beschafft? Haben Sie nicht Angst vor einem Mann, der eine Schülerin vergewaltigt und ermordet hat?«

»Wir wissen beide, dass du Marybeth Edwards nicht vergewaltigt hast«, antwortete Rachel kurz. Sie versuchte ruhig zu erscheinen und hielt sich mit ihren Händen am Steuerrad fest. »Ich, zum Beispiel, glaube dir, dass ihr in beider Einvernehmen miteinander geschlafen habt. Und dass sie am Leben war, als du sie verlassen hast. Würdest du jetzt bitte aus meinem Wagen steigen? Ich habe noch einiges zu tun.«

Zu Rachels Erleichterung öffnete er wortlos die Tür und stieg aus. Wenn er Schwierigkeiten gemacht hätte, wäre sie mit ihrem Latein am Ende gewesen. Langsam legte sie den Rückwärtsgang ein. Als sie sich umsah, stand er mit einem Arm auf dem Wagendach neben ihr und klopfte an das Seitenfenster.

Rachel presste die Lippen aufeinander und ließ das Fenster widerwillig herunter. Die Hitze drang in den Wagen und machte ihr erneut zu schaffen.

»Ich habe Ihnen etwas verschwiegen«, begann er in vertraulichem Ton und beugte sich zu ihr hinunter. Sein Gesicht war dem ihren nahe, zu nahe. Das Gefühl der Unsicherheit stieg wieder in ihr hoch. Und diese Ankündigung ließ sie erstarren.

»Was?« konnte sie nur fragen.

»Damals auf der High-School war ich ziemlich heiß in Sie verknallt. Das bin ich immer noch.«

Rachels Mund öffnete sich fassungslos. Er grinste sie unverschämt an und richtete sich auf. Erst als er davonschlenderte, merkte sie, dass ihr Mund immer noch offen stand.

2

Vom Fahrersitz eines dunkelfarbigen Wagens, der etwas oberhalb der Straße vor der Eisenwarenhandlung geparkt hatte, wurden sie unbemerkt beobachtet. Die Augen des Beobachters bekamen einen glasigen Schimmer, als sie die Gestalt des jungen Mannes in sich aufsogen, die den Parkplatz mit einer fast arrogant wirkenden Lässigkeit überquerte und hinter dem Haus verschwand. Der blaue Maxima stieß mit quietschenden Reifen zurück, bog viel zu schnell in die Hauptstraße ein und fuhr in Richtung des parkenden Wagens davon. Aber der Beobachter nahm kaum Notiz davon.

Er war zurück. Johnny Harris war zurück. Der Beobachter hatte lange darauf gewartet – wie es schien, hatte er eine Ewigkeit auf diesen Augenblick gewartet. Dieses Mal hatten sich die Gerüchte als wahr erwiesen: Er war aus dem Bus gestiegen, obwohl der Beobachter kaum daran zu glauben gewagt hatte. Johnny Harris. Er war endlich zurückgekehrt. Jetzt war es an der Zeit, das zu beenden, was vor elf Jahren angefangen hatte.

Der Beobachter lächelte bei diesem Gedanken.

3

»Haben Sie schon gehört? Ideell sagt, ihr Junge hätte gesehen, wie Rachel Grant heute nachmittag jemanden von der
Bushaltestelle abgeholt hat. Sie werden nie im Leben darauf kommen, wer es war!«

»Wer?«

»Johnny Harris.«

»Johnny Harris! Wieso, der sitzt doch noch! Ideell hat
das falsch verstanden.«

»Nein, sie beschwört, was Jeff ihr gesagt hat. Muss auf
Bewährung freigekommen sein, oder so.«

»Machen die das auch bei Mord?«

»Anscheinend. Jedenfalls sagt Ideell, Jeff hätte ihn gesehen, höchstpersönlich … mit Rachel Grant. Ist das zu
fassen?«

»Unmöglich!«

»Es ist wahr, Mrs. Ashton«, unterbrach Rachel die Unterhaltung. »Johnny Harris ist auf Bewährung entlassen worden. Er wird in der Eisenwarenhandlung Grant arbeiten.«

Sie hatte sich von ihrer Begegnung mit besagtem Johnny
Harris noch nicht erholt, versuchte aber in der Nachbar-
schaft unbekümmert und gelassen zu erscheinen, was ihr
ganz gut gelang.

Mrs. Ashton, Mitte Sechzig, war eine Freundin von Rachels Mutter, von der sie die Neuigkeit erfahren hatte. Pam
Collier war jünger, so um die fünfundvierzig, und wurde
von ihrem sechzehnjährigen Sohn terrorisiert. Im Herbst
würde er aller Wahrscheinlichkeit nach in Rachels Klasse
kommen. Rachel hatte im stillen gehofft, dass Pam bei ihrem missratenen Sprössling etwas mehr Verständnis für
Johnnys Situation aufbringen würde, aber offensichtlich
war das nicht der Fall.

»Oh, Rachel, was werden die Edwards dazu sagen? Wie
entsetzlich für sie, wenn sie das erfahren.« Mrs. Ashtons

Mitgefühl für die Eltern des ermordeten Mädchens war in ihren Augen zu lesen.

»Es tut mir leid für sie, das wissen Sie«, sagte Rachel, »aber ich hatte nie geglaubt, dass Johnny Harris der Mörder von Marybeth Edwards war und das tue ich auch heute nicht. Wie Sie ja wissen, habe ich ihn in der High-School unterrichtet. Er war kein schlechter Junge. Jedenfalls nicht so schlecht.« Ihr Gewissen zwang sie, den letzten Satz hinzuzufügen. Johnny Harris forderte damals mit seiner aufsässigen, trotzigen Art in schwarzer-Lederjacken-Manier die Entrüstung der braven Bürger von Tylerville geradezu heraus. Er trank, war in Streitereien verwickelt, schlug Laternen und Fenster ein, beschimpfte die Leute. Und er fuhr ein Motorrad. Die Jungen, mit denen er sich zusammentat, taugten genauso wenig wie er, und wenn man dem Gerede Glauben schenkte, dann wurden von ihnen wüste Partys gefeiert, wie sie Tylerville noch nie erlebt hatte. In der Schule hatte er ständig Schwierigkeiten und sein freches Mundwerk schadete ihm noch obendrein. Dieser Eindruck wurde aber in Rachels Augen gemildert, weil er sehr gerne gelesen hatte. Das war auch der Grund, der sie auf den Gedanken gebracht hatte, in ihm müsse noch etwas anderes stecken.

Sie erinnerte sich noch an jenen Herbsttag, als sie als frischgebackene Lehrerin die Pausenaufsicht übernommen hatte. Der sechzehnjährige Johnny Harris verschwand wie selbstverständlich durch den Seitenausgang des Schulgebäudes. Sie folgte ihm, weil sie vermutete, er würde heimlich eine Zigarette oder Schlimmeres rauchen. Schließlich entdeckte sie ihn am Parkplatz, auf dem Rücksitz im Wagen eines Mitschülers. Seine knöchelhohen Turnschuhe mit einem Loch in der linken Sohle ragten aus dem Fenster heraus. Seine langen Beine waren überkreuzt, einen Arm hatte er als Stütze hinter seinen Kopf gelegt und über seinem Brustkorb hielt er ein aufgeschlagenes Buch.

Ihr Erstaunen und sein Ärger, beim Lesen überrascht worden zu sein, waren in jenem Moment gleich groß gewesen.

»Die ganze Familie Harris ist schlecht – jeder einzelne! Sie wissen doch, wie Buck Harris plötzlich auf reglos machte, eine Glaubensgemeinschaft gründete und Geld für die hungernden Kinder in Appalachia sammelte? Und dass er das Geld dann verprasst hat, für Glücksspiele und Alkohol? Dafür bekam er ein Jahr Gefängnis, und da gibt es wahrscheinlich noch viel Schlimmeres.« Mrs. Ashton kniff ihre Lippen zusammen, als sie daran dachte.

Rachel fragte sich, ob sie vielleicht zu denjenigen gehörte, die für Buck Harris ›Kirche‹ gespendet hatten. In der Stadt wurde damals bekannt, dass nur die leichtgläubigen Bürger darauf hereingefallen waren. So erwiderte sie freundlich: »Sie können Johnny doch nicht die Schuld für etwas geben, was sein Bruder getan hat.«

»Hmmmpf!«, machte Mrs. Ashton und ließ sich nicht belehren.

Rachel sah mit Erleichterung, dass Betty Nichols, das Mädchen an der Kasse, ihre Lebensmittel in zwei braune Papiertüten verstaute und mit aufgerissenen Augen den Klatschgeschichten lauschte. Das Blut pochte in Rachels Schläfen und kündete einen Migräneanfall an. Sie litt daran, seitdem ihr bewusst geworden war, dass sie nie mehr aus Tylerville herauskommen würde. Niemals. Die Fessel der Liebe und Verpflichtung hatte sich um sie geschlossen und hielt sie jetzt mit eisernem Griff fest. Sie hatte es akzeptiert, sich damit abgefunden, und betrachtete ihr Schicksal sogar mit einer Art grimmigen Humor. Ihr waren die Flügel gestutzt worden, ihr, die immer davon geträumt hatte, einmal abzuheben, im Höhenflug in ein anderes Leben zu starten.

Jener schicksalhafte Sommer vor elf Jahren hatte auch sie zu einem der Opfer gemacht.

Ihr Leben verlief auf einer eingefahrenen Spur und daran würde sich auch in den nächsten fünfzig Jahren nichts ändern: Sie war Lehrerin in einer Kleinstadt. Sie hatte sich zu der oft frustrierenden Aufgabe berufen gefühlt, Neugier und Wissensdurst der Jugend von Tylerville zu wecken und anzufachen. Eine Aufgabe, die sie anfangs begeistert und herausgefordert hatte. Mit den Jahren musste sie aber erkennen, dass sie den Funken der Fantasie und Kreativität in den Köpfen ihrer Schüler nicht wachhalten konnte. Es war ein hoffnungsloses Unterfangen, so als ob sie am Meeresboden in Austernbänken nach Perlen suchen würde. Nur gelegentliche Erfolge versöhnten sie mit ihrer Arbeit.

Johnny Harris war eine dieser Perlen. Vielleicht sogar die letzte, die sie finden würde.

Bei dem Gedanken an ihn setzten ihre Kopfschmerzen erbarmungslos ein. Mit schmerzverzogenem Gesicht suchte sie in ihrer Handtasche nach dem Scheckbuch. Sie musste hier so schnell wie möglich raus. Im Augenblick war sie wirklich nicht dazu fähig, ein Plädoyer für Johnny Harris zu halten … Im Augenblick wünschte sie sich nichts sehnlicher, als zehn Minuten allein zu sein. Mrs. Ashtons Waren wurden bereits in einen Wagen gepackt, und Pam Collier hielt den Kassenzettel in der Hand. Ihre Qual würde bald ein Ende haben, dem Himmel sei Dank! In wenigen Minuten würde sie dem Laden entfliehen können.

»Sue Ann Harris war nichts anderes als ein kleines Flittchen, wenn Sie diesen Ausdruck entschuldigen. Sie wohnt jetzt oben in Detroit, und wie ich gehört habe, lebt sie mit ihren drei Kindern von der Sozialhilfe. Jedes ist von einem anderen Mann. Und keinen von ihnen hat sie geheiratet.«

»Ist das zu fassen!«, erwiderte Mrs. Ashton kopfschüttelnd.

Pam nickte. »Das habe ich gehört. Und jeder weiß ja, dass Grady Harris der größte Dealer im Staat war, als er vor drei Jahren ertrank. Und das wäre nicht passiert, wenn er sich nicht mit Drogen vollgepumpt hätte.«

Rachel atmete tief ein um sich zu beruhigen. In ihren

Schläfen pochte es, aber sie achtete nicht mehr auf den Schmerz. »So weit ich gehört habe, hatte er mit ein paar Freunden auf einem Boot gefeiert. Er fiel über Bord und schlug sich dabei den Kopf auf. Es wurde nachgewiesen, dass er nur Bourbon getrunken hatte. Und wenn es ein Verbrechen ist, Bourbon zu trinken, dann wimmelt es in dieser Stadt von Kriminellen.« Obwohl ihre Bedenken, zumindest was den letzten der Harris Sprösslinge betraf, wieder zugenommen hatten, fühlte sich Rachel verpflichtet, auf die Tatsachen hinzuweisen. Wie jedem in der Stadt, kamen ihr Klatsch und Gerüchte zu Ohren, aber weder sie noch die anderen wussten, wie viel daran wirklich wahr war. Das hielt natürlich niemanden davon ab, das Gehörte weiterzugeben. Klatsch war Tylervilles Lebenselexier. Wenn er verstummen würde, so meinte Rachel, würde wahrscheinlich ein Großteil der Bevölkerung den Geist aufgeben.

Wenn sie ehrlich war, musste sie sich eingestehen, dass an Mrs. Ashtons und Pams Berichten mehr als ein Körnchen Wahrheit war. Die Familie Harris zählte nicht gerade zu Tylervilles vorbildlichen Bürgern. Das bestritt Rachel nicht. Sie wollte einem Jungen – nein, jetzt einem Mann – eine zweite Chance geben, nachdem ihm das Schicksal so übel mitgespielt hatte. Ihrer Meinung nach hatte er sie verdient. Sie wollte Johnny Harris beileibe nicht zu einem Heiligen machen. Sie wusste nur, dass er zu Unrecht wegen Mordes an Marybeth Edwards verurteilt worden war.

»Willie Harris hat überall Kinder in die Welt gesetzt, sogar in Perrytown soll er ein paar haben … erzählt man.« Bei diesem Leckerbissen senkte Pam ihre Stimme zu einem Flüstern. Dazu musste man wissen, dass Perrytown eine schwarze Enklave am Stadtrand war. Obwohl die Gleichberechtigung der Rassen Gesetz war, und jeder in Tylerville gegen den Rassismus wetterte, sah die Wirklichkeit anders aus. Die meisten Schwarzen lebten in ihrer eigenen kleinen Gemeinde.

»Oh, das glaube ich nicht!« Jetzt war Mrs. Ashton doch etwas schockiert, als man Johnnys Vater auch noch das in die Schuhe schob.

»Das habe ich gehört.«

»Das macht siebenunddreißig und zweiundsechzig, Miss Grant.«

»Wie bitte?«

Geduldig wiederholte Betty Nichols den Betrag. Rachel stellte erleichtert eilig den Scheck aus und reichte ihn dem Mädchen an der Kasse.

In Tylerville kannte jeder jeden. Betty war eine ehemalige Schülerin von ihr, und sie brauchte sich nicht durch den Führerschein oder die Kennkarte auszuweisen. In der Stadt wusste man, dass Grantschecks so gut wie Gold waren und dass man einen Scheck der Familie Harris nicht annehmen konnte.

So war das Leben in Tylerville.

»Bye, Mrs. Ashton. Bye, Pam.« Rachel packte unter jeden Arm eine Tüte und eilte zum Parkplatz.

»Warten Sie, Rachel!«, rief Mrs. Ashton ihr nach. Pam fügte noch etwas hinzu, aber Rachel hatte bereits die automatische Tür passiert und hörte nicht, um was es ging. Und sie bedauerte es nicht.

Mit stechenden Kopfschmerzen stieg sie in den Wagen. Rachel fand, dass sie sich in ihrem Leben noch nie so erschöpft und ausgelaugt gefühlt hatte. Vielleicht war es die Hitze. Oder die belastende Verantwortung, Johnny Harris unter ihre Fittiche genommen zu haben.

Ihre Handtasche lag auf dem Beifahrersitz. Sie zog sie zu sich heran und suchte mit einer Hand nach den Aspirintabletten, die sie stets bei sich hatte. Das Öffnen der kleinen Blechdose während des Fahrens erforderte einiges Geschick. Sie schluckte zwei Tabletten trocken hinunter.

›Das ist mein Brief an die Welt, die mir nie geantwortet hat ...‹

Emily Dickinsons Zeilen gingen ihr durch den Kopf. Sie hatte Gedichte immer geliebt, und diese Worte schienen ihr Dasein treffend zu beschreiben. Für sie symbolisierten sie die Sehnsucht eines Menschen, der im Stumpfsinn des Alltags vor sich hinlebte. Wie Emily Dickinson verspürte sie neuerdings das Bedürfnis, mehr aus ihrem Leben zu machen, obwohl sie nicht sagen konnte, wonach sie sich sehnte. Sie wurde sich ihrer Einsamkeit jetzt oft schmerzhaft bewusst, auch wenn sie die Geselligkeit eines Freundeskreises weder vermisst noch gesucht hatte. Die Suche nach einem ihr verwandten Geist hatte sie längst aufgegeben.

Seit Jahren war ihr bewusst geworden, dass sie nicht nach Tylerville passte. Sie war anders als ihre Familie, anders als ihre Nachbarn, anders als ihre Kollegen und Studenten. Sie las alles, was sie in die Hand bekam – Romane und Theaterstücke, Biografien und Poesie. Zeitungen, Magazine, Aufdrucke von Müsliverpackungen einfach alles. Ihre Mutter und ihre Schwester lasen Kochbücher und Modezeitschriften. Ihr Vater las die *Geschäftswoche* und das *Sportjournal*. Sie war sich selbst Gesellschaft genug. Und sie war zufrieden damit.

Sie schrieb selbst Gedichte und träumte davon, dass sie eines Tages veröffentlicht werden würden.

Ihre Familie hatte für die Schreibereien nur ein nachsichtiges Lächeln.

Trotzdem liebte sie ihre Familie und wurde von ihr geliebt.

Manchmal verglich sie sich mit dem kleinen Schwan aus dem Märchen von dem hässlichen Entlein. So sehr sie sich auch bemühte, wie die anderen zu sein – und das hatte sie jahrelang versucht – es gelang ihr nicht. Schließlich hatte sie zu einer List gegriffen und so getan, als wäre sie wie die anderen. Es vereinfachte das Leben und fiel ihr nicht schwer. Sie brauchte nur ungefähr achtzig Prozent ihrer Gefühle und Gedanken für sich zu behalten.

Rachel fuhr zwischen den beiden hohen Steinsäulen hindurch, die den Eingang zu dem Anwesen markierten. Die zehntausend Ar große Walnut-Grove Farm befand sich seit Generationen im Besitz der Familie Grant. Sie spürte, wie die Spannung langsam aus ihrem Körper wich und war dankbar, dass das Pochen in ihren Schläfen nachließ. Nach Hause zu kommen hatte immer beruhigend auf sie gewirkt.

Sie liebte das weiträumige, jahrhundertealte Haus, in dem sie aufgewachsen war. Sie liebte die lange Auffahrt, die sich zwischen turmhohen Eichen und Ahornbäumen zum Haus schlängelte. Sie liebte den duftenden Jasmin, die blühenden Hartriegelsträucher und die leuchtend gelben Forsythien, die das Land im Frühjahr verzauberten. Sie liebte die Pfirsichbäume im rückwärtigen Garten und ihre saftigen Früchte sowie die alten Walnussbäume, die im Herbst harte, grüne Bälle abwarfen und sie im Winter mit Nüssen versorgten. Sie liebte den Anblick der Pferde, die jetzt nur noch gehalten wurden, um das Gras auf den Koppeln hinter dem Haus abzuweiden. Sie liebte die Scheune, die ihr Großvater mit seinem Schwiegervater gebaut hatte, und die drei Teiche und die alten ehrwürdigen Bäume, die sie umstanden. Sie liebte die alte Remise, die sich an der linken Seite des Hauses entlang zog und unter der sie immer ihren Wagen parkte. Sie liebte den mattweißen Anstrich, der an manchen Stellen abblätterte und das Hellrot der Ziegelsteine freigab, aus denen das Haus gebaut war und das leuchtende Rot des Blechdachs über ein dreistöckigen Haus, das mit kleinen Gauben und Türmchen verziert war. Sie liebte die breite Veranda mit den dicken weißen Säulen, die der Vorderfront des Hauses eine gewisse Eleganz gaben. Und sie liebte den mit alten Steinplatten belegten Pfad, der zum rückwärtigen Teil des Hauses führte.

Mit ihren Tüten beladen betrat sie diesen Pfad und nahm Duft und Geräusche um sich herum auf, um ihre geplagten Nerven zu beruhigen. Es ist schön, nach Hause zu kommen, dachte sie voller Dankbarkeit.

»Hast du die Schweinerippen? Du weißt, Daddy wollte Schweinerippen.« Elisabeth Grant, Rachels Mutter, kam ihr durch die Küchentür entgegen. Ihre Stimme nahm in letzter Zeit oft einen vorwurfsvollen Ton an. Elisabeth trug eine kurze Lockenfrisur. Ihr pechschwarzes Haar war nachgefärbt, ihr olivfarbener Teint vom vielen Sonnenbaden pergamentartig dünn und faltig geworden, was sie durch ein sorgfältig aufgetragenes Make-up geschickt auszugleichen verstand. Auch wenn sie nicht ausging und den Tag im Hause verbrachte, war Elisabeth perfekt und elegant gekleidet. An diesem Tag trug sie ein smaragdgrünes Leinenkleid mit dezentem Schmuck und den dazupassenden Pumps. Elisabeth war einmal eine schöne Frau gewesen, die auch im Alter ihren Reiz nicht verloren hatte.

Rachel selbst war nicht als Schönheit zu bezeichnen. Sie hatte immer das Gefühl gehabt, ihre Mutter in dieser Hinsicht enttäuscht zu haben. Sie ging mehr nach ihrem Vater.

»Ja, Mutter, habe ich.« Rachel reichte ihre Einkäufe an Tilda weiter, die neben Elisabeth stand, um sie in Empfang zu nehmen. Tilda trug trotz ihrer zweiundfünfzig Jahre modische Stretchhosen und ein überweites T-Shirt. Seit Rachel sich erinnern konnte, war sie bei Grants Haushälterin.

Sie und ihr Mann, J.D., der als Gärtner und Hausmeister fungierte, gehörten fast zur Familie, obwohl sie jeden Abend in ihr kleines Holzhaus in Perrytown zurückkehrten.

»Ich wäre einkaufen gegangen, Mrs. Grant, wenn Sie es mir aufgetragen hätten.« Tildas Stimme klang etwas beleidigt, als sie die beiden Tüten auf dem Spültisch abstellte.

Rachel war ihr Baby, oder besser, eines ihrer Babys. Sie hatte sechs eigene Kinder und mochte es nicht, wenn man sie ›ausnutzte‹, wie sie es nannte.

»Sie wissen, dass ich Sie und J.D. heute dringend bei Stan gebraucht habe, Tilda. So wie es ihm heute geht, wäre ich nicht allein mit ihm fertig geworden.«

»Er muss einen guten Tag haben, wenn er Schweinerippen essen möchte.« Rachel nahm eine Banane aus der Tüte, die Tilda gerade auspackte und schälte sie. Stan war ihr geliebter Vater. Obwohl er hoch in den Siebzigern war, sah man ihm sein Alter nicht an. Aber er litt an der Alzheimer Krankheit, die ihn während der letzten acht Jahre körperlich, und bis zu einem gewissen Grade auch geistig, verfallen ließ. Nur von Zeit zu Zeit tauchte er aus dem Nebel der Zusammenhangslosigkeit auf, erkannte einen von ihnen und äußerte einen Wunsch.

»Das stimmt. Er hat mich heute morgen erkannt. Er fragte sogar, wo Becky geblieben wäre. Dass sie verheiratet ist und drei Töchter hat, weiß er natürlich nicht mehr.« Elisabeth bückte sich und zog eine große Eisenbratpfanne aus dem Fach unter dem Ofen hervor.

Becky war Rachels jüngere Schwester, die mit ihrem Mann, Michael Hennessey, und ihren drei kleinen Töchtern in Louisville lebte. Sie war das Abbild ihrer Mutter, äußerlich wie charakterlich und das erklärte auch, so tröstete sich Rachel, warum sie immer Mutters Liebling gewesen war. Elisabeth verstand Beckys geheimste Regungen und Gefühle. Becky war während ihrer Collegezeit stets begehrt und umschwärmt gewesen und teilte Elisabeths Interesse für Mode und Männer.

Rachel hingegen steckte ihre Nase am liebsten in Bücher und lebte in einer Fantasiewelt. Eine Träumerin, so nannte sie Elisabeth, was nicht unbedingt ein Kompliment war. Rachel störte es jetzt nicht mehr, dass Elisabeth ihre Schwester vorzog, obwohl sie als Kind sehr darunter gelitten hatte und oft mit rotgeweinten Augen einschlief.

Als die Geschwister heranwuchsen, wurde sie Dadds Liebling und begleitete ihren Vater bei Angel- und Jagdausflügen. Um ihm zu gefallen, lernte sie alles Wissenswerte über Eisen- und Haushaltswaren. Ihn störte es nicht, dass sie keine Schönheit war und ihren Tagträumen nachhing. Die innige Beziehung zu ihrem Vater wurde mit der

Zeit immer kostbarer für sie und heilte die Wunden aus ihrer Kinderzeit.

»Ist dieser Harris gekommen?« In Elisabeths Stimme schwang Missfallen mit, als sie die Schweinerippen auspackte, die Tilda auf den Küchentisch gelegt hatte. Rachel, die sich jetzt fast allein um die Firma kümmerte, hatte Johnny Harris diesen Job ohne Wissen ihrer Mutter vermittelt.

Sie hatte es ihrer Mutter erst vor kurzem mitgeteilt, als es sich nicht länger vermeiden ließ. Wie Rachel erwartet hatte, war Elisabeth allein bei der Vorstellung in Panik ausgebrochen, dass Johnny Harris nach Tylerville zurückkehrte. Sie hätte lieber den Teufel persönlich eingestellt als ihn, meinte sie.

Elisabeth kochte innerlich vor Wut und Rachel wusste, dass sie ihre Eigenmächtigkeit mit kleinen, messerscharfen Hieben bestrafen würde. So wie vorhin, als sie ihr sagte, dass ihr Vater nach Becky gefragt hätte und nicht nach ihr.

»Ja, Mutter, er ist angekommen.« Rachel biss ein großes Stück von der Banane ab, verlor aber den Appetit und warf sie halb angebissen weg. »Er ist uns sehr dankbar, dass wir ihm die Stellung angeboten haben.« Das war natürlich gelogen.

Ihre Mutter zog die Brauen hoch. »Wir haben ihm keine Stellung angeboten. So etwas hätte ich nie getan. Das ist auf deinem Mist gewachsen, Missy, und du allein wirst die Konsequenzen tragen. Er wird über ein Mädchen herfallen … merke dir meine Worte … oder irgend etwas anderes Furchtbares tun. Er war immer schon so.«

»Er wird uns keine Schwierigkeiten machen, Mutter, glaube mir. Tilda, wo ist Daddy?«

»Er ist im Ballsaal. J.D. spielt ihm sein Lieblingsband von Elvis vor und das hören sie sich jetzt oben gemeinsam an.«

»Danke, Tilda. Dann werde ich zu ihm hinaufgehen. Ruf mich, wenn ich dir helfen kann, Mutter.«

»Du weißt, dass ich beim Kochen allein zurechtkomme.«
Elisabeth war eine begeisterte Köchin und auf ihr Können stolz. Rachels Angebot war eher als kleine Revanche auf den Seitenhieb von vorhin gemeint.

»Ich weiß, Mutter.« Rachels Stimme wurde etwas sanfter. Sie lächelte ihre Mutter an, bevor sie die Küche verließ und die enge, rückwärtige Treppe hinaufstieg. In ihrer Beziehung zu Elisabeth gab es mehr Dornen als Streicheleinheiten, trotzdem liebte sie ihre Mutter.

Stans Schicksal lastete schwer auf ihrer Mutter. Obwohl sie ihre Tochter Becky über alles liebte, galt ihre ganze Liebe ihrem Ehemann.

Bevor sie den dritten Stock erreichte, tönten ihr lautstark schwungvolle Rock'n'Roll Klänge entgegen. Die Bezeichnung Ballsaal war für die verglaste Terrasse, die das halbe Dach des Hauses einnahm, wohl etwas übertrieben. Der Saal war unmöbliert, die Eichenholzdielen ohne geräuschdämpfende Teppiche. Der kahle, leere Raum wirkte wie ein Verstärker. Rachel merkte, dass sie – obwohl sie kein Elvis Fan war – im Takt des mitreißenden Beats den Korridor entlangging. Der Song war ansteckend. Stan war ein begeisterter Anhänger von Elvis und trauerte bei seinem Tod wie um einen Angehörigen.

Die Tür zum Fahrstuhl, der für Stan und seinen Rollstuhl eingebaut wurde, stand offen als sie daran vorbeiging. Später würde ihn J.D. in das Erdgeschoss zum Essen hinunterbringen, dann würde er seine täglichen Spazierrunden im Park drehen. Anschließend würde er ihn in den zweiten Stock hinauffahren, wo er gebadet wurde, ein Schlafmittel verabreicht bekam und zu Bett gebracht wurde. Das war seit Jahren der routinemäßige Ablauf seiner Tage. Wenn Rachel daran dachte, dass das Leben ihres tatkräftigen, aktiven Vaters auf diese endlose Monotonie reduziert worden war, kamen ihr die Tränen. Also versuchte sie, nicht daran zu denken.

So wie sie es beim Betreten des Ballsaals erwartet hatte, saß ihr Vater in seinem Rollstuhl, die Augen geschlossen, mit dem Kopf im Takt der Musik nickend. Elvis' Songs zu hören war eines der wenigen Vergnügen, die ihm noch geblieben waren. Nur sie konnten ihn noch erreichen, wenn alles andere versagte.

J.D. saß mit überkreuzten Beinen neben Stan am Fußboden. Sein Bauch quoll über den Gürtel seiner grauen Arbeitshosen, sein hellblaues Flanellhemd war offen und zeigte ein weißes Unterhemd. Er war dunkelhäutiger und lebhafter als seine Frau und hatte für jeden, der ihm über den Weg kam, ein freundliches Wort oder Lächeln übrig. Er summte die Melodie mit und schlug mit seinen Fingern den Takt auf den gewachsten Holzfußboden. Rachel musste irgendein Geräusch gemacht haben, denn er blickte auf und strahlte, als er sie sah. Rachel winkte ihm zu. Eine Unterhaltung wäre bei der Lautstärke der Musik zwecklos gewesen.

Sie ging zu ihrem Vater hinüber und berührte seine Hand.

»Hallo, Daddy.«

Er öffnete seine Augen nicht, ja, er schien nicht einmal zu registrieren, dass ihre Hand auf der seinen lag. Rachel ließ sie einen Augenblick liegen und zog sie dann wieder zurück. Sie seufzte. Sie hatte keine andere Reaktion erwartet. Sie war zufrieden, dass sie ihn sehen konnte und gut versorgt wusste.

Ihr und den anderen blieb nichts anderes übrig, als sich um sein körperliches Wohl zu sorgen. Ohne J.D., der nur allein mit ihm umzugehen wusste, wenn er unruhig und widerspenstig wurde, und ohne Tildas Hilfe, hätte man ihn als Pflegefall in eine Privatklinik einweisen müssen.

Allein bei dieser Vorstellung krampfte sich Rachels Magen zusammen. Dr. Johnson, Stans Arzt, hatte die Familie darauf vorbereitet, dass es im letzten Stadium der Krankheit wahrscheinlich unumgänglich wäre, ihn stationärer Pflege anzuvertrauen. Elisabeth bekam einen hysterischen

Weinkrampf, als das Thema zur Sprache kam. Sie war seit einundvierzig Jahren mit ihm verheiratet.

Stan war einmal ein hochgewachsener, schlanker, sehniger Mann gewesen. Er war immer noch groß, obwohl er durch seine Krankheit zu schrumpfen schien. Rachels Empfinden für Größenverhältnisse mochte sich auch geändert haben, da er jetzt von ihr und nicht sie von ihm abhängig war.

Jedenfalls empfand sie eine heftige, beschützende Liebe für ihn, als sie auf sein schütter werdendes, silbergraues Haar blickte. Altern war nie ein angenehmer Aspekt gewesen, aber diese Krankheit, die die Seele vor dem Körper nahm, war grausam.

»Ich werde da sein, solange du mich brauchst, Daddy«, versprach Rachel leise, als sie ihm über den Kopf strich.

›Hound Dog‹ wurde jetzt von ›Love Me Tender‹ abgelöst. Bei den weichen, sehnsuchtsvollen Klängen des Liedes musste Rachel gegen die Tränen ankämpfen. Lächerlich. Durch das Weinen würde sie nur eine rote Schnupfnase bekommen. Zwinkernd hielt sie die Tränen zurück, tätschelte zum Abschied die Hand ihres Vaters, winkte J.D. zu und wandte sich zur Tür. Sie wollte sich umziehen, bevor sie wieder hinunterging. Da Mutter ihre berühmten gegrillten Schweinerippen nach Südstaatenart zubereitete, eine Zeit raubende Angelegenheit, würde Rachel noch genügend Muße haben, um ihre Gedanken zu ordnen, bevor sich die Familie zu Tisch setzte.

Die Klänge des nächsten Songs, ›Heartbreak Hotel‹, drangen leise in ihr Zimmer, als sie in ein Paar blaugrünkarierte Shorts schlüpfte und ein dazu passendes hellgrünes Poloshirt aus dem Schrank nahm. Weiße Turnschuhe mit weißen Söckchen vervollständigten ihr Outfit. Mit wenigen, kräftigen Bürstenstrichen ordnete sie ihr Haar und lockerte es dann kurz mit ihrer Hand auf. Eingehend blickte sie sich im Spiegel an. Das erste Mal seit langer Zeit betrachtete sie sich selbst und nicht nur den Sitz ihrer Frisur oder ihr Make-up. Sofort wurde ihr klar, warum. Unfähig, dem Schatten, den Johnny Harris auf sie geworfen hatte, zu entkommen, versuchte sie unbewusst, sich durch seine Augen zu sehen.

»Ich war ziemlich heiß in Sie verknallt in der High-School. Das bin ich immer noch.« Ungebeten drängten Johnnys Worte an die Oberfläche ihrer Gedanken. Rachels Finger umklammerten die Bürste, die sie immer noch in der Hand hielt. Natürlich war das nicht ernst gemeint. Aus irgendeinem Grund, den sie nicht entschlüsseln konnte, versuchte er sie zu verunsichern. Keinesfalls war sie der Typ Frau, die in Männern Lust und Begehren weckte. Das war einer der Gründe, warum Michael sie dermaßen aus dem Gleichgewicht gebracht hatte. Der gutaussehende, erfolgreiche Michael – liebte sie. Sogar damals fiel es ihr schwer, das zu glauben.

Der Stich in der alten Wunde ließ Rachel zusammenzucken. Es war schon so lange her, seitdem er sie mit einem Kuss auf die Wange und den Worten freigegeben hatte, dass sie nicht wirklich füreinander geschaffen waren. Wirklich nicht? Ihr Herz war entzweigebrochen, aber er schien es weder bemerkt zu haben noch sich darum zu kümmern. Sie dachte kaum noch an Michael, jedenfalls nicht in Zusammenhang mit ihrer Person. Es stand ihr nicht mehr zu, an ihn zu denken. Er gehörte jetzt Becky. War Beckys Ehemann.

Ihre Gedanken schweiften ab zu einem nahe liegenden Thema. Die Vorstellung, dass sie dem Schüler Johnny Harris, dem ›Hengst‹ der High-School – sie bediente sich wieder des Schuljargons – Anlass gegeben haben könnte, sich in sie zu ›verknallen‹, nun, war einfach lächerlich.

Sie war einfach nicht der Typ.

Sie war vierunddreißig, bald fünfunddreißig Jahre alt, was man ihr, so meinte sie, nicht ansah. Eine lebenslange

Abneigung gegen die Sonne, sie wurde nur rot und nie braun, hatte ihr ein fast faltenloses Gesicht beschert, mit Ausnahme einiger Fältchen unter den Augen. Ihre Figur war schlank, aber das war auch der einzige Pluspunkt. Sie hätte eigentlich ein dreizehnjähriges Mädchen um ihre Rundungen beneiden müssen. Es war eines ihrer Geheimnisse, dass sie ihre Kleidung in der Knaben-Abteilung von Grumers, dem Warenhaus von Tylerville, kaufen konnte und das auch sehr oft tat. Ihr Haar war mittelbraun, kinnlang geschnitten und an den Enden nach innen gerollt. Es umrahmte das einigermaßen hübsche Oval ihres Gesichtes. Mit seinen feinen, ebenmäßigen Zügen wirkte es eher farblos. Ihre großen, schön geformten Augen wurden von dichten, dunkelbraunen Wimpern umrandet, ihr nichtssagender Braunton aber wirkte nicht gerade männerbetörend. ›Süß‹, damit wurde sie oft beschrieben. Sogar Rob, der Mann, mit dem sie sich seit zwei Jahren sporadisch verabredete, glaubte ihr damit ein Kompliment zu machen.

Rachel hasste es, ›süß‹ genannt zu werden. Das war ein Ausdruck für Kleinkinder und Hündchen, nicht für eine erwachsene Frau. Auch wenn es zutreffen mochte, empfand sie diese Bezeichnung als beleidigend. Natürlich hatte Rob keine Ahnung davon und sie hätte es ihm auch nicht gesagt. Er war sehr höflich und wohlerzogen und hatte es nett gemeint. Rob hatte ein gutes Auskommen er war Apotheker in seiner eigenen Apotheke – war zuverlässig und sah verhältnismäßig gut aus. Er würde ein sehr guter Vater sein. Langsam fing sie an, sich Kinder zu wünschen.

Es wurde Zeit, dass sie heiratete. Wenn auch Michaels Abtrünnigwerden etwas in ihrem Inneren getötet hatte, sei es drum, so war das Leben. Sie machte sich nichts vor. Sie war nicht die einzige Frau, die sitzen gelassen wurde. Ihr gebrochenes Herz war längst wieder heil, der Schmerz um Michael überwunden. Das Alter hatte ihr die Einsicht und Stärke gegeben, die für eine harmonische Ehe Voraussetzung waren. Wenn Zweifel in ihr aufkamen und sie an ihre leidenschaftlichen Gefühle für Michael dachte, die bei ihrer Beziehung zu Rob fehlten, brauchte sie sich nur vor Augen zu halten, dass sie nicht mehr das naive, romantische Mädchen war, das sein Herz kompromisslos verschenkte. Sie war erwachsen und weiser geworden.

»Rachel! Rachel, komm sofort runter!«

Rachel zuckte zusammen. Es war ungewöhnlich, dass ihre Mutter durch das Treppenhaus rief. Sie wandte sich vom Spiegel ab, öffnete die Tür und eilte in die Küche. Elisabeth stand an der untersten Treppenstufe, eine langstielige Bratengabel in der Hand. Aus ihrem Ausdruck schloss Rachel, dass sie wütend war.

»Da kam ein Anruf für dich«, sagte sie, bevor Rachel fragen konnte, worum es ging. »Es war Ben, vom Geschäft. Er sagte, du möchtest lieber sofort kommen. Die Polizei ist da. Es hat Ärger mit diesem Johnny Harris gegeben.«

4

Zwei Polizeiwagen parkten vor der Eisenwarenhandlung. Eine Schar Neugieriger hatte sich vor der Tür versammelt. Ein uniformierter Beamter hinderte sie daran, das Haus zu betreten. Beim näheren Hinsehen erkannte Rachel den Beamten, es war Linda Howlett. Ihre jüngere Schwester hatte vor zwei Jahren Rachels Klasse besucht. Linda entdeckte Rachel und winkte sie durch die Umstehenden. Rachel eilte in den Laden. Die Szene, die sie empfing, war so schrecklich, dass ihr ein Kälteschauer über den Rücken lief. Sie war unfähig auch nur einen Schritt näher zu treten.

Zwei Männer lagen ausgestreckt am Boden, einer auf dem Bauch, der andere auf dem Rücken. Drei Uniformierte beugten sich über sie. Greg Skaggs, Sohn von Ideell und älterer Bruder von Jeff, war vor kurz einem Jahr der Polizei in Tylerville beigetreten. Eines seiner Knie stemmte er gegen einen breiten, weißen T-Shirt-Rücken, während der Lauf seiner Pistole auf einen zerzausten, schwarzen Haarschopf gerichtet war. Ein zweiter Polizist, Kerry Yates, hatte den Arm des auf dem Rücken Liegenden nach hinten gedreht und hielt ihn fest.

Rachel genügte ein kurzer Blick, um Johnny Harris als den von der Polizei überwältigten Mann zu erkennen. Die Identität des Mannes, der einen Schritt weiter hinten lag, war nicht auszumachen. Polizeichef Jim Wheatley beugte sich über ihn. Seine Haltung zeigte nichts Gewaltsames, als er zwei Finger auf den Puls am Hals des Mannes drückte. Hinter dem Ladentisch, Olivia Tompkins, eine Neunzehnjährige, die halbtags in dem Geschäft arbeitete. Mit aufgerissenen Augen, deren Wimpern schwarz getuscht waren, verfolgte sie das Geschehen.

Ben Zeigler, der Geschäftsführer, tauchte aus einem rückwärtigen Lagerraum auf, als Rachel zögernd am Eingang stand. Es war offensichtlich, dass ihre Anwesenheit unbemerkt geblieben war, denn Ben, der vielleicht durch das Licht der Nachmittagssonne geblendet wurde, erkannte sie nicht.

»Mrs. Grant sagte, Rachel wäre unterwegs«, berichtete Ben dem Polizeichef Wheatley.

»Gut.«

»Lassen Sie mich los, Sie Arschloch! Sie brechen mir noch den Arm!« Das Geschnauze kam von Johnny, der sich mit einer abrupten Bewegung befreien wollte, aber durch einen kräftigen Ruck an seinem nach hinten gedrehten Arm zurückgehalten wurde. Die Worte, die jetzt folgten, waren so ordinär, dass Rachel zusammenzuckte. Auch wenn Johnny, als er damals verhört und verurteilt wurde, ein noch verhältnismäßig unschuldiger Junge gewesen war, hatte ihn das Gefängnis zu einer Gefahr für die zivilisierte Gesellschaft gemacht? Gewiss, neulich hatte er sich ihr gegenüber nicht gerade als Gentleman benommen. Was immer ihn in die Rückenlage, die er jetzt einnahm, gebracht hatte, es musste etwas Gravierendes gewesen sein, denn die Polizei von Tylerville reagierte normalerweise nicht so aggressiv.

»Wehr dich nur, Mistkerl, dann kann ich dir gleich ein Loch in deinen dicken Schädel blasen.«

Diese, von Greg Skaggs gezischte Drohung, riss Rachel aus ihrer Erstarrung heraus. Was Johnny auch sein mochte, sie würde nicht zusehen, wie er vor ihren Augen erschossen wurde.

»Was um Himmels willen geht hier vor?« fragte sie.

Polizeichef Wheatley, seine Beamten, Ben und Olivia blickten gleichzeitig in ihre Richtung.

»Rachel, ich konnte einfach nichts machen!«, klagte Olivia. »Ich war schon nervös, als dieser Johnny Harris in den Laden gekommen war. Ben hatte mir versprochen, er würde nicht im Laden sein, wenn ich da bin. Dann kam Mr. Edwards herein und ich wusste, es würde Ärger geben. Und prompt ging es los! Es kam zu einer entsetzlichen Prügelei. Sie rollten am Boden herum, würgten und schlugen sich. Ich rief die Polizei! Dieser Johnny Harris versetzte Mr. Edwards einen Faustschlag auf den Kehlkopf. Er stürzte bewusstlos zu Boden. Ein Wunder, dass er ihn nicht umgebracht hat!«

»Anscheinend erfuhr Carl, dass Harris hier war. Er kam in den Laden und sah ihn. Ich sagte Ihnen, dass es ein Fehler war, Harris einzustellen, und Sie sehen, wie recht ich hatte. Er ist erst ein paar Stunden hier und schon ist die Hölle los.« Ben wies auf die Gruppe am Boden. »Sie haben den ganzen Laden demoliert. Sehen Sie sich das Durcheinander an!«

Rachel blickte sich um. Farbtöpfe, Bürsten, Roller und Farbmustertafeln lagen auf dem Boden herum. Aus einer aufgeplatzten Büchse floß leuchtend rote Lackfarbe über die schwarzweißen Kacheln. Ein Plastikbehälter, in dem

Schrauben und Bolzen aufbewahrt wurden, war umgekippt, sein Inhalt über dem Boden verstreut. Ein stark eingebeulter Kanister mit Vogelfutter lag unter dem Ladentisch. Wahrscheinlich hatte er als Wurfgeschoss gedient.

»Sie hätten sich mit mir absprechen sollen, bevor Sie auf die idiotische Idee kamen, Harris einen Job zu geben, Rachel«, meinte Chief Wheatley. »Jeder mit etwas Verstand im Hirn hätte vorausgesehen, dass die Edwardjungen hinter ihm hersein würden, sobald er einen Fuß in diese Stadt setzt. Teufel noch mal, ich kann's ihnen nicht verübeln! Ich hüte das Gesetz, wie es meine Pflicht ist, aber es ist nicht richtig, dass Carls Schwester tot ist und ihr Mörder frei herumläuft, hier in unserer Stadt.« Während er sprach, richtete er sich von dem am Boden liegenden zweiten Mann auf, den Rachel jetzt als Marybeth Edwards älteren Bruder Carl erkannte.

»Könnten Sie ihn bitte loslassen?« sagte Rachel ruhig zu Greg Skaggs gewandt und deutete auf Johnny. Natürlich waren diese Männer voreingenommen und würden nicht die kleinsten Skrupel haben, Johnny zusammenzuschlagen. All die Jahre hatte sie an ihn geglaubt und ihn wie eine Löwin verteidigt und sie würde ihn auch jetzt nicht im Stich lassen, nur weil er nicht der Junge mit dem Pfirsichflaumgesicht war, den sie törichterweise erwartet hatte.

»Ich glaube, keiner von uns ist in Gefahr ... bei so viel bewaffneter Polizei. Er hat doch keine Waffe, oder?«

»So viel ich sagen kann, ist er unbewaffnet«, erwiderte Kerry Yates, der seinen Gefangenen gerade abgetastet hatte.

»Lass mich los, Arschloch!«

»Halt die Klappe, Junge, sonst landest du wieder hinter Gittern ... schneller als dir lieb ist«, sagte Wheatley mit drohendem Unterton.

»Verpiß dich.« Johnnys Antwort ließ Rachel zusammenfahren. Greg Skaggs wies ihn zurecht und stieß die Pistole härter als notwendig an den schwarzen Schopf. Kerry Yates drehte den Arm, den er festhielt, etwas höher und grinste, als Johnny vor Schmerz aufstöhnte. Das war zu viel, Rachel sah rot.

»Lasst ihn sofort los!« Rachel erhob ihre Stimme, was sie selten tat. Polizeichef Wheatley sah sie an, sah seine Männer an, zögerte und nickte dann.

»Loslassen«, sagte er. Dann zu Johnny gewandt, der seinen Arm aus Kerry Yates Umklammerung löste: »Benimm dich Junge, sonst liegst du wieder am Boden, bevor du dir die Nase putzen kannst.«

»Steh auf«, befahl Greg Skaggs und trat unwillkürlich einen Schritt zurück. Er steckte seine Pistole nicht in das Halfter. Er hielt sie schussbereit in der Hand.

Johnnys Haltung war dermaßen unverschämt und herausfordernd, dass Rachel die offensive Reaktion des Beamten verstand. Angriffslustig, mit geballten Fäusten baute er sich vor ihm auf. Sein Gesicht war weiß und blutverschmiert, seine Augen blitzen vor Zorn.

»Dich erwisch ich schon eines Tages, wenn du nicht in Uniform bist, Kleiner«, sagte er zu Greg Skaggs. »Dann werden wir ja sehen, was du drauf hast.«

»Das fasse ich als Drohung auf.« Wheatleys Stimme hatte einen warnenden Unterton.

»Sei still«, sagte Rachel streng, ging auf Johnny zu und tippte ihren ausgestreckten Zeigefinger mitten auf seine Brust.

Ohne ersichtlichen Grund, nur aus einem Instinkt heraus, meinte sie ihn beschützen zu müssen.

Rachel wirbelte herum und stand wie ein Schild zwischen ihm und den anderen. Das Absurde der Szene wurde ihr nicht bewusst. Ihr Kopf reichte nicht einmal bis zu seiner Schulter und sie wog vielleicht halb so viel wie er. Die Ungerechtigkeit dieser Situation brachte sie in Harnisch. Er hatte schließlich nichts anderes als Carl Edwards getan. Nur weil er Johnny Harris war?

Am Boden stöhnte Carl Edwards. Er reckte sich, setzte sich auf und rieb sich seinen Hinterkopf. Er blickte sich um, sah Johnny und sein Gesicht verzerrte sich.

»Du Dreckskerl«, schrie er. »Dich krieg ich noch! Du Mörder … So einfach kommst du mir nicht davon.«

»Das ist genug, Carl«, sagte Wheatley scharf, als er seinen Arm packte und ihm auf die Beine half. »Willst du Harris wegen Körperverletzung anzeigen?«

»Verdammt, ja! Ich …«

»Um fair zu sein … Edwards hat zuerst zugeschlagen«, wandte Ben widerstrebend ein.

»Sehen Sie?« Rachel blickte Wheatley triumphierend an. »Warum fragen Sie nicht Johnny, ob er nicht Anzeige gegen Carl erheben will? Das ist nur gerecht.«

»Rachel …« sagte Wheatley gequält.

»Das will ich nicht«, schnaubte Johnny hinter ihr.

»Komm mir bloß nicht mit dieser Tour, du Dreckskerl!« Carl Edwards keuchte. »Ich werde dich aufschneiden, wie du es mit Marybeth gemacht hast. Weißt du noch wie schön sie war, Harris? Das war sie nicht mehr, nachdem du mit ihr fertig warst. Du Schwein … wie konntest du ihr das antun? Sie war erst siebzehn Jahre alt!«

»Das fasse ich jetzt als Drohung auf«, sagte Rachel, aber die Genugtuung, die sie bei dieser Erwiderung fand, wich schnell, als sie den leidenden Ausdruck in Carl Edwards Gesicht sah.

»Komm, Carl, ich bringe dich nach Hause«, sagte Wheatley ruhig, als Carl aufschluchzte und gegen seine Tränen ankämpfte. Tiefes Mitleid für diesen Jungen stieg in Rachel auf. Es muss unvorstellbar qualvoll gewesen sein, seine Schwester auf so schreckliche Weise zu verlieren – aber trotzdem, sie stand auf Johnnys Seite.

»Sie sagen ihm, er soll sich hier nicht wieder blicken lassen, Chief. Wenn er es tut, zeige ich ihn wegen Hausfriedensbruchs an«, sagte Rachel bestimmt, als Wheatley, von seinen Leuten und dem schluchzenden Edwards gefolgt, zur Tür ging.

»Mein Gott, Rachel, haben Sie denn überhaupt kein Mitleid mit ihm? Edwards liebte seine kleine Schwester. Er muss Ihnen doch leid tun.« Ben war über diese kaltherzige Drohung entsetzt.

»Ich habe Mitleid mit ihm.« Sie drehte sich zu Johnny um. Blut aus einer aufgeplatzten Lippe hatte seine linke Gesichtshälfte verschmiert. Sein weißes T-Shirt war ebenfalls mit Blut befleckt. Das Geräusch startender Wagen sagte ihr, dass die Polizei im Abmarsch war. Der Laden war wieder für das Publikum geöffnet.

»Olivia, gehen Sie bitte an Ihre Arbeit zurück. Ben, sind Sie mit der Inventur fertig? Ich möchte die Listen morgen als erstes mit Ihnen durchgehen. Kümmern Sie sich darum.« Hinter ihr schlug die kleine Glocke an, die das Öffnen der Ladentür ankündigt. Wahrscheinlich ein Neugieriger, der in den Laden gekommen war, um etwas zu kaufen.

»Kann ich Ihnen helfen?« fragte Ben freundlich und ging auf den Eintretenden zu. Rachel nahm keine Notiz von ihm.

»Du kommst jetzt mit mir«, sagte sie zu Johnny. Ihre Stimme war fest und autoritär. Sie ging auf die Tür des Lagerraums zu. Von da führte eine schmale Treppe zu seiner Wohnung. Hier konnten sie allein sein. Sie blickte sich nicht nach ihm um. Sie wusste, dass er ihr folgte. Ihr sechster Sinn hatte sie noch nie getäuscht, wenn es um Johnny Harris ging.

5

»Ich bringe dir etwas Eis für den Mund.«

Die kombüsenartige Küche des möblierten Apartements war komplett ausgestattet, vom Eisschrank mit Eiswürfelautomat bis zur Waschmaschine. In einer Schublade neben der Spüle fand Rachel ein Geschirrhandtuch. Sie öffnete das

Gefrierfach des Eisschranks, schaufelte eine Hand voll Eiswürfel in das Handtuch und drehte es zusammen. Dann reichte sie es Johnny, der am Tresen neben dem Herd lehnte. Er nahm das Eis wortlos entgegen und drückte es auf seine geschwollene Lippe, zuckte dabei zusammen. Die Berührung schmerzte und brachte nicht die erhoffte Linderung.

»Also, ich würde sagen, du erzählst mir erst einmal, was passiert ist.«

»Sind Sie mein Bewährungshelfer, oder was?«

Die spöttisch belehrende Erwiderung ließ den alten Johnny Harris erkennen. Rachel fand es absurd, aber seine Selbstsicherheit beruhigte sie. Es bedeutete, dass in dem erwachsenen Mann doch noch etwas von dem jungen Harris steckte.

Rachel hielt seinen Augen lange, ohne auszuweichen, stand. »Ich bin dein Boss. Dein Arbeitgeber. Du hast dich mit einem Kunden in meinem Laden geprügelt. Ich glaube, ich habe das Recht, eine Erklärung zu verlangen.«

»Bevor Sie entscheiden, ob Sie mich abschieben oder nicht?«

»Genau.«

Seine Augen verengten sich. Rachel verschränkte ihre Arme über der Brust und wartete. Eine lange Pause entstand. Keiner gab einen Zentimter Boden preis.

Johnny hob die Schultern. »Wollen Sie die Wahrheit hören? Edwards hat mich angegriffen. Ich habe mich verteidigt. Sie können es glauben oder nicht.«

»Ich glaube es.«

Nachdem er sich zu dieser Erklärung herabgelassen hatte, auch wenn sie noch so knapp gewesen war, blickte er sie feindselig an. Genau diese Haltung hatte Rachel bei ihm erwartet. Die Spannung in ihrem Rückgrat ließ etwas nach. Auch wenn er sich äußerlich verändert hatte, die Person in seinem Innern schien im Wesentlichen die gleiche geblieben zu sein.

Bei ihrem freimütigen Bekenntnis biss er die Zähne aufeinander und warf die Eispackung auf den Spültisch. Das Handtuch drehte sich auf. Die Eiswürfel fielen klackend heraus. Rachel schüttelte missbilligend den Kopf und schob das Eis automatisch zum Spülbecken, als sie eine unerwartete Bewegung aufschreckte. Ohne Warnung packte er die Seiten seines T-Shirts mit beiden Händen und zog es über seinen Kopf. Stirnrunzelnd wandte sich Rachel um und starrte auf einen muskulösen Brustkorb. Sein Oberkörper war prachtvoll gebaut. Der Anblick nahm ihr den Atem.

Womit man ihn auch im Gefängnis beschäftigt haben mochte, er hatte Zeit gefunden, seinen Körper fit zu halten. Seine Rippen zeichneten sich ab; er hatte kein Gramm Fleisch zu viel. Sein Magen war flach, mit einem Muskelkranz umgeben. Seine Oberarme wölbten sich. Im Verhältnis zu seinen breiten Schultern war seine Taille schmal.

Die Mitte seines Brustkorbs war mit einem Dreieck seidig aussehender schwarzer Haare bedeckt.

Wow! dachte sie unwillkürlich.

Er hatte sein T-Shirt vollends ausgezogen und zerknautschte es in einer Hand. Er blickte sie an, mit einem bösartigen Flackern in den Augen. Es war eindeutig – er wollte sie aus der Fassung bringen. Sie durfte ihn jetzt um keinen Preis merken lassen, dass es ihm gelungen war. Sie musste schleunigst wieder ihre fünf Sinne beisammen haben.

»Was soll das?« Wenn ihre Stimme völlig ruhig klang, so hatte sie es ihrer jahrelangen Tätigkeit als Lehrerin und dem Umgang mit pubertären Jugendlichen zu verdanken.

»Ich wechsle mein Hemd. Was dachten Sie? Dass ich mich hier und jetzt auf Ihr Gerippe stürze, Frau Lehrerin?« Er ging absichtlich einen Schritt auf sie zu, bis sein Brustkorb nur ein paar Zentimeter von ihrem Gesicht entfernt war. Rachel musste zu ihm aufsehen, über das schwarzgeringelte Brusthaar, über die breiten Schultern und das stopplige Kinn, um in seine Augen zu blicken. Sie waren zu

Schlitzen verengt. Die leicht geweiteten Pupillen schwammen in einem tiefen, leuchtenden Blau.

»Hatten Sie sich Hoffnungen gemacht?« Seine Stimme war rau, seine Frage mehr als ein Flüstern.

Für einen Augenblick – nicht länger – schien Rachels Blut zu gerinnen. Er machte ihr Angst, darüber bestand kein Zweifel. Was sie wieder zur Vernunft brachte, war die rettende Einsicht, dass er einzig und allein die Absicht hatte, sie zu erschrecken. Er war wie ein Kind, das von allen zu hören bekam, wie böse es sei und nun aus Trotz beweisen wollte, dass sie recht hatten.

Diese Erkenntnis gab ihr die Kraft, gefasst zu bleiben.

»In deinen Träumen vielleicht«, erwiderte sie kühl und wandte sich von ihm ab, um den Rest der schmelzenden Eiswürfel in das Spülbecken zu schieben.

Einen Augenblick lang schwieg er und beobachtete sie. Ihre Antwort schien ihn verwirrt und aus der Fassung gebracht zu haben. Sie dachte nicht daran, kleinbeizugeben und vor ihm davonzulaufen. Niemals. Bereits als frischgebackene Lehrerin hatte sie gelernt, dass es der größte Fehler war, als Autoritätsperson Schwäche, oder auch nur ein Anzeichen davon den Schülern gegenüber zu zeigen.

»Immer noch die alte Miss Grant!«, sagte er schließlich und verlor etwas von der Härte um Augen und Mund. »Sie hatten immer für alles eine Antwort parat.«

»Nicht für alles.« Mit dem Anflug eines Lächelns blickte sie zu ihm auf.

»Aber fast.«

Bei diesen Worten drehte er sich um und verließ die schmale Küche. Die Nachwirkung setzte ein, und für einen Augenblick sank Rachel erleichtert in sich zusammen. An den Spültisch gelehnt atmete sie tief durch und meinte noch Stunden zu brauchen, um sich zu erholen und wieder auf sicheren Beinen zu stehen. Rachel blickte ihm nach. Das war ein Fehler. Der Sexappeal, der von diesem Burschen ausging, war schier unglaublich. Schwarzgewelltes Haar berührte breite, braungebrannte Schultern; muskulöser Rücken, enge Jeans über einem festen Hintern; lange, staksige Beine in Cowboystiefeln: Beim Anblick dieses Mannes, der nichts weiter tat, als die Küche zu verlassen, zog sich ihr Unterleib zusammen.

Die Intensität ihrer körperlichen Reaktion erschreckte sie. Trotz ihres eher spärlichen Liebeslebens war ihr Sex nichts Fremdes. Da hatte es natürlich Michael gegeben, in den sie leidenschaftlich verliebt gewesen war. Aber damals war sie jung und nervös und ihre Begegnungen hatten sie eher mit dem Gefühl zurückgelassen, dass die Dichter in ihren Schwärmereien über die Wonnen fleischlicher Liebe wohl etwas übertrieben. In den nachfolgenden Jahren hatte es noch zwei Männer gegeben, die sie heiraten wollten. Beide hatten nur die Sonntagszeitung gelesen und sich damit zufrieden gegeben, den Rest ihrer Tage im Alltagstrott zu verbringen. Sie konnte sich ihr Leben mit keinem von beiden vorstellen. Der Zauber der Liebe fehlte.

Erst als sie die Dreißig überschritten hatte, wurde ihr bewusst, dass sie, wenn sie eine Familie haben wollte, wohl ohne diesen Zauber auskommen müsse. Sie war jetzt bereit, eine solide, gute Freundschaft mit ihrem zukünftigen Mann, wie zum Beispiel mit Rob, einzugehen. Er würde in seiner Apotheke stehen, das Wochenblatt, und vielleicht die *Geschäftswoche* lesen. Von ihrem reichen Innenleben würde er nichts ahnen. Aber wahrscheinlich waren die meisten Ehen so. Unter diesem Aspekt hatte sie öfters mit Rob geschlafen und Freude daran gehabt. Ihr Beisammensein war nicht gerade von fieberhafter Leidenschaft gezeichnet und niemals, auch nicht in ihren intimsten Momenten, hatte sie diese Hitze verspürt, die jetzt in ihr aufstieg.

Großer Gott, was war los mit ihr? Allein der Anblick von Johnny Harris ohne Hemd bereitete ihr Qualen.

Sicher, im reifen Alter von vierunddreißig Jahren würde sie nicht Gefahr laufen, zu einem Johnny Harris Fan zu werden, wie die *Tylerville Times* die jungen Mädchen bezeichnet hatte, die täglich im Gerichtssaal erschienen waren. Niemals hätte sie vermutet, dass eine Person, der man den Stempel des bösen Jungen aufdrückte, auch sie in den Bann ziehen würde.

In ihrem Fall, so vermutete sie, war es weniger der Aspekt des Bösen, der sie anzog, sondern der Körper. Obwohl sie früher nie darüber nachgedacht hatte, nahm sie an, dass auch sie, wie die meisten Frauen, gegen einen gutgebauten maskulinen Körper nicht gefeit war.

Ihre Reaktion war völlig normal, sie war sogar voraussehbar. Jedenfalls hatte sie keinen Grund, deswegen verlegen zu sein – vor allem, da es keiner außer ihr wusste.

Sie musste jetzt nur ihre Begierde im Zaum halten. Johnny Harris war nicht der Mann, mit dem sich eine Frau mit Verstand einlassen würde.

Die alten Dielenbretter unter dem Teppichboden im Flur knärzten und warnten Rachel vor seinem Kommen. Plötzlich war sie sehr beschäftigt, wrang das Handtuch aus und hing es zum Trocknen auf. Als er in der Tür erschien, sah sie, dass er ein frisches, weißes T-Shirt trug und sich das Blut aus dem Gesicht gewaschen hatte.

»Ich möchte jetzt vor allem wissen, was du im Laden zu suchen hattest. Für dich gab es keinen Grund, dort vor morgen früh zu erscheinen.« Immer noch nicht ganz im Lot, fürchtete sie, er könnte noch etwas von den Auswirkungen spüren, die er in ihr geweckt hatte. Sie blickte ihn daher nur flüchtig an und wischte den Spültisch mit einem Papiertuch trocken.

»Ich erinnerte mich, dass früher bei Grants kleine Snacks verkauft wurden. Also ging ich hinunter, um mir zum Abendessen eine Tüte Kartoffelchips und eine Coke zu kaufen.« Anscheinend hatte er seine Versuche, sie aus der Fassung zu bringen, für eine Weile eingestellt. Seine Antwort klang völlig natürlich.

»Du hättest zum Essen zu ›Clock's‹ gehen sollen.«

›Clock's‹ war ein gemütliches Familienlokal, das von Mel und Jane Morris betrieben wurde. Von Grants Eisenwarenhandlung lag es ungefähr zwei Meilen entfernt auf der anderen Seite der Innenstadt. Er hätte es zu Fuß bequem erreichen können. Ganz Tylerville aß hier wenigstens einmal im Monat. Die Mahlzeiten waren gut und reichlich, die Preise erschwinglich. Dann kam Rachel in den Sinn, dass er vielleicht nicht das Geld gehabt hatte, um ein Essen bei ›Clock's‹ zu bezahlen und sie schämte sich, dass sie nicht daran gedacht hatte. Sie hätte ihm anbieten müssen, einen Wochenlohn im voraus zu zahlen, aber das war ihr bis zu diesem Moment nicht eingefallen.

»Da war ich. Aber die alte Ratte teilte mir gleich an der Tür mit, dass sie voll wären.«

Rachel blickte auf, zog die Stirn kraus. »Voll? Aber die sind doch nie ...« Plötzlich dämmerte es ihr.

»Das waren sie heute Abend auch nicht. Von da, wo ich stand, konnte ich vier freie Tische sehen. Ich glaube, jemanden ›wie mich‹ bedienen sie dort nicht.« Seine Stimme hatte einen scharfen Unterton.

»Ich bin überzeugt ... begann sie stockend und versuchte etwas Tröstendes zu sagen, um die Demütigung, die er in ihren Augen erlitten hatte, etwas zu mildern.

»Ich bin auch überzeugt. Überzeugt, dass sich Tylerville nicht ändern wird.« Er ging einen Schritt zurück und gab die Tür frei. »Gehen Sie jetzt lieber. Wir wollen doch Miss Skaggs und den anderen keinen Grund zum Klatschen geben. Denken Sie an den Skandal, die nette Rachel Grant ging mit diesem Harris hinauf und blieb eine ganze ...« hier blickte er auf seine Uhr. »... eine ganze halbe Stunde auf seinem Zimmer.«

Diesmal übersah sie sein anzügliches Lächeln.

»Du kommst mit mir«, sagte sie, zerknüllte das Papiertuch und ging an der kleinen Essecke vorbei in das große
Zimmer neben der Küche. Als sie auf die Eingangstür des
Apartments zusteuerte, bedeutete sie ihm durch eine Handbewegung, ihr zu folgen. »Komm mit!«

»Wohin?«

Sie stand an der Tür, eine Hand auf dem Türknopf, und
drehte sich nach ihm um. Er hatte sich keinen Schritt von
der Stelle gerührt.

»Wir gehen zu ›Clock's‹, und wir werden dort essen. Ich
lasse nicht zu, dass sie dich so behandeln.«

Johnny blickte sie einen Augenblick ausdruckslos an.
Dann schüttelte er den Kopf. »Sie brauchen keine Schlacht
für mich zu schlagen.«

»Du brauchst jemanden, der auf deiner Seite steht. Allein
scheinst du nicht allzu gut zurechtzukommen.« Ihre Stimme klang schroff. Ihre Blicke schienen ein Tauziehen zu
veranstalten. Dann kapitulierte Johnny achselzuckend.

»Na schön. Warum nicht? Ich habe Hunger.«

»Ich auch.« Einen Augenblick lang tanzten Mutters liebevoll zubereitete Schweinerippchen vor ihrem geistigen
Auge. Elisabeth würde außer sich sein, dass Rachel sie für
ein Essen bei ›Clock's‹ eintauschte, aber andererseits wäre
Johnnys Empfang auf Walnut-Grove bei weitem unange-
nehmer als bei ›Clock's‹. Sie konnte ihn nicht nach Hause
zum Abendessen bitten und war entschlossen, ihm eine
warme Mahlzeit zukommen zu lassen. Außerdem war es
wichtig, den Bürgern der Stadt zu zeigen, dass sie ihn nicht
wie einen Aussätzigen behandeln konnten. Soweit es in ihrer Macht lag, würde sie es verhindern.

Als Rachel die Treppen hinunterstieg, folgte ihr Johnny.
Da sie den Wagen vor dem Haus geparkt hatte, blieb ihr keine andere Wahl, als durch den Laden hindurchzugehen. Ihr
Rücken versteifte sich bei dieser Aussicht, aber sie hielt ihren Kopf hoch und versuchte, so zuversichtlich wie möglich

auszusehen. Der Laden war voll – voller als normalerweise an einem Donnerstag um sechs Uhr kurz vor Ladenschluss. Natürlich hatte sich die Nachricht von der vorangegangenen Auseinandersetzung in Windeseile verbreitet. Langsam ging sie auf die Tür zu. Johnny folgte ihr, als ob ihm der ganze Laden gehören würde. Rachel war sich jedes Augenpaars bewusst, das ihnen folgte. Bekannte begrüßte sie mit einem lässigen Kopfnicken. Die Gaffer ignorierte sie.

»Miss Grant, Ihre Mutter rief an. Sie bat mich Ihnen auszurichten, dass das Abendessen gleich fertig wäre und dass Sie schnellstmöglich nach Hause kommen möchten.« Das war Olivias hohe, etwas aufgeregte Stimme.

»Danke, Olivia. Würden Sie sie bitte zurückrufen und ihr sagen, ich käme nicht nach Hause? Johnny und ich werden bei ›Clock's‹ essen.«

So. Jetzt wussten es alle im Laden. Die ganze Stadt würde es in wenigen Stunden wissen. Sie würden sich die Mäuler zerreißen; ihre Mutter würde einen Wutanfall bekommen. Rachel dachte im stillen, dass ihre Ankündigung, Johnny in das bekannteste Lokal der Stadt einzuladen, das moderne Äquivalent zu der mittelalterlichen Geste war, den Handschuh auf den Boden zu werfen.

Und so war es auch.

Tödliche Stille folgte dieser Erklärung. Rachel winkte fröhlich in Richtung Ladentisch zurück, öffnete die Tür und trat in die nachlassende Hitze des Spätsommerabends hinaus.

»Sie leben wohl gern gefährlich?« Zum ersten Mal, seitdem sie ihn an der Bushaltestelle abgeholt hatte, lächelte Johnny sie offen an. Es war kein breites Lächeln, mehr ein leichtes Anwinkeln seiner Lippen. Wenn seine Augen nicht belustigt aufgeleuchtet hätten, wäre ihr seine Reaktion entgangen.

»Ich hasse Ungerechtigkeit«, sagte sie kurz und stieg in ihren Wagen.

6

Als sie kurz darauf ›Clock's‹ betraten, sah Rachel mit einem Blick, dass das Lokal beileibe nicht vollbesetzt war. Jane Morris, eine untersetzte, freundliche Frau Anfang Sechzig, kam strahlend auf sie zu.

»Oh, Rachel, wie schön, Sie wieder zu sehen!« Als Jane hinter Rachels Schulter Johnny Harris erkannte, verblasste ihr Begrüßungslächeln.

»Ich freue mich auch, dass ich Sie wieder sehe, Jane«, erwiderte Rachel lächelnd. »Wie geht es Mel?« Janes Mann hatte sich vor zwei Monaten den Knöchel gebrochen und sich nur langsam davon erholt. Er hinkte noch schwer und ging am Stock.

»So là là. In unserem Alter heilt ein Bruch nicht mehr so schnell.« Jane hatte sich von ihrem ersten Schrecken über Rachels Begleitung erholt und zeigte ihr Missfallen dadurch, dass sie ihn absichtlich übersah.

Mit ihrem schönsten Lächeln beschloss Rachel den Stier bei den Hörnern zu packen.

»Sie kennen doch noch Johnny Harris, oder?« Natürlich eine dumme Frage. Jeder in Tylerville kannte jeden von Geburt an und Johnny Harris war das berüchtigte schwarze Schaf der Stadt. »Er arbeitet jetzt bei uns im Geschäft. Ich habe ihn in der High-School unterrichtet.«

Unausgesprochen zwischen den drei Menschen stand das Wort *bevor*: Bevor Marybeth Edwards mit dreizehn Stichwunden in ihrem Leib gefunden wurde.

»Johnny, natürlich kennst du Jane Morris.« Immer noch lächelnd streckte Rachel einen Arm nach hinten, umfasste Johnnys hart angespannte Oberarmmuskeln mit ihrer Hand und zog ihn nach vorn, bis er neben ihr stand. Keiner der drei gab mit einer Miene zu erkennen, dass es an diesem Abend Johnnys zweiter Besuch bei ›Clock's‹ war.

Jane blickte ihn von oben bis unten an, von seinem über-

langen Haar bis zu den abgestoßenen Spitzen seiner Cowboystiefel. Ihr Blick war kurz und abwertend.

»Miss Morris.« Wenn Johnnys Begrüßung auch sehr
knapp ausfiel, so wurde sie doch von einem Kopfnicken seitens Jane erwidert.

Eine zweite Bresche geschlagen! dachte Rachel und
empfand so etwas, wie Galgenhumor. »Was steht heute auf
der Karte, Jane? Hoffentlich Hackbraten.«

»Sie haben Glück.« Jane taute zunehmends auf. »Hackbraten mit Kartoffelpüree. Trinken Sie einen Eistee dazu?«

Während sie sprach, führte sie die beiden zu einem der
rückwärtigen Tische. Gesiegt! Wie erwartet. Als Jane sie
aufgefordert hatte, ihr zu folgen, merkte Rachel, wie die
Spannung in Johnnys Oberarmmuskel nachließ. Sie konnte ihn beruhigt loslassen. Offensichtlich hatte er nicht an
den siegreichen Ausgang dieser Konfrontation geglaubt.

Sie sagte sich, dass er, allein durch die Tatsache Johnny
Harris zu sein, an Ablehnung gewöhnt war.

»Glenda«, rief Jane einer rosafarben gekleideten Kellnerin zu, als sie an ihrem Tisch angelangt waren, »Rachel hier
nimmt Eistee und den Hackbraten.« Ihre Augen huschten
zu Johnny, der wie Rachel Platz genommen hatte. »Und
Sie?«

Auch wenn ihr Ton schroff war, so hatte sie ihn direkt angesprochen, was in Rachels Augen ein großer Pluspunkt
war.

»Ich nehme dasselbe.«

»Zweimal«, rief sie Glenda zu. Dann lächelte sie Rachel
an und fügte hinzu: »Sagen Sie Ihrer Mama, ich lasse Sie
grüßen.«

»Mach ich«, versprach Rachel. Jane eilte davon, als weitere Gäste das Lokal betraten.

»Ihre Getränke. Das Essen kommt sofort.« Glenda nahm
zwei hohe, vom geeisten Tee beschlagene Gläser von einem
Tablett und stellte sie auf den Tisch. Dann weiteten sich

ihre Augen. Anscheinend hatte sie nicht vermutet, Johnny wieder zu sehen.

»Oh, Johnny Harris! Du bist nicht mehr im Gefängnis?«

Rachel war es peinlich. Johnny trank einen Schluck Tee und lächelte die junge Frau an.

»Irgendwann mussten sie mich ja rauslassen. Du hast wohl auf mich gewartet?«

Glenda kicherte. »Du lieber Himmel, ich habe vier Kinder. Das kann man nicht als warten bezeichnen.«

»Nein, da hast du recht.«

Rachel war klar, dass sich die beiden früher einmal ziemlich gut gekannt hatten. Sie wusste, wer Glenda war, jetzt wo sie darüber nachdachte. Sie war eine von den Wrights, die in Tylerville genauso verschrien waren wie die Harrises. Rachel konnte sie nicht sofort einordnen, weil sie es nie bis zur High-School gebracht hatte. Mit ihrem blondgefärbten, dauergelockten Haar und dem Faltennetz um ihre Augen sah sie älter als Johnny aus, obwohl sie gleichaltrig sein mussten.

»Gestern habe ich deinen Dad getroffen. Er hat nichts davon gesagt, dass du zurück bist.«

Johnny zuckte die Achseln und nahm einen weiteren Schluck Eistee.

»Glenda! Kannst du die Getränke an den Ecktisch bringen?« rief Jane etwas gequält.

»Sofort, Mrs. Morris! War schön, dich wieder zu sehen, Johnny. Pass auf dich auf.«

»Du auch, Glenda.«

»Sie hat sich wirklich gefreut, dich wieder zu sehen«, bemerkte Rachel höflich, um das entstandene Schweigen zu brechen.

Johnnys Lippen verzogen sich zu einem ungewollten, kleinen Lächeln, als sich seine und Rachels Augen begegneten.

»Ja. Ein paar Leute wird es schon geben.«

Glenda kam zurück und stellte zwei randvoll gefüllte Teller vor ihnen ab und fragte kurz: »Möchte jemand Ketschup?«

»Ja.«

»Nein.« Beide antworteten gleichzeitig. Rachel blickte zu Johnny und nickte dann in Richtung Kellnerin. Aber das war überflüssig geworden, denn Glenda hatte bereits eine Ketchupflasche auf den Tisch gestellt, bevor sie zum nächsten Gast eilte.

»Ja, ich weiß, verdirbt den Geschmack«, sagte Johnny lakonisch, langte nach der Flasche, öffnete sie, und schüttete einen Schwall des roten Inhalts über seinen Hackbraten und die pürierten Kartoffeln. Rachel war ziemlich entsetzt und blickte weg, als er anfing, das Essen in sich hineinzuschaufeln. Seine Tischmanieren waren furchtbar.

Sie durfte nicht zu hart urteilen, schließlich hatte er während der letzten zehn Jahre keine Schule für Benimm-Fragen besucht und in seinem Elternhaus hatte er die Feinheiten im Umgang mit Messer, Gabel und Serviette wohl kaum gelernt.

»Essen Sie nichts?« Er brachte die Frage mit vollem Munde zu Stande.

»Ich habe doch keinen so großen Hunger.« Sie hatte nur ein paar Bissen von ihrem Teller zu sich genommen. Etwas verlegen blickte sie sich um. Hoffentlich bemerkten die anderen Gäste nicht, wie Johnny das Essen in sich hineinbaggerte.

Eine gespannte Stille baute sich zwischen ihnen auf, die nur durch das Kratzen seiner Gabel auf dem Porzellanteller und durch seine Kaugeräusche gestört wurde.

Rachel blickte ihn eingehend an. Er bemerkte es und seine Augen verengten sich. Er hielt eine voll geladene Gabel in der Hand. Sein rechter Mundwinkel war mit Ketschup verschmiert. Ihre Augen konzentrierten sich auf diese Stelle. Etwas in ihrem Gesicht musste ihren Ekel ausgedrückt haben. Er presste seine Lippen wütend aufeinander, knallte seine Gabel auf den Teller, packte die Serviette, die noch ordentlich gefaltet neben ihm lag, und wischte sich mit einer wilden, zornigen Bewegung über den Mund. Diese Geste war beredter als eine Suada übelster Schimpfworte.

»Schämen Sie sich meinetwegen, Frau Lehrerin?«

Überrascht brachte Rachel ein gestottertes »N-n-nein« zu Stande.

»Sie lügen.«

»Noch etwas Tee?« Glenda war mit einem großen gelben Plastikkrug neben ihn getreten.

»Nein, danke. Kann ich die Rechnung haben, bitte.« Johnny lächelte Glenda etwas verzerrt an. Dann warf er seinem Gegenüber einen wütenden Blick zu.

»Gezahlt wird vorn.« Glenda blätterte in ihren Kassenbons, zog den richtigen heraus und legte ihn vor Johnny auf den Tisch. Sie lächelte ihn scheu an. »Besuche mich einmal, wenn du Zeit hast«, sagte sie leise. »Ich und die Kinder wohnen in Appleby Estates – das kennst du doch noch, oder? Der Wohnwagenpark unten am Fluss? Mein Mann und ich – wir haben uns getrennt. Wir werden uns wohl scheiden lassen, sobald sich einer von uns das leisten kann.«

»Das tut mir leid«, sagte Johnny.

»Ja.«

»Glenda! Die Gäste nebenan möchten Tee!«

»Ich muss sausen«, sagte Glenda entschuldigend und eilte mit ihrem Krug davon.

»Gib sie mir«, sagte Rachel leise, als Johnny die Rechnung in die Hand nahm. Eine Welle der Feindseligkeit schlug ihr entgegen.

»Oh, richtig! Erst kränken und dann verletzen, warum nicht?« Seine Stimme klang vollkommen ruhig.

»Sei nicht albern. Du hast kein Geld, aber …«

»Aber Sie?« beendete er den Satz für sie. Seine Augen funkelten sie zornig an.

Rachel seufzte. »Hör zu, Johnny, ich entschuldige mich, wenn ich dich gekränkt habe. Ich … ich halte nichts von Ketschup und außerdem war es schade um das gute Essen. Du hast es verschlungen. Es war unhöflich, dass ich es mir anmerken ließ und ich entschuldige mich dafür. Das ist kein Grund …« Der Ausdruck in seinem Gesicht ließ sie verstummen. Ihre Worte konnten seinen Zorn nicht besänftigen. Vielleicht empfand er es als Demütigung, wenn sie die Rechnung übernahm. Er war schließlich ein Mann, und Männer nahmen manche Dinge sehr genau. Sie öffnete ihre Handtasche, fingerte im Portmonee herum und zog schließlich eine Zwanzigdollarnote hervor, die sie ihm so unauffällig wie möglich über den Tisch schon. »Na schön. Na schön. Wenn du unbedingt willst. Hier. Du kannst bezahlen.«

Als er den Zwanziger anblicke, hätte man meinen können, eine giftige Schlange kröche auf ihn zu.

»Ich bezahle. Ganz richtig. Mit *meinem* Geld.« Er stand auf und nahm die Rechnung an sich, dann griff er mit einer Hand in seine Hosentasche und zog ein Bündel zerknautschter Dollarnoten heraus. Er knallte sie auf den Tisch, bevor er auf die Kasse am Ausgang zusteuerte. Rachel blieb nichts anderes übrig, als ihre zwanzig Dollar einzustecken und ihm zu folgen.

Als er durch die Tischreihe ging, wendete sich Kopf um Kopf nach ihm um. Innerhalb von Sekunden schienen sich alle Augen auf ihn zu richten. Rachel, die ihm mit einigem Abstand gefolgt war, hatte eine günstige Position, um die Reaktion ihrer Mitbürger auf Johnny Harris zu beobachten.

»Ist das nicht –?«

»Oh, Teufel noch mal, er ist es!«

»Was machst du denn hier?«

»So viel ich weiß, ist er auf Bewährung freigekommen, weil die Grants ihm einen Job in ihrem Laden verschafft haben.«

»Das würde Elisabeth doch niemals tun!«

»Nicht Elisabeth. Rachel. Sieh mal, da steht sie ja, gleich hinter ihm. Ist das zu fassen? Oh, hallo, Rachel!«

Letzteres war laut und deutlich zu hören, als Rachel sich dem Sprecher zuwandte. Rachel erwiderte den Gruß mit einem knappen Lächeln. Fast jeden in diesem Lokal kannte sie von Kindheit an, was aber keinen daran hinderte, ihr mit seinem Gerede die Haut in Streifen vom Leibe zu ziehen, und Rachel wusste es.

»Ich hoffe, Sie waren zufrieden.« Jane, die an der Kasse stand, schien etwas zugänglicher geworden zu sein, als sie Johnnys Geld in Empfang nahm. Woher hatte er das Geld? Rachel wusste, dass der Staat die Häftlinge für ihre Arbeit im Gefängnis bezahlte, aber das waren nur ungefähr zehn Cent die Stunde. Er war zehn Jahre in Haft, bei vierzig Stunden in der Woche machte das …

Sie versuchte immer noch die Summe zu überschlagen, als Jane ihm das Wechselgeld aushändigte und er zur Tür stakste.

Rachel verabschiedete sich kurz von Jane und folgte ihm.

Er stand bereits bei ihrem geparkten Wagen, als sie ihn einholte. Dass er immer noch wütend war, würde auch ein flüchtiger Beobachter merken, dachte Rachel und warf ihm einen prüfenden Blick über das Wagendach zu, als sie die Tür aufschloss und einstieg. Er ließ sich auf den Beifahrersitz nieder, knirschte mit den Zähnen und setzte eine trotzige Miene auf. Rachels Lippen wölbten sich.

»Du benimmst dich wie ein Kind, das seinen Willen nicht bekommen hat«, sagte sie, als sie den Rückwärtsgang einlegte.

»O ja?« Seine Augen bekamen ein bösartiges Glitzern. »Und Sie, verdammt noch mal, führen sich wie eine reiche, snobistische Zicke auf. Verzeihung, wenn meine Manieren Ihnen nicht zusagen, Miss Hochwohlgeboren!«

»Dein Verhalten gefällt mir noch weniger als deine Manieren«, gab Rachel scharf zurück. »Und fluche nicht, wenn du mit mir sprichst! Außerdem könntest du dich wenigstens einmal bei mir bedanken!«

»Das hätten Sie gerne, nicht wahr? Dass ich dankbar bin. Soll ich Ihnen die Füße oder den Hintern küssen, Gnädigste?«

»Weißt du was«, sagte Rachel wütend, »scher dich zum Teufel!«

Damit drückte sie auf den Gashebel. Der Wagen schoß zurück.

»Wenn Sie nicht aufpassen, landen wir beide dort. Passen Sie doch auf, um Himmels willen«, zischte er durch die Zähne, als sie mit voller Kraft auf die Bremse trat. Ein Millimeter trennte ihre Stoßstange von einer Backsteinmauer. »Auch wenn Ihnen mein Leben nicht viel wert zu sein scheint, möchte ich auf keinen Fall in einem Autowrack enden.«

Rachel musste den Wunsch unterdrücken, fest auf den Gashebel zu drücken, um es ihm heimzuzahlen. Ihre Backenknochen pressten sich jetzt genauso fest aufeinander wie die seinen. Sie richtete ihre Aufmerksamkeit auf das Fahren und brachte sie, bis auf einen überfahrenen Bordstein, ohne größere Komplikationen zu seiner Wohnung.

Als sie wenige Minuten später auf dem verlassenen Parkplatz hinter Grants Eisenwarenhandlung zum Stehen kam, sprach keiner von ihnen ein Wort. Rachel gestand sich ein, dass sie an Johnnys gesundem Misstrauen gegenüber ihrer Fahrweise nicht ganz unschuldig war.

Sie holte tief Luft. Wenn er sich mit seinen zusammengekniffenen Brauen und mürrisch nach unten gezogenen Mundwinkeln kindisch benahm, dann musste sie gerechterweise zugeben, dass sie sich nicht besser verhielt.

»Also«, sagte sie, als sie den Leerlauf einlegte und sich ihm zuwandte. »Ich glaube, wir sollten uns aussprechen.«

»Ich glaube das nicht.« Er langte nach dem Türgriff, öffnete die Tür und stieg wortlos aus. Rachel ärgerte sich über diesen neuen Affront und zuckte zusammen, als die Wagentür krachend zugeschlagen wurde. Als sie ihn um die Vorderseite des Wagens herumgehen sah, fiel ihr auf, wie mager er war. Ihr Gewissen regte sich wieder. Ob sie nun wütend auf ihn war oder nicht, dieser Mann musste essen. Sie drückte auf einen Knopf und ließ ihr Fenster herunter.

»Johnny?«

Er drehte den Kopf nach ihr um und hob die Augenbrauen. Rachel winkte ihn heran. Sein Gesicht nahm einen abweisenden Ausdruck an, als er sich der Fahrerseite näherte. Rachel, die bereits in ihrer Handtasche nach dem Scheckheft suchte, hatte es nicht bemerkt.

»Was ist?« Als sie aufblickte, stand er bereits neben dem Wagen. Ihre Finger berührten das kühle Vinyl ihres Scheckheftes. Triumphierend hielt sie es hoch.

»Ich werde dir deinen ersten Wochenlohn im voraus auszahlen.« Sie schlug das Scheckheft auf, zog den sorgfältig in die Falte gesteckten Kugelschreiber heraus und begann zu schreiben.

Er beugte sich hinunter. Sein Unterarm lehnte auf dem nicht ganz heruntergelassenen Fenster. Sein Kopf steckte halb in der Fensteröffnung, als er seine andere Hand nach ihr ausstreckte.

Rachel zuckte verwirrt zusammen, als sein Arm ihre Brüste berührte, realisierte aber sofort, dass er sie nicht belästigen wollte.

Seine langen Finger schlossen sich um ihr Handgelenk und hinderten sie daran, seinen Namen in die mit ›Empfänger‹ markierte Zeile zu setzen.

»Tun Sie mir keinen Gefallen«, sagte er grob. Seine Finger quetschten ihre zarte Haut zusammen, als sein Griff noch fester wurde. »Ich bin keiner dieser beschissenen Sozialfälle.«

Bevor Rachel ein Wort sagen konnte, ja, bevor sie überhaupt an eine Antwort denken konnte, stieß er einen unartikulierten Laut aus, der sie zwang, ihm in die Augen zu blicken. Für eine Sekunde, die längste Sekunde, die sie je in ihrem Leben durchlebt hatte, sah Rachel atemlos zu, wie seien Augen über ihr Gesicht wanderten. Und den Ausdruck darin würde sie nie vergessen. Seine Lippen öffneten sich, als ob er etwas sagen wollte, dann schlossen sie sich und blieben stumm. Seine Augen leerten sich, als ob hinter ihnen ein Vorhang gefallen wäre.

Als sie ihren Arm kaum spürbar bewegte, um sich aus seinem Griff zu befreien, zog er seine Hand sofort zurück und richtete sich auf, drehte sich um und ging langsam auf das Haus zu.

Rachel blickte ihm nach. Sie erschrak, als ihr bewusst wurde, dass ihr Herz plötzlich zu rasen anfing.

7

Hinter sich hörte er das Geräusch eines sich nähernden Wagens. Johnny fand es nicht der Mühe wert, sich umzudrehen oder den Daumen in die Höhe zu halten. Welcher zurechnungsfähige Mensch hier in Tylerville würde ihn ein Stück mitnehmen? Niemand. Er war Johnny Harris, der Mörder. Die Leute machten einen größeren Bogen um ihn als um ein totes Stinktier.

Verdammt, er konnte nicht einmal richtig essen. Bei der Erinnerung an die Demütigung beim Abendessen schoß ihm die Zornesröte ins Gesicht. Bisher hatte er nur darauf geachtet, seine Portion in den Magen zu bekommen, bevor sie ein anderer aß. Tischmanieren, Servietten und all das war für ihn nicht wichtig. Aber für *sie* war es wichtig! Verdammt noch mal, er würde lernen, wie man richtig isst. Es ließ ihn nicht los, dass er in Rachels Augen ungebildet war. Und es störte ihn auch, dass sie versucht hatte, ihm Geld zu geben. Ein Vorschuss auf seinen Lohn, so nannte sie es. Er nannte es Almosen. Der Gedanke, dass er der Empfänger gewesen wäre, brannte wie Feuer.

Ein neueres, rotes Kombimodell sauste an ihm vorbei. Für einen Moment erhellte die leuchtende Farbe das dunkel werdende Zwielicht. Johnny blickte dem Wagen mit einem Anflug von Neid nach. Ein Mann und eine Frau und ein kleines Mädchen und ein kleiner Junge saßen darin. Eine Familie. Er hatte sich immer vorgestellt, eine solche Familie zu haben. Zum Teufel noch mal, während der langen Jahre im Gefängnis hatte er sich so manches vorgestellt – es war das einzige gewesen, was ihn bei Verstand hielt.

Aber er befand sich hier, im jetzt, in der Wirklichkeit. Er trottete am Rand einer brüchigen Teerstraße entlang, die durch das ärmste Viertel des Bezirks führte. Halbeingestürzte Farmhäuser mit unvorstellbarem Gerümpel vor der Haustür und im Garten wechselten mit flachen Schuppen ab, in deren Höfen sich noch mehr Gerümpel auftürmte.

Kinder, barfüßig und schmutzig, spielten im hüfthohen Unkraut. Fettleibige Frauen in Kittelschürzen saßen mit bloßen Knien breitbeinig auf Bänken und starrten ihm von ihren baufälligen Veranden nach. Dürre, knochige Männer in Unterhemden kratzten sich unter den Achselhöhlen, als sie ihm nachblickten. Räudige Mischlingshunde huschten knurrend an ihm vorbei.

Willkommen zu Hause.

So schrecklich es war, er war Teil dieses Ortes und der Ort war ein Teil von ihm. Er hatte einmal zu diesen spielenden Kindern gehört, schmutzig und unterernährt wie sie waren. Seine Mutter war einmal genauso dick und schlampig gewesen wie die Frauen, die ihn jetzt anwiderten. Sein Vater war ein gemeiner, verkommener Mensch, der ständig fluchte und keine Prügelei ausließ. Er trug immer nur ein Unterhemd, wenn er zu Hause war. Aus den Flecken und Löchern zu schließen, war es wahrscheinlich immer das gleiche gewesen.

Das waren seine Leute. Ihre Lebenserfahrung war die seine. Ihr böses Blut floß in seinen Adern.

Einmal hatte er zu fliehen gehofft.

Einmal. Teufel noch mal, einmal hatte er alles mögliche gehofft.

Das einstöckige Holzhaus stand auf einer kleinen Anhöhe – so baufällig wie die anderen Behausungen. Der Kiesweg, der zu dem Haus führte, wurde von zwei durchgerosteten Lieferwagen flankiert. Einer hatte keine Reifen mehr und stand auf vier Zementblöcken. Hühner scharrten im Hof nach Körnern. Durch die geöffnete Haustür sah er das Flackern eines Fernsehers.

Es war jemand zu Hause. Johnny wusste nicht, ob er sich darüber freuen sollte.

Er ging die Auffahrt hinauf, trat auf die Veranda und blickte durch das Fliegengitter, das mit kleinen Löchern und Flecken übersät war.

Ein Mann lag auf einer durchhängenden Couch und sah fern. Ein alter Mann, ergraut und dünn, in einem zerfetzten, schmutzigen Unterhemd. Er hielt eine Flasche Billigbier am Mund.

Der Anblick schnürte Johnny die Kehle zu.

Zu Hause. So oder so. Er war zu Hause.

Er öffnete die Tür und ging hinein.

Willie Harris starrte den Eindringling einen Augenblick verdutzt an. Seine Augen verengten sich, als er ihn erkannte.

»Ach, du bist es«, sagte er verächtlich. »Ich wusste, dass du früher oder später auftauchen würdest, wie ein verdammtes Unkraut. Geh zur Seite, du stehst vor dem Fernseher.«

»Hallo, Dad«, sagte Johnny, freundlich und blieb stehen.

»Ich sagte, beweg deinen Hintern zur Seite!«

Johnny trat einen Schritt von der Couch weg. Nicht aus Angst vor seinem Vater oder seinen Fausthieben, sondern weil er das Innere des Hauses betrachten wollte, um zu sehen, was sich verändert hatte. Er ging in die kleine Küche

61

mit dem abgescheuerten, weißen Emaillespülbecken, dem runden Tisch, an dem sie immer gegessen hatten wenn es etwas zu essen gab. Ob es noch der alte Tisch war? Ein Wunder, dass dieses wacklige Etwas überlebt hatte. Schmutzige Teller stapelten sich in der Spüle, wie immer, nur waren es diesmal weniger. Die gleichen, rosageblümten Vorhänge, verschlissener denn je, hingen an einer gelblichen, ausgeleierten Kordel über dem Fenster.

Die beiden winzigen Schlafzimmer und ein noch winzigeres, kaum funktionierendes Badezimmer, waren unverändert geblieben. Johnny fragte sich, ob die Doppelmatratze, die in dem kleineren der beiden Schlafzimmer auf dem Fußboden lag, noch die gleiche war, auf der er und Buck und Grady immer geschlafen hatten. Sue Ann, das einzige Mädchen, hatte die Wohnzimmercouch für sich allein gehabt. Seine Eltern hatten sich das Bett in dem anderen Schlafzimmer geteilt, bis seine Mutter mit irgendeinem Kerl nach Chicago durchbrannte. Sein Vater hatte sich dann das erstbeste Flittchen ins Bett geholt, die auch manchmal mit einem der Jungen schlief – meistens mit Buck.

Daheim.

Er ging wieder in das Wohnzimmer zurück und schaltete den Fernseher ab.

»Verdammt noch mal!«, brüllte sein Vater. Sein Gesicht verzog sich vor Wut, als er die Bierflasche auf den Boden stellte und sich aufsetzte.

»Wie ist es dir ergangen, Dad?« Johnny nahm am Ende der Couch Platz, den Willies nackte Füße gerade freigemacht hatten. Er hielt seinen Vater davon ab, aufzustehen und das Fernsehen wieder anzuschalten, indem er ihn am Arm packte.

Sein Vater stank nach Bier und altem Mann.

»Verdammt noch mal! Fass mich nicht an!« Willie versuchte seinen Arm mit einem Ruck zu befreien, ohne Erfolg. Johnny, lächelte ihn an und verstärkte seinen Griff. Nicht fest genug, um ihm wehzutun, aber fest genug, um ihn zu warnen. Es hatte sich einiges geändert. Er würde sich nicht mehr mit einem Faustschlag auf den Mund, den Magen, oder wo immer sein Vater ihn traf, einschüchtern lassen.

»Du lebst jetzt allein hier?«

»Was zum Teufel geht dich das an? Hier ziehst du mir jedenfalls nicht ein!«

Während seiner zehnjährigen Abwesenheit, in der Willie seinen Sohn weder besucht noch angerufen hatte, waren die Erinnerungen an den alten Mann etwas gemildert worden. Er hatte tatsächlich gehofft, sein Vater würde sich über das Wiedersehen freuen.

»Ich will nicht einziehen. Ich habe eine Wohnung in der Stadt. Ich bin nur rausgekommen, um zu sehen, wie es dir geht.«

»Mir ging es verdammt viel besser, bevor du aufgetaucht bist.«

Nichts hatte sich geändert. Verdammt noch mal, änderte sich denn gar nichts in dieser Stadt?!

»Hast du was von Buck oder Sue Ann gehört?«

Willie schnaubte. »Was? Glaubst du, wir sind die gottverdammten Waltons oder was? Nein, hab' nichts von ihnen gehört. Ist mir auch scheißegal. Genauso scheißegal, ob ich was von dir höre oder nicht.«

Das schmerzte. Er hatte es nicht erwartet, aber das schmerzte.

Am liebsten wäre Johnny aufgestanden, zur Tür gegangen und nie wieder zurückgekehrt. Dann bräuchte er das alte Ekel nicht wieder zu sehen.

Aber er konnte es nicht dabei belassen. Eins hatte er im Gefängnis gelernt: Dinge und Menschen besaßen einen Wert. Sie waren Beziehungspunkte. Den meisten Menschen fielen sie in den Schoß, er aber suchte einen Beziehungspunkt in seinem Leben.

»Sieh mal, Dad«, sagte er ruhig. »Du hasst mich und ich

hasse dich, richtig? So war es immer gewesen. Aber das muss nicht so bleiben. Wir können es ändern. Es gibt zu viele Menschen auf dieser Welt, die niemanden haben. Willst du allein sterben? Niemanden haben, der zu deiner Beerdigung kommt? Verdammt noch mal, ich nicht! Wir sind eine Familie, Mann. Ein Blut. Will das nicht in deinen Kopf?«

Sein Vater starrte ihn einen Moment lang an. Dann griff er nach der Bierflasche am Boden und nahm einen kräftigen Schluck. Während Johnny ihn beobachtete, stieg schmerzend ein Funke der Hoffnung in ihm auf. Vielleicht, nur vielleicht, könnten sie neu anfangen.

Willie stellte die Flasche ab und wischte mit dem Handrücken über seinen Mund.

»Das Gefängnis hat dich anscheinend zu einem gottverdammten Waschlappen gemacht. Haben dich wohl klein gekriegt, was? Ein jammerndes Weib aus dir gemacht? Ich habe keine Zeit für dich. Verlasse mein Haus.«

Einen Augenblick lang musste Johnny gegen den unwiderstehlichen Drang ankämpfen, seine Faust in das heimtückische Gesicht seines Vaters zu schlagen. Er beherrschte sich, ließ den dürren Arm los, und stand auf.

»Ich hoffe, du verrottest in der Hölle, Alter«, sagte er unbewegt, machte auf dem Absatz kehrt und ging hinaus.

Das Zuschlagen der Tür war die einzige Antwort, die er bekam.

Er betrat den schmalen Trampelpfad, der hinter das Haus zu der Stelle führte, wo einst der Schuppen gestanden hatte. Er war noch da, windschief wie immer. Aus dem aufgeregten Gegackere schloss Johnny, dass er jetzt als Hühnerstall diente.

Er zog den Kopf ein, als er den Schuppen durch die niedrige Tür betrat.

Es war noch da. Er hatte es kaum zu hoffen gewagt, aber da stand es. Es war über und über mit Hühnerdreck bekleckert, die Reifen verrottet, der Plastiksitz aufgepickt, so dass der Schaumgummi hervorquoll. Aber da lehnte es an der Wand, genau wie er es verlassen hatte: sein Motorrad.

Mein Gott, was war er auf das Ding stolz gewesen! Eine Yahama 750, kirschrot mit silbernen Streifen, von seinem eigenen Geld gekauft, das er sich mit Gelegenheitsarbeiten in der Stadt verdient hatte; gehegt und gepflegt wie ein schönes Mädchen. Als sie damals gekommen waren, um ihn zu verhaften, hatte er es in den Schuppen gestellt, kaum ahnend, dass er es erst nach fast elf Jahren wiedersehen würde. Keiner schien es benutzt zu haben, außer den Hühnern natürlich.

Was den tatsächlichen Gebrauch betraf, so war es praktisch brandneu. Neue Reifen, vielleicht eine Überholung des Motors, und dann müsste es so gut fahren wie früher. Er wäre nicht länger auf seine Füße oder Rachel Grant angewiesen, um herumzukommen. Er würde motorisiert und unabhängig sein.

Ein dumpfes Knurren hinter ihm ließ Johnny auffahren. Ein Hund stand in der Tür, riesig und steifbeinig, mit gesträubtem Nackenfell und gefletschten Zähnen. Ein räudiger Köter, wie alle anderen auch, nur etwas größer. Unterernährt, zur Bösartigkeit erzogen, sicherlich gefährlich.

Sie hatten auch so einen Hund gehabt. Groß und hässlich und voller Hass – kein Wunder. Willie hatte ihn getreten und gequält, ihn an die Kette gelegt, ihn hungern lassen, damit er böse wurde. So böse wie der alte Mann selbst.

Nur war dieser Hund nicht angekettet.

Das Knurren wurde lauter, bedrohlicher. Der Kopf des Tieres senkte sich lauernd. Johnny spürte, wie sich seine Muskeln in Erwartung eines Angriffes spannten. Er blickte sich um, suchte nach einem Holzklotz oder ähnlichem Gegenstand, den er dem Hund auf den Schädel schlagen würde, wenn er ihn ansprang.

Aber er sprang ihn nicht an. Statt dessen hob er den Kopf und schnüffelte. Ein Küken flatterte auf und lief piepsend aus dem Stall, aber der Hund ließ sich dadurch nicht ablenken und starrte ihn unverwandt an.

Sein Verhalten überraschte Johnny. Neugierig betrachtete er den Hund. Seine Augen wanderten über das gelbbraune Fell, registrierten die Form des Kopfes und der Ohren und den buschigen, langen Schwanz. Eine fast unwahrscheinliche Möglichkeit kam ihm in den Sinn.

Der Hund winselte leise.

»Wolf?« Das konnte nicht sein. Der Hund war vier Jahre alt, als Johnny verhaftet wurde. Dann wäre er jetzt fünfzehn. Ein sehr hohes Alter für einen Mischling, der nichts anderes als Misshandlungen kannte.

»Wolf, bist du es?« Er hatte diesen verdammten Hund geliebt, so albern das klingen mochte. Die Welpe stammte von einem Wurf, den eine streunende Hündin in einer verlassenen Scheune zur Welt gebracht hatte. Mit seinen Brüdern und Freunden hatte Johnny die Hündin und ihre Welpen mit Steinen beworfen, aber nachts hatte er sich mit einer Schüssel Essensreste zurückgeschlichen. Die Hündin hatte ihren Argwohn ihm gegenüber nicht verloren, aber die Welpen, besonders die größte, hing wie eine Klette an ihm.

Eines Tages, als die Kleinen ungefähr sieben Wochen alt waren, fand er die Mutter tot am Straßenrand liegen. Er wusste nicht, was er mit den kleinen Hunden anfangen sollte und trug sie nach Hause. Er hätte es besser wissen müssen. Sein Vater hatte prompt vier der fünf winselnden, leckenden kleinen Wesen auf die Ladefläche seines Lasters geworfen und sich ihrer weiß Gott wo entledigt. Die fünfte Welpe, Wolf, durfte am Leben bleiben, weil Willie meinte, sie würde auf Grund ihrer Größe einen guten Wachhund abgeben. Trotz Johnnys Proteste, hatte Willie den Kleinen sofort an die Kette gelegt und reizte und quälte ihn, um ihn scharf zu machen. Obwohl Johnny alles versuchte, um den Hund zu schützen, hatte Willies Methode Erfolg. Johnny war der einzige Mensch auf der Welt, zu dem das Tier einen Bezug hatte.

Manchmal, im Gefängnis, wenn er nachts auf seiner Pritsche lag und an die Decke starrte, hatte er an Wolf gedacht und dass er ihn von allen am meisten vermisste.

War das nicht ein verdammt trauriger Kommentar zu seinem Leben?

Der Hund winselte erneut. In dem Bewusstsein, dass er leichtsinnig handelte und die Hand unterhalb des Gelenkes verlieren könnte, wenn der Hund zubiss, ging er auf ihn zu und streckte ihm seine Hand entgegen.

»Wolf? Komm her, mein Guter.«

Es war unglaublich. Der riesige Hund sank auf seinen Bauch und kroch vorwärts, als ob er mit seinem Verhalten Erkennen zeigen wollte, aber gleichzeitig einen grausamen Trick fürchtete. Johnny, fiel auf die Knie, um ihn zu begrüßen. Er vergrub seine Hände in dem rauen Fell, streichelte und kraulte den Hund, der vor Freude winselte, ihn leckte und mit dem Kopf anstubste.

»Ah, Wolf«, sagte er, als er die Wahrheit begriff, dass diese Kreatur, die er geliebt hatte, verschont worden war, um ihn zu begrüßen. Als sich der große, schwere Hundekopf auf seinen Schoß legte, schlang er seine Arme um den dicken Hals und vergrub sein Gesicht an der Seite des Tieres.

Zum ersten Mal seit elf Jahren weinte er.

8

»Rachel, wir haben ein Problem,«

Was war jetzt schon wieder los? dachte Rachel müde, als sie das Küchentelefon an das andere Ohr schob. Während der achtundvierzig Stunden seit Johnny Harris' Eintreffen in Tylerville schien ihr Leben nur noch aus Problemen zu bestehen. Und alle standen in direktem Bezug zu ihm. Genau wie dieses hier. So sicher wie Gott kleine grüne Äpfel wachsen ließ.

»Um was geht es, Ben?«

»Sie wissen ja, wir haben diese Kinder schon länger im Auge gehabt. Endlich habe ich eins von ihnen auf frischer Tat ertappt. Nur will Harris nicht, dass ich die Polizei rufe.«

»Was? Wieso nicht?«

»Wahrscheinlich, weil er selbst kriminell ist. Also sympathisiert er mit anderen Kriminellen. Aber woher soll ich das so genau wissen? Jedenfalls sagt er, wenn ich die Polizei rufe, tritt er mir in – nun, das möchte ich nicht wiederholen.«

»Oh, Gott!«

»Ich sage Ihnen nur, Rachel, lange kann ich diesen Burschen nicht mehr ertragen. Er fällt mir verdammt auf die Nerven.«

»Holen Sie ihn ans Telefon. Ich werde mit ihm reden. Nein, besser, ich komme gleich selbst in den Laden. Versuchen Sie, den Ladendieb solange festzuhalten, ja?«

»Mache ich. Und noch etwas, Rachel – –«

»Das sagen Sie mir, wenn ich da bin, Ben.«

Rachel legte den Hörer auf. Leider hatte ihre Mutter, die am Herd stand und Vaters geliebten Maispudding im Wasserbad zubereitete, in der Hoffnung, seinen nachlassenden Appetit anzuregen, jedes einzelne Wort der einseitigen Konversation mitbekommen. Das war unmissverständlich an Elisabeths gespanntem Gesichtsausdruck abzulesen.

»Wirst du nie auf mich hören, Rachel? Ich habe dir von Anfang an gesagt, dass du einen großen Fehler machst, diesem Burschen einen Job anzubieten. Ich verstehe nicht, wieso du so eigensinnig bist. In der Stadt kann ich den Leuten kaum in die Augen sehen, nachdem sich meine Bekannten erzählen, du würdest dich für diesen Harris einsetzen. Und wie sollte ich es Verna Edwards erklären, als sie mich in Tränen aufgelöst anrief …«

»Ich weiß, es ist schwer für dich, Mutter, und es tut mir

leid. Es tut mir auch für Mrs. Edwards leid. Aber ich glaube nicht, dass Johnny Marybeth getötet hat. Er ...«

»Johnny?« Elisabeth richtete sich alarmiert auf. Ihre Haltung erinnerte Rachel an einen Jagdhund, der plötzlich die Spur eines Kaninchens aufgenommen hatte.

»Rachel, da ist doch nichts dran, an diesem Gerede über dich und den Jungen, oder? Ich hoffe, meine eigene Tochter weiß, was sie sich schuldig ist und gibt sich nicht mit diesem Gesindel ab. Ausgerechnet mit einem Sträfling, der obendrein noch Jahre jünger ist als du, und ...«

»Hoffentlich, Mutter«, sagte Rachel freundlich und floh aus der Küche.

Es war Samstag, Spätnachmittag. Rob wollte sie in einer Stunde von Walnut-Grove abholen. Zum Glück war sie bereits frisiert und geschminkt, dachte Rachel, als sie die Treppen hinaufrannte. Sie brauchte nur ihr Kleid überzuziehen – ein kurzes granatrotes Gestricktes, das der Figur schmeichelte, mit halsfernem Kragen und kleinen Puffärmeln – dann die schwarze Strumpfhose, die schwarzen Pumps, die schwarzen Ohrclips, und sie war fertig.

Schnell strich sie noch einmal mit der Bürste durch das Haar. Aus dem dritten Stock klang der ›Jailhouse Rock‹ zu ihr hinab. Rachel warf einen letzten prüfenden Blick in den Spiegel, verließ ihr Schlafzimmer und rannte Tilda in die Arme, die ihr mit einem Stapel frisch gebügelter Bettwäsche entgegenkam.

»Wow! Sehen Sie heute hübsch aus!« Tilda nickte bewundernd mit dem Kopf, als sie Rachel von Kopf bis Fuß begutachtete. »Gehen Sie mit dem gutaussehenden Apotheker aus?«

»Ja.«

»Dacht' ich mir. Sie haben den dunkelroten Lippenstift genommen. Wir Frauen kennen uns mit Lippenrot aus, stimmt's?«

»Die Farbe passt zu meinem Kleid, Tilda«, sagte Rachel

etwas pikiert, aber bei Tildas zum Himmel gerollten Augen musste sie lachen. Winkend entfernte sie sich und versuchte die Treppen so geräuschlos wie möglich hinunterzugehen. Sie hatte Pech. Elisabeth erwartete sie an der Haustür.

»Komme nicht zu spät, Rachel. Du weißt, dass ich mir um euch Mädchen immer Sorgen mache. Besonders, wo dieser Bursche jetzt wieder hier ist.«

Rachel unterdrückte die Bemerkung, dass sie vierunddreißig Jahre alt sei, und als erwachsener Mensch selbst entscheiden könne, wann sie nach Hause käme.

»Es wird nicht so spät werden, Mutter.«

War sie jemals spätnachts nach Hause gekommen? fragte sich Rachel ironisch, als sie durch die beiden Torpfosten fuhr und auf die Hauptstraße in Richtung Stadt einbog. Ihr ganzes Leben lang war sie das Musterbeispiel einer gehorsamen, pflichtbewussten Tochter gewesen. Becky war diejenige, die kein Tanzfest und keine Party ausließ, die bis spät in die Nacht mit wechselnden jungen Männern ausging und zum Entsetzen ihrer Mutter mehrmals betrunken nach Hause kam. Ruhiger und weniger gefragt als ihre jüngere Schwester, hatte sich Rachel damit zufrieden gegeben, ihre Abende zu Hause mit einem Buch zu verbringen.

»Du wirst dein Leben noch verträumen!«, hatte Elisabeth sie gewarnt. Rachel wäre damals nicht auf den Gedanken gekommen, dass die Worte ihrer Mutter wahr werden könnten.

Nach ihrem Grundschulabschluß hatte Rachel ein nahe gelegenes College besucht. Aufgrund ihrer guten Noten konnte sie sich dann im Vanderbilt College einschreiben, das von Tylerville ungefähr drei Autostunden entfernt war. Nashville, wo sich das Vandy befand, trennten Lichtjahre von Tylerville. Nashville war eine elegante, lebhafte Stadt, die Rachel täglich anregte und belebte. Nur schweren Herzens kehrte sie mit dem Lehrerdiplom in der Hand nach Hause zurück, um die Sprösslinge von Tylerville zu unterrichten. Nicht, dass sie vorgehabt hätte, für immer High-School Lehrerin zu bleiben! Sie war, der festen Überzeugung gewesen, das Leben würde für sie etwas Besonderes, Wunderschönes bereithalten.

Dann kam dieser schicksalhafte Sommer – der lange, glühendheiße Sommer vor elf Jahren. Eine unheilvolle astrologische Konstellation musste die verheerenden Ereignisse ausgelöst haben. Sie war auf das Vandy zurückgekehrt, um an weiterbildenden Seminaren teilzunehmen, da sie später, irgendwann einmal, ihren Doktor machen wollte. Eines Nachmittags war sie auf einem Backsteinweg entlangspaziert, der quer durch das Universitätsgelände führte – den Kopf wie üblich in den Wolken. Sie hatte gerade die ersten Strophen eines Gedichtes für eine schriftstellerische Arbeit ersonnen, als ein Jogger vor ihr niederkniete, um sich seinen Schuh zuzubinden. Sie hatte ihn natürlich nicht bemerkt, war über ihn gestolpert und der Länge nach hingeschlagen.

Er hatte sie aufgehoben, sich tausendmal entschuldigt, während sie von Amors Pfeil getroffen wurde. Sie hatte sich auf der Stelle in den blendend aussehenden, dunkeläugigen Studenten verliebt. Sie war einfach hingerissen. Für den Rest des Sommers blieben die zwei unzertrennlich. Rachel erlebte ihre erste große Liebe. Wie war sie glücklich gewesen, als sie ihn in jenem Sommer nach Hause brachte, um ihn ihrer Familie vorzustellen. Sie hatten von Heirat gesprochen und sie hatte damit gerechnet, die Verlobung offiziell am Ende seines Besuchs auf Walnut-Grove bekannt zu geben.

Aber als Michael der schönen, lebhaften Becky begegnete, verliebte er sich sofort Hals über Kopf in sie. Rachel blieb nichts anderes übrig, als mit wachsendem Schmerz hilflos zuzusehen, wie der Mann, dem ihr Herz gehörte, sich mühelos vom Scharm ihrer Schwester einfangen ließ.

Nicht dass Becky sie verletzen wollte. Becky war eben Becky. Sie wäre nie auf die Idee gekommen, die Angelegenheit von Rachels Standpunkt aus zu betrachten. Wie ihre ältere Schwester, hatte sich Becky auf den ersten Blick rettungslos in Michael verliebt. Innerhalb eines Monats waren sie verlobt. Nach drei Monaten verheiratet. Rachel war, wie es nach außen hin erschien, mit bewundernswerter Haltung zurückgetreten und hatte sogar als Beckys Brautjungfer fungiert. Wäre nicht ungefähr zur gleichen Zeit Ablenkung durch Marybeths Edwards Ermordung gekommen, dann, so glaubte Rachel, wäre sie wahrscheinlich aus Schmerz, ihren Liebsten an ihre Schwester verloren zu haben, gestorben.

Die Wunde riss wieder auf, als Michael Becky nach Nashville mitnahm, um an der juristischen Fakultät das dritte Jahr, sein Abschlußjahr, zu absolvieren.

Rachel hatte es nicht über sich gebracht, Nashville wieder zu sehen.

So war sie zu Hause geblieben, zur Freude ihrer Eltern, die sich davor gefürchtet hatten, beide Töchter auf einmal zu verlieren. Es würde nur vorübergehend sein, hatte sie gedacht, vielleicht ein Jahr oder etwas mehr, um sich Zeit zu lassen, das seelische Gleichgewicht wieder zu finden. Sie hatte ihre Lehrtätigkeit an der High-School wieder aufgenommen, und nach einigen Monaten war der Schmerz erträglicher geworden. Sie widmete sich ganz ihrem Beruf und ihren Studenten und wartete auf die Wiederkehr der flammenden Erregung, die mit Michaels Fortgang aus ihrem Leben verschwunden war.

Nur dass es nie geschah. Dann wurde bei ihrem Vater Alzheimer diagnostiziert, und der Gedanke, Tylerville zu entrinnen, den sie irgendwo in ihrem Herzen eingemottet hatte, erübrigte sich. Becky war verheiratet und ausgezogen; ihre Mutter verzweifelt über das Schicksal, das ihrem Mann bevorstand. Rachel wurde dringend gebraucht. Natürlich wollte sie jede freie Minuten, solange sie es noch konnte, mit ihrem Vater verbringen. Aber manchmal hatte sie das Gefühl, dass das Leben an ihr vorbeizog, während sie auf den Tod ihres Vaters wartete.

Und das, so schalt sie sich, durfte eine liebende Tochter nicht denken. Rachel verjagte all diese Gedanken und konzentrierte sich stattdessen auf den Abend, der vor ihr lag.

Wie in den vergangenen beiden Jahren wollte Rob sie zu ›Heart Beat‹ mitnehmen, dem Open-air Konzert zu Gunsten einer Hilfsorganisation für Herzkranke, das am letzten Samstag im August auf den Anlagen des Country Clubs von Tylerville stattfinden sollte. Bei ihrer ersten Verabredung hatten sie sich bei ›Heart Beat‹ getroffen.

Sie würde Rob aus dem Laden anrufen müssen und ihn bitten, sie dort abzuholen. Nein – vor dem Laden, um zu verhindern, dass Rob Johnny begegnen könnte.

Während der letzten beiden Tage hatte Rob seine Ansichten zu dem Thema Johnny in vier aufeinander folgenden Telefonanrufen und bei einer Verabredung zum Lunch geklärt.

Warum musste das Leben so kompliziert sein? dachte Rachel seufzend. Sie hatte nur das getan, was sie moralisch für richtig hielt: Johnny eine zweite Chance zu geben. Die Folge davon war, dass ihr Dasein in ein totales Chaos stürzte. Wieviel einfacher wäre alles gewesen, wenn sie Johnnys kurzen Brief nicht beantwortet hätte aber dann, so gestand sich Rachel ein, hätte sie nicht in Frieden mit sich leben können. Gab es nicht diesen schönen Spruch, dass man die Saat zur eigenen Vernichtung selbst aussäen würde? Dieser Akt der Gutherzigkeit (oder Weichherzigkeit, wenn man Rob Glauben schenkte) war der Samen, der das Gleichgewicht ihrer Existenz zerstörte. Ihr Leben war ruhig und gleichmäßig verlaufen, bis zu dem Tag, an dem sie an dieser Bushaltestelle auf ihn gewartet hatte. Seitdem hatte sie kaum mehr eine ruhige Minute gehabt.

Eines war sonnenklar, Johnny Harris steckte in Schwierigkeiten – wie immer. Daran hatte sich nichts geändert.

Rachel parkte hinter dem Laden. Ihre Haltung straffte sich, als sie zur rückwärtigen Tür in den Laden ging. Olivia stand an der Kasse und tippte die Preise für Nägel und diverse Schreinerwerkzeuge ein, die Kay Nelson auf den Ladentisch gelegt hatte.

Kay war eine vollschlanke, schöne Frau, Anfang Dreißig, die während der Schulzeit eng mit Becky befreundet gewesen war. Im Gegensatz zu Becky war Kay unverheiratet geblieben. Sie besaß ein gut gehendes Blumengeschäft in der Stadtmitte und schien mit ihrem Single-Dasein recht zufrieden zu sein.

Olivia blickte auf, sah Rachel und zeigte mit dem Kinn auf den Lagerraum. »Oh, Rachel, sie sind da drinnen.« Rachel nickte. Bens Büro lag hinter dem Lagerraum, logischerweise der richtige Ort, um einen Ladendieb festzuhalten.

»Danke, Olivia.« Obwohl Olivias beunruhigender Tonfall einem aufmerksamen Zuhörer unmissverständlich gesagt hätte, dass etwas nicht in Ordnung sei, antwortete Rachel gelassen. Dieses interne Problem ging niemanden etwas an. Es würde den Klatschmühlen, die bereits Überstunden machten, nur noch mehr Stoff liefern.

Fest entschlossen, heiter und unbeschwert zu erscheinen lächelte sie Kay fröhlich an. »Hallo, Kay. Ich habe dich letzten Sonntag in der Kirche vermisst. Wie geht es dir?«

»Oh, bestens, Rachel. Aber was viel wichtiger ist, wie geht es dir?« In Kays Stimme schwang mehr Besorgnis mit, als dieser höflich gemeinten Frage zukam, und Rachel begriff sofort, dass Kay Bescheid wusste. Diese unausgesprochene Anteilnahme ärgerte sie maßlos, da sie aber weiterhin gelassen erscheinen wollte, riss sie sich zusammen,

»Oh, gut, danke. Willst du deinen Laden ausbauen?« Rachel wies auf ihre Einkäufe und wechselte damit vergnügt das Thema.

Kay blickte auf die verschiedenen Artikel auf dem Ladentisch und packte sie beinahe entschuldigend ein. »Oh, nein, die sind für meinen Bruder. Er ist der Handwerker der Familie. Hast du etwas von Becky gehört.«

Et tu, Brute, dachte Rachel, als sie begriff, dass Kay wie die meisten ihrer Kunden in den letzten beiden Tagen nur aus Neugier in den Laden gekommen waren. »Vergangene Woche. Soviel ich weiß, kommt sie zum Erntedankfest nach Hause, mit Michael und den Mädchen.«

»Dann werde ich sie besuchen.«

»Tu das«, sagte Rachel und verschwand winkend im Lagerraum. Wie erwartet stand die Tür zum Büro des Geschäftsführers offen. Das Telefon hing links neben ihr an der Wand. Sie hielt sich so kurz wie möglich auf, um in Robs Apotheke anzurufen. Sie hinterließ ihm eine Nachricht und hing ein. Da sich das Unvermeidliche nicht länger hinausschieben ließ, ging sie auf die geöffnete Tür zu. An der Türschwelle blieb sie stehen und betrachtete die Szene, die sich ihr bot.

Ein kleiner Junge mit zerzaustem Haar und dünnem, spitzem Gesicht saß in Bens großem Ledersessel hinter dem Schreibtisch. Johnny lehnte am Rand des Schreibtisches, den Rücken zur Tür und redete auf den Jungen ein. Sein überlanges Haar war zu einem ordentlichen Pferdeschwanz frisiert, der mit einem blauen Gummiband im Nacken zusammengehalten wurde. In seinem T-Shirt und den Jeans unterschied er sich deutlich von dem untersetzten, bebrillten Ben, der mit verschränkten Armen an der Wand lehnte. Bens gut gebügelte graue Hosen, das blaugestreifte Hemd und die dunkelblaue Krawatte stammten nicht gerade vom teuersten Herrenausstatter, waren aber tadellos und zeigten, wie sich ein Mann in seiner Position zu kleiden habe. Rachel fragte sich innerlich seufzend, ob Johnny sich nur zu dem Pferdeschwanz entschlossen hatte, um Ben zu ärgern. Es würde zu Johnny Harris passen.

Rachel trat ein, schloss leise die Tür und wappnete sich für die bevorstehende Diskussion. Als sie aufblickte, waren drei verschiedene Augenpaare auf sie gerichtet. Bens Augen zeigten offensichtlich Erleichterung, während Johnnys Ausdruck schwerer zu definieren war. Seit dem unseligen gemeinsamen Abendessen hatte sie weder mit ihm gesprochen noch ihn gesehen. Bei der Erinnerung an die Schlußszene an ihrem Wagen kribbelte es in ihrem Bauch.

»Rachel«, Ben löste sich von der Wand, nahm einen kleinen Plastikwecker vom Schreibtisch und hielt ihn in die Höhe. »Das hat er mitgenommen. Olivia hat ihn dabei beobachtet und als ich ihn festhielt, fand ich den hier unter seinem Hemd versteckt, genau wie sie es sagte.«

»Das ist eine gottverdammte Lüge!« Das aus dem Munde dieses schmächtigen Jungen, der nicht älter als sieben oder acht Jahre war! Er schien nicht im mindestens verängstigt zu sein. »Ich habe nicht gestohlen!«

»Wir haben dich auf frischer Tat ertappt, du kleiner Dieb! Es hilft dir nichts, wenn du es abstreitest!« Bens Stimme schwoll vor Wut an, als er dem Jungen den Wecker vors Gesicht hielt. »Und das ist auch nicht das erste Mal. Du hast hier mit deinen Freunden laufend etwas mitgehen lassen.«

»Wir haben gar nichts mitgehen lassen! Das müssen Sie uns erst mal beweisen!« Die kleine Stimme klang trotzig.

»Jetzt reicht's.« Ben wandte sich kopfschüttelnd zu Rachel um. »Er zeigt nicht einmal Reue. Wenn wir nicht die Polizei rufen, dann können wir genauso gut jedem Kind der Stadt die Einladung schicken, zum Stehlen in unseren Laden zu kommen.«

»Ich habe Ihnen gesagt, was ich von der Polizei halte, Zeigler, und das meine ich!« Die ruhig ausgesprochene Warnung kam von Johnny, der vom Schreibtisch gerutscht war, nachdem er dem Jungen etwas zugeflüstert hatte.

»Sie haben mir nichts zu sagen, Harris. Sie arbeiten für mich.« Ben hatte Letzteres leiser hinzugefügt.

»Ich arbeite für Rachel, nicht für Sie.«

Der unverschämte Ton in Johnnys Stimme passte sich dem Ausdruck seiner Augen an, die wütend zu Ben hinüber schossen. Ben zuckte zusammen. Johnny, lächelte ihn mit wachsender Herausforderung an.

»Ihr beide arbeitet für mich«, gab Rachel scharf zurück. Sie blickte hinauf in Johnnys Augenschlitze. Sein Gesichtsausdruck veränderte sich sofort, aber sie entdeckte keine Entschuldigung für sein Benehmen vom letzten Mal – und auch keinen Zorn. Ihr war nicht entgangen, dass er ihren Vornamen benutzt hatte, aber es war jetzt nicht der richtige Augenblick, um sich darüber aufzuhalten. »Ben hat vollkommen recht: Die Verfolgung von Ladendieben ist Teil der Geschäftsordnung, und dieses Kind gehört einer Bande von Jungen an, die wir im Verdacht haben, uns seit ungefähr sechs Monaten zu bestehlen. Endlich haben wir einen von ihnen dabei erwischt. Warum sollen wir nicht die Polizei rufen?«

»Weil er neun Jahre alt ist und Todesängste aussteht. Was für eine Frau sind Sie? Wie können Sie diesen kleinen Jungen der Polizei übergeben!« Seine Stimme war ein einziger Vorwurf.

»Eine Geschäftsfrau«, zischte Rachel und blickte wieder auf das Kind. Sie hatte sich getäuscht.

Er sah verängstigt aus, fand sie, als er die drei Erwachsenen beobachtete, die über sein weiteres Schicksal entschieden. Er versuchte nur krampfhaft, seine Furcht zu verbergen. Ihre Augen wanderten zu Johnny. Ihr Herz würde über ihren Verstand siegen. Er war noch so klein, trotz seiner frechen Reden. Sie hätte nicht gedacht, dass er neun Jahre alt war.

Rachel seufzte. Sie wusste bereits, dass sie die Polizei nicht rufen würde. »Ich möchte kurz mit ihm sprechen. Wie heißt er?«

Ben hob die Schultern. »Der kleine Bengel wollte uns nicht einmal das sagen.«

»Jeremy Watkins. Ich kenne seine Mutter«, antwortete Johnny bestimmt.

»Oh?« Rachel blickte ihn mit hochgezogenen Augenbrauen an.

»Erinnern Sie sich noch an Glenda, die Kellnerin bei ›Clock's‹?«

»Oh.« Diese eine Silbe war ungeheuer beredt. Darum stellte sich Johnny also vor den Jungen – seiner Mutter wegen. Aus irgendeinem Grund passte Rachel diese Version ganz und gar nicht. Auch nicht die Gewissheit, dass Johnny die Kellnerin offensichtlich beim Wort genommen hatte und ihrer Einladung gefolgt war. Jedenfalls kannte er den Jungen.

Ungewollt erinnerte sie sich seiner Stimme, als er mit schleppendem Tonfall zu ihr sagte, *Es ist zehn Jahre her, seitdem ich in Gesellschaft einer Frau war. Sie haben vielleicht Angst, dass ich geil bin.* Anscheinend hatte er die Gelegenheit beim Schopf gepackt und diesem Mangel Abhilfe geschaffen.

»Die Eltern lassen sich scheiden. Es ist schwer für das Kind. Haben Sie Nachsicht mit ihm.«

»Selbstverständlich billigen Sie kriminelles Verhalten, Harris. Wenn man früher, als Sie noch ein Kind waren, weniger Nachsicht mit Ihnen gehabt hätte, dann wären Sie vielleicht nicht im Gefängnis gelandet.« Bens Flüsterton war eine einzige Boshaftigkeit.

»Und wenn Ihnen früher jemand das Gesicht zurecht gerückt hätte, dann würden Sie jetzt vielleicht nicht als scheinheiliger Holzkopf rumlaufen. Aber das werden wir wohl nie erfahren, oder?«

»Oh, Sie …« Bens Fäuste ballten sich. Sein Gesicht lief zornrot an.

»Na, komm schon, Zeigler. Jederzeit.« Johnny lächelte wieder, unangenehm, die Augen hell und klar. Rachel merkte, dass er auf eine Prügelei aus war, und Ben, von dem sie mehr Vernunft erwartet hatte, reagierte auch nicht besser. Sie hoffte nur, Ben würde so viel Verstand haben und sich sagen, dass der jüngere, größere und kräftigere Mann ihn windelweich schlagen würde.

»Verdammt noch mal, jetzt reicht es mir!« Rachel fluchte selten. Dass sie die beiden Männer dazu getrieben hatten, machte sie noch zorniger. »Ich möchte, dass diese Unterhaltung sofort beendet wird. Kein Wort mehr! Ben, würden Sie bitte wieder in den Laden hinausgehen. Ich bin sicher, Olivia könnte Hilfe gebrauchen. Und was dich betrifft ...« Ihre Augen blitzten zu Johnny hinauf, nichts Gutes bedeutend. »Wir sprechen uns gleich. Zuerst möchte ich mit diesem Kind reden.«

»Wenn Sie diesen Bengel nicht anzeigen, kündige ich.« Bens Stimme bebte vor Zorn.

»Um so besser«, spottete Johnny, aber Ben schien es überhört zu haben. Rachel gelang es, im Augenblick wenigstens, Johnny einen kurzen, warnenden Seitenblick zuzuwerfen, während sie sich bemühte, ihren Geschäftsführer zu besänftigen.

»Das ist doch lächerlich, Ben. Sie sind jetzt seit sechs Jahren bei uns und ich werde Sie nicht gehen lassen. Aber ich behalte mir vor, nicht die Polizei zu rufen, wenn es mir richtig erscheint.«

»Wenn Sie nicht die Polizei rufen, kündige ich«, wiederholte er wütend, drehte sich um und marschierte aus dem Büro.

9

»Arschloch«, sagte Johnny.

»Du hältst den Mund.« Mehr brachte Rachel nicht über die Lippen. Statt dessen blitzte sie ihn wütend an, drehte ihm den Rücken zu und ging um den Schreibtisch herum, um sich mit dem Jungen auseinander zusetzen.

»Jeremy – – ist das dein Name?«

Er blickte zu ihr auf, tiefes Misstrauen in den Augen.

»Vielleicht … vielleicht auch nicht.«

»Ihr kannst du trauen, Jeremy. Die ist okay«, sagte Johnny, der neben ihr stand, beruhigend zu dem Jungen. Rachel biss die Zähne aufeinander.

»Würdest du das bitte mir überlassen?« sagte sie überfreundlich. Am liebsten hätte sie Johnny angebrüllt und ihn in übelster Weise beschimpft, aber sie beherrschte sich, weil sie den Jungen nicht unnötig erschrecken wollte.

»Wie Sie wünschen.« Johnny setzte sich wieder auf die Schreibtischkante und gab ihr damit zu verstehen, dass ihn das Problem nun nichts mehr anginge.

Rachel beachtete ihn nicht, ging vor dem Kind in die Hocke, so dass ihre Augen auf gleicher Höhe waren.

»Jeremy, ich weiß, dass du die Uhr unter deinem Hemd versteckt hast, und dass du das mit deinen Freunden nicht zum ersten Mal machst. Wahrscheinlich findet ihr es ungeheuer aufregend, Sachen mitzunehmen ohne dafür zu bezahlen. Du wolltest sehen, wie weit du das treiben kannst. Aber ich glaube, dir ist dabei nicht bewusst, dass das, was du getan hast, Diebstahl ist. Diebstahl ist Unrecht und kann dich in große Schwierigkeiten bringen. Die Polizei wird gerufen, du wirst verhaftet und kommst vor Gericht. Was dann geschieht, liegt beim Richter, aber ich garantiere dir, komisch ist das nicht.« Sie legte eine Pause ein, um ihren Worten Nachdruck zu verleihen und fuhr dann fort. »Ich werde diesmal nicht die Polizei rufen, weil ich finde, dass man dich vorher warnen sollte. Aber wenn du so etwas noch einmal wieder tust, hier oder in einem anderen Laden, dann bleibt mir oder den anderen keine Wahl. Hast du mich verstanden?«

Während sie sprach, waren die riesengroßen Kinderaugen verdächtig feucht geworden, als ob die Tränen nur darauf warteten, hervorzubrechen. Der Kleine tat ihr leid.

Impulsiv beugte sie sich vor, um ihn in die Arme zu nehmen. Aber kaum hatte sie ihn berührt, stieß Jeremy sie heftig von sich weg. Rachel landete auf ihrem Hintern, und
wenn Johnny sie nicht im letzten Moment bei der Schulter
gepackt hätte, wäre sie nach hinten übergekippt.

»Jeremy!«, sagte Johnny scharf, als er Rachel auf die
Beine half. Wenn sie keine hohen Absätze getragen hätte,
wäre sie wahrscheinlich sofort nach hinten gerollt, dachte
sie und kam sich wie ein Närrin vor.

»Haben Sie sich wehgetan?« fragte Johnny, leise und
legte seine Hand warm und tröstend auf ihren Arm. Sein
Gesicht kam dem ihren verwirrend nahe. Die Besorgnis in
seinen Augen versöhnte sie. Am liebsten hätte sie ihre Waf-
fen sofort gestreckt. Die Erinnerung an ihre erbitterte Auseinandersetzung kränkte sie immer noch, hatte aber ihren
Stachel verloren.

»Halb so schlimm.« Während sie das sagte, wischte sie
sich mit einer Hand die Stelle ihres Kleides ab, die mit dem
Fußboden in Berührung gekommen war.

»Lassen Sie mich das machen.« Der besorgte Ausdruck
in seinen Augen verschwand und wich dreistem Übermut,
als er mit seiner Handfläche über ihren Derriere strich, wie
sie es selbst getan hatte, nur dass seine Hand dort etwas
länger verweilte, wo ihre es nicht getan hatte. So sehr sich
die beiden Gesten glichen – ihre Wirkung war grundver-
schieden.

»Lass das!« Rachel war durch die Intimität dieser Berührung so überrascht, dass sie einen Satz zur Seite machte
und ihre Ermahnung lauter und schriller als gewollt her-
vorbrachte. Einen Augenblick fürchtete sie schon, Ben
würde durch die Hintertür hereinstürzen, um sie zu retten,
aber zu ihrer Erleichterung tat er das nicht. Er musste sich
außer Hörweite befunden haben.

»Ich wollte Ihnen nur helfen, den Staub abzuwischen«,
sagte Johnny unschuldig, obwohl seine Augen sie schalk-

haft und frech anblickten. Mit gerötetem Gesicht warf Rachel ihm einen strafenden Blick zu, bei dem er vor Scham im Boden hätte versinken müssen. Jedes Mal, wenn sie sich gerade dazu gratulieren wollte, Anstand und Schicklichkeit gegen seine Unverschämtheiten verteidigt zu haben, tat er sofort etwas, um sie aus dem Konzept zu bringen. Allmählich kam ihr der Verdacht, dass es Absicht war. Rachel spielte mit diesem Gedanken, schob ihn aber für eine spätere Betrachtung beiseite, da sie sich der Anwesenheit des kleinen Jungen erinnerte. Noch etwas befangen wandte sie sich ihm zu und entdeckte, dass er sie und Johnny sehr interessiert beobachtet hatte.

»Versprichst du mir, nie wieder etwas zu stehlen? Dann brauche ich nicht die Polizei zu rufen.« Ihre Gedanken waren immer noch mit Johnny Harris beschäftigt, so dass ihre Stimme vielleicht zu freundlich und nachsichtig klang, um das erhoffte Resultat zu bringen. Der Mann, der sie mit seinem vertrackten Lächeln und seinem verdammten Sexappeal beobachtete, lenkte sie zu sehr ab, um dem Jungen die nötige Strenge zu zeigen.

»Sie können nichts beweisen«, sagte das Kind.

Einen Augenblick war Rachel sprachlos über die undankbare, trotzige Antwort. Sie verscheuchte alles Nebensächliche aus ihrem Kopf und konzentrierte sich voll auf den Jungen. Kopfschüttelnd meinte sie ernst: »Da täuschst du dich, Jeremy. Wenn Mr. Zeigler, der Herr, der gerade hier war, und Miss Tompkins, das junge Mädchen hinter dem Ladentisch, vor Gericht gehen und gegen dich aussagen, können wir beweisen, dass du versucht hast, die Uhr zu stehlen. Aber wir hoffen, dass wir dieses Mal darauf verzichten können. Wenn es wieder passiert …«

»Das passiert nicht wieder. Ich werde mit Glenda reden.«

Johnny stellte sich neben sie. Zum Glück wurde ihr seelisches Gleichgewicht nicht weiter gestört, da sich Johnnys Aufmerksamkeit ganz auf den Jungen richtete.

»Sagen Sie es nicht meiner Mom.« Jeremys Kampfesmut fiel plötzlich in sich zusammen. Seine Unterlippe zitterte und schlagartig verwandelte er sich wieder in den kleinen ängstlichen Jungen, der er war. »Bitte, sagen Sie es nicht meiner Mom.«

»So wie du dich hier zu Miss Grant benommen hast, wird mir kaum etwas anderes übrig bleiben.« Die Entdeckung seiner Achillesferse erstaunte Rachel und Johnny gleichermaßen. Die trotzige Fassade war verwundbar geworden. Johnny kreuzte die Arme über seiner Brust und setzte eine strenge Miene auf. Jeremy blickte ihn kurz an. Dann senkten sich seine Augenlider. Er starrte auf den Boden, ein Bild kindlichen Jammers.

»Wenn Sie es ihr sagen, weint sie. In letzter Zeit weint sie sehr viel. Weil mein Dad eine Freundin hat und uns verlässt, um mit der Hure zusammenzuleben, und wir haben kein Geld, auch wenn Mom den ganzen Tag arbeitet. Letzte Woche haben sie uns den Strom abgestellt. Drei Tage hat es gedauert, bis Mom ihnen genug bezahlen konnte. Dann haben sie den Strom wieder angestellt. In unserem Wohnwagen wurde es richtig heiß, ohne Klimaanlage. Und das Fleisch im Eisschrank wurde schlecht und wir konnten uns erst gestern wieder neues Fleisch kaufen. Und der Wecker an ihrem Bett, der ist kaputt, und sie kann sich keinen neuen leisten, weil sie dafür das Fleisch gekauft hat, und wenn sie zu spät zur Arbeit kommt, wird sie ihren Job verlieren. Dann wird sie weinen und weinen und wir müssen wahrscheinlich zu meinem Dad und der Hure ziehen, und die beiden wollen uns nicht, aber sonst werden wir alle verhungern.«

Dieses stoßweise hervorgebrachte Bekenntnis traf Rachel ins Herz. Sie kauerte sich wieder hin, wollte das Kind am liebsten in die Arme nehmen, wusste es aber diesmal besser. Sie berührte sein Bluejeans-Knie und wollte ihm sagen, dass er die Uhr behalten könne, und alles, was er sonst noch bräuchte. Johnnys Hand legte sich auf ihre Schulter und hinderte sie daran. Sie blickte zu ihm auf. Warnend schüttelte er den Kopf. Rachel erkannte, dass seine Warnung berechtigt war. Sie sagte keinen Ton und nahm die Hand vom Knie des Jungen. Zu viel Nachsicht könnte das Gute, das ihre Ermahnungen bewirkt hatten, wieder zunichte machen.

»Du willst deiner Mutter doch nicht noch mehr Kummer machen, wenn du beim Stehlen erwischt wirst, oder?« Johnnys Stimme war gleichzeitig ernst und freundlich.

Jeremy blickte ihn kurz an. »Keiner kann es beweisen …« Etwas in Johnnys Ausdruck musste ihn endlich getroffen haben. Nachdem er Rachel scheu angeblickt hatte, senkte er seinen Kopf, »Nein, Sir.«

»Du bist ein braver Junge. Dann braucht deine Mutter nichts davon zu erfahren – dieses Mal. Wenn es ein nächstes Mal geben sollte, werden wir es ihr sagen und wir werden auch dafür sorgen, dass sie das hier erfährt. Jetzt entschuldigst du dich bei Miss Grant und machst, dass du nach Hause kommst. Du kannst durch die hintere Tür gehen, dann sieht dich keiner aus dem Laden.«

»Sie meinen diesen Mann? Der mag mich nicht.«

Rachel nahm an, dass Ben damit gemeint war.

»Nein«, antwortete Johnny. »Dem begegnest du nicht. Also, was sagst du jetzt zu Miss Grant?«

»Entschuldigung«, sagte Jeremy und warf ihr wieder diesen scheuen Blick zu. »Ich werde es nicht wieder tun.«

Auf ein Nicken von Johnny stand Jeremy von seinem Sessel auf und stürzte an Rachel vorbei zur Hintertür hinaus. Einen Augenblick lang hörten sie noch das Trappeln seiner Turnschuhe auf den Eichendielen. Die schwere Eisentür des Lieferanteneingangs öffnete sich quietschend und fiel mit einem dumpfen Laut ins Schloss. Jeremy war fort.

Rachel richtete sich auf. Verwirrt bemerkte sie, dass sie Johnny dabei so nahe kam, dass ihre Schulter seinen Oberkörper beinahe berührt hätte. Ihr Rock streifte seine Jeans.

Sie trat einen Schritt von ihm weg und überspielte ihre plötzliche Beklommenheit, indem sie den Schreibtischsessel, auf dem das Kind gesessen hatte, auf seinen alten Platz zurückschob. Das leichte Quietschen seiner Rollen verzehnfachte sich in der plötzlich entstandenen Stille.

»Danke, dass Sie nicht die Polizei gerufen haben«, sagte Johnny und ihr blieb keine andere Wahl, als ihn anzublicken. Wieder trat diese Wärme in seine Augen. Jeder, der nur den großtuerischen, aggressiven und kaltschnäuzigen Johnny kannte, wäre überrascht gewesen. Aber Rachel hatte immer gespürt, dass sie da war. Wäre er unter anderen Vorzeichen zur Welt gekommen, dann hätte er sich zu einem freundlichen, umgänglichen Menschen entwickelt, dachte sie bei sich, aber das Schicksal hatte sich gegen ihn verschworen. »Das Kind macht eine schwere Zeit durch.«

»Wenn er es wieder tut, muss ich es melden.« In ihrem Herzen wusste sie, dass keine Macht der Welt sie dazu gebracht hätte, das Kind der Polizei zu übergeben, nachdem sie in sein Leben geblickt hatte. Es war ihr schon schwer genug gefallen, ihm nicht die Uhr in die Hand zu drücken, als er wegrannte.

»Wenn er es wieder tut, werde ich ihm den Hintern versohlen, dass er eine Woche nicht mehr sitzen kann«, sagte Johnny. »Das beeindruckt ihn mehr als die Polizei, glauben Sie mir.«

»Ich finde es nicht richtig, Kinder zu schlagen.«

Er lächelte sie an. Seine Augen wurden plötzlich ganz blau. Ihr Leuchten verwirrte und blendete sie, als ob sie zu lange in die Sonne geblickt hatte. »Sie haben ein weiches Herz, Frau Lehrerin. Ich wusste, Sie würden nicht die Polizei rufen. So wie ich wusste, dass Sie mich nicht im Stich lassen würden, als ich sie um einen Job bat.«

»Warum wolltest du überhaupt hierher zurückkommen?« Diese Frage bewegte sie seit zwei Tagen, vor allem, nachdem der reuige Sünder, den sie unter ihre Fittiche nehmen wollte, nie eingetroffen war. Statt dessen war der echte Johnny Harris aus dem Bus gestiegen, unerträglich wie immer. Seine Ankunft in Tylerville war ein Stich in das Hornissennest der Ressentiments und beendete das Gleichmaß ihres Lebens. Er war offensichtlich nicht zurückgekehrt, um mit der Gemeinde Frieden zu schließen, sondern, wie es Rachel erschien, um ihr den Krieg zu erklären.

Seine Augen verengten sich, ihr Strahlen ließ nach. »Weil es meine Heimatstadt ist, und ich verdammt sein will, mich aus ihr vertreiben zu lassen, es sei denn, ich bin bereit, sie freiwillig zu verlassen.«

»Wenn du nur ...«

»Nur was?« Ein spöttischer Ton schlich sich in seine Stimme, als sie ihren Satz abbrach. Rachel blickte ihn unglücklich an. Wie sollte sie ihm nach dem vorangegangenen Debakel wegen seiner Tischmanieren zu verstehen geben, dass die Bürger von Tylerville sich ihm gegenüber vielleicht anders verhalten würden, wenn er mehr Entgegenkommen zeigte.

Er schien ihre Gedanken gelesen zu haben. Sein Gesicht verschloss sich, als er zu ihr herabblickte. Die Wärme war längst aus seinen Augen gewichen. Er hatte wieder seine Maske aufgesetzt. Das machte sie misstrauisch.

Ohne Warnung packte er sie beim Arm, ließ seine Augen über ihre Gestalt gleiten und drehte sie, ehe sie es verhindern konnte, einmal um die Achse. »Übrigens, das Kleid steht Ihnen sehr gut. Bringt Ihren Arsch richtig zur Geltung.«

Rachel zuckte zurück, Röte stieg ihr ins Gesicht. Bevor sie ihn zurechtweisen konnte, näherten sich auf dem Gang schwere Schritte.

Es war Rob. So gut es ging versuchte sie ihre Fassung wieder zu gewinnen und brachte bei seinem Eintreten ein verzerrtes Lächeln zu Stande. Aus Robs plötzlich gerunzelter Stirn schloss sie, dass ihre Begrüßung misslungen war.

»Alles in Ordnung, Rachel?« fragte er besorgt, als seine

Augen von ihrem Gesicht zu Johnny schwenkten und dort voller Misstrauen stehen blieben.

»Sie sind im richtigen Moment gekommen«, sagte Johnny und grinste frech. »Ich wollte ihr gerade das Kleid vom Leib reißen.«

»Erlauben Sie …« Rob blickte ihn feindselig an.

»Natürlich ist alles in Ordnung.« Schnell legte Rachel ihre Hand beruhigend auf Robs Arm. Die Verärgerung über Robs Schlussfolgerung, man könne sie nicht gefahrlos mit Johnny allein lassen und dessen unverschämte Antwort verliehen ihrer Stimme eine gewisse Schärfe. »Johnny macht nur einen Scherz. Nicht wahr?« Der drohende Unterton ihrer Frage warnte ihn, lieber mit ja zu antworten, falls er wisse, was für ihn gut sei.

»Oh, gewiss.« So wie er das sagte, klang es wieder äußerst provokativ. Rachel blickte ihn zornig an. Musste er immer über die Stränge schlagen und sich bei allen unbeliebt machen?

»Bist du fertig? Sonst kommen wir noch zu spät ins Konzert.« Robs Stimme klang schroff, als er ihre Hand von seinem Arm nahm und seine Finger mit den ihren verschlang.

Rachel zögerte, blickte von einem Mann zum anderen. Feindseligkeit lag in der Luft. Es wäre unangebracht gewesen, sie mit höflichen Floskeln miteinander bekannt zu machen.

Der Gegensatz zwischen ihnen war zu groß, als dass sie sich wahrscheinlich auf den ersten Blick sympathisch gewesen wären, auch wenn sie einander völlig unvoreingenommen begegnete wären. Rob war vierzig, wurde vor drei Jahren geschieden, wohlerzogen und gebildet und liebte Maßanzüge und Seidenkrawatten. Sein mittelgroßer, leicht untersetzter Körperbau erhöhte seine Achtbarkeit als Angehöriger des gehobenen Mittelstandes. Das hellbraune Haar war kurz geschnitten und tadellos gestylt, ohne die kahle Stelle, die auf seinem Hinterkopf entstand, verbergen zu wollen. Wenn er auch nicht so gut aussah wie der jüngere Mann und nicht dessen Erotik ausstrahlte, besaß er auf lange Sicht zweifellos die besseren Qualitäten. Und das zählte natürlich bei einer Frau mit Verstand.

»Ich bin fertig«, sagte Rachel und erwiderte den leichten Druck seiner Finger. »Aber bevor ich gehe, möchte ich noch kurz mit Johnny sprechen. Würde es dir sehr viel ausmachen im Laden auf mich zu warten?«

Rob blickte sie in gespielter Verzweiflung an und meinte, es würde ihm sehr viel ausmachen. Sie lächelte ihn kokett an.

»Bitte? Es dauert wirklich nur eine Sekunde, das verspreche ich dir.«

Er erwiderte ihr Lächeln nicht. Statt dessen warf er Johnny einen warnenden Blick zu.

»Ich werde im Lagerraum warten«, sagte er und deutete damit stillschweigend an, dass er in Hörweite sei, falls sie ihn brauchen sollte. Rachel seufzte innerlich, als er ihre Hand losließ und zur Tür hinausging. Was für ein ungleicher Kampf, das achtbare Tylerville dazuzubringen, Johnny mit etwas weniger Misstrauen und Ablehnung zu begegnen.

»Ich wusste nicht, dass Sie das süße kleine Weiblein spielen können, Frau Lehrerin.« Johnny lächelte etwas verkrampft. »*Bitte*«, sagt sie und schlägt ihre großen Augen zum Himmel auf, und schon schmilzt er dahin. Schlafen Sie mit ihm?«

»Eines Tages«, sagte Rachel prononciert, »wird dir jemand dein freches Mundwerk stopfen und ich wünschte, dieser Jemand wäre ich.«

»Beantworten Sie meine Frage: Tun Sie es?« Das Lächeln war verschwunden.

»Das geht dich nichts an. Und wenn du nicht ab sofort alles daran setzt, um dich mit Ben zu vertragen, schmeiß ich dich raus, und ohne Job landest du sofort wieder im Gefängnis. Na, wie gefällt dir das, mein Freund?«

Johnny verzog den Mund. »Sprechen Sie nie eine Drohung aus, die Sie nicht wahrmachen werden. Sie können mich genauso wenig rausschmeißen, wie sie diesen Jungen der Polizei übergeben haben.«

»Darauf würde ich mich nicht verlassen.« Zutiefst verärgert drehte sie ihm den Rücken zu und ging zur Tür. Sie spürte, wie er ihr nachsah. Die Vorstellung verunsicherte sie plötzlich. Es ließ sich nicht vermeiden, dass sie auf ihren hohen Absätzen ins Schwanken kam.

Als sie die Tür öffnen wollte, gab er einen sonderbaren Laut von sich, der sie veranlasste, sich überrascht umzudrehen.

»Rachel«, sagte er mit leiser, belegter Stimme, während sich seine Augen in die ihren bohrten, »schlafen Sie nicht mit ihm. Schlafen Sie statt dessen mit mir.«

Ihr Atem stockte, als sich seine Worte wie die Schlange der Verführung um sie legten. Nur mit äußerster Willenskraft gelang es ihr, die Türklinke herunterzudrücken und zu fliehen.

10

Das Konzert, das unter einem riesigen Zelt an dem kleinen See gegeben wurde, der den Clubgrund in zwei Hälften teilte, war ein großer Erfolg. Jedenfalls wurde das Rachel später gesagt. Sie war so mit ihren Gedanken beschäftigt, dass sie kaum einen Ton davon mitbekommen hatte.

Die Glut, die Johnnys Worte ungewollt in ihr entfacht hatten, war allmählich abgekühlt, als sich die gut gekleideten Sponsoren von ihren dreihundert-Dollar-Sitzen erhoben. Zu Mozart und Chopin hatten sich ihre erotischen Fantasien gesellt, als sie sich vorstellte, wie es sein würde, wenn sie mit Johnny Harris schliefe. Es hatte sie viel Willenskraft gekostet, die beschämend deutlichen Bilder zu verbannen, die sich auf ihrer geistigen Leinwand abspielten. Schwieriger war es, ihren Körper zur Raison zu bringen. Das plötzliche Bewußtwerden ihrer Sexualität ließ ihre Brüste anschwellen und das Blut in ihren Lenden schneller pulsieren. Nur mit einer logischen Einschätzung der Sachlage war es ihr gelungen, ihren Leib zu beruhigen. Johnny Harris kam als Bettgenosse nicht in Frage, auch wenn sie sich sexuell von ihm angezogen fühlte.

Außerdem würde sie nicht mit einem Mann schlafen, nur weil es ihr Körper verlangte. Wenn sie in ihrem Alter an einen Mann dachte, dann nur in Verbindung mit Heirat und Kindern. Unter diesem Aspekt konnte sie Johnny Harris vergessen.

Obwohl sie fest überzeugt war, dass er menschlich nie in der Lage gewesen wäre, das Verbrechen zu begehen, für das er eine zehnjährige Gefängnisstrafe absitzen musste, änderte dies nichts an der Tatsache, dass er ein Sträfling war, wie ihre Mutter so richtig bemerkt hatte. Dieses Stigma würde für immer an ihm haften. Wie die Meinung der Bürger, die ihn für schuldig hielten. Nur die Entdeckung des wahren Mörders könnte das ändern. Aber Rachel gestand sich ein, dass diese Lösung höchst unwahrscheinlich sei. Nachdem Johnny verhaftet worden war, hatte sie sich in Gedanken dauernd damit beschäftigt, die verschiedensten Tathergänge und Motive zu konstruieren, die Mary Edwards Tod erklärten. Dabei besetzte sie die Rolle des Mörders mit allen in Frage kommenden Verdächtigen, mit dem Ergebnis, dass sie sich niemanden aus ihrem Bekanntenkreis vorstellen konnte, der zu einer so furchtbaren Tat fähig war. Ihrer bevorzugten Theorie nach wurde das Mädchen Opfer eines Killers, der ihr zufällig begegnet war. Ein Serienmörder, ein Verrückter, jemand, der es auf junge Mädchen abgesehen hatte.

Aber im verschlafenen Tylerville schien das ebenfalls ziemlich weit hergeholt zu sein.

Als sie auf seinen Brief geantwortet hatte, dachte sie an

den jungen Johnny Harris. An ihren Studenten, der einer der wenigen war, der sich wie sie für Literatur und Dichtung interessierte, auch wenn er versuchte, das zu verheimlichen. Bücherlesen war unmännlich und Gedichtelesen schlichtweg weibisch. So hatte er als Heranwachsender seine Liebe für das Gedruckte wie ein geheimes Laster verborgen. Wenn sie ihn manchmal allein, ohne seine lärmenden Freunde angetroffen hatte, ermutigte sie ihn, mit ihr über Bücher zu sprechen. Ihre Unterhaltung hatte oft die verschiedensten Wege eingeschlagen. Berühmte Leute, Politik, Religion – sie hatten über alles diskutiert. Je länger er sich mit einem Thema auseinander gesetzt hatte, desto angeregter erzählte er und zeigte sich von einer Seite, die nur wenige an ihm erlebt hatten.

Etwas in ihm machte sie hellhörig. Wahrscheinlich war es das Aufleuchten ungewöhnlicher Intelligenz und Sensibilität, das wie eine flackernde Kerze durch die Maske seiner spöttischen Raubeinigkeit drang, die er täglich zur Schau trug. Johnny Harris, davon war sie immer überzeugt gewesen, war es wert, dass sie sich für ihn einsetzte. Damals hatte sie gehofft, ihn vor dem Leben zu erretten, an das er durch seine Geburt und die zermürbende Armut gebunden war. Später hatte sie gewünscht, ihn vor einem weit schlimmeren Schicksal zu bewahren.

Aber Wünsche wurden leider nicht immer wahr. Seine ungestüme Wildheit, vor der sie ihn in diesen Jahren oft gewarnt hatte, ergänzte das kaum ausreichende Beweismaterial, das zu seiner Verurteilung führte. Das Schlimmste war, dass er auf Grund seiner Aussage die letzte Person war, die Marybeth Edwards lebend gesehen hatte. Gegen den Willen ihrer Eltern hatte sich das Mädchen in jener Nacht aus dem Haus geschlichen. Er hatte es zugegeben. Er hatte sogar zugegeben, mit ihr geschlafen zu haben, auf dem Rücksitz im Lincoln ihres Vaters, der in der Auffahrt geparkt war. Johnny hatte ausgesagt, sie wäre gegen zwei

Uhr morgens ins Haus gegangen. Er hätte sie zur Hintertür begleitet und sie nicht hineingehen sehen; statt dessen wäre er auf sein Motorrad gestiegen und weggefahren.

Am nächsten Morgen wurde Marybeth Edwards fast eine Meile entfernt gefunden. Sie lag in einem Graben am Straßenrand. Ihr Körper war mit Blut und weißen Blütenblättern bedeckt.

Johnny hatte immer wieder beteuert und geschworen, sie nicht getötet zu haben. Man hatte ihm nicht geglaubt; man würde ihm niemals glauben. Jedenfalls nicht in Tylerville.

Sie konnte nicht mit ihm schlafen, so sehr sie der Gedanke daran insgeheim erregte. Auch wenn er nicht wegen Mordes verurteilt worden war – es war undenkbar. Sie war fünf Jahre älter als er, und er war einmal ihr Schüler gewesen. Tylerville würde in diesem Skandal baden.

Ihre Mutter würde sterben.

»Du bist sehr schweigsam heute Abend«, bemerkte Rob dicht an ihrem Ohr, als er einen Arm um ihre Schultern legte und sie den mondbeschienenen Weg am See entlangführte. Vor ihnen hatten noch andere Paare diesen Weg gewählt, um das Licht auf dem See und den klaren Sternenhimmel über sich zu bewundern. Die laue Nachtluft, der knirschende Kies unter den Füßen und die tanzenden Lichter auf dem Wasser waren dazu angetan, auch erregte Gemüter zu beruhigen.

Sie würde Johnny Harris aus ihren Gedanken verbannen, beschloss Rachel energisch und schmiegte sich an Robs Seite.

»Ich glaube, ich bin nur etwas müde.«

»Wir könnten zu mir nach Hause gehen, und gemütlich sein ...«

Rachel wusste genau, worauf er damit abzielte. Gemütlichsein hatte nichts damit zu tun. Komisch, wie oft war sie auf seinen Vorschlag eingegangen, auch wenn sie ahnte, wie der Abend enden würde. Diese Vorstellung hatte jetzt ihre Anziehungskraft verloren. *Schlafen Sie statt dessen mit mir,* hörte sie Johnny mit heiserer Stimme flüstern und sie erschauerte in Robs Arm.

»Kalt?«

»Nein.«

»Gut.« Im Schutz einer hohen Nordmannstanne zog er sie in seine Arme und küsste sie auf den Mund. Rachel musste sich zwingen, ihre Arme um seinen Nacken zu legen. Zum ersten Mal empfand sie seine Zunge als Fremdkörper in ihrem Mund. Instinktiv wollte sie ihr Gesicht abwenden.

Sie musste sich vor Augen halten, dass Rob ihre Zukunft war. In einer so kleinen Stadt wie Tylerville würde sie kaum einen besseren Anwärter als Ehemann und Vater finden. Und sie wollte beides.

»Hey, ihr zwei Turteltauben, aufhören. Ich weiß etwas Besseres.«

Die Stimme gehörte Dave Henley, dem Zahnarzt von Tylerville, der sie mit seiner Frau Susan in das Konzert begleitet hatte. Dave war Robs bester Freund. Rachel mochte ihn sehr. Noch mehr aber mochte sie Susan, mit der sie bereits seit der Schulzeit befreundet war. Sie wusste, dass beide hofften, sie und Rob würden ein Paar werden. Als Kleeblatt passten sie sehr gut zusammen.

»Verzieh dich, Henley. Siehst du nicht, dass wir beschäftigt sind?« Es war witzig gemeint. Er gab Rachel frei. Wenn sie ehrlich mit sich war, musste sie zugeben, dass sie die Unterbrechung begrüßte. Sie ließ Rob stehen, ging auf Susan zu, die sie verschwörerisch anlächelte.

»Na, was hast du vor?« fragte Rachel Dave neugierig.

Dave antwortete: »Am Highway Einundzwanzig wurde ein neues Lokal eröffnet. Hurrican O'Sheas, so heißt es, glaube ich. Die Musik soll gut sein, Tanzfläche, und …«

»Alkohol«, fügte Susan hinzu. Tylerville lag in einer trockenen Gegend, in der alkoholische Getränke einen unwiderstehlichen Reiz hatten.

»Wow!«, antwortete Rachel und lachte über Susans übertriebenen Eifer.

»Möchtest du hingehen?« fragte Rob, der zu Rachel trat und sie bei der Hand nahm. Er blickte sie lächelnd an. Seitdem sie mit ihm ausging, dachte sie mindestens zum hundertsten Male, was für ein beachtenswerter Mann er war. Was für eine Närrin sie war, ihn sich nicht sofort zu angeln! Nur in Büchern läuteten Glocken, schlugen Blitze ein und ertönten himmlische Chöre, wenn eine Frau Mr. Richtig gefunden hatte. Aber nur in Büchern existierte Mr. Richtig. Im wirklichen Leben gaben sich die meisten Frauen mit Mr. Gut Genug zufrieden.

»Gern. Warum nicht.« So konnte sie die Entscheidung, ob sie mit Rob ins Bett gehen würde, wenigstens ein bis zwei Stunden aufschieben. Wäre sie jetzt vor die Wahl gestellt, würde jede Faser ihres Körpers dagegen stimmen.

Die Fahrt zum Highway Einundzwanzig dauerte ungefähr eine halbe Stunde. Als sie den Wagen vor dem Hurrican O'Sheas parkten, so hieß das Lokal tatsächlich, tönte ihnen bereits ohrenbetäubender Lärm entgegen. In der Gegend von Tylerville gab es nicht viele Nachtlokale zur Auswahl und der letzte Kinofilm lief um einundzwanzig Uhr.

»Da scheint ja was los zu sein!« Dave grinste und zog die Tür auf. Rob ging mit den anderen achselzuckend hinein.

Das Lokal, so registrierte Rachel, war einmal eine Auto-Reparaturwerkstatt gewesen, deren Betonwände in einem leuchtenden Rot gestrichen worden waren. Stromkabel und Rohrleitungen waren wie die Decke dunkelgrau gehalten. In greller Neonschrift leuchteten die verschiedensten Namen wie Miller Lite, Beatles und so weiter, von den Wänden herab. Zwei nebeneinander stehende Klaviere mit einem Paar gestikulierender Sänger und einer langbeinigen Blonden im zitronengelben Satin schienen im Augenblick Ton und Rhythmus anzugeben. Der Tanzboden war voll gepackt von sich drehenden und windenden Leibern.

»Ein wilder Ort!«, sagte Susan.

»Das kann man wohl sagen«, pflichtete Dave ihr bei.

Rob nahm Rachels Hand und hielt sie fest als ob er fürchtete, sie in diesem Tohuwabohu zu verlieren. Glücklicherweise kamen sie an einem Tisch vorbei, der gerade frei wurde. Dave beschlagnahmte ihn mit einem triumphierenden Hurrah.

»Was möchten Sie trinken?« Eine Kellnerin mit Tablett und gezücktem Block erschien bereits, als sie Platz nahmen.

Sie bestellten. Rachel, die sich nicht viel aus Alkohol machte, wählte einen Daiquiri. Sie fand das Getränk schmackhaft und wusste aus Erfahrung, dass sie einen ganzen Abend zufrieden an einem einzigen Drink nippen konnte.

Rob litt sichtbar unter der unbarmherzigen lauten Musik. Rachel hätte mehr Gefallen an ihr gefunden, wenn sie ein oder zwei Dezibel leiser gewesen wäre, aber der Beat war mitreißend und sie ertappte sich dabei, wie sie mit ihren Zehenspitzen im Takt wippte. Dave kaute Popcorn und trank Bourbon mit Coke, während Susan die anderen Gäste mit gleichem Interesse wie Rachel beobachtete. Manche Frauen waren exotisch gekleidet, ultrakurze Miniröcke mit Netzstrümpfen und Tops, die mit glitzernden Pailletten bestickt waren. Unter den Lichtblitzen, die über den Tanzboden huschten, leuchteten sie wie Brillanten auf.

»Du lieber Himmel, würdest du so etwas anziehen?« schrie Susan Rachel ins Ohr und zeigte auf eine gertenschlanke, lederberockte Frau, die mit unwahrscheinlich roten Haaren an ihnen vorbeirauschte. Den Grund für Susans erstaunten Blick lieferte die Bluse jener Dame. Sie war schwarz und schmucklos, bis auf ein paar strategisch richtig platzierte Pailletten. Außerdem sah man deutlich, dass sie nichts darunter trug.

Rachel schüttelte den Kopf, als sie der Frau nachblickte, die sich bereits hingebungsvoll unter die Tanzenden gemischt hatte. Als sie die rhythmischen Zuckungen der Frau halb schockiert, halb belustigt beobachtete, wurde Rachels Aufmerksamkeit auf einen großen, schlanken, muskulösen Mann und eine blondhaarige Frau gelenkt.

Das Paar schien förmlich zusammenzukleben. Die sinnlichen Bewegungen schienen mehr einem Vorspiel als einem Tanz zu gleichen. Das Licht blitzte wieder auf und erhellte den Tanzboden nur für wenige Sekunden.

Diese wenigen Sekunden waren lang genug. Obwohl sie das Gefühl hatte, jemand hätte ihr einen Faustschlag in den Magen versetzt, erkannte sie den Mann mit der Blonden als Johnny Harris. Jener kohlschwarze Pferdeschwanz, einmalig in Tylerville, und die breitschultrige, schmalhüftige Gestalt, ließen keinen Irrtum zu. Ein Scheinwerfer flammte wieder auf. Seine Begleiterin kannte sie sogar dem Namen nach: Glenda, die Kellnerin von ›Clock's‹.

11

»Entschuldige. Ich möchte auf die Toilette gehen.« Rachel brauchte diese Ausrede dringend. Sie konnte hier nicht sitzen und zusehen, wie Johnny Harris Glenda umschlungen hielt. Nicht, nachdem diese Bilder in ihrer Fantasie abgelaufen waren.

Natürlich, so dachte sie bitter, als sie den engen dunklen Korridor zur Damentoilette entlangging, hatte es Johnny Harris immer mit den Frauen gehabt. Schon auf der High-School waren ihm die Mädchen nachgerannt.

Wenn sie ihn erotisch anziehend fand, und das musste sie sich eingestehen, dann konnte sie ihren Namen unter eine lange Liste setzen.

Der Toilettenraum war klein und wie der Korridor rot gestrichen. Die Backsteinwände waren zum Glück dick genug, um den barbarischen Lärm der Musik abzuschirmen.

Als Rachel eintrat, verließ die einzige Benutzerin den Raum. Erleichtert, allein zu sein, wusch sie ihre Hände und ließ das kalte Wasser eine Weile über ihre Handgelenke rinnen. Dann wölbte sie ihre Handflächen und trank daraus. Der Daiquiri, oder der Lärm, oder ihre eigenen Emotionen hatten ihren Magen in Aufruhr gebracht.

Eine zweite Frau trat ein. Rachel trocknete ihre Hände mit einem Papiertuch und ging hinaus. Sie würde an den Tisch zurückgehen und eine plötzliche Übelkeit vortäuschen, wenn sie dadurch dem Ort entfliehen konnte.

Die Herrentoilette befand sich gegenüber. Rachel überraschte es nicht, dass ihr ein Mann entgegenkam. Der Flur war dunkel, bis auf die roten Neonschilder, die die Toiletten kennzeichneten und die Lichtblitze vom Eingang, die die roten Wände in Abständen aufleuchten ließen. Sie drückte sich an die Korridorwand, um den Mann vorbeizulassen. Als er plötzlich eine Hand ausstreckte und sie beim Arm packte, schrie sie erschrocken auf.

Ihr Blick schoß zu seinem Gesicht hinauf. Es war Johnny Harris.

»Sie mischen sich unter das Volk?« Seine Frage glich mehr einem spöttischen Zischen.

»Du aber nicht«, erwiderte sie kühl.

»Nein, ich gehöre hierher«, stimmte er zu und zog sie näher an sich heran. Seine linke Hand hielt ihren Arm umschlossen. Rachel fühlte die Wärme und Kraft seiner Finger bis in ihre Zehenspitzen. In seiner rechten Hand hielt er ein halb volles Glas Bier. Sie hätte es nicht bemerkt, wenn er es nicht hochgehoben und daraus getrunken hätte.

»Ich bin überrascht, dass Ihr Freund Sie in ein solches Lokal ausführt. Er ist doch nicht der Typ, der das Jackett auszieht und seinen Spaß hat.«

»Wenn du jetzt bitte meinen Arm loslassen würdest. Ich werde wieder an unseren Tisch gehen und dort auf langweilige Art meinen Spaß haben.«

»Ich habe nicht gesagt, dass Sie langweilig sind, Rachel –
nur er. In Ihnen stecken ungeahnte – Fähigkeiten.« Die
Art, wie er das letzte Wort in die Länge zog, wie seine Augen über ihr Gesicht, dann über ihr Kleid wanderten, erregte und ärgerte sie zugleich.

»Würdest du mich bitte gehen lassen?« Ihre Stimme
klang schroff.

Er hob sein Bierglas, nahm einen zweiten Schluck und
schüttelte dann bedächtig seinen Kopf. Als er lächelte, erschienen seine Zähne in dem aufblitzenden Licht unglaublich weiß.

»Nicht, bevor Sie mit mir getanzt haben. Sie haben nicht
ein Mal getanzt. Ich habe Sie beobachtet.«

Der Gedanke, dass er sie die ganze Zeit nicht aus den
Augen gelassen hatte, steigerte ihre Nervosität. Rachel
schluckte. Dann schüttelte sie ihren Kopf.

»Danke. Sehr nett von dir. Aber das geht nicht. Ich muss
an meinen Tisch zurück und deine Begleitung wird dich bestimmt schon erwarten.«

»Glenda ist ein liebes Mädchen. Wir sind mit einer ganzen Clique hier und sie wird mich nicht vermissen. Machen
Sie sich keine Sorgen um Ihren Freund, er wird uns nicht
zu Gesicht bekommen. Wir werden da tanzen, wo es
hübsch dunkel ist.«

Seine Hand glitt zu ihrem Handgelenk hinunter. Während er sprach, zog er sie mit sich fort. Rachel widersetzte
sich.

»Johnny, nein.«

Er blieb stehen, hob die Schultern, schlang seine Finger
um die ihren und lächelte sie entwaffnend an. »Okay. Dann
werde ich Sie an den Tisch Ihrer Freunde zurückbringen.«

»Nein!«, erwiderte sie in panischer Angst. Die Vorstellung, was passieren könnte, wenn sich Rob und Johnny, ihretwegen in die Haare bekommen sollten, drehte ihr den
Magen um.

»Nein? Dann tanzen Sie mit mir, Rachel. Kommen Sie. Tanzen macht Spaß, und dann lasse ich sie gehen. Das verspreche ich.« Seine Augen funkelten sie an, spöttisch, abwartend. Vom Regen in die Traufe, dachte sie, und dann diese Versuchung. Rachel hatte es die Sprache verschlagen. Johnnys Hand lag warm auf der ihren. Er fasste ihr Schweigen als Zustimmung auf und zog sie den Korridor entlang.

Verärgert, beklommen, und ja, bereits von dem Gedanken verführt, mit ihm zu tanzen, blickte Rachel besorgt zur obersten Plattform hinauf, wo ihre Freunde saßen. In der Dunkelheit konnte sie weder den Tisch noch Rob ausfindig machen. Um sie herum wogte die Menge und sang zu den Klängen von ›You've Lost That Loving Feeling‹.

»Ich tanze nicht gern«, protestierte Rachel, als Johnny sein Bierglas auf einem übervollen Tisch abstellte und sie auf die Tanzfläche zog. Als der Song mit einem melodischen Schlussakt beendet wurde, rief einer der Entertainer: »Ist es auch dunkel genug für euch?«

Als darauf ein vielfaches »Nein!«, zur Antwort erscholl, verwandelte sich das Deckenlicht in einen glitzernden Ball, der den Raum mit winzigen, tanzenden Lichtpunkten übergoss.

»Ist das nicht romantisch?« Der Entertainer seufzte in seine Mikrophon und schlug die ersten Takte zu ›Be My Baby‹ an.

»Wenn das so ist, dann haben Sie nicht mit dem richtigen Mann getanzt.« Johnny hob ihre Hände auf seine Schultern, umfasste ihre Taille knapp oberhalb des Gürtels und zog sie an sich. Zaghaft ließ Rachel ihre Hände auf den Muskeln und festen Knochen seiner Schultern liegen. Er trug wieder eines seiner unzähligen weißen T-Shirts. Durch das dünne Baumwollgewebe spürte sie seine warme Haut. Trotz ihrer hohen Absätze überragte er sie um einiges. Sie war sich nicht im klaren, ob sie das Gefühl der Unterlegenheit mochte oder nicht, als ihr der Größenunterschied bewusst wurde.

»Wahrscheinlich glaubst du, nur du wärst der richtige Mann!«, antwortete Rachel spöttisch. Er roch etwas nach Schweiß und Bier. Jetzt, wo sie ihm so nahe war, fiel ihr das Reden leichter als das Denken. Obwohl ihr Körper den seinen nur leicht berührte, schienen sich ihre Sinne elektrisch aufzuladen.

»Kann sein«, sagte er. Seine Stimme hatte plötzlich einen rauen Ton bekommen. Als sie zu ihm hinaufblickte ruhten seine Augen auf ihr. Er lächelte nicht. Nur für einen Augenblick, nicht länger, glänzten seine rauchblauen Augen intensiv und dunkel auf. Dann zog er sie eng an sich und wirbelte sie herum.

›Be my … by my little Baby‹, tönte es sentimental von der Bühne.

Noch nie in ihrem Leben hatte Rachel so getanzt. Er drehte sich mit ihr, warf sie zurück, zog sie wieder in seine Arme, während sein Schenkel zwischen ihren Beinen das letzte Bollwerk der Vernunft zum Einstürzen brachte.

Nach einem kurzen panikartigen Versuch, sich von ihm zu lösen, versuchte Rachel nicht einmal mehr, sich zu wehren. Sie war ganz in seinem Bann. Er führte sie in den Himmel, oder in die Hölle – Rachel wusste es nicht – der Song, seine Männlichkeit und ihr erregtes Blut verbanden sich zu einer höchst explosiven Mixtur, die ihr den Verstand raubte. Aber das kümmerte sie nicht mehr.

Als die Musik geendet hatte, hing sie noch völlig verwirrt an ihm. Ihre Augen waren geschlossen, ihre Stirn ruhte an seiner Brust. Ihre Finger hielten sich an seinen Schultern fest. Sein Bein zwischen den ihren hatte den knielangen Rock heraufgeschoben. Die seidene Barriere ihrer Strumpfhose trug nichts dazu bei, ihre Haut vor der Berührung der Jeans zu schützen.

»Verstehen Sie jetzt, was ich meine?« murmelte er in

ihr Ohr, als die Lautsprecherstimme etwas sagte, was Rachel nicht verstand. Über ihnen setzten wieder die Lichtblitze ein.

Ohne Vorwarnung wieder in die Wirklichkeit versetzt, hob Rachel ihren Kopf von seiner Brust und blickte in ein frech aufblitzendes Augenpaar. Erst jetzt wurde ihr bewusst, wie verfänglich ihre Pose war. Sie riss ihre Hände von seinen Schultern, als ob sie plötzlich Zähne bekommen hätten und nach ihr schnappten. Dann befreite sie sich aus seinen Armen und trat einen Schritt zurück. Sie war aufgewühlt und konnte ihn nur anstarren. In der surrealen Beleuchtung blitzte sein T-Shirt weiß auf, betonte seine Schultern und die gestrafften Muskeln. Wie sein Körper besaß auch sein Gesicht eine gefährliche, maskuline Schönheit. Mit den starren Augen einer Schlange betrachtete er sie wie eine Beute. Rachel merkte, dass sie nicht mehr durchatmen konnte.

Von den beiden Klavieren ertönten die ersten Takte von Jerry Lee Levis' ›Great Balls of Fire‹. Um sie herum hatten die Paare wieder zu tanzen begonnen, deren Energie unerschöpflich zu sein schien.

»Ich … ich muss jetzt gehen«, sagte sie und blickte Gott weiß wohin, nur nicht in seine wissenden Augen. Ihr sichtliches Unbehagen veranlasste ihn zu einem breiten Grinsen.

»Sie können weglaufen, aber Sie können sich nicht verstecken.« Rachel empfand seine halblaut gesprochenen Worte als Versuchung, Aufforderung und Drohung zugleich. Er streckte die Arme nach ihr aus und wollte sie wieder an sich ziehen.

»Nein!«

Rachel drehte sich abrupt um und bahnte sich einen Weg durch die Tanzenden, um so schnell wie möglich an ihren Tisch zu gelangen. Johnny folgte ihr. Sie wusste es, ohne sich nach ihm umzublicken. Mit unfehlbarer Sicherheit spürte sie seine Nähe. Ihre Nackenhaare schienen sich aufzustellen.

Ohne ein Wort an ihn zu richten, setzte sie ihren Weg fort und hoffte ihren Tisch zu finden. Ihre Knie zitterten. Ihr Magen schien sich ständig zu drehen. Mit flatternden Fingern strich sie den Rock über ihren Knien glatt. Am besten, sie dachte gar nicht daran, wie er nach oben verrutschen konnte. Am besten sie verdrängte diese unglaubliche Viertelstunde aus ihrem Gedächtnis.

Das wäre ihr niemals gelungen. Von einer unwiderstehlichen Kraft gezogen, blickte sie sich schließlich um. Sie wollte Johnny noch einmal sehen, bevor sie sich wieder zu Rob an den Tisch setzte. Unter dem aufblitzenden Licht war es schwierig, eine Einzelperson ausfindig zu machen. Sein weiß aufleuchtendes T-Shirt half ihr dabei. Aber ob T-Shirt, oder nicht, vielleicht wurden ihre Augen auch magnetisch angezogen, wie ihr Körper.

Es sei dahingestellt, aus welchem Grund sie ihn entdeckte, bei seinem Anblick schien sie den Boden unter sich zu verlieren.

Er war wieder auf der Tanzfläche und gab mit Glenda seine erotische Version des Lambada zum Besten.

Wenigstens, so dachte Rachel, wusste sie, wo sie stand. Aus irgendeinem Grund, schloss Rachel, reizte es ihn, mit ihr zu spielen. Er wollte, dass sie ihn begehrte. Während ihre Gefühle für ihn Neuland für sie waren, empfand er für sie nur das, was er bei unzähligen anderen Frauen verspürte: Geilheit.

Das war doch das Wort, das er gebraucht hatte, oder? Es passte ausgezeichnet zu ihm, dachte sie aufgebracht.

Sie raffte die Reste ihrer angeschlagenen Würde zusammen und ging zu den Tischen hinauf, ohne noch einmal auf die Tanzfläche zurückzublicken. Wenn er ein geiler Bock war, dann bekam er hoffentlich das, was er wollte. Aber von ihr würde er es nie bekommen. Niemals.

Endlich hatte sie ihren Tisch ausfindig gemacht. Rob und Dave sprachen ernst miteinander. Rob zog die Stirn in Falten. Susan stand gerade von ihrem Stuhl auf. Rachel eilte auf ihre Freunde zu.

Sie würde nie wieder an den Tanz mit Johnny denken.

»Entschuldigt, dass es so lange gedauert hat«, murmelte sie und zwängte sich auf ihren Platz neben Rob. Er nah in ihre Hand und hob sie an seine Lippen.

»Wir dachten schon, du wärst hineingefallen«, sagte Susan scherzend und setzte sich wieder.

»Susan wollte gerade nach dir sehen. Wir hatten uns schon Sorgen um dich gemacht.« Mit diesen Worten korrigierte Rob Susans Bemerkung. »Geht es dir gut?«

Rachel ergriff sofort die Gelegenheit.

»Ehrlich gesagt, nein. Ich muss irgendeinen Bazillus erwischt haben.« Mit Namen Johnny Harris, dachte sie unwillkürlich, unterdrückte den Gedanken aber sofort. »Würde es euch sehr viel ausmachen, wenn wir gehen würden?«

Rob blickte zu den anderen, die ihren Kopf schüttelten. »Natürlich nicht. Die Musik ist für meinen Geschmack sowieso etwas zu laut. Gehen wir.«

Beim Verlassen des Nachtclubs hielt sie Rob fest bei der Hand und blickte nicht einmal zurück.

12

Aus der vibrierenden Dunkelheit am Rande der Tanzfläche ließ der Beobachter keinen Blick von Johnny Harris. Konnte er nicht den Sog dieser starren Augen spüren? Anscheinend nicht, denn er sah nie in seine Richtung.

Ein Kälteschauer nach dem anderen überfiel den Beobachter, obwohl die Hitze der wogenden menschlichen Körper Schweißperlen auf seine Stirn trieb. Wut, lange angestaute Wut stieg in ihm auf und durchdrang seinen Körper wie eisgrauer Nebel.

Wieder einmal gab Johnny Harris Anlass dazu, ihm eine Lektion zu erteilen.

Nur wollte der Beobachter dieses Mal sicher gehen, dass er sie nie vergessen würde.

13

Dieselbe Nacht, kurz nach drei Uhr. Johnnys Stimmung war auf dem Nullpunkt. Er jagte sein Motorrad durch die verlassenen Straßen von Tylerville. Das ohrenbetäubende Knattern der Maschine bereitete ihm eine kindische Freude. Am Montag würde er den Auspuff überholen lassen. Die Nacht war wunderschön, milde Luft, der Himmel fast wolkenlos, die Straße vor ihm vollmondbeschienen. Straßenlaternen brauchte man nicht, und das war gut so, denn in Tylerville waren sie Mangelware. Der Ort selbst war rückständig – eben ein Provinznest – was an und für sich gar nicht so schlecht gewesen wäre, wenn seine Bewohner nicht darauf gepocht hätten, es dabei zu belassen. Wenn er die Last seiner Vergangenheit, die ihn seit zehn Jahren quälte, endlich abgeschüttelt hatte, wollte er diese gottverdammte Stadt auf dem schnellsten Wege verlassen, bevor sie ihn auszehrte.

Der Wind, der sein Gesicht und seine bloßen Arme peitschte, tat gut. Die Maschine zwischen seinen Schenkeln war schnell und stark – und sie gehörte ihm. Er hatte gut gegessen, mehr getrunken als er vertragen konnte, und er hatte mit einer Frau geschlafen. Johnny verstand sich selbst nicht mehr. Wieso, in drei Teufelsnamen, fühlte er sich dann so beschissen?

Sein Innerstes kannte die Antwort, aber das änderte nichts an seinem Zustand.

Die Frau, mit der er geschlafen hatte, war nicht die Frau, die er wollte. Glenda war eine alte Freundin und hatte einen ganz manierlichen Körper. Er wollte nichts schlecht machen, was er seit so vielen Jahren entbehren musste. Aber es war nicht Glenda, die ihn steif gemacht hatte.

Es war Rachel. Miss Grant. Die Lehrerin. Seit seiner High-School-Zeit machte sie ihn an. Sie wäre entsetzt gewesen, wenn sie in den Kopf des Teenagers geblickt hätte. In den Unterrichtspausen und seinen langen, schlaflosen Nächten hatte er sich vorgestellt, wie sie nackt aussehen würde. Wie sie sich anfühlen würde. Welchen Laut sie von sich geben würde, wenn sie kam.

Aber es war bei der Vorstellung geblieben. Sie war unerreichbar für ihn, das hatte er wie ein Gebot akzeptiert. Eher würde er auf dein Mond landen als in ihrem Bett. Außerdem war da noch der Altersunterschied. Mit sechzehn, siebzehn oder achtzehn Jahren kamen einem fünf Jahre wie ein Vierteljahrhundert vor. Sie war Lehrerin und er einer ihrer Schüler – ein nicht zu brechendes Tabu. Außerdem erschienen ihm die gesellschaftlichen Schranken unüberwindbar. Rachel kam aus einer wohlhabenden Familie, die in einem herrschaftlichen alten Haus lebte, elegante Wagen fuhr, einen Gärtner und ein Dienstmädchen hatte, kurz, aus einer Familie mit Bildung und Stil. Damals in Johnnys Augen das Nonplusultra, während er und seine Familie, so weit er sich erinnern konnte, weißer Abschaum aus einem Armutsviertel war. Die ganze Stadt blickte auf sie herab. Die Kinder machten sich über seinen betrunkenen Vater lustig, über seine zerschlissene Kleidung und sein ungepflegtes, ungewaschenes Äußeres. Sie luden ihn weder nach Hause noch zu ihren Geburtstagspartys ein. Als er alt und gewieft genug war, um den anderen das Fürchten zu lernen, wurde er einigermaßen respektiert. Aber die netten Kinder, die in einem wohl behüteten Elternhaus aufwuchsen und später ein College besuchen würden, machten einen weiten Bogen um ihn. Es blieb ihm nichts anderes übrig, als sich mit dem Mob abzugeben. Seitdem hatte er es sich zu seiner Maxime gemacht, der Übelste von allen zu sein.

Rachel Grant hätte sich nie mit ihm abgegeben.

Johnny lachte innerlich belustigt auf, als er daran dachte, was für ein Kind er gewesen war. Er hatte Pläne, große Pläne. Er wollte Tylerville sofort nach seinem High-School-Abschluss verlassen, in die große weite Welt hinausziehen und sein Glück machen, obwohl er nicht genau wusste, wie er es bewerkstelligen würde, hatte er sich nicht mit Einzelheiten auseinander gesetzt. Sie waren damals unwichtig. Wichtig war nur, dass er zurückkehren würde, wenn er steinreich war. Dann würde er es den Snobs vom Country Club zeigen, die die Nase über ihn gerümpft hatten und er würde sich Miss Rachel Grants Zuneigung erzwingen oder erkaufen. In seiner jugendlichen Zuversicht war ihm nie der geringste Zweifel an der Durchführbarkeit seiner Träume gekommen.

Aber das Leben konnte die Menschen auf seine Art amputieren, und er war keine Ausnahme. Zehn Jahre seines Lebens hatte man ihm gestohlen. Jetzt wollte er keine einzige Minute verschwenden. Er wollte alles nachholen, was ihm entgangen war. Er wollte essen und trinken und lesen und arbeiten und vögeln wie es ihm gefiel. Seine Träume waren jetzt bescheidener, aber es waren immer noch Träume, die er mit allen Mitteln wahrmachen sollte.

Dazu gehörte in erster Linie Miss Grant ins Bett zu bekommen. Sie hatte heute nacht beim Tanzen wie eine Klette an ihm gehangen. Wenn das ein gutes Vorzeichen war, dann würde er bei ihr früher oder später Erfolg haben.

Er wäre vielleicht nicht gut genug, um sie bei einem Dinner zu unterhalten, aber gut genug, um ihr im Bett den besten Sex zu geben, den sie je bekommen hatte.

Das Motorrad fuhr die Hauptstraße entlang. Als die Eisenwarenhandlung in Sicht kam, ging Johnny mit dem Gas herunter. Ein Polizeiwagen parkte vor dem Haus. Motor und Scheinwerfer waren ausgestellt, sonst hätte er ihn früher bemerkt.

Seine Augen verengten sich und für eine Sekunde dachte er daran, gaszugeben und weiterzufahren. Aber in Tylerville konnte man nirgends hin, und wenn er ihnen heut nacht entwischte, dann wussten sie, wo sie ihn morgen finden würden.

Johnny fuhr auf den Parkplatz, bremste und stützte die Maschine mit einem Bein ab. Der Polizist stieg aus seinem Wagen und ging auf ihn zu. In seiner Hand hielt er eine lange Stablampe, die man leicht als Gummiknüppel verwenden konnte, wie Johnny, aus Erfahrung wusste.

Der Beamte war groß und untersetzt. Beim Näherkommen erkannte ihn Johnny als Polizeichef Wheatley. Der gleiche Mann, unter dem er damals wegen Mordes verhaftet wurde. Nicht besonders klug, aber im großen ganzen gerecht. Wenigstens, dachte Johnny, würde er nicht grundlos auf ihn einschlagen.

»Was wollen Sie?« In Johnnys Stimme lag eine gewisse Aufsässigkeit.

»Können Sie den Motor abstellen?« Mit einer Handbewegung wiederholte Wheatley seine Aufforderung, da das Motorengeräusch seine Worte übertönte.

Johnny zögerte. Schließlich drehte er die Zündung aus. In der plötzlich entstandenen Stille stieg er ab und stellte das Motorrad auf seinen Ständer. Dann nahm er seinen Helm ab, klemmte ihn unter den Arm und wandte sich dem Polizeichef zu.

»Habe ich unwissentlich das Gesetz gebrochen?«

»Haben Sie etwas getrunken?«

»Kann sein. Ich bin nicht betrunken. Wenn Sie einen Test mit mir machen wollen, bitte sehr.«

Wheatley schüttelte seinen Kopf. »Für so dumm halte ich Sie nicht, obwohl ich mich auch täuschen kann.«

Einen Augenblick standen sich die Männer stumm gegenüber und beäugten sich misstrauisch. Irgend etwas an dem Benehmen des Beamten war sonderbar. Johnny, der vom starken Arm des Gesetzes härtere Seiten gewohnt war, wusste nicht, wie er sich verhalten sollte und fragte spöttisch:

»Wollen Sie mir etwas sagen, oder starren Sie nur Löcher in die Luft?«

»Klugscheißer!« Wheatley verzog seinen Mund und stupste ihn mit der Stablampe gegen das Bein. »Ich habe schlechte Nachrichten.«

»Was für Nachrichten?«

»Es hat einen Unfall gegeben.«

»Unfall?« *Rachel.* Der Name kam Johnny sofort in den Sinn. Was dumm war. Wenn Rachel etwas zugestoßen wäre, hätte man wohl kaum ihn benachrichtigt.

»Yeah. Und ein schlimmer. Ihr Dad.«

»Mein Dad?«

»Yeah.«

Johnny, kam sich vor, als ob man ihm plötzlich die Lungen abgedrückt hätte. Er konnte gerade noch genügend Luft finden, um ein einziges Wort hervorzupressen.

»Tot?«

»Yeah. Tot. Er wurde von einem Zug überfahren, da wo die Schienen über die Straße gehen, nicht weit von seinem Haus. Sieht aus, als ob er betrunken war, obwohl wir da nicht sicher sind.«

»O Gott!« Johnny hatte nicht die Absicht gehabt, so viel Gefühl preiszugeben, nicht in Anwesenheit des Beamten. Aber er konnte nicht anders. Die Nachricht drang in sein Mark, entblößte ihn, ließ ihn wie aus einer geplatzten Arterie bluten. Sein Dad, der gemeine alte Hurensohn, war tot.

Johnny presste seine Lippen aufeinander und zwang sich, tief durch die Nase einzuatmen. Er hatte gelernt, in schwierigen Situationen mit sich umzugehen. Und er hatte auch gelernt, dass die Krise vorbeigehen würde, wenn er es fertig brachte, ruhig weiterzuatmen.

»Ich bitte Sie nur ungern darum, aber wir brauchen jemanden, der seine Leiche identifiziert. Es ist reine Formalität, da kein Zweifel darüber besteht, wer es ist. Aber ...«

»Sicher.«

»Ich fahre Sie hin. Kommen Sie.«

Das erste Mal in seinem Leben fuhr, er in einem Polizeiwagen ohne verhaftet worden zu sein.

14

Rachel erfuhr es am nächsten Morgen in der Kirche.

»Das ist Gottes Urteil, sage ich, über diese verkommene Familie.«

»Oh, nein, Ideell!«

»Aber ja! Diese Harris' sind durch und durch schlecht, und Gott in seiner Weisheit muss doch beschlossen haben, die Welt Schritt für Schritt von ihnen zu befreien, um die anständigen Menschen zu schützen. Das hoffe ich wenigstens. Ich werde nachts besser schlafen, wenn sie alle verschwunden sind.«

»Aber es ist doch furchtbar, wenn er so gehen musste!«

»Ich weiß, es ist schlecht von mir, das zu sagen, aber ich habe kein bisschen Mitleid mit diesem Mann! Es wäre nicht passiert, wenn er nicht volltrunken gestürzt wäre. Er hat sich sein Unglück selbst zuzuschreiben, wie die meisten Sünder.«

»Aber von einem Zug überfahren zu werden, Ideell ...«

Rachels Blut gefror. Obwohl Reverend Harvey bei seiner Predigt über die Selbstgefälligkeit der Menschen gerade zum donnernden Crescendo anhob, drehte sich Rachel in ihrer Bank zu den beiden flüsternden Frauen um.

»Mrs. Skaggs, von wem sprechen Sie?« Ihr eindringliches Zischen ließ die beiden – Mrs. Ashton war die andere Frau – überrascht auffahren. Sie hoben ihre silbergrauen

Köpfe und starrten Rachel an. Von ihrer Mutter erhielt Rachel einen heftigen Rippenstoß, den sie aber nicht beachtete. Über ihrem Kopf dröhnte die Stimme des Geistlichen. Die Umsitzenden warfen ihr einen strafenden Blick zu.

»Wer?« fragte Rachel mit einem schrillen Ton in der Stimme.

Mrs. Skaggs zuckte zusammen. »Willie Harris.«

Eine Welle der Erleichterung überflutete sie bei diesem Namen. »Ist er tot?« Ihre Stimme war leiser geworden.

»Ja.«

»Rachel, Gott sei Dank.« Elisabeth zupfte den bauschigen Seidenrock ihrer Tochter zurecht. Rachel drehte sich wieder um und bemühte sich, ihre vorherige andächtige Haltung einzunehmen und den Worten des Geistlichen zu lauschen. In Wahrheit hörte sie keine weitere Silbe mehr.

Willie Harris war tot. Wie würde Johnny das aufnehmen? So weit sie wusste, war er seinem Vater nicht besonders nahe gestanden. Aber viel war ihr eigentlich nicht über seine Familie und seine Kindheit bekannt. Jedenfalls musste es erschütternd sein, seinen Vater so unerwartet, und noch dazu auf diese furchtbare Weise, zu verlieren. Ihr Herz zog sich vor Mitgefühl zusammen.

Der Gottesdienst schien kein Ende zu nehmen. Anschließend verstreuten sich die Gemeindemitglieder auf dem Rasen vor der Kirche. Ihre Mutter, elegant wie immer, in einem kobaltblauen Seidenkostüm und winzigem, dazu passenden Hut, begrüßte Freunde und Bekannte und unterhielt sich mit ihnen. Rachel, die aus Erfahrung wusste, dass es unmöglich war, ihre Mutter zur Heimfahrt zu bewegen, bevor sie nicht ihr geliebtes, wöchentliches Ritual nach dem Kirchenbesuch beendet hatte, mischte sich unter die Menge, um so viel wie möglich über Willie Harris' Tod zu erfahren.

»… und sie werden ihn morgen früh am Kalvarien-Friedhof begraben«, schloss Kay Nelson flüsternd. Rachel hatte sich mit einer Gruppe um Kay geschart und wartete geduldig auf ein Zeichen ihrer Mutter. Rachel überraschte es, wie viele Einzelheiten über Willie Harris' Tod und seine Beerdigung Kay bereits zu Ohren gekommen waren. Das Telefon musste seit Tagesanbruch heißgelaufen sein.

»Das kommt mir furchtbar früh vor.« Kays Schwägerin Amy zeigte echtes Mitgefühl für das Opfer. Amy war sozusagen eine Außenseiterin. Sie war erst vor zwei Jahren nach Tylerville gezogen, als sie Kays jüngeren Bruder Jim geheiratet hatte. Man konnte von ihr also nicht erwarten, dass sie in die feinen Unterschiede eingeweiht war und wusste, wer in Tylerville jemand war und wer niemand war. Wenn ein prominenter Bürger Tylervilles unerwartet starb, wurde er manchmal fünf bis sechs Tage lang aufgebahrt, bis die Vorbereitungen für ein eindrucksvolles, großes Begräbnis getroffen waren. Bei einem Niemand, wie Willie Harris, war diese Wartezeit nicht erforderlich.

Jim Nelson hob die Schultern. »Den könnten sie genauso gut heute begraben. Ich glaube nicht, dass jemand anderes außer Johnny zu seiner Beerdigung geht. Es sei denn Buck und die kleine Harris kommen. Du wirst wahrscheinlich kaum einen Kranz verkaufen, Kay.«

Erst als Jim die Familienmitglieder der Harris' erwähnte, erinnerte sich Rachel, dass er auf der High-School ein Klassenkamerad von Johnny gewesen war Wenn sie ihr Gedächtnis nicht täuschte, hatte er sich ebenfalls einige Male mit Marybeth Edwards getroffen.

»Wie kannst du so etwas von mir sagen! Ich betrachte doch nicht jeden Todesfall in Tylerville als Einnahmequelle«, protestierte Kay und lachte, als sie ihren Bruder auf den Arm boxte. »Und außerdem ist es schrecklich, wenn man bedenkt, dass keiner zur Beerdigung des armen Mannes geht.«

»Ich gehe«, sagte Rachel plötzlich. Jim Nelson blickte zu ihr hinunter. Wie Kay war er kräftig und hoch gewachsen und machte in seinem Nadelstreifenanzug eine äußerst imposante Figur. Er war die Verkörperung eines erfolgreichen Kleinstadt-Anwaltes.

»Ich glaube, Sie haben immer ein Herz für Johnny gehabt, Rachel«, sagte er. »Wenn ich an unsere Schulzeit denke, so haben Sie ihm einiges durchgehen lassen, wofür Sie den Rest von uns am liebsten geteert und gefedert hätten.«

»Vielleicht war ich der Meinung, dass sein Milieu in gewisser Weise eine Entschuldigung für sein Betragen war.«

Rachel antwortete prompt und Jim schmunzelte zustimmend.

»Sagen Sie jetzt nicht, Sie haben Jimmy auf der High-School unterrichtet! Das ist ja nicht zu fassen!« Amys Augen betrachteten sie prüfend. Rachel wusste genau, was Amy sich in diesem Augenblick fragte: Wie alt bist du nur? Aber Amy war viel zu wohlerzogen, um diese Frage zu stellen.

»O ja. Und sie war eine strenge Lehrmeisterin.« Jim lächelte versonnen. »Und wie ich gehört habe, ist sie das immer noch.«

»Aber Jim Nelson!« Kay klang entrüstet. »Wie kannst du das sagen! Du weißt, wie lieb Rachel ist. Er will dich nur necken, Rachel.«

»Da irrst du dich. Rachel mag sehr lieb sein, aber Miss Grant konnte sehr unangenehm werden. Wir hatten alle Angst vor ihr. Sogar Johnny Harris. Nur bei ihr hat er sich von seiner besten Seite gezeigt, sonst nie.«

»Du warst mit ihm befreundet? Ich dachte …« Amys Stimme brach ab, als sie ihren Mann fragend anblickte.

Jim schüttelte den Kopf. »Nein. Er gehörte nicht zu unserem Freundeskreis. Wir spielten Tennis und Golf. Er brach mit seinen Freunden in Häuser ein.«

Kay starrte ihren Bruder an. Jims Augenbrauen hoben sich überrascht. »So schlecht war er nicht. Wie oft hat er bei uns den Rasen gemäht, wenn du Tennis oder Golf gespielt hast! Und zu Mama und mir war er immer ausgesucht höflich. Jedenfalls arbeitet Johnny jetzt bei Rachel, falls du es noch nicht wissen solltest.« Kay antwortete ihrem Bruder etwas spitz.

»Ach ja.« Jims Blick wanderte zu Rachel. »Ich verstehe nicht, wie Sie ihn einstellen konnten, wenn man bedenkt, was er der armen kleinen Marybeth angetan hat. Dafür hätte er die Todesstrafe verdient. Zehn Jahre sind doch ein Witz! Eigentlich müssten wir ihn aus Tylerville verjagen.«

»Jim!« Kay warf Rachel einen gequälten Blick zu.

»Ich sage ehrlich, was ich denke. Ich wäre ein Heuchler, wenn ich es nicht aussprechen würde.«

»Jeder hat das Recht, seine Meinung zu äußern.« Rachel lächelte kühl. »Und meine Meinung ist, dass Johnny Harris sie nicht getötet hat. Das war ein anderer.«

»Oh, Rachel, das würde ich auch gerne denken, aber wer?« Kays Stimme war freundlich, aber voller Skepsis.

»Hey, Jim-Bob, hast du heute nachmittag für eine Runde Golf Zeit?« Wiley Brown, Altersgenosse von Jim und frisch gewählter Bezirksrichter, trat auf die Gruppe zu, klopfte Jim auf die Schulter und begrüßte den Rest mit einem Kopfnicken. »Oder hält dich diese kleine Frau hier immer noch am Schürzenband fest?«

Amy errötete leicht bei dieser scherzhaften Bemerkung. Jim zupfte sie am Ohr und antwortete seinem Freund: ja, sehr gern. So gegen zwei? Dann treffen wir uns im Club. Dann kann ich vorher noch etwas essen.«

»Passt mir sehr gut.«

Die Unterhaltung ging zum Thema Golf über. Als Rachel sah, wie ihre Mutter auf zwei Freundinnen zusteuerte, entschuldigte sie sich eilig. Sie wollte Elisabeth abfangen, bevor ihr jemand zuvor kam.

Manchmal war es eine Tortur, Chauffeur ihrer Mutter zu sein.

Auf der kurzen Heimfahrt sagte Elisabeth vorwurfsvoll zu ihrer Tochter: »Wirklich, Rachel, wie konntest du in der

Kirche nur so laut reden?! Noch nie in meinem Leben war mir etwas so peinlich.«

»Tut mir leid, Mutter. Mrs. Skaggs und Mrs. Ashton flüsterten hinter uns. Ich habe etwas mitgehört, was mich sehr überrascht hat.«

»Über den Tod von diesem alten Harris, wenn mich mein sechster Sinn nicht täuscht«, meinte Elisabeth süffisant. Ihre Stimme klang herausfordernd, als sie fortfuhr. »Ich nehme an, du hast vor, zu seiner Beerdigung zu gehen?«

»Ja. Ganz richtig.«

»Du warst immer schon der größte Dickkopf der Welt! Wieso, bitte, musst du dich unbedingt mit diesen Leuten abgeben? Das ist doch nichts als Gesindel.« Elisabeth warf Rachel einen wütenden Blick zu.

Rachel biss ihre Zähne zusammen. Ihr Fuß beschleunigte den Wagen ohne dass sie es wollte, als sie die schmale Landstraße entlangfuhren. Wiesen mit schwarzen Angus-Rindern und kleinen Gruppen grasender Pferde flogen an ihnen vorbei.

»Um Gottes willen, Rachel, nicht so schnell!«, schrie ihre Mutter und klammerte sich an die Armstütze an ihrer Seite, als der Maxima die Kurve auf zwei Rädern zu nehmen schien. Rachel erinnerte sich wieder, wo sie war und was sie tat und ging mit der Geschwindigkeit herunter. Sie atmete tief durch, und wollte sich nur noch auf das Fahren konzentrieren. Seit Jahren hatte sie ihrer Mutter nicht mehr widersprochen. Es hatte im Allgemeinen keinen Sinn, da Elisabeth nie ihre Meinung änderte, auch wenn noch so viele Tatsachen ihren Standpunkt widerlegten. Aber dieses Mal würde Rachel Elisabeths Bemerkung nicht so einfach hinnehmen.

»Was meinst du mit Gesindel, Mutter? Arme Leute? Wenn Daddy gestorben wäre, als Becky und ich klein waren, dann wären wir auch arme Leute gewesen. Wären wir auch Gesindel gewesen?« Trotz ihrer Verärgerung achtete

Rachel auf den gleichmäßigen Tonfall ihrer Stimme. Ein Seitenblick zu ihrer Mutter sagte ihr, dass Elisabeth entrüstet war.

»Du weißt sehr wohl, wir wären kein Gesindel geworden. Geld hat nichts damit zu tun.«

»Was dann? Sind Tilda und J.D. Gesindel?«

»Rachel Elisabeth Grant, Tilda und J.D. sind feine Menschen! Sie sind Neger, aber sie sind sauber und höflich und so ehrlich und zuverlässig wie der Tag lang ist! Und das weißt du!«

»Tja, und was ist mit Wiley Brown? Er ist zwar Richter, aber er trinkt mehr als er vertragen kann, wie du sehr wohl weißt. Bei seiner Abschlussfeier im Auditorium der High-School war er so betrunken, dass er während der Feierlichkeiten einschlief und zu schnarchen begann. Ist er Gesindel? Oder die Bowens? Mrs. Bowen hat sich nach Europa abgesetzt und ihre Kinder verlassen. Gesindel? Oder zum Beispiel die Walshes? Er ist Kinderarzt, sie Krankenschwester, aber immer hat sie im Gesicht eine Prellung oder ein blaues Auge, weil sie angeblich gegen Türen oder sonst was rennt. Gesindel? Oder Rob. Er ist geschieden. Auch Gesindel?«

»Rachel, ich glaube, dich hat Gott mir geschickt, um mir meinen Verstand zu rauben! Du weißt genauso gut wie ich, dass keiner dieser Menschen Gesindel ist!«

»Dann erkläre mir, was Gesindel ist, Mutter. Ich möchte es wissen. Wenn einen Armut, schwarze Hautfarbe und Trunksucht nicht zu Gesindel macht, was dann? Oder die Ehefrau zu schlagen, die Kinder zu verlassen, sich von seiner Frau scheiden zu lassen? Erkläre mir bitte, was du darunter verstehst.«

Elisabeth rang nach Luft. »Ich bin vielleicht nicht in der Lage, es dir genau zu erklären, aber ich weiß, was Gesindel ist, wenn ich Gesindel sehe, und was noch wichtiger ist: du auch!«

Rachel merkte, dass sie zu zittern begann. Sie war nahe daran, ihrer Mutter gegenüber die Beherrschung zu verlieren. Ihre Stimme klang unbewegt, als sie sich an ihre Mutter wandte: »Höre mir jetzt gut zu, Mutter. Ich kann es nicht mehr ertragen, wenn du und jeder in dieser Stadt Johnny Harris als Gesindel abstempelt. Wenn du mir nicht erklären kannst, warum er es ist, dann sage das bitte nie wieder!«

»Ich muss doch bitten, Rachel! In welchem Ton sprichst du mit deiner Mutter!«

»Verzeih, Mutter, aber es ist mir ernst damit.«

Elisabeths Lippen verzogen sich zu einem Strich, ihre Augen verengten sich, als sie ihre Tochter abschätzend anblickte. »In der Stadt wird einiges über dich und diesen Jungen geredet. Ich habe es nicht beachtet, weil du meine Tochter bist, und weil du es auf Grund deiner Erziehung nicht besser weißt. Aber allmählich denke ich, dass vielleicht doch etwas Wahres daran ist. Als dein Vater noch ein junger Mann war, bevor er mich heiratete, war er wild und ungezügelt und setzte sich deswegen oft in die Nesseln. Zu meinem Bedauern muss ich dir sagen, du wirst genauso werden wie er.«

Diese doppelte Kritik an ihr und ihrem heiß geliebten Vater traf sie schwer. Rachels Beherrschung begann aus dem Ruder zu laufen. Sie warf ihrer Mutter einen kalten Blick zu, als sie in die Auffahrt einbog.

»Ich hoffe, dass es so ist, Mutter. Es wäre mir zuwider, wenn das Gegenteil der Fall wäre.«

Elisabeths Augen weiteten sich. Sie erblasste, als sie ihre Tochter ansah. Mit trotzig erhobenem Kinn weigerte sich Rachel, eine Entschuldigung hervorzubringen. Statt dessen fuhr sie den Wagen schwungvoll in die Remise und blieb ruckartig mit quietschenden Bremsen stehen.

»Du hast den Motor abgewürgt.« Wie jeder aus dem Freundeskreis der Familie, kannte Elisabeth die etwas unkonventionelle Fahrweise ihrer Tochter.

»Ich habe noch eine Besorgung zu machen. Geh schon ins Haus.«

»Eine Besorgung! Vergiss nicht, dass wir heute am Sonntag um zwei Uhr essen. Wir haben Gäste, daran brauche ich dich hoffentlich nicht zu erinnern.«

»Ich bin um zwei Uhr zurück. Steig bitte aus, Mutter.«

Halb seufzend, halb vor Wut schnaubend, stieg Elisabeth aus und bemühte sich, die Wagentür möglichst geräuschlos zu schließen. Eine Geste, die beredter als lautes Zuknallen war. Dann beugte sie sich hinunter und blickte durch das Beifahrerfenster zu Rachel.

»Du fährst in die Stadt, um diesen Harris zu besuchen, stimmt's?«

»Ja, Mutter. Das stimmt. Und vielleicht bringe ich ihn auch zum Essen mit.«

»Rachel!«

Rachels Augen funkelten, als sie Elisabeths Blick erwiderte. Ihre Hände umklammerten das Steuerrad so fest, dass ihre Knöchel weiß wurden. »Und wenn du ihm gegenüber nicht höflich bist, wenn du ihn nicht genauso freundlich wie jeden anderen Gast in diesem Hause begrüßt, dann, so schwöre ich dir, packe ich morgen meine Koffer und ziehe in die Stadt.«

»Rachel!«

»Es ist mein Ernst, Mutter«, sagte Rachel. »Geh bitte vom Wagen weg. Ich muss jetzt fahren.«

»Rachel!« In Elisabeths Stimme hielten sich Schmerz und Entrüstung die Waage. Dann richtete sie sich langsam auf und trat einen Schritt zurück. Als Rachel in den Rückspiegel blickte und in einem weiten Bogen zurückstieß, sah sie das fassungslose Gesicht ihrer Mutter, deren kleine zarte Gestalt sich etwas verloren vor dem riesigen weißen Haus abhob. Das erste Mal in ihrem Leben widersetzte sich Rachel ihrer Mutter, ohne ein Gefühl der Schuld aufkommen zu lassen. Sie stand zu dem, was sie gesagt hatte.

Wie so oft, blieb auch diese Konfrontation mit ihrer Mutter ohne Wirkung. Als sie vor der Eisenwarenhandlung parkte war Johnny nicht in seiner Wohnung. Sie fuhr bei Long vorbei, einem der beiden Bestattungsinstitute der Stadt, das seine Dienste weniger bedeutenden Bürgern, wie Willie Harris, zur Verfügung stellte, und erfuhr, dass Johnny noch nicht dagewesen war, obwohl Willie Harris am kommenden Tag um zehn Uhr früh beerdigt werden sollte. Rachel bedankte sich bei Sam Munson, dem Bestattungsunternehmer, und ging. Nur eine einzige Frage brannte in ihrem Kopf: Wo war Johnny? Rachel dachte an Glenda, und das Bild von dem gramgebeugten, einsamen Johnny änderte sich rasch. Natürlich war er bei Glenda! Er brauchte Rachel überhaupt nicht.

Sie atmete tief durch, streckte ihren Rücken durch und fuhr nach Hause. Der erleichterte Ausdruck auf Elisabeths Gesicht, als Rachel *allein* und pünktlich zum Essen erschien, war nur Salz auf ihrer Wunde.

15

Die sterblichen Überreste von Willie Harris lagen in einem geschlossenen grauen Sarg im vorderen Teil des kleinen, holzgetäfelten Raumes. Fünf Reihen altersschwacher Klappstühle, ungefähr vierzig an der Zahl, waren vom Begräbnisinstitut für den Gottesdienst aufgestellt worden. Anschließend sollte der Leichnam verbrannt werden.

Rachel saß in der vierten Reihe neben Kay Nelson. Kay, die wegen der Unterhaltung nach dem Kirchgang offensichtlich von Gewissensbissen geplagt wurde, hatte sich kurz vor Beginn der Trauerfeier eingefunden. Außer den beiden Frauen waren noch fünf weitere Trauergäste erschienen: zwei verhärmt aussehende, ärmlich gekleidete junge Frauen, die Rachel nicht kannte; Don Gillespie, der Besitzer des Hauses, das die Harris' so viele Jahre gemietet hatten; und Glenda Wright Watkins mit ihrem Sohn Jeremy.

Johnny erschien nicht. Auch die beiden anderen Harris Kinder nicht.

Glendas Anwesenheit ohne Johnny beunruhigte Rachel. Seit Sonntag Mittag hatte sie ihn mehrere Male in seiner Wohnung angerufen und war sogar am vergangenen Abend und an diesem Morgen vorbeigefahren, aber vergeblich. Johnny war nicht da. Sie hatte angenommen, er wäre irgendwo mit Glenda unterwegs. Aber Glenda saß zwei Reihen vor ihr, blond, mit gesenktem Kopf, die Hand auf dem Arm ihres Sohnes.

Wenn Johnny nicht bei ihnen war, wo war er dann? Rachel konnte das Ende der Zeremonie kaum erwarten, um mit Glenda zu sprechen. Als das letzte Gebet gesprochen war und die Trauergäste dem Ausgang zugingen, stand Rachel sofort auf. Kay neben ihr tat das gleiche.

»Hast du schon einmal so etwas Trauriges erlebt?« flüsterte Kay. »Nicht eines der Kinder ist hier. Glaubst du, dass er sie als Kinder schlecht behandelt hat?«

»Ich habe keine Ahnung«, antwortete Rachel, obwohl sie es besser wusste. Im ersten Jahr, in dem sie ihn unterrichtet hatte, war der sechzehnjährige Johnny oft genug mit blauen Augen und aufgeschlagenen Lippen in der Schule erschienen, so dass Rachel vermutet hatte, dass sein Vater ihn schlug. Ihr Verdacht hatte dazu geführt, dass sie die anderen Harris Kinder genauer beobachten wollte. Der große, massige Buck, zwei Jahre älter als Johnny, hatte die Schule ein Jahr vorher verlassen und fiel aus. Aber Grady, ein dünner, stiller Junge, drei Jahre jünger Johnny, und Sue Ann, die damals noch in der Grundschule war, hatten immer wieder die gleichen Verletzungen wie Johnny. Als Rachel Johnny gefragt hatte, ob sie misshandelt würden, hatte er ihr ins Gesicht gelacht und alles abgestritten, ohne jedoch Rachels Verdacht im geringsten zu zerstreuen. Sie bat ihren Vater um Rat und fragte ihn, was sie tun solle. Stan aber hatte ihr nur kurzangebunden geantwortet: Halte dich raus. Was sich hinter geschlossenen Türen abspielt, geht dich nichts an.

Diese lapidare Erklärung hatte eine der wenigen Auseinandersetzungen ausgelöst, die sie je mit ihrem Vater gehabt hatte.

Rachel beschloss, dass sie weder die Worte ihres Vaters, noch Johnnys Leugnen davon abhalten würden, den Kinderschutzbund der Gemeinde zu informieren, sobald sie bei einem der Harris Kinder wieder derartige Verletzungen bemerken würde.

Aber sie waren nie wieder zu sehen. Rachel hatte sich damals gesagt, dass sie voreilig geurteilt hätte. Sie war sich jetzt aber ziemlich sicher, dass Johnny seinem Vater von ihrem Verdacht berichtet hatte und dass er es daraufhin unterlassen hatte, seine Kinder zu misshandeln.

»Wer sind die?« flüsterte Kay und zeigte mit dem Kinn zu den beiden jungen Frauen. Eine von ihnen hatte Tränen in den Augen, als sie sich vom Sarg abwandte und dem Ausgang zuging.

»Ich kenne sie nicht. Entschuldige mich bitte, Kay. Ich muss noch mit jemanden sprechen.«

Rachel eilte Glenda und Jeremy nach.

»Hallo, Jeremy. Hallo, Mrs ... Watkins, richtig? Erinnern Sie sich an mich?« Rachel konnte nicht anders, als die Frau, mit der sie sprach, verstohlen von oben bis unten zu mustern. Glenda trug ein lavendelblaues Kostüm. Es war billige Konfektion, der Stoff Polyester. Der schlichte Schnitt schmeichelte ihrer Figur und war dem Anlass angepasst. Ihr üppiges Haar wurde im Nacken mit einer schwarzen Samtschleife zusammengehalten. Rachel musste zugeben, dass Glenda hübscher aussah, als sie anfangs vermutet hatte. Im Standard der Männer würde Glenda wahrscheinlich als attraktiver eingestuft werden als Rachel. Sie war groß und schlank, blond und frisch aussehend, mit Brüsten in der Größe von Honigmelonen. Rachel ertappte sich bei der Frage, ob sie echt wären, und gestand sich sofort eine gewisse Gehässigkeit ein.

Jeremy sagte kein Wort und starrte zu Rachel hinauf. Er trug saubere, aber ausgeblichene Jeans und ein ordentlich gebügeltes T-Shirt, woraus man schließen konnte, dass er für formelle Anlässe nicht so gut ausgestattet war wie seine Mutter. Seinem Verhalten nach schien er zu befürchten, Rachel hätte seine Mutter nur angesprochen, um sich mit ihr über ihn zu unterhalten. Obwohl Rachel ihm kurz und beruhigend zulächelte, blieb der misstrauische Ausdruck in seinem Gesicht.

»Aber selbstverständlich. Sie sind Miss Grant.« Glenda nickte und lächelte sie an, wobei sich ihr schmales Gesicht mit unzähligen Fältchen überzog, die sie plötzlich um Jahre älter machten. »Johnnys Lehrer-Freundin. Ich wusste nicht, dass Sie Jeremy kennen.«

Jeremy warf Rachel einen trotzigen und zugleich bittenden Blick zu.

»Wir haben uns durch Johnny kennen gelernt. Und ganz gut, glaube ich. Nicht wahr, Jeremy?« Rachel lächelte Jeremy an, bevor sie sich wieder an Glenda wandte. »Haben Sie Johnny gesehen? Ich wollte ihm kondolieren, aber ich konnte ihn nirgends finden.«

Glenda schüttelte den Kopf. »Das letzte Mal habe ich ihn Samstag nacht gesehen. Wir sind ziemlich spät zu mir nach Hause gekommen, ja, und dann hat er sich sofort auf den Heimweg gemacht. Ob Freund oder nicht Freund, ich lasse keinen Mann bei mir übernachten, wenn meine Kinder da sind. Am Sonntag hatte ich meinen freien Tag und den habe ich mit den Kindern verbracht. Erst gestern Abend habe ich von Mr. Harris erfahren. Und da dachte ich, ich gehe heute auf die Beerdigung, denn ich kenne Johnny schon lange und Freunde hat er ja nicht mehr.« Sie hob die

Schultern. »Aber er ist nicht einmal gekommen. Und ich muss sagen, es überrascht mich nicht.«

»Oh? Wieso nicht?«

»Gehen wir, Mom?« unterbrach Jeremy und zog Glenda an der Hand. »Du hast gesagt, wir gehen noch zum Burger King.«

»Gleich, Jeremy. Du weißt, dass man Erwachsene nicht unterbrechen darf.«

Glenda lächelte Rachel entschuldigend zu. »Kinder. Als Lehrerin wissen Sie ja, wie sie sind. Aber zu Ihrer Frage. Ich verstehe es, dass Johnny nicht hier ist. Mr. Harris hatte ihn schlecht behandelt. Zu seinen Kindern war er böse und gemein. Und er hat sie geschlagen. Auch wenn es dem Toten gegenüber respektlos ist«, sie nickte in Richtung Sarg, »ich muss dennoch die Wahrheit sagen.«

Rachel schauderte. »So etwas habe ich vermutet. Ich hatte Johnny darauf angesprochen, aber er hat es abgestritten.«

Glenda lachte. »Ja, das ist typisch Johnny.«

»Mom …« sagte Jeremy quengelnd.

»Noch einen Augenblick, Jeremy.«

Kay trat zu ihnen, lächelte Glenda unpersönlich an. »Rachel, entschuldige, aber könntest du mich bis zu meinem Geschäft mitnehmen? Jim hatte mich hier abgesetzt.« Beiden Frauen war die Kluft bewusst, die zwischen Kay und Glenda lag. Wie Rachel gehörte Kay der Kaste des Country Clubs an, während Glenda zu den Leuten gehörte, die das wohlhabende Tylerville kaum beachtete.

»Du kannst gerne mitfahren.« Die Antwort kostete sie einige Anstrengung. Rachel hoffte, dass sie ihren Unmut über die Störung nicht gezeigt hatte. Wenn Glenda noch mehr über Johnnys Kindheit erzählt hätte, dann bestimmt nicht in Kays Anwesenheit. Das wusste Rachel und erkannte auf einmal, dass sie so viel wie möglich über Johnny Harris erfahren wollte. »Kay, ich glaube, Du kennst Glenda Watkins und ihren Sohn Jeremy nicht. Glenda, das ist Kay Nelson.«

Kay nickte ihr höflich zu. »Sind Sie mit der Familie Harris befreundet?«

»Ich bin mit Johnny befreundet«, erklärte sie, um damit jede Beziehung zu Johnnys Vater auszuschließen.

»Befreundet Mom?« Jeremy gluckste. Seine Augen blickten verschmitzt zu seiner Mutter hinauf. »Nennst du das so? Neulich nachts habe ich gesehen, wie er seine Hand auf deinen ...«

»Jeremy Anthony Watkins!« In Sekundenschnelle legte sich Glendas Hand auf den Mund ihres Sohnes. Sie errötete, als sie den beiden anderen Frauen einen entschuldigenden Blick zuwarf. »Ich muss dieses Kind schnell abfüttern, sonst verwandelt es sich noch in ein Monster. Es hat mich gefreut, Sie wieder zu sehen, Miss Grant. Es war nett, Sie kennen zu lernen, Miss Nelson.«

Rachel und Kay verabschiedeten sich mit ein paar gemurmelten Worten, als Glenda ihren Sprössling mit sich fortzog.

»Seine Hand auf was gelegt ... ? Das möchte ich gern wissen!«, sinnierte Kay, als die beiden Frauen zum Wagen gingen.

»Keine Ahnung«, antwortete Rachel abweisend. Sie hatte keine Lust, weder über Glenda Watkins Beziehung zu Johnny Harris zu reden, noch sich darüber den Kopf zu zerbrechen.

»Ich wüsste schon wo«, sagte Kay kichernd, als sie in den Wagen stieg. Sie warf Rachel, die den Schlüssel in die Zündung steckte, einen nachsichtigen Blick zu. »Aber das sage ich nicht. Allerhand, dass Johnny Harris hier eine Frau gefunden hat, die sich mit ihm einlässt. Ich hätte gedacht, jede Frau würde sich vor ihm fürchten.«

»Ich glaube, Johnny und Glenda kennen sich schon sehr lange«, meinte Rachel kurz. Rachel trachtete jetzt nur noch danach, Kay so schnell wie möglich loszuwerden und übersah dabei eine Bodenwelle. Der Maxima machte einen Luftsprung. Ihre Lippen pressten sich aufeinander, als sie sich vornahm, besser auf die Straße zu achten.

»Weißt du, wer diese beiden Mädchen waren?« Kays Augen glänzten genüsslich, als sie sich wieder zurechtsetzte, um diese besondere Klatschgeschichte zum Besten zu geben. »Don Gillespie hat es mir gesagt. Das waren Nutten, Rachel. Echte Nutten. Ist das zu fassen?«

»Oh, Kay!« Rachel nahm ihre Augen von der Straße und warf ihrer Freundin einen skeptischen Blick zu. »Nutten?«

»Don sagte, Willie Harris wäre zweimal im Monat nach Louisville gefahren, pünktlich wie ein Uhrwerk, um eine von ihnen aufzusuchen. Er sagte, der alte Harris hätte mit diesem Mädchen seit ihrem zwölften Lebensjahr Verkehr gehabt.«

»Zwölf! Oh, Kay! Das kann nicht wahr sein!«

Kay hob die Schultern. »Er sagte, Willie Harris hätte damit geprahlt. Du lieber Gott, Rachel, pass auf! Wir kommen von der Straße ab!«

Die Reifen des Maxima fuhren bereits auf dem Kiesrand. Rachel riss das Steuerrad nach links und sie befanden sich wieder auf der Straße.

»Becky hat immer schon gesagt, du wärst ein miserabler Fahrer«, murmelte Kay und schüttelte ihren Kopf.

»Becky ist in allem so perfekt, dass sie andere Leute gerne kritisiert«, erwiderte Rachel etwas spitz.

»Oh-ho!« Kay lachte. »Schwesternliebe! Was bin ich froh, dass ich nur Brüder habe. Stop, Rachel! Du fährst an meinem Laden vorbei.«

Der Maxima war tatsächlich an dem kleinen Backsteinhaus vorbeigefahren, in dem Kay ihr Blumengeschäft mit dem Namen ›Sag es mit Blumen‹ gemietet hatte. Sie biss ihre Zähne zusammen, wendete den Wagen und hielt vor Kays Laden.

Kay öffnete die Wagentür und blickte Rachel fragend an. »Kommst du heute Abend zu dem Vortrag im Gemeindesaal?«

»Ich glaube nicht. Aber Mutter kommt bestimmt.«

Kay lächelte. »Deine Mutter ist fabelhaft. Wusstest du, dass sie die Restsumme gespendet hat, die uns zur Wiederherstellung des Friedhofgartens der alten Baptistenkirche fehlte? Ich werde im Herbst die Bäume ausschneiden und Blumenzwiebeln stecken. Den Rest erledige ich dann im Frühjahr. Es wird wunderschön.«

»Ich freue mich schon, wenn sie blühen«, antwortete Rachel höflich.

Kay kicherte. »Ich weiß, ich weiß, nicht jeder interessiert sich so für Blumen wie ich. Aber ihr werdet wirklich staunen, das weiß ich jetzt schon.« Ihre Stimme wurde plötzlich ernst. »Ich liebe diesen Friedhof und es tut mir weh, dass er so vernachlässigt wird.«

»Die Gemeinde kann sich freuen, eine so engagierte Vorsitzende zu haben«, meinte Rachel.

»Nicht wahr?« Kay lachte belustigt auf. »Tja, dann lasse ich dich jetzt weiterfahren. Danke fürs Mitnehmen. Sag deiner Mutter, dass ich heute Abend komme.«

Kay stieg aus, schlug die Tür zu. Rachel wendete schwungvoll und fuhr weiter. Sie war mit der Renovierung und Verschönerung der alten Baptistenkirche einverstanden, nur wollte sie sich in diesem Augenblick nicht länger mit der ältesten Kirche Tylervilles befassen. Sie war nur daran interessiert, Johnny zu finden.

Ihr nächster Halt galt Grants Eisenwarenhandlung. Vielleicht war Johnny zur Arbeit erschienen anstatt zur Beerdigung seines Vaters zu gehen.

Olivia, an ihrer Kasse, schüttelte den Kopf. »Er war den ganzen Vormittag nicht da. Ben sagte, er hätte auch nicht angerufen, um sich abzumelden.«

Der Laden war leer, bis auf einen Kunden, der sich außer

Hörweite befand und mit Farbmusterkarten beschäftigt war, so dass Olivias herausposaunte Nachricht nur auf Rachels Ohren traf. Später würde Rachel Olivia wegen ihres lauten Mundwerks Vorhaltungen machen, im Augenblick aber war sie nur um Johnny besorgt.

Wenn er nicht bei Glenda war, wo war er dann?

»Rachel, kann ich Sie einen Moment sprechen?« Ben hatte ihre Stimme gehört und steckte den Kopf aus der Lagerraumtür. Rachel wollte ablehnen, aber Ben ging bereits auf sein Büro zu. Mit einem kleinen Seufzer folgte sie ihm.

Ben lehnte mit überkreuzten Armen an der Kante seines Schreibtisches, als Rachel die Tür hinter sich schloss und ihn fragend anblickte.

Johnny Harris ist heute morgen nicht zur Arbeit erschienen.«

»Sein Vater wurde heute vormittag beerdigt«, antwortete Rachel zu seiner Verteidigung, ohne zu erwähnen, dass Johnny nicht zum Friedhof gekommen war.

»Er hätte mir trotzdem vorher Bescheid sagen müssen, das wissen Sie genauso gut wie ich.«

»Es hat ihn wahrscheinlich sehr erschüttert.«

Ben schnaubte. »Den erschüttert nichts, höchstens ein Erschießungskommando. Rachel, er ist schlecht für das Geschäft. Die Hälfte unserer Kunden will sich nicht von ihm bedienen lassen und die andere Hälfte kommt nur herein, um ihn anzugaffen! Er ist frech und aufsässig, und so wie er aussieht, kann er gleich zu dieser Motorradbande, den Hell's Angels, gehen. Am Samstag sagte ich Ihnen, ich würde kündigen, wenn Sie den Jungen gehen lassen, ohne die Polizei zu rufen. Und Sie haben ihn gehen lassen. Mein Kündigungsschreiben liegt hier.«

Er holte einen Umschlag aus der Schreibtischschublade und reichte ihn Rachel.

»Oh, Ben, das ist doch nicht Ihr Ernst, oder?« Rachel nahm den Umschlag entgegen und blickte Ben an.

»Doch, Ma'am, es ist mein Ernst. Jedesmal, wenn ich ihn ansehe, zieht sich mein Magen zusammen, Rachel. Ich werde Magengeschwüre bekommen, wenn er noch länger im Laden bleibt. Ich bleibe nur, wenn Sie ihn entlassen.«

»Aber Ben, das geht nicht. Wenn er keinen Job hat, muss er wieder ins Gefängnis zurück. Ich weiß, er ist etwas anstrengend, aber …«

»Anstrengend ist gut!«, höhnte Ben.

»Haben Sie noch etwas Geduld. Ich werde mit ihm reden.«

»Reden hilft bei ihm gar nichts. Genauso gut können Sie mit einer Fliegenpatsche nach einem Panzer schlagen. Rachel, es ist mir ernst. Wenn Sie ihn nicht rausschmeißen wollen, oder können, dann kündige ich. Ich habe bereits ein Angebot als Leiter der Eisenwarenabteilung bei Wal Mart bekommen.«

Rachel starrte Ben einen Augenblick sprachlos an. Der entschuldigende und doch entschlossene Ausdruck in seinem Gesicht sagte ihr, dass er sein Vorhaben wahrmachen würde.

»Ich hoffe, Sie kommen mir gütigst entgegen und halten eine zweiwöchige Kündigungsfrist ein«, erwiderte Rachel steif. Bens Lippen wurden schmal.

»Das ist selbstverständlich.« Seine Augen flackerten etwas, blickten sie dann wieder ruhig an. »Es tut mir wirklich leid, Rachel.«

»Ja«, sagte Rachel, »mir auch.«

Sie drehte sich um und verließ das Büro mit dem Umschlag in der Hand. Als sie an der Treppe vorbeiging, die zu Johnnys Wohnung führte, zögerte sie einen Moment. Sollte sie kurz anklopfen, um zu sehen, ob er da ist? Ben brauchte nicht zu wissen, dass sie Johnny den ganzen Vormittag nicht zu Gesicht bekommen hatte. Nun, sie konnte doch einfach hinaufgehen und sich überzeugen, dass er nach der Beerdigung zurückgekehrt war.

»Harris ist nicht oben«, sagte Ben hinter ihr. »Ich habe

erst vor zehn Minuten an die Tür geklopft. Ich dachte, er liegt vielleicht noch faul im Bett.«

»Oh. Also, ich …« aber bevor sie weitersprechen konnte, legte Ben eine Hand auf ihren Arm. Sie blickte ihn an und bemerkte die steile Falte auf seiner Stirn.

»Hören Sie … ich weiß, es geht mich überhaupt nichts an, aber mir ist nicht entgangen, wie Harris Sie anblickt, wenn Sie im Laden auftauchen, und das macht mir Sorgen. Ich sage Ihnen, dieser Bursche ist gefährlich, Rachel. Um Ihretwillen sollten Sie ihn entlassen. Und wenn er wieder ins Gefängnis muss, sei's drum. Wenigstens sind Sie dann vor ihm sicher.«

»Ben, es ist lieb, dass Sie sich meinetwegen Sorgen machen«, sagte Rachel. Als sie die Hand tätschelte, die auf ihrem Arm lag, verflog der Groll, den sie gegen ihren Geschäftsführer hegte. »Aber ich fürchte mich nicht vor Johnny. Alle meinen, er sei gefährlich, aber er ist es nicht, und, er würde weder mir noch jemand anderem etwas antun.«

»Die berühmten letzten Worte«, murmelte Ben, nachdem sie seine Hand freigegeben hatte und zur Tür ging.

Seine Bemerkung entlockte Rachel ein ironisches Lächeln. Aber zwölf Stunden später lächelte sie nicht mehr, nachdem sie zum x-ten Male am Lager vorbeigefahren war, um nachzusehen, ob Johnny zurückgekehrt war. Dieses Mal sah sie Licht in seiner Wohnung. Ihre anfängliche Erleichterung ging in Entrüstung über, ihre Entrüstung wich heillosem Zorn. Wutentbrannt packte Rachel ihren Wagen, stieg die Außentreppe hinauf und klopfte an.

Ein wütendes Gebell antwortete ihr. Rachel hatte sich gerade von ihrem ersten Schreck erholt, als die Tür aufgerissen wurde und Johnny schwankend vor ihr stand. Er hielt sich am Türgriff fest. Er war kurz davor, volltrunken zu Boden zu stürzen.

16

»Na, wenn das nicht Miss Grant ist«, sagte Johnny und
maß sie mit einem höhnischen Lächeln von oben bis unten.
»Herein. Kommen Sie herein.«

Er öffnete die Tür etwas weiter, trat einen Schritt zurück
und forderte sie mit einer übertriebenen Geste zum Eintreten auf. Johnny stolperte über den Teppich und wäre beinahe gestürzt, wenn er sich nicht am Türgriff festgehalten hätte. Fluchend richtete er sich auf. Hinter ihm stand ein
riesiger, dunkler Hund. Er hatte zu bellen aufgehört,
fletschte seine Zähne und knurrte Rachel böse an. Sie zuckte zusammen, ihr Zorn verwandelte sich in Angst.

»Kümmern Sie sich nicht um ihn.« Johnny verscheuchte
den geifernden Hund mit einer Handbewegung, als er ihre
vor Schreck geweiteten Augen sah. »Das ist nur Wolf. Sitz,
Wolf.«

Der Hund beachtete den Befehl seines Herrn nicht.
Knurrend und mit hochgezogenen Lefzen nahm er Rachel
ins Visier. Johnny legte die Stirn in Falten.

»Pfui!«, sagte er nicht sehr überzeugend. Das Tier
knurrte immer noch. Johnny stieß einen unverständlichen
Laut aus, ließ den Türgriff los, beugte sich zu dem Tier hinunter, packte es beim Genick und zog es mit unsicheren
Schritten und leichter Schlagseite in Richtung Schlafzimmer. Es schien, als ob ihn der mächtige Hund stützen würde. Rachel stellte sich bereits vor, wie sich der Hund aus
Johnnys Griff befreite, herumwirbelte und ihr an die Kehle sprang. Sie presste sich an das Holzgeländer der Treppe
und wartete, bis der Hund im Schlafzimmer verfrachtet
war und Johnny die Tür geschlossen hatte. Erst jetzt betrat
sie die Wohnung.

»Was war denn das?« fragte sie Johnny der sich mit einer Hand an der Wand abstützte und sich so Schritt für
Schritt durch das Wohnzimmer auf sie zu manövrierte. Der

Hund, der jetzt im Schlafzimmer eingesperrt war, gab keinen Ton von sich. Rachel empfand die plötzliche Stille entnervender als sein wütendes Bellen.

»Das? Oh, Sie meinen Wolf? Den habe ich geerbt. Das einzige Erbstück von meinem Alten.« Johnny brach in ein trunkenes Gelächter aus und sackte auf der braunen Tweedcouch zusammen. Hätte Rachel auch nur einen Funken Verstand besessen, hätte sie jetzt schleunigst Reißaus genommen.

»Du bist betrunken.« Rachel schloss die Tür hinter sich, ging auf das Sofa zu und blickte ihn prüfend an. Der Geruch von Whiskey stieg beißend in ihre Nase. Auf dem Lampentisch neben der Couch entdeckte sie eine fast leere Flasche.

»Yup.« Sein Kopf pendelte auf dem Polster hin und her. Seine Jeansbeine lagen ausgestreckt auf dem beigen Plüschteppich. Er trug schmutzige, weiße Sportsocken, keine Schuhe und ein weißes T-Shirt, das halb aus der Hose heraushing. Sein Haar war offen. Die schwarzen schulterlangen Strähnen lagen wirr über seinem Gesicht. Seine blauen Augen glitten ruhelos über sie. Die Bartstoppeln an seinem Kinn sagten ihr, dass er sich seit ihrer letzten Begegnung nicht mehr rasiert hatte. Er sah wie ein Landstreicher aus, nur dass er mehr Sexappeal hatte.

Sonderbar, Rachel empfand nicht die leiseste Furcht vor ihm, ob er nun betrunken war oder nicht. In seinen Augen entdeckte sie echten Schmerz.

»Sie haben von meinem Alten gehört?« fragte Johnny obenhin. Er griff nach der Flasche, hielt sie an die Lippen, trank einen großen Schluck und wischte sich den Mund an seiner Hand ab. Vorsichtig stellte er die Flasche auf den Tisch zurück. »Rohes Hackfleisch. Das ist er jetzt, Hackfleisch. Hackfleisch hat ein verdammter Zug aus ihm gemacht.«

»Ich war heute morgen auf seiner Beerdigung«, sagte

Rachel und beobachtete ihn. »Es war eine schöne Trauer-feier.«

Johnny lachte wieder. Sein Lachen klang eigenartig. »Darauf wette ich. Waren Sie die einzige, die da war?«

Rachel schüttelte den Kopf. »Nein. Es waren noch ande-re da. Hast du überhaupt etwas gegessen?«

Johnny hob die Schultern. »Haben sie gebetet und Lie-der gesungen?«

Rachel nickte. »Möchtest du Rühreier, vielleicht ein Toastbrot dazu?«

Johnny machte mit einer Hand eine wilde, abwehrende Bewegung. »Verdammt noch mal, das Essen interessiert mich nicht! Ich möchte wissen, wer da war. Hat sich Buck blicken lassen?«

Rachel umrundete seine langen Beine, ging in die Küche und nahm die Whiskeyflasche dabei unbemerkt an sich. »Nein.«

Sie verschwand und war die nächsten zehn Minuten da-mit beschäftigt, Rühreier, Toast und Kaffee zu machen.

Als Rachel mit einem vollen Tablett in der einen Hand und einer Tasse schwarzen Kaffee in der andern aus der Küche trat, lag Johnny genauso wie sie ihn verlassen hatte auf der Couch, nur dass seine Augen geschlossen waren. Eine Sekunde lang dachte sie, er wäre eingeschlafen.

»Ich war in Detroit, um es Sue Ann zu sagen«, sagte er plötzlich und öffnete die Augen, als sie das Tablett auf den Tisch stellte. Sie reichte ihm die Tasse. Er nahm sie, aber seine Hände zitterten derart, dass er die dampfend heiße Flüssigkeit auf seinem Schenkel verschüttete. Fluchend wischte er mit seiner freien Hand über das sich ausbreiten-de Nass. Rachel gelang es gerade noch, den restlichen Kaf-fee zu retten, als sie ihm geistesgegenwärtig die Tasse aus der Hand nahm.

»Sie hat kein Telefon. Kann ich mir nicht leisten, sagte sie. Sie lebt von der Wohlfahrt, verstehen Sie, mit drei Kindern. Und sie ist schwanger bis hier.« Über seinem flachen Bauch machte er mit einer Hand eine bezeichnende Bewegung. »In einer Zweizimmerwohnung mit einer kaputten Toilette. Ihr Freund, der sie geschwängert hat, kam vorbei, als ich da war. Ein heruntergekommener, versoffener Kerl. Er behandelt sie und die Kinder wie den letzten Dreck. Am liebsten hätte ich ihm die Därme aus dem Leib geprügelt, aber ich habe es nicht getan. Was zum Teufel würde das nützen? Mein Gott, sie ist erst vierundzwanzig.« Er sprach schnell und unzusammenhängend. Sein Kopf lehnte jetzt am Rückenpolster der Couch. Rachel gab einen beruhigenden Ton von sich und hob die Kaffeetasse an seine Lippen.

»Hier. Trink das.«

Johnny beachtete sie nicht. »Ich habe ihr alles Geld gegeben, was ich hatte. Bei Gott nicht viel. Sie und die Kinder sahen jämmerlich aus. Mager waren sie – und Sue Ann auch, bis auf ihren dicken Bauch. Und überall diese Fliegen, weil das Fliegengitter vor dem Fenster zerlöchert ist. Es war brütend heiß in diesem Zimmer. Und ich dachte, ich hätte es schlimm gehabt! Im Vergleich zu dem Rattenloch, in dem sie wohnt, ging es mir richtig gut.«

Er lachte bitter. Sie ahnte, dass er damit auf seinen Gefängnisaufenthalt anspielte und berührte seinen Arm. Im Augenblick dachte sie nur daran, ihn so gut es ging nüchtern zu bekommen und zum Essen zu bewegen. Sie vermutete, dass er den ganzen Tag, und vielleicht auch Sonntag, keinen Bissen zu sich genommen hatte, obwohl ihm seine Schwester bestimmt etwas zu essen vorgesetzt hatte.

Johnny bitte, trink das aus. Es ist Kaffee und den brauchst du jetzt.«

Sein Blick strich um sie herum. In seinen Augen zog ein Gewitter auf. »Sie wissen überhaupt nicht, was ich brauche! Woher auch? Haben Sie sich jemals etwas gewünscht? Verdammt noch mal, bestimmt nicht! Sie mit Ihrem großen Haus, mit ihrem Geld, Ihren hochgestochenen Eltern! Sie haben gut reden! Was wissen Sie schon von Leuten wie mir?«

»Ich weiß, dass du mir wehtust.« Ihre Stimme klang nachsichtig, aber die Worte schienen ihn getroffen zu haben. Sein Gesicht verzog sich zu einer wütenden Grimasse.

»Ja, ich tue Ihnen weh. Zum Teufel, ja. Warum nicht? Ich bin ein Mensch wie alle anderen. Ich tue weh.«

Mit einem Fluch sprang er auf die Beine, fegte den kleinen Abstelltisch mit einer wilden Bewegung beiseite. Als das Holz krachend zusammenbrach, warf er Rachel einen flammenden Blick zu. Auch wenn er auf seinen Füßen schwankte, wirkte er bedrohlich, als er sich mit geballten Fäusten vor Rachel auftürmte.

Rachel blickte mit eiserner Gelassenheit, die zur Hälfte vorgetäuscht war, zu ihm auf, »Fühlst du dich besser?«

Er starrte sie an. Die Wut in seinen Augen verwandelte sich langsam in Erstaunen. Mit einer fahrigen Bewegung strich er sich über das Haar.

»Himmel noch mal, warum haben Sie keine Angst vor mir? Sie sollten sich vor mir fürchten. Das tut jeder«, sagte er. Seine Knie waren plötzlich nicht mehr bereit, seinen Körper zu tragen. Der Zorn, der ihn wie ein Korsett aufrecht gehalten hatte, war verflogen. Langsam sank er in sich zusammen. Sein Rücken drehte sich halb zu ihr, als er zu ihren Füßen niedersackte.

»Ich habe keine Angst vor dir, Johnny Das hatte ich nie.« Rachels Antwort entsprach der Wahrheit, außerdem wollte sie ihm etwas Tröstliches sagen. Er blickte an ihr vorbei. Ein müdes Lächeln huschte über sein Gesicht. Dann ließ er seinen Kopf nach hinten, gegen ihre Knie fallen.

»Ich möchte wissen, warum«, murmelte er.

Als sie auf den wirren schwarzen Haarschopf hinunterblickte und seinen harten, schweren Schädel auf ihrer bloßen Haut spürte, überflutete sie eine Welle des Mitleids. Sie stellte die Kaffeetasse auf das kleine Tischchen neben dem Tablett ab, legte ihre Hand sanft auf seinen Kopf und streichelte sein Haar.

»Das mit deinem Vater tut mir so leid, Johnny.«

Wieder dieses harte Lachen. »Sue Ann sagte, auch wenn sie nebenan gewohnt hätte, wäre sie nicht zu seiner Beerdigung gekommen. Sie sagte, sie hätte den alten Dreckskerl gehasst. Buck hasste ihn auch … ich habe mit Buck telefoniert … und ich hasste ihn auch. Und ich hasse ihn noch … Zur Hölle mit ihm!«

Johnnys Stimme zitterte. Rachels Herz zog sich bei seinen Worten zusammen. Sie streichelte seinen Kopf beruhigend weiter und ordnete mit ihren Fingern die verwirrten Haarsträhnen. Sie hatte keine Ahnung, ob er ihre Berührung überhaupt wahrnahm. Er redete weiter, heiser und krächzend, als ob er stranguliert würde.

»Grady … Grady. Grady hat er am meisten geschlagen. Buck war zu groß und ich zu gemein. Und Sue Ann war ein Mädchen. Ich kann den armen kleinen Grady noch vor mir sehen … er war nicht sehr groß, wissen Sie, ein magerer Kerl mit einem schwarzen Lockenkopf … ich sehe noch, wie der Alte Gradys Hosen runterriß und ihn mit seinem Gürtel verprügelte. Ich höre noch Gradys Schreie und wie sie leiser wurden, wenn der Alte ihn hochhob und an die Wand schleuderte. Dann war er still. Er konnte nie verstehen warum ihn der Alte mehr als die anderen hasste. Wenn Grady auftauchte, verpasste er ihm eine. Wie oft hat sich der Junge im Schrank versteckt, wenn der Alte nach Hause kam, und abgewartet, bis er unbemerkt zur Tür hinausgehen konnte.«

Johnny machte eine Pause. Ihn schauderte, als er tief Luft holte. Rachel sagte nichts. Sie streichelte nur sein Haar und hörte ihm zu. Er starrte ausdruckslos ins Leere. Rachel war sich nicht einmal sicher, ob er sich ihrer Anwesenheit bewusst war.

»Ach, Grady. Wir mochten uns sehr. Sie wollten nicht, dass ich zu seiner Beerdigung ging. Ertrunken. Ich konnte es nicht fassen.« Er lachte in sich hinein. Es war ein hartes Lachen, voller Schmerz wie ein Schluchzen. »Der Kleine konnte schwimmen wie ein Fisch. Der einzige Sport, in dem er verdammt gut war. Ich glaube, er hatte so etwas wie einen Todeswunsch. Im Knast habe ich viel gelesen – zum Teufel, was anders blieb einem ja da nicht übrig – und dabei ist mir ein Haufen psychologischer Kram in die Hände gekommen. Das meiste war nicht das Papier wert, auf dem es gedruckt wurde. Aber einiges davon war gut. Grady hatte sich als Kind immer wieder verletzt. Er brach sich öfters die Knochen als wir alle zusammen. Einmal brannte es lichterloh, als er mit einem Feuerzeug spielte. Um ein Haar hätte er sich selbst gegrillt. Dem Alten war das vollkommen egal. Nie wäre er mit ihm zu einem Arzt gegangen. Der Junge war von oben bis unten voller Narben, bis zu dem Tag, an dem er starb. Ich glaube, Grady hatte es nie verwunden, dass Mom uns verlassen hat und dass mein Vater ihn hasste. Deswegen wollte Grady sterben. Ich glaube, deswegen ist er ertrunken. Er wollte sterben. Zum Teufel, mich haben sie wegen Mordes eingesperrt, und den Alten haben sie in Ruhe gelassen. Und verdammt noch mal, er war schuldig. Schuldiger als ich es je gewesen bin. Keiner hat etwas unternommen. Keiner. Wussten Sie, dass Grady sich so vor ihm gefürchtet hatte, dass er sich in die Hosen machte, wenn der Alte ihn mit seinen stechenden Augen anblickte? Auch noch später, als er älter war. Ein Blick, und Grady pisste wie ein Baby in die Hose. Jemand hätte ihm helfen müssen, verstehen Sie. Jemand hätte ihn von diesem Mistkerl wegbringen müssen. Aber keiner hat sich einen Dreck darum gekümmert.«

Johnny biss die Zähne aufeinander und schwieg. Seine Augen schlossen sich. Sein Kopf lehnte schwer an ihren Knien. Rachel war starr vor Entsetzen, als sie das gehört hatte. Ihre Hand blieb unbeweglich auf seinem Haar liegen. Sie hatte Misshandlungen vermutet, aber diese stoßweise hervorgebrachte Schilderung war so unmittelbar und

furchtbar, dass sie ihre schlimmsten Vorstellungen übertraf. Missbrauch war ein steriler Ausdruck. Diese Qualen
aber waren grausame Wirklichkeit.

»Verdammt noch mal, zum Teil war ich selbst schuld. Ich
habe niemandem etwas gesagt. Keiner von uns hat das getan. Erinnern Sie sich noch, als Sie mich fragten, ob mein
Alter uns schlägt? Ich habe Ihnen ins Gesicht gelacht! Ich
habe gelacht, weil ich mich schämte, die Wahrheit zu sagen.
Alle hielten uns für Gesindel. Und ich wollte nicht, dass sie
recht hatten. Ich habe diese Menschen nicht gehasst, die
die Nase über uns rümpften. Keiner sollte erfahren, dass er
ein verdammter Säufer war und uns geschlagen hat. Verdammte Feiglinge waren wir.«

Sein Atem ging schneller, als er sich plötzlich aufsetzte,
den Kopf von ihren Knien nahm und sich umwandte, um
ihr in die Augen zu blicken. Durch die Gewalt seines Be-
kenntnisses gelähmt blieb Rachel stumm sitzen. Sie wusste
nicht, was sie sagen sollte und blickte ihn nur an, Entsetzen
und Mitleid in den Augen.

»Wissen Sie, dass Sie der einzige Lehrer waren, der uns
danach gefragt hat? Du lieber Himmel, wir hatten so viele
Beulen wie ein Christbaum Kugeln hat und nicht ein einziger Mensch hat uns je danach gefragt. Soll ich Ihnen sagen,
warum? Weil wir Gesindel waren. Darum. Und keiner hat
sich einen Dreck darum gekümmert. Aber Sie haben gefragt. Gott, ich habe Sie gehasst, weil Sie wussten, dass
mein Alter mich schlägt! Sie waren so …« Seine Augen
verengten sich und flackerten, als ihm plötzlich bewusst
wurde, was er gesagt hatte. Es dauerte eine Weile, bis er
fortfuhr. »Ich ging an jenem Tag nach Hause, und als er
wieder über Grady herfiel, bin ich über ihn hergefallen.
Wir haben uns wie tollwütige Hunde geprügelt erinnern
Sie sich noch? Fast eine Woche habe ich im Unterricht gefehlt. Und ich kann nicht behaupten, dass ich gesiegt habe.
Aber er wusste, dass ich zurückschlage. Von da an war er

mit seinen Fäusten und seinem Gürtel nicht mehr so schnell. Nur noch mit seinem Mundwerk, und das tat manchmal noch mehr weh. Er hat uns Jungen verdammte Schwule genannt, und Sue Ann eine Hure. Ich habe sehr darunter gelitten, dass er mich für schwul hielt.«

Er machte wieder eine Pause und holte tief und keuchend Luft. Seine Hände griffen nach ihrem Rocksaum. Seine Augen schienen in den ihren Halt zu suchen.

Verzweifelt stieß er hervor: »Er war ein Arschloch, ein Dreckskerl. Wir haben ihn alle gehasst. Nur ich nicht. Ich dachte, es wäre so, aber als ich ihn auf diesem Tisch liegen sah ... vollkommen verstümmelt ...«

Sein keuchender Atem ging in Schluchzen über.

»... da ist mir bewusst geworden, dass ich diesen verdammten, versoffenen Dreckskerl geliebt habe ... Möge er in der Hölle schmoren!«

Wie unter unsagbaren Schmerzen biss er seine Zähne zusammen. Seine Augen funkelten wie Irrlichter. Dann senkte er seinen Kopf. Sein Gesicht fiel auf ihren Schoß und seine Finger hielten sich krampfhaft an ihrem Rock fest, als ob er sie nie mehr loslassen wollte.

Die breiten Schultern hoben und senkten sich. Sein verzweifeltes Schluchzen schnitt ihr ins Herz. Als Rachel merkte, wie ihr Tränen in die Augen traten, streichelte sie seinen Kopf, seine Schultern und seinen Rücken und flüsterte zusammenhanglose, tröstende Worte, die aber seinen Schmerz nicht mildern konnten.

»Es ist ja gut. Ist ja gut. Es wird alles wieder gut«, sagte sie immer wieder. Er schien sie nicht zu hören, drückte seinen Kopf fester in ihren Schoß. Seine Hände umklammerten sie krampfartig zuckend. Die heiseren, abgedrückten Laute hörten nicht auf. Rachel beugte ihren Kopf hinunter und legte ihre Wange auf sein Haar. Ihre Arme schlangen sich um seinen Rücken und wiegten ihn wie ein Kind. Sie wollte ihn, so gut sie konnte, trösten.

Endlich wurde er ruhiger. Sein Gesicht lag erschöpft in ihrem Schoß, während sie sein Haar, sein Ohr und einen Teil seine stoppligen Wange streichelte.

Eine Ewigkeit schien er so dazuliegen, warm und schwer auf ihren Beinen. Dann spürte sie, wie er sich innerlich sammelte. Sein Kopf hob sich. Ohne Warnung sah sich Rachel einem Paar rotgeränderter, rauchblauer Augen gegenüber. Sie waren tränenfeucht und schienen in die ihren hineinzutauchen. Ihre Hände ruhten auf seinen breiten Schultern. Sein Blick verwirrte sie und sie ließ die Hände in ihren Schoß fallen.

Wissen Sie, wovon ich immer im Knast geträumt habe?« Seine Stimme war rau. Er stieß diese Worte kaum hörbar hervor, »Ich habe von Ihnen geträumt. Sie waren das einzige Reine, Gute und Wahre, das in meinem Leben übrig geblieben ist. Im Traum habe ich mir vorgestellt, wie ich Sie langsam ausziehe, Stück für Stück. Und wie Sie nackt aussehen, und wie es wäre, wenn ich mit Ihnen schlafen würde. Davon habe ich auch schon auf der High-School geträumt. Ehrlich gesagt, seit vierzehn Jahren habe ich fast jede Nacht von Ihnen geträumt.«

Rachels Lippen öffneten sich. Schockiert und sprachlos starrte sie ihn an, eine Ewigkeit lang wie ihr schien, während ihr Herzschlag plötzlich zu rasen begann.

»Ich habe es verdammt satt, nur davon zu träumen«, sagte er heftig. Langsam glitten seine Hände unter ihren Rock, ihre Schenkel hinauf. Dann umfasste er ihre Hüften und zog sie auf seinen Schoß hinunter.

17

Plötzlich saß sie rittlings auf ihm, die Hände gegen seine Brust gestemmt und die Beine bis zu ihrem Unterleib auseinander gebreitet. Dann zog er sie fest an sich. Ihr Rock, ein nutzloser Fetzen aus grüner Baumwolle mit lächerlichem Erdbeermuster, war fast bis zu ihrer Taille hinaufgerutscht. Nur der rosafarbene, hauchdünne Nylonslip schützte sie vor dem groben Denim seiner Jeans, dem metallenen Reißverschluss und der Anschwellung, die sich darunter erhob.

»Sagen Sie nein, Frau Lehrerin«, flüsterte er, als sich ihre Blicke trafen. Aufmerksam und gespannt sah er ihr in die Augen. Seine Hände zitterten leicht, als er ihre Hüften umfasste. Sie spürte seine harten Schenkel unter ihrem Hinterteil und die stählernen Brustmuskeln unter ihren Händen – und die quälende Steife der Wölbung, auf der sie saß.

Sie konnte es nicht sagen. Sie konnte es einfach nicht. Sie wollte ihn zu sehr. Es schien ihr, als ob sie ihn ihr Leben lang gewollt hatte.

Schockierender, beschämender Gedanke. Aber ihr Körper brannte.

Johnny murmelte sie hilflos. Ihre Augen senkten sich langsam, als ob sie seinen Blick nicht länger ertragen konnten und blieben schließlich an seinen Lippen hängen. Das war ein Fehler. Schmale, sensible, sehr maskuline Lippen, kühn und edel geschwungen. Sie nahmen ihr den Atem.

»Rachel«, flüsterte er zurück. Sie starrte gebannt auf seinen Mund. Als er näher kam, dieser herrliche Mund, sanken ihre Arme wehrlos an seiner Brust hinab. Die Konturen seines Mundes verschwammen – einen winzigen Millimeter von ihren Lippen entfernt blieb er stehen.

»O Gott.« Sie konnte nicht dagegen ankämpfen, konnte nicht einmal einen Ansatz des Widerstandes zeigen, als sie die Welle des Verlangens überflutete. Ihre Lippen, trocken und heiß, teilten sich, sogen die plötzlich glühendheiß gewordene Luft in kurzen Atemzügen ein. Ihr Körper erzitterte, weinte.

»Die letzte Chance.« Seine Worte klangen tief und schwer, als ob er Schwierigkeiten hätte, sie auszusprechen.

Er war immer noch so nahe, so nahe, dass sie seinen Atem auf ihren Lippen spüren konnte. Aber er küsste sie nicht. Rachels Augenlider hoben sich. Gegen ihren Willen suchten ihre Augen die seinen. Sie waren feucht und dunkel. Wild und verheißungsvoll versprachen sie ungeahnte Freuden. Rachel konnte nicht wegblicken, als seine Hände von ihren Hüften hinabglitten und an dem elastischen Rand ihrer Unterwäsche Halt machten.

Er schob seine ausgebreiteten Handflächen unter ihre Hinterbacken und begann das weichgerundete Fleisch ,langsam zu kneten. Rachel meinte, in ihrem Leben nie etwas Erotischeres erlebt zu haben, als seine Hände auf ihrem nackten Hinterteil.

Sein Griff wurde fester, als er sie gegen sich rieb, sie vor und zurück gegen die Wölbung in seinen Jeans bewegte, so dass die Hitze, die aus ihrem bebenden Körper aufstieg, sie um den Verstand zu bringen schien. Rachel keuchte, ihre Finger gruben sich in sein T-Shirt, ihr Rücken wölbte sich.

»Du gehörst mir, Lehrerin«, murmelte er. Der leichte Triumph in seiner Stimme war Rachel nicht entgangen. Wenn er jetzt versucht hätte, sie von sich wegzustoßen, dann hätte sie sich an ihn geklammert und ihn verlangend angefleht.

Während er sie weiter gegen sich gepresst hielt, veränderte er leicht seine Stellung, so dass ihr Rücken, wenn er sie freigab, von der Couch hinter ihr gestützt wurde. Langsam strich eine Hand um sie herum, breitete sich flach und brennend auf ihrem bebenden Bauch aus, um dann in die heiße, feuchte Dunkelheit zwischen ihren Schenkeln zu sinken.

Als seine Finger das gelockte Schamhaar streichelten und ihre weiche Spalte berührten, entrang sich ihr ein sonderbarer, kleiner Seufzer. Rachel kam es vor, als ob dieser Laut von jemand ganz anderem ausgestoßen wurde, von jemandem, den sie nicht kannte, den sie nie gekannt hatte. Es kam ihr vor, als ob sie zwei Personen wäre und beobachten könnte, was ihr geschah, auch wenn ihr Verstand von der

Leidenschaft umwölkt war und ihr Körper einer stärkeren, fordernden Macht gehorchte.

Vor ihrem geistigen Auge sah sie, welches Bild sie jetzt beide zusammen abgeben mussten: Mit nackten, gespreizten Knien saß sie auf seinem Schoß, unpassend in einem erdbeerfarbenen T-Shirt und einem grünen Baumwollrock gekleidet, der bis zu ihrer Taille hinaufgerutscht war.

Ihre leicht zurückgelehnte Stellung gab ihren Nabel und den Bauch mit der glatten, weißen Haut frei. Und den Spitzenbesatz ihres Slips, der weit genug hintergeschoben war, um den Ansatz eines braunhaarigen Dreiecks zu zeigen und in ihrem Slip seine behaarte, langfingrige Hand, von rosafarbenem Nylon versteckt, die sie streichelnd erforschte.

Ein schockierendes Bild. Besonders, wenn sie den rötlichen Hauch hinzunahm, der ihr Gesicht überzog und das Verlangen, das das gewöhnliche Braun ihrer Augen in leuchtend helle Katzenaugen verwandelte und die Lust, die ihre Lippen öffnete, ihren Rücken wölbte und sie erzittern ließ, wenn er sie dort berührte, wo sie berührt werden wollte, um nicht sterben zu müssen.

Sie blickte ihn an. Seine Augen hatten sich in ihr Gesicht eingegraben, als er ihre Lust und ihr Verlangen registrierte. Die Hitze, die sie beide erzeugten, hing in Schwaden in der Luft, wellte sein schwarzes Haar noch mehr und ließ Schweißperlen auf seine Stirn treten.

Er war unrasiert, ungebildet, ungehobelt. Sie war von oben bis unten gepflegt, bis zum rosaroten Nagellack ihrer Zehennägel, die aus ihren Ledersandalen hervorsahen. Alles an ihr, von dem klassischen Haarschnitt, dem angedeuteten blauen Lidschatten, dem rosa Lippenstift, bis zu den eleganten Spitzenhöschen, sprach von Luxus, Lebensstil und der sorgsam bewahrten Stellung, die ihre Klasse in der Welt einnahm. Alles an ihm – angefangen von dem überlangen Haar, den Muskeln, die sich in dem weißen T-Shirt wölbten, das nur ein ›Fruit of the Loom‹ Unterhemd war, und den viel zu engen, fast ordinären Jeans, dem herausfordernden ›du-kannst-mich-mal‹ Blick, den er wie ein Schutzschild vor sich her trug – signalisierte Ärmlichkeit, Gefängnishaft, Brutalität und Gefährlichkeit.

Er war Johnny Harris und er hatte seine Hand in ihrem Slip. Aber um nichts auf der Welt hätte Rachel diese Situation ändern wollen.

Seine Hände verließen ihren Slip plötzlich, zogen ihr T-Shirt aus dem Rockbund heraus und streiften es über ihren Kopf. Überrascht hielt Rachel instinktiv die Hände über die Schalen ihres rosafarbenen Spitzenbüstenhalters. Nicht etwa aus Keuschheit, sondern weil sie sich ihrer etwas dürftig ausgefallenen Oberweite schämte. Das Bild von Glenda Watkins reifem Körper tauchte blitzartig vor ihr auf. Stechende Eifersucht ließ sie den Kopf schütteln, als seine Hand nach hinten fasste, um den Verschluss zu öffnen.

»Ist gut«, sagte er Überraschend gehorsam. Ihre Verwunderung über seine Reaktion hielt noch an, als seine Hände sich bereits fest um ihre Taille legten, sie ohne Anstrengung aufhoben und auf den Rand der Couch setzten. Als er sie leicht anstupste, fiel sie nach hinten, nahm die Hände von ihren Brüsten, um sich abzustützen, obwohl sie nur in die dicken Polster des alten Sofas sank. Bevor sie sich neu orientieren konnte, hatte er ihr den Slip über Schenkel und Beine gezogen und achtlos auf den Boden geworfen.

»Was … ?« wollte sie atemlos fragen und stützte sich auf einem Ellbogen auf, vollendete den Satz aber nicht, denn ihre Frage erübrigte sich. Sie wusste genau, was jetzt kommen würde. Er kniete vor ihr, direkt vor ihren Beinen, die sie unwillkürlich geschlossen hatte, als sie nach hinten gefallen war. Seine Augen blickten sie kurz und brennend an, bevor sie sich ihren Schenkeln zuwandte.

»Im Unterricht …« begann er mit rauer, nur schwer verständlicher Stimme, als er unter ihren Rock fasste, der wenigstens wieder diesen Teil ihrer Anatomie verhüllte, »…

habe ich mich immer gefragt, ob du Strumpfhosen oder Strümpfe trägst. Ich habe mir dann vorgestellt, dass du mit einem schwarzen Straps und schwarzen Strümpfen und ohne Slip vor der Klasse stehst.«

»Das hast du nicht getan«, sagte sie entrüstet.

»Doch«, antwortete er und blickte in ihre Augen. Sie glommen dunkel auf, die rauchblaue Iris wurde fast von den riesigen schwarzen Pupillen verdrängt. Mit einem flauen Gefühl in ihrer Magengrube wurde Rachel klar, dass er die Wahrheit sagte. Die Vorstellung, dass sie dem heranwachsenden Johnny Harris Anlass zu sexuellen Fantasien gegeben hatte, während sie ihn unterrichtete, ließ sie erbeben. Er musste ihre Reaktion gespürt haben, denn sein Blick wandte sich wieder ihren Beinen zu. Seine Hände glitten plötzlich zu ihren Knien, umfassten sie, zogen ihren Po zum Rand der Couch und breiteten ihre Knie auseinander.

»Johnny …« Etwas atemlos und durch seine Direktheit verwirrt, flüsterte Rachel seinen Namen. Selbst mit ihren eigenen Ohren konnte sie nicht den leisesten Protest heraushören. An diesem Punkt hätte sie ihn durch nichts auf der Welt an seinem Tun gehindert. Eine pochende, sich schnell aufbauende Erregung hielt sie in Bann.

»Ich habe mir ausgemalt, wie ich das mit dir mache. Ich habe mir vorgestellt, wie du aussiehst und schmeckst, und welche Laute du von dir geben würdest.«

»Oh, bitte …« Rachel wusste kaum, um was sie eigentlich bat. Sein Bekenntnis und die Bilder, die er heraufbeschwor, verwandelten ihre Muskeln in eine weiche Masse. Sie sah das Begehren in seinen Augen und erzitterte, als er ihren Rock wieder zur Taille hinaufschob und ihren Unterleib für sie und ihn entblößte. Der Anblick seiner starken, kräftigen Hände und der sonnengebräunten, leicht behaarten Handrücken wirkten ungeheuer erotisierend. Langsam strichen sie ihren Bauch hinunter und blieben dann brennend heiß auf ihren Innenschenkeln liegen. Ihr Verlangen wurde unerträglich. Rachel holte tief und zitternd Luft. Johnny beugte seinen Kopf hinunter. Sie wusste, was jetzt kommen würde. Sie wusste, dass er das tun würde, was sie ersehnte, was sie brennend ersehnte und doch verhindern wollte.

Bei der Berührung seines Mundes zuckte sie zusammen, versteifte sich, rang nach Luft und sank dann in die Polster zurück. Sie schloss die Augen und klammerte sich wie eine Ertrinkende an die Kissen. Er war zärtlich, wunderbar zärtlich, als seine heiße Zunge den empfindlichen Hügel suchte, ihn begrüßte und einen Schauer durch ihren Körper jagte. Als sie vor Erregung halb bewußtslos war, sich ihre Zehen in die flache Ledersohle der Sandalen bohrte und sich ihr Körper aufbäumte, bewegte er seine Zunge in sie hinein. Sie fürchtete ihren Verstand zu verlieren.

Ihre Hände fuhren wirr durch sein Haar, versuchten seinen Mund von ihrem Schoß zu ziehen, um nicht in den schwarzen, endlosen Abgrund zu fallen, der sich drohend vor ihr auftat. Aber er ließ sich nicht abhalten. Mit einem Schrei verlor sie die letzte Barriere ihrer Beherrschung und stürzte in die dunkle Tiefe hinab.

Als sie wieder in die Welt zurückgefunden hatte, befand sich sein Mund immer noch zwischen ihren Beinen, vollführte seine Zunge immer noch ihre Zaubertricks. Ihre erste heiße Lust war gesättigt worden, trotzdem war sie bereit, noch mehr der Wonnen aufzunehmen, die er ihr schenkte. Sie stellte sich das Bild vor, das sie jetzt abgeben musste und errötete. Sofort versuchte sie sich aufzusetzen, wollte seinen Kopf von sich wegstoßen und ihre Beine vor ihm schließen. Die sandpapierartige Beschaffenheit seiner unrasierten Wangen zerkratzte die zarte Haut zwischen ihren Schenkeln, als er sich weigerte, seinen Platz zu räumen.

»Oh, nein«, murmelte er, als er ihr, ohne seinen Kopf aus ihrem Schoß zu heben, einen kurzen sinnlichen Blick zuwarf und ihre Hüften festhielt.

»Aber ich bin ...« begann sie und brach dann ab. Ihre

Schamröte hatte die dunkelste Schattierung erreicht, als sie verschiedene Formulierungen durchging, um ihm zu sagen, dass er, was sie anbeträfe, aufhören könne.

»Gekommen? Ich weiß«, beendete er den Satz für sie.

Die Worte kamen schwer und etwas atemlos über seine Lippen, als er endlich seinen Kopf hob. Rachel hörte den rauen Klang seiner Stimme, sah das Brennen in seinen Augen, sah seine nassen Lippen, seine muskulösen Schultern und den kräftigen Brustkorb, der ihre Schenkel auseinander hielt. »Glaubst du, ich weiß das nicht? Ich will, dass du noch einmal kommst, und wieder, und wieder, für mich.«

Er umfasste ihre Taille, zog sie auf seinen Schoß hinunter und drehte sich mit ihr, so dass sie mit dem Rücken auf dem beigen Teppichboden lag. Ihre Hände hielten sich an seinen Schultern fest, ihre Beine waren gespreizt, als er sich zwischen sie kniete. In ihrer Überraschung vergaß sie ihren Busen und ehe sie es bemerkte, war er mit einer Hand unter ihrem Rücken, öffnete etwas unsanft den Verschluss ihres Büstenhalters und zog ihn aus.

»Oh, nein. Nicht doch!« Instinktiv bedeckte Rachel ihre Blöße mit beiden Händen und versuchte sich ihm zu entwinden, aber er dachte nicht daran, sie frei zu geben. Er hielt sie einen Augenblick an der Taille fest, bis sie ruhig liegen blieb. Dann richtete er seine Aufmerksamkeit auf ihren Rock, der sich um ihre Hüften geschlungen hatte. Außer ihm, ihren Sandalen und den Händen über ihren Brüsten war sie splitternackt, registrierte Rachel, während er noch völlig angekleidet war. Eine plötzliche Verlegenheit färbte ihr Gesicht rot, so rot wie die Erdbeeren auf ihrem Rock.

»Wie geht denn dieses verdammte Ding auf?« Ärgerlich betrachtete er ihren Rock und suchte nach dem Verschluss.

»Da ist ein Knopf – vorne.« Eigentlich waren es zwei große, erdbeerförmige Zierknöpfe, die unübersehbar am Rockbund befestigt waren.

»Zeig sie mir.«

Rachel fasste nach unten, um ihm die Knöpfe zu zeigen, und merkte sofort, dass sie ihm in die Falle gegangen war, als seine Hände ihre nun schutzlosen Brüste umfassten.

»Nein!« Blitzschnell packten ihre Hände seine Handgelenke und versuchten sie fortzuziehen. Ihre Brüste waren so winzig, dass seine großen Hände fast flach auf ihnen lagen.

Er ließ es zu, dass sie seine Hände fortzog, aber nur, um ihre Handrücken auf dem Teppich festzuhalten. Seine Augen ruhten auf ihr und betrachteten die weißen Rundungen mit den kleinen rosa Knospen. Wieder stieg Schamröte in ihr Gesicht, weil sie fürchtete, er könnte ihr Verlangen bemerken.

»Scheu, Rachel?« fragte er. Der kühne Schwung seiner Lippen beschleunigte ihren Puls. Schweratmend lag sie bewegungslos am Boden, als er sich über sie beugte und eine der steifwerdenden Brustwarzen küsste. Die feuchte Wärme seines Mundes ließ sie erschauern. Ihre Augen schlossen sich, als er mit seiner Zunge langsam um eine ihrer rosa Knospen strich. Wellen der Lust durchzogen ihren Körper. Winzig oder nicht, ihre Brüste waren mit einem kompletten Satz von Nerven ausgestattet. Keuchend und sich aufbäumend gab sie sich hilflos seinen Künsten hin.

Er beugte sich über sie, berührte ihre Brüste nur mit seinem Mund und hielt ihre Hände mit den seinen fest. Sie lag ausgebreitet unter ihm, nichts blieb seinem Mund oder seinen Augen verborgen. Ihr Verlangen war wieder so stark, dass sie ihm nichts verwehren konnte. Er berührte ihre Knospen mit seiner Zunge, sog an ihnen und biss zart hinein, bis sie vor Erregung ihre letzte Scham verlor und ihm ihren Körner entgegenbog.

»Ah, Rachel«, hörte sie ihn sagen, und dann lag er zum ersten Mal auf ihr. Sie spürte sein Gewicht auf ihrem Körper, seine raue Kleidung auf ihrer nackten Haut und seine Bartstoppeln auf ihrer weichen Wange, als er ihren Mund suchte. Wieder durchlebte sie eine Gratwanderung, als sie sich seinen wilden, betäubenen Küssen hingab.

Diesmal blieb ihr nur der Bruchteil einer Sekunde, um ihre Eindrücke zu registrieren. Er war schwer, ein beträchtliches Stück größer als sie und erstaunlich stark. Die eisenharte Wölbung in seinen Jeans schmerzte, als er sie gegen ihren Körper presste. Den Whiskeygeschmack, der sie normalerweise ekelte, empfand sie auf ihren Lippen und ihrer Zunge als verwirrend erotisch. Er küsste sie wie ein Verhungernder. Seine Zunge füllte ihren Mund, ergriff von ihm Besitz. Sie warf alle Hemmungen über Bord, schlang die Arme um seinen Nacken und umklammerte mit ihren Beinen seinen Rücken. Zitternd vor Ungeduld öffnete sie den Reißverschluss seiner Jeans und befreite ihn endlich. Langsam tauchte er in sie hinein. Als sie ihn fühlte, riesig und hart und heiß, schien sie innerlich zu platzen. Rachels Nägel gruben sich in seinen Rücken. Sie stöhnte. Sie konnte nicht mehr denken. Es gab nur noch ihn, der sie in wilder Vergessenheit ritt. Sie selbst bäumte sich auf, presste sich an ihn und keuchte wie ein brünstiges Tier.

Am Ende war sie es, die aufschrie, während er nur erlöst seinen Mund öffnete.

Er brach über ihr zusammen, sein Gewicht hielt sie am Boden fest. Als sie ihre Arme um seine Schultern schlang und ihre Finger durch sein seidiges schwarzes Haar gleiten ließ, fiel Rachel in einen abgrundtiefen Schlaf.

18

Rachel kam sich wie eine Hure vor, als sie unter dem laut schnarchenden Johnny Harris erwachte. Sie war nackt bis auf ihre Sandalen und ihren Rock, der sich wie ein unentwirrbarer Wulst um ihre Taille gerollt hatte. Sie war von seinem Schweiß und seinen Säften durchtränkt. Der Whiskeygeschmack lag sauer auf ihrer Zunge und die Luft um sie roch nach Alkohol und Sex. Wie lange sie geschlafen hatte, fünfzehn Minuten oder mehrere Stunden, konnte sie nicht sagen. Sie wusste nur, dass sie hundemüde war, dass ihre Muskeln schmerzten und dass sie sich unsauber fühlte.

Als sie daran dachte, was er mit ihr gemacht hatte, was sie ihm gewährte, was sie lustvoll zuließ, schämte sie sich. Und als sie sich bewusst wurde, mit wem sie es getrieben hatte, wollte sie vor Scham am liebsten sterben.

Johnny Harris. Ihr ehemaliger Schüler. Um Jahre jünger als sie. Ex-Sträfling. Bettgenosse von Glenda Watkins und weiß Gott wie vielen Frauen.

Er hatte ihr erzählt, er hätte seit seiner Schulzeit davon geträumt, mit ihr zu schlafen und sie war nur allzu bereit gewesen, ihm seinen Jugendtraum zu erfüllen. Wahrscheinlich war das das einzige, was er von ihr gewollt hatte. Mehr würde sie von ihm nicht erwarten können. Was wollte sie überhaupt – eine feste Beziehung? Mit Johnny Harris? Der Gedanke allein war ein Witz, wenn auch kein sehr komischer.

Er hatte in ihren Armen geweint. Bei diesem Gedanken tat ihr das Herz weh. So ungern sie es sich eingestand, sie brachte ihm nicht nur Leidenschaft und Lust entgegen – er bedeutete ihr mehr. Und während er sie vielleicht als jemanden betrachtete, an dessen Schulter er sich ausweinen könne, eine Mutterfigur also, waren ihre Gefühle für ihn ganz anderer Natur. Sie wusste es.

Er sei ›geil‹ auf sie, hatte er erklärt. Darin bestand sein einziges Interesse an ihr, fürchtete Rachel. Jetzt –, wo er das bekommen hatte, was er wollte, tja …

Am nächsten Morgen würde er sie nicht mehr achten.

Diese abgedroschene Phrase ließ sie nicht mehr los. Sie wurde als Lady erzogen, wieder so ein abgedroschener Spruch, ein Anachronismus sogar, aber das war nun einmal die Wahrheit. In den Kleinstädten des Südens gab es noch

Ladys – und sie wussten, dass ein Mann sich alles holen würde, was er bekommen konnte, wenn das Mädchen leicht zu haben war. Dann würde er, wie ein Schmetterling von Blume zu Blume, zu seiner nächsten Eroberung weiterfliegen.

Leicht zu haben war eine zu milde Beschreibung für ihr Verhalten. *Schamlos und lüstern* war ebenfalls untertrieben, aber ihr fiel kein treffender Ausdruck ein.

Rachel fürchtete sich jetzt, ihn zu berühren. Sie hatte Angst, er könnte aufwachen und sie müsste ihm in die Augen sehen, in ihrem Zustand, in ihrer beider Zustand. Sie hätte es nicht ertragen.

Aber sie musste ihn wegschieben. Sein Gewicht lastete schwer auf ihr und ihr Rückgrat begann zu schmerzen, außerdem wollte sie nach Hause gehen.

Irgendwie gelang es Rachel, seinen Oberkörper zur Seite zu wälzen und unter ihm hervorzukriechen. Er schlief tief, als sie sich langsam aufrichtete. Mit Gummiknien stand sie vor ihm und betrachtete den Schläfer. So gut es ging strich sie ihren zerknüllten Rock glatt. Sein Schnarchen war lauter geworden. Rachel realisierte, dass sein Tiefschlaf nicht von sexueller Befriedigung und Erschöpfung herrührte, sondern von seinem übermäßigen Konsum an Whiskey.

Einen Augenblick lang musste sie den Wunsch unterdrücken, ihm einen Fußtritt zu versetzen.

Seine Arme lagen ausgestreckt am Boden. Seine langen Beine waren geschlossen, vielleicht wegen der Jeans und der Jockeyunterhose, die nur bis zu seinen Schenkeln hinuntergezogen waren. Sein Hinterteil war nackt, feste, knackige Pobacken waren das, und wie sie aus Erfahrung wusste, fühlten sie sich auch so an. Sie waren glatt und unbehaart und einen Ton heller als der übrige Körper. Als Rachel daran dachte, wie sie diesen Körperteil mit ihren Händen liebkost hatte, stieg ihr die Schamröte ins Gesicht und sie wandte die Augen ab.

Sein weißes T-Shirt war kaum verrutscht. Weil es so

knapp sitzt, überlegte Rachel, hatte es sich nicht, wie ihr Rock, nach oben verschoben. Unter seiner breiten Schulter entdeckte sie ein rosafarbenes Band: ein Träger ihres Büstenhalters. Sie bückte sich, um ihn hervorzuziehen. Rachel musste seine Schulter hochheben. Wenn sie es nicht besser wüsste, hätte sie es nie für möglich gehalten, dass ein so schlanker Mann so verdammt schwer sein konnte.

Sie bemerkte, dass ihre Hände leicht zitterten, als es ihr endlich gelang, die Häkchen ihres Büstenhalters zu schließen. Sie zog die Träger über die Schultern und brachte das Kleidungsstück in den richtigen Sitz. Unwillkürlich erinnerte sie sich daran, dass ihn ihre kleinen Brüste nicht enttäuscht hatten. Im Gegenteil, er hatte sie voller Begeisterung und Hingabe gestreichelt und geküsst.

Bei diesem Gedanken zuckte Rachel zusammen. Heiße Röte stieg ihr die Wangen hoch. Würde sie jemals wieder im Stande sein, ihm unbefangen gegenüberzutreten, nach dieser Nacht?

Es war unmöglich, jedenfalls nicht in nächster Zeit.

Ihm für immer auszuweichen war ein müßiger Gedanke, das wusste sie, aber vielleicht gelang es für einige Wochen. Die Schule begann am Donnerstag – war das bereits in zwei Tagen? Sie würde in der nächsten Zeit beschäftigt sein, viel zu beschäftigt, um in der Eisenwarenhandlung nach ihm zu sehen. Sie musste einen neuen Geschäftsführer einstellen. Vielleicht konnte Olivia seinen Job für ein, zwei Wochen übernehmen? Vielleicht konnte sie Ben auch dazu bewegen, etwas länger zu bleiben.

Der Teufel hole Johnny Harris! Seitdem er wieder in ihr Leben getreten war, hatte er ihr ständig Steine in den Weg geworfen.

Mit der Zeit würden auch die peinlichsten Erinnerungen vergehen, das wusste Rachel aus Erfahrung. Sie hoffte nur, sie würde auch diese Erinnerung verdrängen, bevor sie wieder in seine rauchblauen Augen blicken musste.

Ihr erdfarbenes T-Shirt lag auf der Couch. Sie hob es auf und zog es hastig über ihren Kopf. Dann stopfte sie das Hemd so schnell sie konnte in den Rockbund und blickte sich nach dem letzten Kleidungsstück um, das ihr noch fehlte: ihr Slip.

Bei dem Gedanken, wie er ihr abhanden gekommen war, wollte sie am liebsten die Flucht ergreifen.

Sie konnte ihn nirgends entdecken. Johnny musste auf ihm liegen, woanders konnte er einfach nicht sein.

Einen Augenblick lang war sie versucht, ihn zurückzulassen, denn dem äußeren Anschein nach war sie sittsam gekleidet.

Sie konnte, so wie sie war, nach Hause gehen, und keiner würde etwas bemerken. Es sei denn, Johnny Harris kam auf die Idee – und das traute sie ihm ohne weiteres zu – ihr den Slip in aller Öffentlichkeit zu überreichen. Rachel war nicht bereit, dieses Risiko einzugehen. Allein bei dem Gedanken drehte sich ihr Magen um.

Sie kniete sich neben ihn nieder, packte ihn bei einer Schulter und versuchte ihn hochzuheben. Es passierte nicht viel, außer einem lauten Grunzen, mit dem er sein Schnarchen unterbrach. Er war einfach zu schwer für sie.

Plötzlich vernahm sie ein Kratzen und leises Winseln. Rachel erstarrte. Das grässliche Tier im Schlafzimmer! Nur eine dünne Holztür trennte sie von ihm. Johnny würde sich nicht rühren, auch wenn der Hund sie neben ihm zerfleischte.

Verzweifelt versuchte sie noch einmal, seine Schulter hochzuheben. Wieder das bekannte Grunzen. Wieder das Kratzen und Winseln. Rachel gab endgültig auf. In seiner trunkenen Schwere würde er sich nicht einen Zentimeter bewegen lassen.

Das Kratzen ertönte erneut. Das Winseln war in ein drohendes Knurren übergegangen. Das Tier konnte sie riechen und zeigte ihr deutlich sein Missfallen. Slip hin, Slip her, Rachel beschloss, das Zimmer zu verlassen, so lange sie es noch konnte.

Als sie auf die Tür zueilte, entdeckte sie ihren Slip in Form eines kleinen Knäuels unter dem Lampentisch. Mit einem Seufzer der Erleichterung angelte sie ihn hervor und zog ihn an.

Ohne sich nach Johnny umzusehen, verließ sie das Zimmer und schloss die Tür hinter sich.

Obwohl die Nacht warm war, zitterte Rachel als sie nach Hause fuhr. Rückblickend betrachtet waren diese vergangenen Stunden seelisch und körperlich das Strapazierendste gewesen, was ihr in ihrem Leben widerfahren war. Zuerst hatte Johnny ihre Gefühle bombardiert, so dass ihr das Herz blutete und dann hatte er ihren Körper erstürmt. Ihre Kapitulation kam einer bedingungslosen Hingabe des Körpers und der Seele gleich. War es daher verwunderlich, dass die Folgeerscheinungen nicht ausblieben?

Tylerville bei Nacht war still und dunkel wie ein Friedhof. Das schwache Licht des zunehmenden Mondes über ihr reichte nicht aus, um die gespenstischen Schatten auf der engen, kurvenreichen Straße zu bannen. Rachel fuhr ihrem Elternhaus entgegen, an den alten, mächtigen Bäumen und den verlassenen Koppeln vorbei und versuchte ihre Fantasie im Zaum zu halten.

Um Tylerville rankten sich die verschiedensten Geistergeschichten. Wer ihnen Glauben schenkte, würde es nicht wagen, nachts einen Fuß allein auf die Straße zu setzen. Das Schlimme dabei war nur, dass einige dieser Geschichten wahr waren. Rachel wusste nur nicht, welche.

Ihre Großtante Virginia, zum Beispiel, erzählte immer von der alten Baptistenkirche, die schon lange leerstand und die Kay und die Mitglieder ihres Vereins so gerne restaurieren und verschönern wollten. Ihr schlanker Kirchturm erhob sich auf dem kleinen Hügel nicht weit von ihrem Elternhaus.

Rachel fuhr jedesmal daran vorbei, wenn sie aus der Stadt zurückkehrte und dachte kaum an den Geist der Organistin, der dort noch immer spielen sollte. Aber heute nacht, als sie die Kirche vor sich liegen sah, musste sie unwillkürlich wieder an diese Spukgeschichte denken. Wahrscheinlich, weil ihre Nerven bis zum Zerreißen gespannt waren, dachte Rachel und beschleunigte den Wagen. Aber der zierliche Fachwerkbau, den Kays Verein erst vor kurzem weiß gestrichen hatte, schien in der Dunkelheit zu glühen.

Man erzählte sich, dass die Organistin, eine junge Frau, deren Name im Lauf der Zeit in Vergessenheit geraten war, eine Liebesaffäre mit dem Pastor hatte. Seine Frau, die den Garten des Friedhofs versorgte, den Kay jetzt wieder neu bepflanzen wollte, war dahinter gekommen, als sie den beiden eines Nachts aufgelauert hatte. Das Schockierendste daran aber war, dass der Pastor seine eheliche Treue in der Kirche brach. Als er eines Abends zu einem Kranken seiner Gemeinde gerufen wurde, wartete die schöne Organistin vergeblich auf ihren Geliebten, der nicht zu dem sündigen Stelldichein in die Kirche kommen konnte. Statt dessen war seine Frau aufgetaucht und hatte ihre Rivalin auf nicht geklärte Weise ermordet und die Leiche beseitigt.

Das mysteriöse Verschwinden der jungen Frau sorgte noch viele Jahre dafür, dass die verschiedensten Gerüchte über ein grausiges Verbrechen in der Stadt kursierten. Die Pastorsfrau aber lebte noch lange unbescholten an der Seite ihres sündigen Mannes weiter und wurde zu ihren Lebzeiten nie in irgendeiner Form verdächtigt. Ihr einziger Fehler war, dass sie ein Tagebuch geführt hatte, Rezepte, Begebenheiten aus dem kirchlichen Leben und dem häuslichen Alltag reihten sich an die Schilderung des Mordes und seine Folgen. So wurde es jedenfalls erzählt. Das Tagebuch jedoch sei auf höchst geheimnisvolle Weise verschwunden.

Den einzigen Beweis für diese Geschichte lieferte in den dreißiger Jahren der Fund des Skeletts einer jungen Frau, die ohne Sarg unter der Krypta hinter der Kirche beerdigt worden war. Zu dieser Zeit weilte das Pastorenpaar längst nicht mehr unter den Lebenden. Der Ehebruch und der grausige Mord wurden eher als ein aufregender Skandal als eine Schauergeschichte gehandelt. Dass dieses Skelett gefunden wurde, stand eindeutig fest. Alles andere, so sagte sich Rachel, war reinste Spekulation.

Das Unheimliche daran aber war, dass die Organistin in Regennächten, in einer solchen soll sie nämlich ermordet worden sein, herumspukte und die Orgel spielte und auf ihren Geliebten wartete, um sich mit ihm in Sünde zu vereinen.

Tante Virginia, die, so weit Rachel sich erinnern konnte, nie in ihrem Leben gelogen hatte, behauptete, als junges Mädchen diese Geistermusik gehört zu haben. Sie hätte sich nachts heimlich mit ein paar Freundinnen in den Friedhof geschlichen und schlotternd vor Angst das Spiel der Organistin gehört.

Jahre später, nachdem Tante Virginia diese Geschichte ihren Nichten zum x-ten Male erzählt hatte, jagte sie Rachel immer noch eine Gänsehaut über den Rücken.

Das Mondlicht, das jetzt auf den Turm der Kirche fiel, ließ ihn unheimlich aufleuchten. Im Schatten des Gebäudes schien sich eine gespensterhafte Gestalt zu bewegen. Rachel starrte gebannt auf diese Stelle und war in diesem Augenblick fest davon überzeugt, tatsächlich etwas gesehen zu haben. Aber das war natürlich nichts als Einbildung. Das wusste sie so sicher, wie sie Rachel Grant hieß. Trotzdem hätte sie beinahe einen Alleebaum gerammt, als sie die nächste Rechtskurve zu spät bemerkte.

Einbildung, nichts als Einbildung, sagte sie sich immer wieder, auch als der Schweiß auf ihren Handflächen getrocknet war.

Endlich hatte Rachel das Tor von Walnut-Grove erreicht. Als sie die breite Auffahrt hinauffuhr, hatte ihr Herzschlag beinahe wieder seinen normalen Rhythmus an-

genommen. Das heißt, bis sie sah, dass das Haus hell erleuchtet war. Fast in jedem Zimmer im Erdgeschoss und im
ersten Stock brannte Licht. Nur die Frontfenster des
Schlafzimmers, in dem sich ihr Vater am meisten aufhielt,
waren dunkel.

Irgend etwas war passiert. Diese Erkenntnis versetzte
Rachel in fieberhafte Panik.

Mit quietschenden Bremsen hielt sie den Wagen an,
sprang hinaus und eilte auf die Haustür zu. Sie öffnete sich
in dem Moment, als sie die Hand auf den Knauf legte.

»Wo um Himmels willen bist du gewesen?« zischte ihre
Mutter wütend, als ihre Augen Rachel von oben bis unten
betrachteten und sich bei dem Anblick, der sich ihnen bot,
vor Schreck weiteten.

»Was ist passiert? Ist es Daddy?« Rachel drängte sich an
Elisabeth vorbei. Ihr Gesicht war schneeweiß. Ihr Herz
machte sich auf das Schlimmste gefasst.

»Deinem Daddy geht es gut.« Elisabeths Stimme klang
streng, als sie Rachel erneut musterte. Durch den Leuchter
in der Diele entging ihren Augen nichts, angefangen von
dem zerknitterten grünen Baumwollrock, bis zu dem zerzausten Haar und der leicht geschwollenen Unterlippe. »Es
ist Becky. Sie ist vor einer Stunde mit den Mädchen angekommen. Sie weint sich die Seele aus dem Leib und ich bin
bis jetzt nicht dahinter gekommen, um was es geht. Vielleicht gelingt es dir, sie zum Sprechen zu bringen.«

»Becky«, wiederholte Rachel zutiefst erleichtert. Was
Becky auch quälen mochte, es war jedenfalls niemand gestorben. Obwohl ihr vollkommen bewusst war, dass ihr Vater nie mehr gesund werden würde, dass er geistig und körperlich weiter verfallen würde, bis ihn der Tod gnädig
erlöste, schauderte sie bei der Vorstellung, dass er eines Tages gehen würde.

»Wo ist sie?« fragte Rachel und riss sich von diesem me-
lancholischen Gedanken los.

»In der Bibliothek. Ich habe das Kaminfeuer angezündet und ihr einen heißen Kakao gebracht. Aber sie will partout nicht mit mir reden. Sie weint nur.«

»Ich gehe zu ihr.«

»Noch einen Augenblick«, sagte Elisabeth und packte Rachels Arm. »Bevor du zu ihr gehst, möchte ich wissen, wo du gewesen bist. Es ist nach Mitternacht. Nichts in der Stadt hat noch um diese Zeit geöffnet, und erzähle mir nicht, du wärst bei Rob gewesen, denn er rief heute Abend an und wollte dich zum Picknick am ersten September einladen.«

Elisabeths Augen glitten wieder prüfend über ihre Tochter. Ihr wissender Ausdruck jagte Rachel die Röte ins Gesicht, doch dann versteifte sich ihr Rücken.

»Ich bin eine erwachsene Frau, Mutter. Wenn ich bis nach Mitternacht ausbleiben möchte, dann ist das wohl meine Sache.«

Elisabeths Gesichtsmuskeln strafften sich und zeigten die edle Struktur ihrer Kiefer- und Backenknochen, ließen aber gleichzeitig ihr wahres Alter ahnen. »Aus dir werde ich nicht mehr klug, Rachel«, sagte sie kopfschüttelnd. »Du warst immer so vernünftig, zuverlässig und umgänglich. Aber in letzter Zeit habe ich oft das Gefühl, als ob ich dich nicht kenne. Es ist dieser Harris – seitdem er wieder in Tylerville ist, hast du dich verändert. Du warst heute Abend bei ihm. Habe ich recht?«

Elisabeth blickte ihrer Tochter in die Augen, als ob sie ihre geheimsten Gedanken lesen könne.

»Und wenn dem so ist, Mutter?« antwortete Rachel ruhig. »Wäre das so schlimm?«

Ohne eine Antwort abzuwarten, löste sie sich aus dem Griff ihrer Mutter und ging zu ihrer Schwester in die Bibliothek.

19

Elisabeth hatte nicht übertrieben, das erkannte Rachel sofort, als sie die Bibliothek betrat. Becky lehnte mit angezogenen Beinen zusammengekrümmt in einer Ecke der zitronengelben Couch, das gelockte schwarze Haar auf dem breiten Armpolster des Möbels, das Gesicht in ein hellseidenes Kissen gepresst. Sie weinte bitterlich. Der flackernde Schein des Feuers und die chinesische Lampe am Schreibtisch ihres Vaters tauchten die Szene in ein warmes Licht, das den überdimensionalen Kronleuchter verbarg, der von der fünf Meter hohen Decke hing. Die in Delfterblau gestrichenen Wände und die weißen Läden vor den raumhohen Fenstern verliehen dem spärlich beleuchteten Raum eine anheimelnde Atmosphäre. Das Mobiliar dieses Zimmers, das einmal das Reich ihres Vaters gewesen war, hatte großzügige Ausmaße und war der Bequemlichkeit eines hochgewachsenen Mannes angepasst. Vor diesem Hintergrund nahm sich die einunddreißigjährige Becky, die genauso zierlich und klein wie ihre Mutter war, verloren und fast kindlich aus.

Als sie den schmalen Körper in der bunt bedruckten Seidenbluse und den farblich dazu abgestimmten Bermudas sah, empfand Rachel Mitleid. Becky neigte zwar dazu, alles zu dramatisieren, aber wenn ihre Schwester so herzergreifend weinte, musste doch etwas Ernsteres vorgefallen sein.

»Was ist los, Becky?« fragte sie, als sie auf sie zuging und ihre Hand beruhigend auf den von Schluchzern geschüttelten Rücken legte.

»R-Rachel.« Becky blickte auf. Ihre Augenlider waren geschwollen und tränennaß. Rachel hielt ihr zugute, dass sie sich aufrichtete und ein Lächeln versuchte und setzte sich neben sie auf die Couch. Ihre Mutter stand in der Tür und beobachtete das Geschwisterpaar.

»Ist es eins der Mädchen?« Vielleicht hatte der Arzt bei

einer ihrer Töchter eine schwere Krankheit diagnostiziert. Aber Vermutungen waren hier fehl am Platz. Die Möglichkeiten waren endlos.

Beckys schönes Gesicht, das dem einer jungen Elisabeth verblüffend ähnlich war, verzog sich schmerzhaft, als sie ihren Kopf schüttelte.

»Nein.« Tränen liefen ihre Wangen hinunter. Ihr Mund zuckte.

»Michael?«

»Oh, Rachel!« Sie schlug die Hände vors Gesicht und begann erneut zu schluchzen. Erschrocken legte Rachel die Arme um ihre Schwester und drückte sie an sich. So schwierig und lästig Becky manchmal sein konnte, in diesem Augenblick war sie ihre kleine Schwester mit dem schwarzen Wuschelkopf, die ständig hinter ihr hergetrippelt war, kaum dass sie laufen konnte.

»Becky, was ist los? Bitte, sag es mir.« Rachel wiegte ihre Schwester hin und her, während Becky an ihrer Schulter weinte.

»Michael ... Michael will die Scheidung.« Mit zitternder, kleiner Stimme flüsterte sie es gegen ihre Schulter, so leise, dass Rachel zuerst nicht sicher war, ob sie richtig gehört hatte.

»Die Scheidung?« wiederholte sie überrascht.

»Die Scheidung?« ertönte es von der Tür. Elisabeth hielt sich die Hand vor die Brust, als sie Rachels Worte wie ein Echo nachsprach.

»Er hat es mir heute gesagt. Am Telefon. Er ist geschäftlich in Dayton und rief mich von dort aus zu Hause an und sagte, er wolle sich scheiden lassen. Einfach so. Ist das zu fassen?« Becky hob ihren Kopf und blickte zuerst zu ihrer Mutter und dann zu ihrer Schwester.

»Aber warum?« fragte Elisabeth leise.

»Ich glaube, er hat ... er hat eine Freundin. Wahrscheinlich will er sie hei... heiraten.«

»Oh, Becky!« Becky sah so verzweifelt aus, dass sich Rachels Herz zusammenzog. Ihr Gesicht war eine einzige Klage.

»Ich bin einfach am Ende. Den Kindern habe ich es noch nicht gesagt, aber sie ahnen, dass etwas nicht in Ordnung ist. Oh, was soll ich nur tun?« Becky verbarg ihr Gesicht an Rachels Schulter. Mit einer hilflosen Geste strich Rachel ihrer Schwester über den Rücken.

»Du wirst hier bei uns bleiben und wir kümmern uns um dich.« Während Rachel das sagte, sank ihre Mutter wie eine Gummipuppe auf Stans Schreibtischsessel neben der Tür zusammen und nickte zustimmend.

»Oh, Rachel, was habe ich dich und Mama und Daddy vermisst. Es war schwer für mich, so weit von zu Hause fortzusein und die Kinder allein großzuziehen. Michael war so oft weg. Und ich wusste, dass etwas nicht stimmte, aber ich wusste nicht, was. Und heute …«

Becky brach wieder in Tränen aus. Rachel zog sie fester an sich.

»Kleines, warum hast du uns nichts davon gesagt?« Elisabeths Stimme klang niedergeschlagen.

»Ich wollte dich nicht damit belasten. Und … und ich weiß was du von einer Scheidung hältst.«

Elisabeths Ansichten über die Scheidung – sie war strikt dagegen, dass sich die jungen Ehepaare heutzutage so schnell wegen nichts und wieder nichts scheiden ließen – waren tatsächlich rigoros. Aber mit ihrem heftigen Kopfschütteln schien sie im Fall ihrer jüngsten, heiß geliebten Tochter eine Ausnahme zu machen.

»Unsinn«, sagte sie entschlossen und warf beim Anblick ihrer bedauernswerten Tochter ihre lebenslang vertretenen Prinzipien über Bord. »Du weißt, dass Daddy, Rachel und ich immer hinter dir stehen, ganz gleich, wofür du dich entscheidest. Wir wollen nur das Beste für dich. Und die Kinder.«

Beckys Körper erbebte von neuem. »Sie lieben ihren Daddy. Wie furchtbar, dass ich ihnen das sagen muss.«

»Du brauchst es ihnen nicht gleich zu sagen«, meinte Rachel. »Nicht bevor du noch einmal Gelegenheit hattest, dich mit Michael auszusprechen. Vielleicht hatte er es nicht so gemeint. Vielleicht war er über irgendetwas verärgert.«

»Das glaube ich nicht. Es war ihm ernst.« Das Zittern in Beckys Stimme tat Rachel weh. Becky holte mit einem tiefen Schluchzen Luft und setzte sich auf. »Oh, Rachel, hätte er doch nur dich geheiratet!«

Dieser von Herzen kommende Anruf brachte ein bitteres Lächeln auf Rachels Mund. »Tja, vielen Dank.«

Becky schluchzte noch ein paar Mal auf und wischte sich mit den Händen die Tränen aus den Augen. »Das klingt schrecklich, nicht wahr? Aber du weißt, was ich meine. Du … du bist so stark. Du wärst besser damit fertig geworden. Ich komme mir so dumm vor. In den letzten Jahren war er dauernd verreist. Ich sagte ihm auf den Kopf zu, dass eine andere Frau im Spiele sei, aber er meinte nur, ich wäre nicht ganz richtig im Kopf. Ich … ich habe ihm beinahe geglaubt, dass ich … dass ich verrückt bin. Aber das bin ich nicht. Ich war die ganze Zeit bei Verstand. Und ich hatte recht. Er hat mich seit Jahren betrogen und ich habe es akzeptiert und getan, als ob ich nichts wüsste. Ich habe ihm keine Szenen mehr gemacht … und jetzt will er die Scheidung. Seinetwegen habe ich mein Leben ruiniert, und er war es nicht wert, keinen Deut.«

Die Tränen quollen wieder hervor. Rachel sagte bestimmt: »Dein Leben ist nicht ruiniert. Du wirst es überstehen und wieder glücklich werden. Du wirst einen neuen Mann finden –diesmal einen besseren. Es wird alles wieder gut werden. Wir müssen dieses Hindernis nur nehmen. Und das schaffen wir.«

Becky lächelte Rachel an. Es war ein klägliches, aber

dankbares Lächeln. »Bist du nicht froh, dass dir das erspart geblieben ist?«

»Ja«, antwortete Rachel ehrlich. »Ja, das bin ich.«

Unwillkürlich dachte sie an Johnny und die tiefe Leidenschaft, die er in ihr geweckt hatte. Zum ersten Mal, seitdem Michael Hennessy Becky den Vorzug gegeben hatte, konnte Rachel ihre Liebe zu ihm realistisch sehen: es war das schwärmerische Liebeserwachen eines jungen Mädchens, das längst der Vergangenheit angehörte. Sie war erwachsen geworden.

In der Küche schlug die große Wanduhr, die über der Anrichte hing.

»Du lieber Himmel, es ist zwei Uhr früh! Wir müssen schleunigst ins Bett!«, rief Elisabeth.

»Ja«, stimmte Rachel zu, stand auf und zog ihre Schwester mit sich.

»Katie wird bestimmt wieder so zeitig wach«, sagte Becky düster und meinte damit ihre jüngste Tochter. »Und Loren und Lisa schlafen auch nicht viel länger.«

»Tilda, Rachel und ich werden sich morgen um die Kinder kümmern. Du musst dich ausschlafen«, sagte Elisabeth, als Rachel und Becky zur Tür kamen.

»Ich bin so glücklich, wieder zu Hause zu sein.« Becky umarmte ihre Mutter, streckte einen Arm nach Rachel aus und zog sie an sich. Einen Augenblick lang standen die drei Frauen vereint beieinander. Stirn und Arme berührten sich. »Ich habe euch so lieb.«

Rachel entzog sich ihnen und sagte etwas abrupt: »Schluss jetzt. Sonst fangen wir noch alle zu heulen an. Mutter, du gehst mit Becky voraus. Ich schließe die Türen und lösche das Licht.«

20

Der Beobachter war nur sporadisch anwesend, als der Körper, in dem er wohnte, durch die Dunkelheit fuhr. Die Hände hielten das Steuerrad fest umschlossen, während die leeren Augen in die alles verhüllende Nacht starrten. Erinnerungen, die nichts mit seinem gegenwärtigen Leben zu tun hatten, flackerten auf und verlöschten wieder.

Sie brachten Schmerz mit sich und aufwallenden Zorn, aber kein wirkliches Verstehen dessen, was geschah. Kaleidoskopartige Bilder aus einer Zeit vor über hundert Jahren schienen im Augenblick wirklicher zu sein als die hohen Eichen, die die gewundene Straße umsäumten. Als die Baptistenkirche an der linken Seite auftauchte, zog sie die Augen des Beobachters unwiderstehlich an. Dann nahm der Wagen die nächste Kurve und die Kirche geriet außer Sicht. Der Anblick des Gebäudes hatte eine Kettenreaktion im Hirn des Beobachters ausgelöst.

Wie auf einer Leinwand rollten lang zurückliegende Ereignisse vor seinen Augen ab, als ob sie sich jetzt, in diesem Moment, abspielen würden. Was er sah, ließ ihn vor Pein erzittern. Es ereignete sich wieder – aber diesmal nicht vor hundert Jahren. Das wusste er. Die Geschehnisse der Vergangenheit wiederholten sich hier, im jetzt.

Schnell, lautlos, unbemerkt und unerkannt fuhr der Beobachter durch die Nacht, nicht um Rache zu üben, sondern um auf furchtbare Art zu richten. Das Haus, das er besuchen wollte, war dunkel und verlassen. Niemand war da.

In dieser Nacht würde kein Blut fließen.

Der Beobachter fuhr in die Stadt zurück, in dem Bewusstsein, in einer anderen Nacht wiederzukehren. Bald.

Auf der Spur seiner Beute.

21

Die Anwesenheit ihrer Schwester und ihrer drei Nichten beschäftigte Rachel die nächsten beiden Tage so sehr, dass es ihr nicht schwer fiel, die Gedanken an Johnny zu verdrängen. An den Vormittagen spielte sie mit den Mädchen, die sieben, fünf und zwei Jahre alt waren. Lisa, die älteste, war ein schwarzhaariger Wildfang, der Rachel sehr an Becky als Kind erinnerte. Loren und Katie gingen nach Michael, der groß und blond war. Die drei Mädchen fanden es himmlisch, bei ihrer Tante und ihren Großeltern zu Besuch zu sein. Auch wenn sie den Grund ihres Aufenthalts auf Walnut-Grove ahnten, so ließ es sich keiner von ihnen, nicht einmal Lisa, anmerken.

Rachel, Becky und Elisabeth hatten an beiden Tagen im Club zu Mittag gegessen, dann war Rachel zur High-School gefahren, um sich auf das kommende Schuljahr vorzubereiten. Der erste Schultag stand bevor. Wie jedes Jahr, ein aufregender Tag. Rachel empfand es immer noch so, auch nach all den Jahren. Die Aussicht, den Horizont junger Menschen zu erweitern, erfüllte sie mit einem fast missionarischen Eifer. Wenn es ihr nur gelang, ihre Schüler für die Literatur zu begeistern, dann konnte sie ihnen die ganze Welt öffnen. Ihre Schüler waren ihr vertraut. Sie kannte nicht nur die Teenager, sondern ihre Geschwister, ihre Eltern und Großeltern, ihre Cousins und Cousinen, ja sogar ihre Hunde und Katzen. Sie wusste, wer im kommenden Schuljahr Schwierigkeiten haben und wer es mit Leichtigkeit bestehen würde. Sie wusste, wer in die Schule ging, um Sport zu treiben, um Gesellschaft zu haben, und wem tatsächlich daran gelegen war, etwas zu lernen. Es waren sehr wenige, aber sie lagen ihr besonders am Herzen.

Am Ende des ersten Schultages war Rachel erschöpft und ausgelaugt. Als die Schulglocke ertönte, atmete sie erleichtert auf. Sie blieb noch einen Augenblick an ihrem Pult sitzen und packte Bücher und Papiere zusammen, während sich die Schüler eilig verabschiedeten und zum Korridor hinaus in die Freiheit stürmten.

»Miss Grant, werden wir in diesem Semester einen Hausaufsatz über Elisabeth Browning schreiben?« Allison O'Connell und ihre beiden Busenfreundinnen hatten auf ihre Lehrerin gewartet.

Rachel hatte ihre letzten Kräfte gesammelt und endlich das Schulgebäude verlassen.

Sie schüttelte den Kopf, während die Mädchen neben ihr hergingen. »Wir haben letztes Jahr über Elisabeth Barrett Browning geschrieben. Dieses Mal gibt es ein anderes Thema.«

»Oh, Mist!«, rutschte es Allison heraus.

»Du magst Elisabeth Barrett Browning?« Rachel blickte Allison etwas überrascht an. Das hübsche, liebenswerte Mädchen, das sie um einige Zentimeter überragte, las nicht besonders viel. Rachel erstaunte es sogar, dass Allison wusste, wer Elisabeth Barrett Browning war.

»Sie hat Brian Faxtons Aufsatz vom letzten Jahr«, erklärte Gretta Ashley voller Heimtücke, was ihr einen kräftigen Rippenstoß von Allison einbrachte.

»Stimmt nicht!« Allison wurde rot, blickte Rachel kurz an und fügte dann hinzu: »Gut, ich habe seinen Aufsatz kurz durchgelesen, aber den würde ich nie verwenden!«

»Das weiß ich, Allison«, sagte Rachel aufrichtig, während Gretta und Molly Fox, die das unzertrennliche Trio vervollständigten, zu kichern anfingen.

»Ich möchte über eine wirklich interessante Person schreiben, über Michael Jackson«, sagte Molly.

»Michael Jackson ist kein Dichter, nicht einmal ein Schriftsteller«, warf Gretta entrüstet ein.

»Doch, das ist er. Ich habe sein Buch gelesen. Du hast es mir doch selbst geborgt.«

»Ich meine, er ist kein bedeutender Autor. Jedenfalls keiner, über den wir einen Hausaufsatz schreiben dürften. Habe ich recht, Miss Grant?«

»Mag sein«, antwortete Rachel lächelnd.

»Dann ist es jemand Langweiliges«, prophezeite Molly düster. Sie gingen auf dem sich leerenden Bürgersteig entlang, an den drei gelben Schulbussen vorbei, die bereits von lärmenden Teenagern überquollen. Der erste Bus fuhr ab. Die beiden anderen folgten ihm kurz danach.

»Wie kommt ihr denn nach Hause?« fragte Rachel.

»Allison hat für den Sommer ein Auto bekommen. Sie fährt uns«, antwortete Gretta.

»Wie schön« sagte Rachel und verstand nun, warum die drei sie auf dem Weg zu den Parkplätzen begleiteten. Es gab zwei davon. Ein großer für die Schüler und ein kleinerer für die Lehrer. Sie lagen nebeneinander vor dem Schulgebäude.

»Ja, ich wünschte …« begann Gretta, als sie plötzlich ihre Augen aufriss. »Wer ist *das*?«

»Wo?« fragten die anderen im Chor, während Rachels Augen Grettas Blick folgten. Rachel wurde übel. Sie bot ihre letzten Kräfte auf, um nicht auf dem Absatz kehrt zu machen und davonzulaufen.

Am Ende des Lehrerparkplatzes stand ein großes, rotsilbernes Motorrad. Dagegen lehnte – groß und kräftig, in engen Jeans, schwarzer Lederjacke, mit über der Brust verschränkten Armen, das schwarze Haar zu einem Pferdeschwanz gebunden – Johnny Harris.

Er verzog keine Miene. Seine Augen waren auf Rachel gerichtet.

Sie gewann ihre Fassung wieder, registrierte die erstaunten Augen der Mädchen, die von Johnny zu ihr wanderten und biss die Zähne zusammen. Automatisch setzte sie einen Fuß vor den anderen. Die Erinnerung an ihre letzte Begegnung nahm ihr den Atem. Sie zwang sich, gleichmäßig ein- und auszuatmen und die Gedanken daran zu verjagen. Sie konnte ihn nicht anblicken, während sich die Bilder jener Nacht wie auf einer Leinwand vor ihr abspulten.

»Der ist super«, sagte Allison atemlos. Gretta puffte sie mit dem Ellbogen in die Rippen.

»Weißt du denn nicht, wer das ist? Das ist *Johnny Harris!*« zischte Gretta.

»Oh, mein Gott!«, japste Allison.

Molly sah verängstigt aus. »Was macht *der* hier?«

Rachel, die ein paar Schritte zurückgeblieben war, hoffte inständig, dass Mollys Frage für immer unbeantwortet blieb. Aber sie hatte kein Glück. Er ließ seine Arme sinken und richtete sich von seinem Motorrad auf. Die Mädchen verfolgten ihn mit neugierigen Seitenblicken, als sie an ihm vorbeigingen – in zwei bis drei Meter Entfernung. Rachel grüßte ihn mit einem unpersönlichen Lächeln und hoffte unbehelligt an ihm vorbeizukommen, aber er hatte bereits seinen Arm erhoben und winkte ihr zu.

»Oh, Miss Grant«, ertönte es äußerst freundlich. Rachel war sich bewusst, dass sie die Mädchen neugierig und gespannt anblickten. Sie konnte ihm nicht entfliehen, wenn sie kein Aufsehen erregen wollte.

22

Sie ging zu ihm hinüber. »Hallo, Johnny sagte sie und versuchte so gelassen wie möglich zu erscheinen. Sein schwarzes Haar glänzte in der Sonne. Der bronzene Teint unterstrich das tiefe Blau seiner Augen. Johnnys blendendes Aussehen musste jedem Teenager den Atem verschlagen. Zum Glück war sie kein Teenager mehr. Obwohl ihre Knie zitterten, meinte sie obenhin: »Du bist nicht im Laden?«

»Ich habe mir heute nachmittag frei genommen. Zeigler war froh, dass er mich los war.« Seine Augen verengten sich bei ihrer offensichtlichen Unbekümmertheit. Irgend-

wie brachte es Rachel fertig, seinem prüfenden Blick stand-
zuhalten. Unglaublich, sie kam sich wie ein Teenie vor, so
jung und töricht wie Allison, Gretta und Molly, die jetzt
ihre Köpfe über einem gelben Subaru zusammensteckten.
Sie tuschelten aufgeregt, als sie ihre Lehrerin mit dem
berüchtigsten jungen Mann der Stadt sprechen sahen. Im
Augenblick schien Johnny der Ältere zu sein, der die Situation gelassen meisterte. Rachel erkannte entsetzt, dass
sich ihre Beziehung zu ihm seit jener Nacht total verändert
hatte.

»Gehst du neuerdings nicht mehr ans Telefon?« fragte er.
Sein Ton war äußerst freundlich.

»Wie bitte?« Erstaunt hob sie die Augenbrauen.

»Ich habe dich mindestens sechs Mal angerufen, nachdem ich aufgewacht war und du ausgeflogen warst. Sogar
noch um zehn Uhr abends. Aber du warst merkwürdiger-
weise nicht zu Hause.«

»Ich wusste nicht, dass du angerufen hattest.« Das entsprach der Wahrheit.

»Freut mich zu hören.« Die Spannung um seinen Mund
ließ etwas nach. »Ich glaube, deine Mutter mag mich nicht.«

»Du hast mit Mutter gesprochen?«

»Wenn man das so nennen will. Unsere Gepräche verlie-
fen ungefähr so: Ich: ›Hier ist Johnny Harris. Kann ich Rachel sprechen?‹ und sie sehr eisig: ›Sie ist nicht da.‹ Dann
hing sie ein. Ich dachte, du hättest sie vielleicht gebeten, das
zu sagen.«

»Nein.«

»Du hast also nicht absichtlich versucht, mir aus dem
Weg zu gehen?«

Rachel blickte in diese tiefblauen Augen, zögerte, und
seufzte dann. »Tja, vielleicht doch ein wenig.«

»Das dachte ich mir.« Johnny nickte kurz, verschränkte
die Arme über seiner Brust und sah sie nachdenklich an.
»Ich frage mich warum? Weil ich mich neulich nacht so idi-

otisch aufgeführt habe oder weil wir miteinander geschlafen haben?«

Diese unverhüllte Frage und sein prüfender Blick, der ihre Seele zu ergründen schien, ließen Rachel erröten. Obwohl sein Ton und sein Benehmen eher unbeteiligt wirkten, war es ihm äußerst peinlich, dass er Rachel sein Herz ausgeschüttet und in ihrem Schoß bitterlich geschluchzt hatte. Dass er sich deswegen schämte, war Rachel unerträglich.

»Du hast dich nicht ... idiotisch benommen«, sagte Rachel entschieden.

»Ahh.« Auf Johnnys Gesicht breitete sich langsam ein warmes Lächeln aus, das sehr sexy wirkte und Rachels Innenleben in Aufruhr versetzte. Dann streckte er seine Hand aus, zog den Bücherstapel mit den Papieren unter ihrem Arm hervor.

»Was soll das?« protestierte sie.

Er verstaute ihre Sachen auf dem Gepäckträger hinter dem Ledersitz seines Motorrades und befestigte sie mit einer breiten, buntgemusterten Gummikordel.

»Steig auf.« Mit diesen Worten reichte er ihr einen silberglänzenden Helm.

»Was? Nein!« Automatisch nahm sie ihn entgegen, starrte auf ihn, auf Johnny auf das Motorrad, als ob er seinen Verstand verloren hätte.

»Steig auf, Rachel. Oder willst du unsere interessante Unterhaltung vor den Augen deiner kichernden Schülerinnen fortsetzen?«

»Kommt nicht in Frage, dass ich mich zu dir auf dieses ... Ding setze!«

»Das ist ein Motorrad, kein Ding. Bist du noch nie damit gefahren?«

»Bestimmt nicht!«

Kopfschüttelnd nahm er seinen Helm von der Lenkstange. »Arme, unterdrückte Lehrerin. Dann solltest du es versuchen, um dich weiterzubilden. Steig auf.«

»Ich sagte nein und meine es auch. Außerdem habe ich ein Kleid an!«

»Ist mir nicht entgangen. Ein sehr hübsches sogar. Ich finde, du solltest deine Röcke etwas kürzer tragen. Du hast tolle Beine.«

Während er sprach, setzte er seinen Helm auf.

Johnny ...«

»Miss Grant, alles in Ordnung? Sollen wir Hilfe holen?« rief Allison. Die drei Mädchen standen zusammengedrängt an dem gelben Subaru, Allisons neuer Wagen, wie Rachel vermutete. Ihre Gesichter waren besorgt, während sie Kriegsrat hielten und abwechselnd von Rachel auf Johnny blickten.

»Alles bestens, Allison. Ihr könnt nach Hause fahren. Mr. Harris ist ein ehemaliger Schüler von mir«, rief Rachel ihnen zu.

Ihr Versuch, das Trio zu beruhigen, wurde durch Johnnys spöttisches Lächeln zunichte gemacht.

»Sie denken, ich will dich entführen!«

»Etwa nicht?« erwiderte Rachel schlagfertig.

Johnny blickte überrascht auf und lächelte schelmisch. »Ich glaube ja. Würdest du bitte aufsteigen, Rachel? Bedenke, was du für mein öffentliches Image tust, wenn du wieder heil und unversehrt zurückkommst.«

»Ich werde nicht auf diesem Motorrad fahren. Auch wenn ich wollte oder passend dafür angezogen wäre, könnte ich unmöglich hier vor der Schule auf dein Motorrad steigen und vor den Augen meiner Schüler davonbrausen. Die Lehrerschaft würde das nie verwinden, geschweige denn Mr. James.«

»Ist er immer noch Direktor?«

»Ja.«

»Dacht' ich mir. Nur die guten sterben jung. Rachel ...«

Rachel seufzte. »Okay. Richtig ist, dass wir miteinander reden müssen. Aber ich werde nicht auf dieses Motorrad steigen. Dort drüben steht mein Wagen, in den ich einsteigen werde. Und dabei bleibt es.«

Johnny blickte auf sie hinab, hob die Schultern und nahm seinen Helm ab. »Räder ist Räder«, meinte er.

Rachel konnte sich ein Lächeln nicht verkneifen. »Dafür, dass du zu meinen besten Studenten gehörtest, hast du eine mangelhafte Grammatik.«

»Grammatik war nie meine starke Seite. Besser war ich in … anderen Dingen.«

Rachel merkte, wie ihr bei seinen Worten, die sie als Anspielung auffasste, die Röte ins Gesicht stieg. Zum Glück hatte er sich bereits umgedreht, um ihre Siebensachen vom Gepäckträger zu nehmen und bemerkte es nicht.

»Schreibst du immer noch Gedichte?« fragte er über seine Schulter hinweg, die Hände mit der Gummikordel beschäftigt.

Rachel zuckte zusammen und blickte auf seinen Lederjackenrücken. Sie hatte vergessen, dass sie ihm so viel von sich erzählt hatte, während er ihr Schüler gewesen war.

»Es überrrascht mich, dass du dich daran erinnerst«, sagte sie langsam.

Er hielt jetzt ihre Bücher in seinem Arm und wandte ihr sein Gesicht zu. »Ja?« Als ihre Antwort ausblieb, fügte er hinzu: »Es sollte dich nicht überraschen. Ich weiß noch jede Einzelheit, die ich damals über dich erfahren habe.«

Ihre Augen trafen sich kurz. Rachel meinte, noch nie in ihrem Leben derart nervös und verwirrt gewesen zu sein. Abrupt drehte sie sich um und ging auf ihren Wagen zu.

Sie spürte seine Gegenwart, spürte, wie er hinter ihr herging – und sie spürte die Augenpaare der drei Mädchen auf ihrem Rücken, die jede ihrer Bewegungen verfolgten. Glücklicherweise war der Lehrerparkplatz genauso verlassen wie der der Schüler. Ein grässlicher Gedanke, wenn sie Johnny ihren neugierigen Kollegen hätte vorstellen müssen!

Rachel atmete mehrmals tief durch, um wieder ins Gleichgewicht zu kommen und startete den Wagen, während Johnny ihren Bücherstapel auf den Rücksitz legte. Er zog seine Jacke aus, unter der das obligatorische weiße Baumwoll T-Shirt zum Vorschein kam und warf sie nach hinten zu den Büchern. Dann rutschte er neben sie auf den Sitz. Sie hätte gern etwas Zeit gehabt, um sich mit Lippenstift und Puderquaste zu beschäftigen, denn sie wusste aus Erfahrung, dass das Make-up, das sie am Morgen sorgfältig aufgetragen hatte, längst vergangen war. Aber was soll's, sagte sie sich. Das bisschen Lippenstift und Puder würde von ihren vierunddreißig Jahren höchstens ein paar Tage wegzaubern und sie in seinen Augen nicht schöner machen. Ihre Kleidung, die aus einem kurzärmeligen, weißen Baumwollpullover mit dunkelroten Rosen bestand und einem marineblauen, wadenlangen Faltenrock, im gleichen Rosenmuster wie das Oberteil bedruckt, entsprach vielleicht nicht dem neuesten Schick, war aber sehr praktisch und ihrem Beruf angemessen. Das galt auch für ihre halbhohen, dunkelblauen Pumps, die kleinen Perlenohrringe und die pflegeleichte Frisur. Sie war das Abbild einer kleinstädtischen, nicht mehr ganz taufrischen High-School-Lehrerin und Johnny der krasse Gegensatz dazu.

Sie winkte den entgeisterten Mädchen zu, als sie an ihnen vorbei zur Ausfahrt des Parkplatzes fuhr.

»Du hättest nicht zur Schule kommen sollen«, sagte Rachel, während sie in die Hauptstraße einbog. Morgen würde sie der Schulklatsch auf Schritt und Tritt verfolgen.

»Wenn der Prophet nicht zum Berg kommt ...« meinte Johnny achselzuckend. In einem bewusst oberflächlichen Ton, der den Ernst seiner Frage nicht ganz verbergen konnte, fügte er hinzu: »Schämst du dich meiner, Rachel?«

Rachel blickte ihn an. Irgendetwas in seiner Stimme berührte sie und sagte ihr, dass sie sich ihre Antwort wohl überlegen musste. Im Profil sah er so schön aus, dass es ihr den Atem nahm. Sie hatte vorher nie bemerkt, wie vollkommen seine Züge waren. Die stolze Stirn, die hohen Wangenknochen, die lange, gerade Nase mit dem schmalen Rücken die kantigen Linien seines Kiefers und Kinns waren klassisch und edel. Fügte man noch seinen kühn geschwungenen, sinnlichen Mund hinzu, seine faszinierend blauen Augen unter den schwarzen, geraden Brauen, so war er ein außergewöhnlich gut aussehender Mann.

»Stop!«, bellte Johnny sie ohne Vorwarnung an, während er seine Hände gegen das Armaturenbrett stemmte. Rachel wurde aus ihren Gedanken gerissen. Automatisch trat sie so fest auf die Bremsen, dass nur ihre Sitzgurte sie davor bewahrten, gegen die Frontscheibe geschleudert zu werden.

»Wieso?« fragte Rachel verwundert. Sie blickte sich um und merkte, dass sie vor dem Halteschild einer vierspurigen Straße standen, genau vor dem ›Seven-Eleven‹, nicht weit von der Schule entfernt. Der Verkehr, einschießlich eines Schulbusses und eines Tanklastwagens, brauste an ihnen vorbei und beantwortete ihre Frage.

»Um ein Haar hättest du dich umgebracht«, stieß Johnny zähneknirschend hervor. »Komm, rutsch rüber. Ab jetzt fahre ich.«

»Das ist mein Wagen, und …«

»Rutsch rüber.« Er war bereits ausgestiegen, knallte die Tür hinter sich zu, und ging um die Kühlerhaube herum. Rachel starrte ihn fassungslos durch die Windschutzscheibe an, besann sich aber eines Besseren, als sie merkte, dass die anderen Fahrer sie neugierig beobachteten. Ihr blieb nichts anderes übrig, als ihren Sicherheitsgurt abzulegen und sich nicht gerade sehr elegant über dem Schalthebel auf den Beifahrersitz zu manövrieren. Wenn Johnny noch länger mit ihr auf der Straße argumentiert hätte, um sie zu diesem Platzwechsel zu bewegen, hätte ein Wichtigtuer garantiert die Polizei gerufen.

»Möchtest du etwas trinken?« fragte Johnny beim Einsteigen und blickte zum ›Seven-Eleven‹. Sie hatten ihr Grün verpasst und die Fahrer hinter ihnen hupten unwillig.

»Nein, danke.« Rachel war verärgert, dass sie das Steuer ihres Wagens abgeben musste und wollte ihm ihre Verstimmung zeigen.

»Aber ich.« Die Ampel auf ihrer Spur zeigte wieder Grün. Johnny schoß über die Straße auf den Parkplatz vor dem ›Seven Eleven‹ und hielt an. Rachel musste sich bei diesem rasanten Manöver an der Armstütze auf ihrer Seite festhalten.

»Und du kritisierst meine Fahrweise ...« begann sie ungehalten, aber er war bereits ausgestiegen. Wutschäumend sah Rachel, wie er im Laden verschwand.

Einige Minuten später entdeckte sie ihn hinter der Fensterscheibe. Er stand an der Kasse, um zu bezahlen. Er schien ein paar Freundlichkeiten mit dem Angestellten auszutauschen und ihr Ärger schmolz dahin, als sie seine gutgewachsene, sportliche Gestalt bewunderte. Auf einmal schien ihn eine undefinierbare Spannung erfasst zu haben. Was er jetzt mit dem Angestellten austauschte, waren bestimmt keine Freundlichkeiten.

Er knallte etwas auf den Ladentisch, nahm seine Einkäufe und marschierte hinaus auf den Wagen zu. Rachel nahm schweigend die Gegenstände entgegen, die er ihr einzeln durch das Fenster reichte – vier Cokebüchsen und zwei Päckchen Twinkies – und enthielt sich weiterhin jeglicher Bemerkungen, bis er im Wagen saß und schnell in einem großen Bogen zurückstieß. Mit quietschenden Reifen, die Rachel zusammenzucken ließen, reihte er sich in den fließenden Verkehr ein.

»Was ist los?« fragte sie, als sie mehr oder weniger sicher im Verkehrsstrom dahinflossen.

»Wieso kommst du darauf, dass etwas los war?« Diese Frage wurde von einem aufblitzenden Seitenblick begleitet, gleichzeitig spannten sich dabei die Muskeln unter seinem Ohr.

»Nennen wir es weibliche Eingebung.«

Ihre trockene Bemerkung brachte ihr einen zweiten Seitenblick ein, der diesmal etwas gelassener ausfiel.

»Der Scheißer wollte mein Geld nicht nehmen.«

»Oh.« Ihr wurde plötzlich bewusst, dass der Angestellte Jeff Skaggs gewesen war. Rachel hätte ihn sofort erkannt, wenn sie genauer hingesehen und sich nicht voll auf Johnny konzentriert hätte. Johnny war ein stolzer Mann und hatte seitens seiner Mitbürger bereits einiges einstecken müssen. Bis jetzt hatte er ihr ablehnendes, manchmal grausames Verhalten still ertragen, so dass Rachel befürchtete, die Grenze seiner Geduld sei bald erreicht. In den nächsten Tagen würde es zu einer Explosion kommen, dessen war sich Rachel sicher. Sie konnte nur hoffen, in seiner Nähe zu sein, um den Schaden so klein wie möglich zu halten.

»Ich habe Marybeth nicht umgebracht!«, sagte Johnny wild, die Augen auf die Straße gerichtet. »Ich bin genauso unschuldig wie dieser Scheißer an der Kasse. Und weißt du was? Ob ich unschuldig bin oder nicht, das interessiert die hier einen Dreck. Im Knast habe ich einen akademischen Grad erhalten. Wusstest du das? In vergleichender Literatur. Ich habe meine Zeit da drin sehr gut genutzt. Du weißt, dass ich früher geraucht habe? Tja, das habe ich mir abgewöhnt, denn Zigaretten waren harte Währung für Joints. Ich habe meine Zigaretten gehortet und dann verkauft, und von dem Gewinn habe ich wieder welche gekauft und verkauft. Das brachte mir den Spitznamen ›Rauch‹ ein. Ich habe Geld verdient und gespart, damit ich etwas hatte, wenn ich entlassen würde. Ich habe überlebt, was man mir angetan hat. Aber es wäre nicht geschehen, wenn die Leute nicht so engstirnig und borniert gewesen wären. Ich bin ein Harris, deshalb ein Taugenichts, deshalb des Mordes fähig, und da ich die letzte Person war, die zugegeben hatte, mit Marybeth zusammen gewesen zu sein, musste ich sie umgebracht haben. Nur dass ich es nicht getan habe.«

Er bog von der Straße in eine kleine Landstraße ab, die sich durch einen dichten Mischwald schlängelte. Nach wenigen Minuten Fahrt tauchten sie aus dem Waldesdunkel auf, hielten an. Vor ihnen glitzerte ein kleiner See, auf dem friedlich ein paar Enten schwammen. Das kühle Blau des Wassers, in dem sich das sonnendurchflutete Hellgrün der Laubgipfel und die dunklen Schatten der Kiefern spiegelten, bot einen wunderschönen Anblick, der beiden leider entging.

Johnny starrte weiter nach vorn, die Hände fest am Steuerrad. Rachel saß schweigend neben ihm und beobachtete ihn. In ihren Augen lag Mitgefühl und Zärtlichkeit.

»Ich war neunzehn, als ich hineinkam. Ein Junge. Ein großmäuliger, verängstigter Junge, so verängstigt, dass ich dachte, ich würde ohnmächtig werden, als ich zum ersten Mal den Block entlangging, das Schließen der Eisentüren hinter mir hörte, die Pfiffe, Ausrufe und das Füßetrampeln der Häftlinge ... als ob ich frisches Fleisch wäre. Wusstest du, dass ich im Knast Fan-Post bekommen habe? Von Frauen. Sie haben mir alles mögliche versprochen, einschließlich der Ehe. Ein Mädchen, die mit ›ewig Dein‹ unterschrieb, schickte mir jede Woche einen Brief. Anscheinend fanden sie es besonders reizvoll, wenn ein Mensch wegen Mordes im Gefängnis sitzt.«

Er machte eine Pause und holte tief Luft, starrte aber weiter auf den See hinaus, ohne ihn zu beachten. Rachel biss sich auf die Unterlippe, sagte aber nichts, denn sie wusste, dass er ihr noch mehr sagen wollte – nein, musste.

»Weißt du, was das Schlimmste im Gefängnis war? Die Reglementierung. Von dem Augenblick, in dem wir aufstanden bis zu dem Augenblick, in dem sie uns wieder in die Zellen sperrten und das Licht löschten, war eine bestimmte Zeit für dies und das festgesetzt und ein Holzkopf sagte uns stets, was wir zu tun hatten. Man konnte sich nicht zurückziehen. Nie zurückziehen!«

Dieses Mal war die Pause länger. Gerade als Rachel eine Hand ausstrecken wollte, um sie auf seine Schulter oder sein Knie zu legen, nur um ihn zu berühren, um ihm zu sagen, dass sie da wäre, dass sie mitfühlte, warf er ihr einen kürzen, verschlossenen Blick zu. Dann starrte er wieder geradeaus auf den See, ohne seine Schönheit zu bemerken.

»Verdammt, nein! Das war nicht das Schlimmste. Soll ich dir sagen, was das Schlimmste war? Ich dachte, ich wäre hart, als ich hineinging. Ich dachte, keiner könnte mir etwas anhaben. Tja, das war ein Irrtum. Am dritten Tag drängten mich vier Kerle unter der Dusche in eine Ecke. Sie hielten mich fest und vergewaltigten mich. Hinterher sagten sie mit sie würden mich ab jetzt als Frau benutzen. Sie hatten mich übel zugerichtet. Ich war krank, krank bis in meine Seele. Krank wie ein Mensch, aus dem man den Stolz und die Männlichkeit geprügelt hatte. Und ich hatte Angst.

Als ich mich erholt hatte, beschloss ich, dass sie mich vorher töten müssten, wenn es noch einmal passieren sollte. Als ich mir das laut vorgebetet hatte, verschwand meine Angst. Ich würde durchhalten, oder ich würde sterben. So einfach war das. Und es war mir ziemlich gleichgültig, wie es kommen würde. Ich stahl einen Löffel aus der Küche und schärfte ihn. Ich schärfte ihn, bis ein Rand scharf wie eine Rasierklinge war. Dann wartete ich. Wenn sie mich wieder umstellen würden – sie machten sich über mich lustig, die Dreckskerle, nannten mich Süße, und so weiter – war ich vorbereitet. Ich hab' sie aufgeschlitzt. Und die Schweine haben mich nie mehr belästigt.« Er holte wieder tief und ächzend Luft. Dann blickte er zu Rachel hinüber, die Hände immer noch am Steuerrad.

»Jetzt weißt du alles«, sagte er schlicht. In seinen Augen aber spielte sich etwas ganz anderes ab. Sie waren voller

Schmerz und Scham. Als Rachel das sah, gingen die Gefühle mit ihr durch. Ihre Vernunft, ihr Selbsterhaltungstrieb, was immer, versagten in diesem Augenblick.

Sie nahm ihren Sicherheitsgurt ab, beugte sich zu ihm hinüber und legte eine Hand auf seine Schulter. Dann presste sie ihre Lippen auf die seinen, zu einem zarten, ungeschickten Kuss.

Als seine Hände sie an sich ziehen wollten, hob sie ihren Kopf, um ihm offen in die Augen zu sehen.

»Und jetzt weißt du alles«, sagte sie.

23

»Und was weiß ich?« fragte er amüsiert, ohne die Spannung in seiner Stimme unterdrücken zu können. Sie waren sich so nahe, Nasenspitze an Nasenspitze, und blickten einander in die Augen. Ihre Pose mutete lächerlich an, wenn es ihnen nicht so ernst gewesen wäre.

»Dass ich verrückt nach dir bin«, bekannte Rachel flüsternd. Das Steuerrad drücke in ihren Rücken, aber sie beachtete es nicht. Die Ablage zwischen den Sitzen schnitt ihr in den Schenkel, aber es störte sie nicht. Mit ihrem ganzen Sein versuchte sie die Vorgänge zu lesen, die sich auf der dunklen Leinwand hinter Johnnys Augen abspielten.

»Trotz allem?« Der etwas raue Ton seiner Stimme sagte ihr, dass er nicht ganz sicher war, wie sie seine Schilderung aufgefasst hatte.

»Ja«,

Seine Hände schlossen sich um ihre Taille, hoben sie hoch, setzten sie auf seinen Schoß mit dem Rücken zur Tür. Ihre Arme lagen locker auf seinen Schultern.

»Ich bin auch verrückt nach dir, Lehrerin«, sagte er leise. Dann küsste er sie.

Sein Mund war wann und schmeckte nach Pfefferminz.

Sie lehnte ihren Kopf an seinen Oberarm, den er als Schutzpolster gegen die Tür um sie gelegt hatte. Sein Kinn kratzte kaum merkbar, als es über ihre Wange strich. Mit dem kleinen Rest des ihr noch verbliebenen Verstandes stellte sie fest, dass er sich kurz vorher rasiert haben musste.

Ihr Herz war ein einziger Trommelwirbel, als sie ihre Augen schloss und seinen Kuss erwiderte. Ihre Finger fanden das Band, das seine Haare im Nacken zusammenhielt, und öffneten es. Dann strichen sie durch seine gelockten schwarzen Strähnen.

»Aua«, protestierte er und zuckte leicht zurück, als ihre Finger sich in seinem Haar verhedderten.

»Du musst sie dir schneiden lassen«, antwortete sie und kehrte mit ihren Lippen wieder auf seinen Mund zurück.

»Meinst du? Ich finde, du solltest dein Haar wachsen lassen. Ich liebe es, wenn meine Frauen langes Haar tragen.« Er küsste sie weiter, kurz und sinnlich, von einem Mundwinkel zum anderen wechselnd.

»Meinst du?« Es hatte sie doch etwas aus der Fassung gebracht, »Heißt das etwa, dass ich mich jetzt als eine deiner Frauen betrachten darf?«

»Nein«, gab er zurück und wanderte mit einem Mund zu ihrem Ohr.

»Nein?« Es fiel ihr schwer, diese Konversation aufrechtzuerhalten. Ihre Sinne nebelten sich ein, Arme und Beine wurden schwer.

»Du kannst dich als meine Frau betrachten. Einzahl. Wenn du willst.« Er küsste die empfindliche Stelle an ihrem Nacken. Rachel drehte ihren Kopf zur Seite, um ihm diese Prozedur zu erleichtern.

Johnny …« Sämtliche Gründe, warum sie nicht seine Frau sein konnte, wirbelten in ihrem Kopf herum. Der Altersunterschied, ihr Beruf, ihre Familie, sein schlechter Ruf, aber ihre Einwände lösten sich in nichts auf, als ihr bewusst wurde, dass er sie bis auf den Grund ihrer Seele durchschaute und als sie seine Lippen wieder auf den ihren spürte. Seine Küsse trugen sie weit weg, dass sie kaum mehr wusste, wo sie sich befand.

»Ja«, murmelte sie träumerisch.

»Ja, was?« Er hatte den weichen Ausschnitt ihres Pullovers zur Seite gezogen und bewegte seine Lippen an ihrem Schlüsselbein entlang. Rachels Zehen rollten sich zusammen. Sie merkte, wie sich einer ihrer blauen Pumps lockerte.

»Was immer du mich gefragt hast.« Ihr Denkvermögen setzte allmählich aus.

»Mmmm. Wir gehen nach hinten, ja? Hier haben wir nicht genug Platz.«

Bevor sie das Gesagte verarbeiten konnte, hatte er bereits die Tür geöffnet und bugsierte sie in seinen Armen aus dem Wagen. Der locker sitzende Pumps fiel zu Boden, Rachel kümmerte sich nicht darum. Sie hatte ihre Arme fest um seinen Nacken geschlungen, als er sich mit einem Arm unter ihren Schultern und dem anderen unter ihren Knien aufrichtete. Sie fühlte sich wie eine Feder in seinen Armen und genoss das köstliche Gefühl weiblicher Zerbrechlichkeit und Hilflosigkeit, als sie seine Kraft spürte. Dieser Rückfall in atavistische Empfindungen verwirrte Rachel, so dass sie seinen Augen auswich und statt dessen auf sein schwarzes Haar blickte, das jetzt über seine breiten Schultern hing.

»Ich wette, du wiegst kaum hundert Pfund«, sagte Johnny plötzlich und schwenkte sie leicht in seinen Armen, als ob er ihr Gewicht prüfen wollte.

»Einhundertundsieben, genau.«

»Du musst mehr essen.« Er schloss die vordere Tür mit einem Fuß, beugte sich vorwärts, tastete nach dem Griff der hinteren Tür und öffnete sie, ohne Rachel abzusetzen.

Als sie auf seinem Schoß auf dem Rücksitz saß, meinte sie: »Dann werde ich dick und du magst mich nicht mehr.«

Johnny zwickte sie scherzhaft in die Nase und brachte sie in eine etwas bequemere Lage mit dem Rücken gegen seine Brust. Ihr Kopf lehnte an seiner Schulter, seine Arme lagen um ihre Taille. Rachel warf einen seitlichen Blick nach oben und sah seine Augen auf ihrem Gesicht ruhen, so leuchtend und warm wie der klare Augusthimmel über ihnen.

»Hast du es immer noch nicht begriffen, meine Lehrerin? Ich würde dich immer mögen, egal wie du bist. Ich wette, dick wärst du eine Wucht. Ein kleiner runder Kürbis.«

»Wie reizend.« Sie lachte etwas pikiert, als sie sich in dieser Gestalt sah und gab sich dann dem unendlichen Glück hin, schwerelos in seinen Armen zu liegen. Sie fühlte sich geborgen und zu Hause. Sie schalt sich eine Närrin, aber was hatte es ihr bis jetzt in ihrem Leben eingebracht, stets vernünftig zu sein? Bestimmt nicht das.

Die Rücksitze waren mit dunkelblauem Plüsch bezogen und als Rückbank gebaut, boten aber einem Mann von Johnnys Größe nicht genügend Platz. Er schien das gleiche gedacht zu haben und hatte die Tür offen gelassen, damit er eines seiner Beine ausstrecken konnte. Die brütende Hitze kroch in den Wagen, da die kühle, klimatisierte Luft entweichen konnte. Durch die geöffnete Tür hörte sie das leise Rascheln der Blätter, die Wellen, die an das felsige Ufer klatschten und das vergnügte Schnattern der Enten. Es war, als ob sie beide engumschlungen im Gras am Rande des Sees liegen würden.

Johnnys Hände glitten ihren Pullover hinauf und umfassten ihre Brüste. Ihr Körper antwortete zitternd, aber ihr Verstand funktionierte noch und rief sie zur Vernunft.

Rachel umfasste seine Handgelenke. Mit schwacher, etwas atemloser Stimme sagte sie: Johnny ich glaube, das ist keine gute Idee. Es ist heller Tag. Es könnte jemand vorbeikommen.«

Es war schwer, seine Einwände zu entkräften, noch schwerer, seinen Küssen und Liebkosungen zu widerstehen. Endlich ließ eine Hand von ihrer Beute ab, aber bevor sie darüber nachdenken konnte, ob sie diese Tatsache begrüßen oder bedauern sollte, glitt sie bereits unter ihren Pullover, den Bauch hinauf, an ihre vorherige Stelle zurück. Als sie seine warme, kräftige Hand auf ihrer Haut spürte, nur durch die zarten Spitzen ihres Büstenhalters getrennt, erschauerte sie. Unter seiner zärtlichen Berührung merkte Rachel, wie das letzte Fünkchen Verstand, das ihr noch geblieben war, dahinschwand.

»Du hast die schönsten Brüste«, flüsterte er in ihr Ohr, als seine zweite Hand unter den Pullover schlüpfte, um ihrem Kameraden zu folgen. Langsam strich er mit dem Daumen über eine scheue Brustwarze und gab einen zufriedenen Laut von sich, als sie sich aufstellte. Rachel war im siebten Himmel. Sie liebte, was seine Hände mit ihr vollführten. Sie wünschte nur, sie hätte ihm eine üppigere Oberweite zu bieten.

»Sie ... sie sind nicht sehr groß ...« Die letzten Worte ihres Geständnisses konnte sie nur noch flüsternd hervorbringen. Die Verbindung von Seelenpein und körperlicher Lust waren zu viel für sie. Rachel drehte sich in seinen Armen um, barg ihr Gesicht in der Beuge zwischen seinem Nacken und seiner Schulter und schlang ihre Arme fester um seinen Hals. Kleine Schauer strahlten von der Mitte ihres Körpers aus, als seine schlanken Finger über die nackte Haut ihres Rückens fuhren.

»Du bist vollkommen. So wie ich es mir immer gewünscht habe. Hat dir denn noch keiner gesagt, dass die schönsten Geschenke klein verpackt sind?« Er küsste ihre abgewandte Wange, während seine Finger den Verschluss ihres Büstenhalters öffneten. Mit einem Seufzer ließ sie es geschehen. Ihr Wille war einfach zu schwach, außerdem konnte sie nichts an ihren Maßen ändern, jedenfalls nicht in den nächsten fünf Minuten. Er würde sie nehmen, wie sie war, oder von ihr lassen müssen.

Natürlich dachte er nicht daran, von ihr zu lassen, als er ihren Pullover bis zu ihren Achselhöhlen hinaufzog. Da er sich nach einigen Versuchen nicht weiterbewegen wollte, half sie nach und streckte ihre Arme aus. Das Kleidungsstück ließ sich jetzt mühelos über den Kopf streifen. Sie genoss das Gefühl der Nacktheit, während sie ihren Büstenhalter auszog. Sie war jetzt bis zur Taille entblößt. Als sie ihm einen scheuen Blick zuwarf, entdeckte sie Begehren in seinen Augen, die auf ihre hellen kleinen Hügel mit den rosaroten Knospen starrten. Ein prickelndes Ziehen durchfuhr ihren Körper, als ihr bewusst wurde, dass die Glut in seinen Augen nichts mit der Größe oder Dürftigkeit ihrer Brüste zu tun hatte.

Er spürte, dass sie ihn anblickte und sah auf. Ein schelmisches Funkeln blitzte plötzlich in seinen Augen auf.

»Übrigens, ich liebe Hintern«, sagte er und grinste, als er ihr entrüstetes Gesicht sah. Während sich seine Augen wieder in unverhohlene Bewunderung ihrem Oberkörper zuwandten, fuhr eine Hand unter ihren Rock und umfasste den in Frage kommenden Körperteil mit Nachdruck. »Und du hast den nettesten kleinen Hintern, den ich bis jetzt in der Hand gehalten habe.«

»Johnny!«

Ihr halb lachend, halb entrüstet hervorgebrachter Protest brach sofort ab, als ein heißes Ziehen durch ihren Körper lief. Johnny hatte mit seinen Lippen eine ihrer Brustwarzen gefangen und sanft in den Mund gezogen. Rachel bäumte sich vor Lust auf. Seine Haare strichen über ihre Haut und ihre andere Brust.

Er nahm eine andere Position ein, drehte sich um, so dass sie auf dem Sitz lagen, wobei er Rachel dicht an die Rückenlehne drängte. Einen Arm hatte er unter ihre Schultern gelegt, während der andere auf Entdeckungsreise ging. Langsam glitt seine Hand unter ihren Rock, ihre Schenkel hinauf. Rachel stöhnte, als sich ihre Schenkel für ihn öffneten. Johnnys Körper spannte sich. Vielleicht war es diese oder eine andere, plötzliche Bewegung, die Rachel wieder zur Besinnung brachte. Sie blickte in seine verschwommenen Augen.

»Warte«, sagte er rau.

Sie zog ihn wieder an sich, wollte seine Härte auf ihrem Leib spüren.

»Um Gottes willen, Rachel, warte!« Er setzte sich hastig auf. Bevor er ihr den Rücken zudrehte, bemerkte sie die kleinen Schweißperlen, die auf seine Oberlippe und seine Stirn getreten waren. Erstaunt über sein Tun, beobachtete Rachel, wie er in einer Tasche herumsuchte, etwas zum Vorschein brachte. Dann hörte sie, wie etwas aufgerissen wurde.

»Was in aller Welt machst du da?« fragte sie verblüfft und versuchte sich hinter seinem weißen T-Shirt-Rücken aufzusetzen.

»Ein Gummi«, antwortete er fast mürrisch und drückte sie wieder auf die Plüschbank zurück. »Ich wäre ein mieser Kerl, wenn ich dich ohne Gummi bumsen würde. Und du bist nicht ganz bei Trost, das zuzulassen! Das letzte Mal war ich nicht ganz bei mir, um daran zu denken. Aber jetzt ...«

Er lag wieder über ihr und küsste sie wild. Seine Hände schoben ihren Rock zu ihrer Taille hinauf, griffen in den Bund ihrer Strumpfhose und zerrissen sie. Er zerriss auch ihren Slip, räumte ihn einfach auf diese Art aus dem Weg. Wie ein Rasender drang er in sie ein, so dass Rachel aufschrie.

»Oh, Johnny«, schluchzte sie. Ihre Beine, die noch die Reste der dünnen Nylons trugen, umklammerten seinen Rücken.

Sein Oberkörper zerdrückte ihre Brüste. Wie Stahlbänder hielten sie seine Arme umschlungen. Er verbarg sein Gesicht in der Nische zwischen ihrer Schulter und ihrem

Nacken. Sein Atem ging stoßweise, als sich sein Körper hob und senkte, immer wieder und wieder.

»Oh, Johnny Sie schrie auf, als sie innerlich zu explodieren schien. Sich fest an ihn klammernd ließ sie sich von der riesigen Woge der Lust hinweg spülen. Bei ihrem Schrei biss er die Zähne zusammen, tauchte ein letztes Mal tief in sie ein und fand seine Erlösung.

Eine lange Zeit lagen sie unbeweglich aufeinander. Die Flut verebbte allmählich und ihr Atem wurde langsamer und ruhiger, während sich ihre Körper abkühlten.

Rachel hatte das Gefühl, unter seinem Gewicht ersticken zu müssen und versuchte sich zu befreien. Johnnys Kopf hob sich. Sein Gesicht war nur wenige Zentimeter von dem ihren entfernt, als sich ihre Blicke trafen.

Rachel sah in diese wissenden, blauen Augen und merkte, wie ihr das Blut in die Wangen stieg. Sie war verlegen, ja sie schämte sich, jetzt wo sie nüchtern und der Rausch der Leidenschaft verflogen war. Wie konnte sie und er – so etwas tun?

»Würdest du bitte von mir runtergehen«, sagte sie.

24

»Nicht sehr romantisch.«

»Tut mir leid, aber du bist zu schwer. Ich bekomme kaum Luft.«

Ein schelmisches Lächeln huschte über sein Gesicht. »Da hört die Romantik auf, hmmm?« fragte er und küsste sie kurz und besitzergreifend auf ihren Mund. Er rollte zur Seite und setzte sich auf. Rachel blickte auf seinen muskulösen Rücken und fand ihn sehr sexy, aber diese Erkenntnis änderte nichts an ihrem Zustand.

Die raue Wirklichkeit war herabgesunken und sie wurde sich ihrer Situation voll bewusst. Sie setzte sich ebenfalls auf und versuchte ihr Äußeres, so gut es ging, zu restaurieren. Sie war bis auf ihre Taille nackt, ihr Rock war auf die Hüften gerutscht und hoffnungslos zerknittert. Ihre Strumpfhose wies ein klaffendes Loch auf, ganz zu schweigen von ihrem Slip. Sie war barfuß und sie wusste nicht, wo und wann der zweite Schuh abhanden gekommen war. Ihr Mund fühlte sich heiß und geschwollen an, und ihr Haar, wie sie mit einem kurzen Blick in den Rückspiegel feststellte, erinnerte an ein Vogelnest. Sie fühlte sich schmutzig, verschwitzt, übel riechend und verstimmt.

Das zur Romantik.

Er schlüpfte in seine Shorts und Jeans, sie hörte, wie der Reißverschluss hinaufgezogen wurde. Als Rachel nach ihrem Büstenhalter und Pullover angelte, bemerkte sie, dass er wieder salonfähig aussah, während sie halb nackt war.

»Komm, wir gehen nacktbaden.«

»Was?« Der Vorschlag, von einem schalkhaften Grinsen begleitet, entrüstete Rachel. Sie schlug die Hände vor ihre Brüste und blickte ihn entgeistert an.

»Nacktbaden. Noch nie davon gehört? Weißt du, da geht man ohne Kleidung in einem Gewässer schwimmen.«

»Auf keinen Fall.«

Er lachte. Es war ein spontanes, fröhliches Lachen. Seine Augen strahlten vor Lebensfreude.

»Ist das deine Reaktion auf guten Sex, Lehrerin?«

Rachels schlechte Laune verstärkte sich.

»Keine Ahnung«, sagte sie und streckte ihm die Zunge heraus. Er lachte schallend auf. Widerwillig wurde Rachel von seiner Fröhlichkeit angesteckt.

»Oh, ja?« Er grinste sie an.

»Ja. Würdest du jetzt bitte aussteigen und mich eine Weile in Frieden lassen? Iss ein Twinkie.«

»Ja, klingt gut.« Er streckte seinen langen Arm zur Ablage zwischen den Vordersitzen aus, holte die Cokebüchsen und Twinkies hervor und schlängelte sich zur Tür hinaus.

Er warf ihr einen amüsierten Blick zu und ging zu einem kleinen Picknicktisch am Ufer des Sees.

Rachel sah ihm nach, bewunderte im stillen seine langen Beine und seinen stolzen, aufrechten Gang. Dann wandte sie ihre Aufmerksamkeit dem Nächstliegenden zu. Strumpfhose und Slip waren ruiniert. Um den Slip tat es ihr leid; sie liebte elegante Unterwäsche. Er war aus hellblauer Spitze und passte genau zu dem Büstenhalter, der irgendwo unter dem Beifahrersitz liegen musste. Rachel fand ihn, angelte ihn hervor und zog ihn an. Der Pullover lag zerknautscht am Boden. Sie zog ihn ebenfalls an. Suchend blickte sie sich nach ihrer Handtasche um und entdeckte sie unter dem Fahrersitz. Auf die Ablage gestützt gelang es ihr, sie mühsam am Henkel hervorzufischen. Wenigstens konnte sie sich jetzt in Ruhe um ihr Make-up kümmern. Sie ordnete ihr Haar und war dankbar, dass es nach wenigen Bürstenstrichen wieder glänzte und in Form lag. Dann holte sie Puderdose und Lippenstift aus der Tasche, knipste ihren Deckel auf und betrachtete sich prüfend in dem kleinen Spiegel.

Auch ohne Make-up – der Rest, der den Tag überstanden hatte, war Johnny zum Opfer gefallen – stellte sie zu ihrer Überraschung fest, sah sie in dem hellen Nachmittagslicht jung und frisch aus. Leuchtende Augen, rosa Wangen und angeschwollene, dunkelrote Lippen verjüngen, dachte sie, als sie ihre Nase überpuderte und sich die Lippen schminkte. So. Sie betrachtete wieder ihr Spiegelbild und gefiel sich dieses Mal noch besser: unbeschwert, etwas unordentlich, glücklich. Sie ließ ihre Puderdose zuschnappen, verstaute die Schminkutensilien in ihrer Handtasche und kam zu dem Schluss, dass eine wilde und leidenschaftliche Affäre mit Johnny Harris das beste Schönheitsmittel für sie sei. Wenn sie ihn nur in Fläschchen abfüllen könnte, dachte sie innerlich lachend, würde sie ein Vermögen verdienen.

Ihre Augen wanderten zu ihm. Er saß auf dem Picknicktisch, die Füße auf der Bank, und fütterte die Enten. Wahrscheinlich mit den Twinkies, dachte sie. Guter Sex? Oh, ja. Aber das würde sie nicht zugeben. Nicht ihm gegenüber. Er war, was das anbetraf, zu sehr von sich eingenommen.

Ein blauer Pumps lag auf dem Boden. Wenn sie sich recht erinnerte, war sein Partner draußen auf dem Kies gelandet. Sie stieg aus dem Wagen, hob den zweiten Schuh auf, balancierte wie ein Storch auf einem Bein und schlüpfte hinein, dann rollte sie ihre ruinierten Kleidungsstücke fest zu einem kleinen Ball zusammen, ging zu einem in der Nähe aufgestellten Papierkorb und entledigte sich ihrer. Es war absurd, aber ohne Slip fühlte sie sich unvollständig angezogen und unbehaglich. Langsam schlenderte sie auf Johnny zu.

»›Ein Laib Brot, ein Krug Wein und Du ...‹« sagte er und drehte den Kopf nach ihr um, als sie am Picknicktisch stand.

»Sagen wir lieber ein Päckchen Twinkies und eine Büchse Coke.« Rachel kletterte auf den Tisch, setzte sich neben ihn und nahm die eben erwähnten Nahrungsmittel in Empfang.

»Seit meiner Kinderzeit habe ich die nicht mehr gegessen.« Rachel versuchte ein Päckchen mit ihren Fingernägeln zu öffnen, aber die Plastikverpackung war zu fest und ließ sich nicht aufreißen.

»Komm, lass mich das machen.« Johnny nahm ihr das Päckchen aus der Hand, steckte es zwischen seine Zähne und riss es mühelos auf. Er reichte ihr einen der goldgelben Kuchen, holte einen zweiten aus der Verpackung und biss herzhaft hinein.

»Hey, das ist meiner!«, sagte Rachel kopfschüttelnd.

»Ich habe Hunger. Ich habe mein Teil an die Enten verfüttert.« Der klagende Ton in seiner Stimme brachte sie zum Lachen. Er steckte einen Finger unter den Ring am

187

Deckel der Cokebüchse und öffnete ihn. Dann reichte er ihr das Getränk.

Rachel nahm einen großen Schluck. »Mir wird bestimmt schlecht, wenn ich dieses Zeugs esse«, meinte sie, als sie wieder in ihr Twinkie biss.

»Die Gefahr ist das Salz des Lebens.«

»Ich dachte, die Abwechslung.«

»Das auch.«

Er biss ein riesiges Stück ab und verteilte den Rest unter die aufgeregt schnatternde Entenschar, die sich seit seiner Anwesenheit verdreifacht hatte.

Johnny trank aus seiner Cokebüchse, stellte sie auf den Tisch zurück und wischte sich seinen Mund mit dem Handrücken ab.

»Rachel?«

»Ja«,

»Also, was ist?«

Rachel hatte ihr Twinkie aufgegessen, entfernte mit den Fingerspitzen zurückgebliebene Kuchenkrümel aus den Mundwinkeln und blickte ihn an.

»Was meinst du damit?«

»Ich meine mit uns.«

»Uns?«

»Ja. Angenommen, es gibt ein uns. Ich möchte nicht, dass du denkst, ich treibe es mit jeder.«

Seine Lippen deuteten ein Lächeln an, aber Rachel spürte den Ernst hinter seinen Worten. Nervös zerknüllte sie die leere Kuchenverpackung.

»Darüber habe ich wirklich noch nicht nachgedacht.«

»Das solltest du vielleicht.«

Rachel grub ihre Nägel in das Papierknäuel und kümmerte sich nicht darum, dass ihre Finger klebrig wurden. Dann blickte sie ihn voll an.

»Heißt das, du möchtest, dass wir miteinander … gehen?«

»Miteinander gehen.« Er schien nicht ganz einverstanden zu sein. »Ja, so etwas in der Richtung.«

»Wir könnten uns zum Abendessen verabreden.« Die Worte wollten kaum über ihre Lippen, so schwer fiel es ihr, sie auszusprechen. Mehr als alles auf der Welt wünschte sie sich eine Beziehung, eine echte Beziehung zu ihm. Aber da der Gedanke an eine gemeinsame Zukunft völliger Irrsinn war, konnte sie diesen Wunsch vergessen.

»Abendessen wäre nett. Als Anfang.« Mit einem eleganten Satz sprang Johnny vom Tisch herunter, drehte sich zu ihr um, legte die Hände um ihre Taille und hob sie hoch. Rachel quietschte, als er sie so unerwartet in die Luft gewirbelt und sie in Armeslänge von ihm hochgehalten wurde. Ihre Hände griffen zappelnd nach seinen Oberarmen, um sich im Gleichgewicht zu halten. Er grinste verschmitzt, hielt sie mühelos in der Schwebe, erinnerte sie wieder daran, wie sehr er ihr kräftemäßig überlegen war. Das goldene Licht der Nachmittagssonne tanzte auf seinem Gesicht, verlieh seinen blauen Augen, seiner dunklen Haut einen warmen Schimmer und ließ seine weißen Zähne hell aufblitzen, als er ihr ausgelassen zulachte. Er sah in diesem Augenblick so schön aus, dass ihr der Atem stockte.

Mit einem flauen Gefühl im Magen wurde Rachel plötzlich bewusst, dass sie sich in ihn verliebt hatte.

»Lass mich runter«, sagte sie. Ihre Stimme klang barsch.

»Uh … mmmh«, sagte er neckend und dachte nicht daran, ihrer Aufforderung zu folgen. Um ihr seine Überlegenheit zu demonstrieren, stolzierte er zum Wagen, ohne sie auch nur einen Zentimeter tiefer zu halten. »Wir gehen jetzt essen.«

»Lass mich runter.« Unwillkürlich geriet sie in Panik. Der Gedanke, in Johnny Harris verliebt zu sein, jagte ihr Todesängste ein.

»Sage ›bitte, bitte, bitte‹.«

»Lass mich runter!« Ihr scharfer Ton ließ ihn die Stirne

runzeln. Ersetzte sie ab. Rachel hoffte, dass sie sich besser fühlen würde, jetzt, wo sie wieder festen Boden unter den Füßen hatte. Aber dem war nicht so.

»Was hast du?« Er war besorgt.

Rachel ging bereits auf den Wagen zu. Sie wusste, dass sie sich schlecht benahm, aber sie konnte nicht anders.

»Rachel!«

Sie musste allein sein, brauchte Zeit, um diese schreckliche Entwicklung zu überdenken, Zeit, um ihre Möglichkeiten zu sondieren und einen Entschluss zu fassen. Sich mit Johnny lustvoll zu amüsieren, war schlimm genug. Ihn zu lieben, mit allen Komplikationen, die sich ergeben würden, war entschieden schlimmer.

»Ich … meine Schwester Becky ist zu Hause. Hatte ich dir das nicht erzählt? Ich kann nicht mit dir essen gehen. Ich muss nach Hause. Ich hatte Becky ganz vergessen.« Sie sprach mit abgehackter Stimme über ihre Schulter, als sie die Tür öffnete und in den Wagen stieg.

»Was hat Becky damit zu tun, wenn wir zum Abendessen ausgehen wollen?« Er lehnte in der offenen Tür, den Arm auf dem Dach, so dass sie die Tür nicht schließen konnte. Rachel blickte in das schöne Gesicht, in seine verständnislosen blauen Augen. Ihr schwindelte, als sie merkte, dass sie nur allzu bereit war, ihm jeden Wunsch zu erfüllen. Sie kam sich wie ein Entdecker vor, der in einem unbekannten Terrain auf Treibsand getreten war und hilflos darin versank.

»Michael, ihr Mann, will sich von ihr scheiden lassen. Sie ist verzweifelt. Ich muss nach Hause gehen und mich um sie kümmern.«

»Jener Michael, in den du einmal verliebt warst?«

Rachel starrte ihn an. »Woher weißt du das?«

»Ich erinnere mich, als du ihn damals, in jenem Sommer, nach Hause gebracht hast. Weißt du, wieso ich das weiß? Weil ich eifersüchtig war. Es war der einzige Lichtblick in dieser verflixten Zeit, als er dich wegen deiner Schwester sitzen ließ.«

»Das glaube ich nicht.«

»Doch. Es ist wahr.« Seine Lippen zogen sich zu einem Strich zusammen, als er sie einen Augenblick prüfend anblickte. »Ich wollte dich immer, schon haben, Rachel. Ganz gleich, wie viele Mädchen ich hatte, ich habe immer nur dich im Kopf gehabt. Also, gehen wir zum Essen aus? Gino macht einen ausgezeichneten Waller.«

»Ich kann nicht. Becky ist so verzweifelt ...« Rachels Stimme brach ab. Sein Bekenntnis hatte nur noch bestärkt, was sie bereits wusste:

Die Situation zwischen ihnen wurde viel ernster als sie erwartet hatte.

Er starrte sie einen Augenblick schweigend an. Dann richtete er sich auf, schloss die Tür für sie, ging um den Wagen herum und stieg neben ihr ein.

Rachel startete den Wagen.

»Scheiße«, sagte er, als sie den ersten Gang einlegte, in einem großen Bogen wendete und in Richtung Highway zurückfuhr.

»Wie bitte?« sie blickte ihn nervös an. Seine Lippen waren aufeinander gepreßt, seine Augenbrauen trafen sich beinahe über der Nase, kurz, sein ganzes Gesicht drückte Missfallen aus.

»Du hast es gehört. Ich sagte ›Scheiße‹.«

»Ist es nicht. Es ist die Wahrheit. Becky ist zu Hause, und ...«

»Gut, dann sitzt sie zu Hause und ihr Mann will sich scheiden lassen, aber das hat doch, würde ich meinen, nichts damit zu tun, wie du mich ansiehst – oder nicht ansiehst.« Der kühle, gefasste Ton seiner Worte schmerzte sie mehr, als es ein Wutausbruch getan hätte. Rachel biss sich auf ihre Unterlippe und konzentrierte sich auf den Verkehr. Als sie von der schmalen Landstraße, die jetzt das Dickicht verließ, auf den Highway einbogen, blickte sie kurz zu Johnny hinüber.

»Du hast meine Frage noch nicht beantwortet Rachel«, sagte er unvermittelt und sah ihr in die Augen.

»Welche Frage?«

»Um Gottes willen, pass auf die Straße auf!«

Als sie seinem wütenden Aufschrei sofort gehorchte, schwieg er einen Augenblick, um dann sehr leise, kaum hörbar, zu fragen: »Schämst du dich meinetwegen, Rachel?«

»Nein!« Sie blickte ihn wieder an. Entsetzt, dass er so etwas glauben konnte, wiederholte sie noch heftiger: »Nein!«

»Ich glaube dir nicht«, sagte er brutal.

»Es ist die Wahrheit!« Sie fuhren jetzt am ›Seven-Eleven‹ vorbei und bogen in die Straße ein, die zur Schule führte. Rachel wusste, dass sie ihm eine Erklärung schuldig war, aber zuerst musste sie mit sich selbst ins reine kommen und ihre Gedanken sortieren. Johnny Harris zu lieben war keine einfache Sache, besonders in Tylerville. Die Reaktionen würden furchtbar sein.

»Wirklich?«

»Schön«, brach es aus ihr heraus. »Also schön! Es ist eine vertrackte Situation. Das weißt du. Ich bin Lehrerin. Ich war einmal deine Lehrerin. In meinem Vertrag steht, dass ich wegen sittlicher Verfehlungen entlassen werden kann. Und ich bin überzeugt, dass eine Affäre mit dir als sittliche Verfehlung ausgelegt werden würde. Damit fängt es an. Zweitens: Du bist fünf Jahre jünger als ich. Wie sieht das aus? Und du … und du bist …« Sie schwieg, als es ihr nicht gelang, die Meinung der Bürger über ihn in Worte zu kleiden.

»Ein Ex-Sträfling und Ausgestoßener?« beendete er den Satz für sie. Die Bitterkeit seiner Stimme tat Rachel weh. Sie blickte wieder zu ihm hinüber und sah, wie seine Augen wild aufblitzten. »Gut genug, um mit ihm zu bumsen, aber beileibe nicht fein genug, um mit einer Lady wie dir in der Öffentlichkeit gesehen zu werden.«

Rachel presste die Lippen aufeinander. Sie fühlte sich elend und hilflos.

»Um Himmels willen, pass auf die Straße auf!«, fuhr er sie an, griff in das Steuerrad und riss den Wagen wieder auf die rechte Spur zurück.

Eine Weile,sagte keiner von ihnen ein Wort. Rachel zwang sich, auf Fahrweise und Verkehr zu achten, bis sie endlich den Parkplatz vor der Schule erreicht hatte und neben seinem Motorrad anhielt. Sie legte den Leerlauf ein, wandte ihm ihr Gesicht zu, die Hände noch am Steuerrad.

»Johnny bitte glaube mir. Ich schäme mich deinetwegen nicht. Ich brauche nur etwas Zeit, etwas Abstand.«

»Abstand.« Sein Mund verzog sich, als er sie kurz ansah, die Hand auf den Türgriff legte und ihn hinunterdrückte. Ehe sie etwas erwidern konnte, war Johnny ausgestiegen. Dann lehnte er sich an die offen stehende Tür und blickte zu ihr hinunter.

»Lass dir so viel Zeit und Abstand wie du brauchst, Lehrerin. Wenn du bereit bist ... wenn du weißt, wie es zwischen uns weitergeht, dann rufst du mich an, okay?« Die in eiskalter Wut ausgesprochenen Worte trafen Rachel wie Peitschenhiebe.

»Johnny ...« begann sie flehend und wusste nicht, wie sie fortfahren sollte. Aber er ließ sie gar nicht erst zu Worte kommen und schlug die Tür zu. Hastig öffnete er die hintere Tür, holte seine Jacke vom Rücksitz und zog sie an. Dann trat er zu seinem Motorrad, setzte den Helm auf und stieg auf die Maschine. Ein Vorgang, der sich in Sekundenschnelle abspielte.

Während sie in ihrem Wagen saß und überlegte, was sie ihm sagen wollte, heulte sein Motorrad auf. Ohne zurückzublicken brauste er davon.

25

Freitag war der schlimmste Tag ihres Lebens. Wie sie es vorausgeahnt hatte, wusste die ganze Schule, dass sie mit Johnny weggefahren war. Kaum hatte sie ihr Klassenzimmer betreten, waren alle Augenpaare fasziniert auf sie gerichtet. Die Überzeugung, zum Thema Nummer eins des Schulklatsches geworden zu sein, verstärkte sich noch, als Schüler wie Lehrer plötzlich ihre Unterhaltung unterbrachen, wenn Rachel in den Pausen auf dem Korridor an ihnen vorbeiging. Ihre letzten Zweifel verflogen jedoch, als die Schulglocke ertönte, und Mr. James im Türrahmen ihres Klassenzimmers erschien, während ihre Schüler an ihr vorbei in die Freiheit strömten.

Rachel sammelte die Hefte und Bücher ein, die sie über das Wochenende mit nach Hause nehmen wollte. Sie hielt abrupt inne, als sie den Rektor in seinem grauen Anzug erblickte.

»Große Pläne für das Wochenende, Rachel?« fragte Mr. James und trat in das Klassenzimmer. Er würde erst in einigen Jahren pensioniert werden, aber sein strenges, humorloses Auftreten ließ ihn viel älter erscheinen. Sein volles, pomadisiertes, eisgraues Haar und seine untersetzte Statur erinnerten Rachel stets an Marlon Brandos Rolle als der Pate.

»Eigentlich nicht.« Sie lächelte ihn an, als er auf sie zuging. »Und Sie?«

Mr. James hob die Schultern. »Nichts besonderes Bess« – war seine vierzigjährige Ehefrau – »und ich werden zu Hause bleiben und einmal richtig ausspannen. Diesmal kommt keins der Kinder zu Besuch.«

»Das hört sich gut an.« Rachel schloss einen Aktenordner und legte die Bücher aufeinander, die sie brauchte, um sich für den Unterricht der kommenden Woche vorzubereiten. Mr. James machte nie Konversation. Er hatte sie aus einem bestimmten Grund aufgesucht, und sie war sich ziemlich sicher, dass sie den Grund kannte.

»Wir freuen uns schon darauf.« Er räusperte sich, und Rachel wusste, was jetzt kommen würde. »Ein paar Mädchen erzählten Mrs. Wylie« –Mrs. Wylie war die Vertrauenslehrerin – »heute eine ziemlich haarsträubende Geschichte.«

Rachel hob die Brauen.

»Sie sagten, dass dieser Harris Sie gestern vor der Schule erwartet hätte, und dass Sie ihn in ihrem Wagen mitgenommen hätten.«

»Johnny Harris ist ein ehemaliger Schüler von mir«, sagte Rachel kühl. Obwohl sie mit einem derartigen Gespräch gerechnet hatte, sträubten sich ihre Nackenhaare instinktiv.

Dass man sie wegen ihres Verhaltens zur Rechenschaft stellte, konnte sie gerade noch ertragen. Aber dass Johnny von jedem verächtlich mit ›dieser Harris‹ tituliert wurde, erzürnte sie allmählich ernsthaft.

»Dann ist es wahr?« Mr. James Augen blickten sie hinter dem schwarzen Brillengestell prüfend an.

»Dass er vor der Schule auf mich gewartet hat, in meinen Wagen stieg und mit mir wegfuhr? Ja.«

»Das war das erste und das letzte Mal, hoffe ich. Sie werden doch verstehen, dass wir einen Menschen wie ihn nicht in Schulnähe dulden können.«

»Wie meinen Sie das, ›einen Menschen wie ihn‹?« Aufwallender Ärger schärfte Rachels Stimme, was Mr. James überraschte.

»Einen Mann, der, wie wir alle wissen, junge Mädchen überfällt. Wir sind den Eltern gegenüber verpflichtet ...«

»Er überfällt genauso wenig junge Mädchen wie ich! Ich kenne ihn noch aus seiner Schulzeit und bin von seiner Unschuld am Tode von Marybeth Edwards genauso überzeugt, wie von ... von der Ihren. Entschuldigen Sie, aber ein besserer Vergleich fällt mir im Augenblick nicht ein. Er …«

»Er wurde vor Gericht des Mordes an ihr überführt und rechtmäßig verurteilt. Dass er seine Schuld gesühnt hat, enthebt uns noch lange nicht der Verpflichtung, die wir unseren Schülern und deren Eltern gegenüber haben. Wir müssen die Kinder schützen, die unserer Obhut anvertraut wurden.«

Er hatte in einem äußerst freundlichen Ton gesprochen, um dieser Zurechtweisung den Stachel zu nehmen. Trotzdem wurde Rachel wütend. »Steht mein Job auf dem Spiel, wenn Johnny wieder zur Schule kommt, Mr. James?«

»Sie wissen genauso gut wie ich, dass Sie kündbar sind, Rachel. Ich appelliere an Ihr Gewissen und nicht an Ihre Furcht vor einer Entlassung.«

»Mein Gewissen ist rein, das versichere ich Ihnen. Wenn Sie mich jetzt entschuldigen.«

»Gewiss, ich bedauere es, wenn ich Sie verärgert habe, aber Sie wissen, was man über den Klügeren sagt … Ich hoffe, dieser Spruch wird sich auch in diesem Fall bewahrheiten.«

»Ein schönes Wochenende, Mr. James«, sagte Rachel mit fester Stimme und ging an dem Rektor vorbei zur Tür hinaus.

Ihr Ärger hatte sich etwas gelegt, als sie zu Hause eintraf. Mr. James Verhalten war schließlich zu erwarten gewesen. Das war einer der Gründe, warum sie beschlossen hatte, ihre Beziehung zu Johnny gründlich zu überdenken. Es wäre sehr hilfreich, so meinte sie, ihren normalerweise ausgeglichenen Gemütszustand schnellstmöglichst wieder herzustellen. Dann entdeckte sie den schnittigen schwarzen Lexus, der unter der Remise parkte.

Michael war gekommen, wahrscheinlich, um Becky und die Mädchen nach Hause zu holen.

»Michael ist da.« Ihre Mutter begrüßte sie mit einem

warnenden Zischen an der Haustür. Aus dem rückwärtigen Garten ertönte das fröhliche Kreischen ihrer Nichten. Rachel legte ihre Bücher auf der Kommode ab. Durch die Küchentür sah sie Tilda mit den Mädchen Badminton spielen.

»Wissen es die Kinder?«

Elisabeth nickte. »Tilda lenkt sie etwas ab. Ich glaube, er will, dass Becky wieder zu ihm zurückkehrt.«

»Was sagt Becky dazu?« Rachel öffnete den Kühlschrank und nahm sich eine Portionspackung Orangensaft heraus. Dieses Getränk war eigens für die Kinder gekauft worden und hatte sich im ganzen Haushalt beliebt gemacht. Rachel steckte einen kleinen Strohhalm hinein und genoss die frische Köstlichkeit.

Elisabeth schüttelte ihren Kopf. »Ich weiß es nicht. Sie sind jetzt seit einer Stunde in der Bibliothek und bis jetzt habe ich keinen Mucks gehört. Ich will in der Nähe bleiben, falls Becky mich braucht. Sie echauffiert sich doch so leicht, wie du weißt. Ich hoffe nur, dass Michael Vernunft annimmt. Ich bin sicher, dass Becky ihm dann verzeihen wird.«

Rachel hob zweifelnd die Augenbrauen und sog an ihrem Strohhalm. »Ich gehe hinauf, um mich umzuziehen und Daddy hallo zu sagen. Rufe mich, wenn du Hilfe brauchst.«

Elisabeth nickte. »Oh, was ich noch sagen wollte, Rob hat gestern Abend angerufen, nachdem du zu Bett gegangen warst. Ich sagte ihm, du würdest heute zurückrufen. Und Ben hat aus dem Geschäft angerufen.«

Rachel stand bereits an der Tür, zögerte dann aber, und blickte über ihre Schulter zurück. »Hat sonst noch jemand angerufen?«

Ihre Mutter schüttelte den Kopf. »Nein.«

Sie dachte an die Perfidie ihrer Mutter, ihr Johnnys Anrufe zu unterschlagen und blickte sie prüfend an.

»Bist du sicher?«

»Natürlich.«

Johnny Harris hat gestern vor der Schule auf mich gewartet. Er sagte mir, er hätte diese Woche mehrmals versucht, mich anzurufen und du hättest ihn jedes Mal damit abgespeist, ich sei nicht zu Hause.«

»Wenn ich das gesagt habe, dann stimmt das natürlich.« Elisabeth ging in die Defensive.

»Das hättest du mir ausrichten können, Mutter.«

»Habe ich wahrscheinlich vergessen. Du weißt, dass ich manchmal etwas vergesse. Schießlich haben wir jetzt andere Sorgen. Ist es ein Wunder, wenn ich alles vergesse?« Elisabeths Hände flatterten hilflos nach oben, aber Rachel kannte ihre Mutter genau und wusste, dass es nur gespielt war.

»Du hast noch nie etwas in deinem Leben vergessen, und das weißt du. Ich bin eine erwachsene Frau, Mutter. Mit wem ich telefoniere und mit wem ich ausgehe, ist meine Sache und geht dich nichts an. Ich dachte, das hätten wir bereits geklärt.«

»Erwartest du, dass dieser Harris dich anruft?« Elisabeths Stimme klang scharf.

»Darum geht es nicht, Mutter.«

»Was wäre ich für eine Mutter, wenn ich nicht deinetwegen besorgt wäre? Du bist meine Tochter, Rachel, ganz gleich, wie alt du bist. Es ist furchtbar, wenn ich mitansehe, wie du dich in eine peinliche Situation bringst.«

Rachel seufzte. »Ich bringe mich nicht in eine peinliche Situation.«

»Mit diesem Harris zu schlafen würde ich als peinliche Situation bezeichnen.«

»Mutter!« Rachel war schockiert, dass ihre Mutter davon wusste und es so offen aussprach. Ihre weit aufgerissenen Augen bestätigten es, als sie Elisabeths festem Blick begegnete.

»Dachtest du, ich wüsste es nicht, Rachel? Ich bin intelligent genug, um zwei und zwei zu addieren.«

Rachel merkte, wie ihr die Röte ins Gesicht schoß, als sie dem bohrenden Blick ihrer Mutter standhielt.

»Willst du es leugnen?« fragte Elisabeth.

»Ich leugne nichts«, erwiderte Rachel bestimmt, als sie ihre Schwäche überwunden hatte. »Und ich gestehe nichts. Es geht dich nichts an, Mutter.«

»Mich nichts angehen, wenn meine Tochter eine Affäre mit einem Mörder hat! Soll ich wegsehen, wenn er mit dem Messer auf dich losgeht?«

Johnny hat niemals …«

»Pahh!«, unterbrach ihre Mutter sie entrüstet. »Sei da nicht so sicher. Genauso gut kann ich sagen, dass dein Vater wieder gesund wird. Ich möchte es glauben und weiß, dass es reines Wunschdenken ist. Und so könnte es auch bei dir sein.«

Mutter und Tochter schwiegen eine Weile, während die unbestreitbare Wahrheit dieser Feststellung auf sie einsank. Rachels Lippen pressten sich aufeinander.

»Ich ziehe mich jetzt um, Mutter«, sagte sie, wandte sich um und ging auf die Treppe zu. Als sie mehr als ein Viertel der Treppen hinaufgegangen war, öffnete sich die Bibliothekstür. Rachel drehte sich sofort um und entdeckte Michael im Türrahmen. Becky aschfahl, aber ohne zu weinen, hinter ihm. Am Treppenabsatz stand Elisabeth, das Gesicht ebenfalls ihrem Schwiegersohn zugewandt.

Einen Augenblick lang starrten sich Michael und die beiden Frauen wortlos an. Michael war sehr gealtert, seitdem sie ihn Weihnachten das letzte Mal gesehen hatte. Ostern und am 4. Juli, als Becky mit den Kindern zu Besuch kam, war er nicht erschienen. Die dunklen Ringe um seine Augen zeugten von schlaflosen Nächten, die grauen Strähnen an seinen Schläfen erinnerten sie, dass er in diesem Jahr seinen vierzigsten Geburtstag gefeiert hatte. Seine Haut war blass, wie bei einem Menschen, der nur selten die Sonne suchte; Kinn und Kiefernpartie waren von den Nachmittagsstoppeln leicht überschattet. Er war groß, schlank und dunkelhaarig und in seinem blauen Anzug das Abbild eines erfolggewohnten Anwalts. Sie konnte es sich kaum noch vorstellen, dass sie einmal in diesen Mann verliebt gewesen war.

Sein Gesichtsausdruck zeigte deutlich, dass es ihm unangenehm war, dem fragenden Blick seiner Schwiegermutter und Schwägerin ausgesetzt zu sein.

»Hallo, Rachel«, sagte er endlich, da er Elisabeth wahrscheinlich bereits bei seiner Ankunft begrüßt hatte. Rachels Augen wanderten an ihm vorbei zu Becky, die gequält auf den Rücken ihres Mannes starrte und kaum merkbar nickte. Aus Beckys Verhalten ging klar hervor, dass der Bruch zwischen ihnen nicht gekittet werden konnte.

Trotz der Liebe, die sie lange für Michael empfunden hatte, stand Rachel im Augenblick der Krise fest auf Beckys Seite.

»Kann ich dir einen Kaffee oder Sandwich anbieten, Michael?« fragte Elisabeth etwas nervös. Im Gegensatz zu Rachel wurde ihr die Sicht auf ihre jüngere Tochter durch die Gestalt ihres Schwiegersohnes verstellt.

»Nein, vielen Dank, Elisabeth. Ich bin zum Dinner verabredet. Ich werde mich jetzt von den Kindern verabschieden und aufbrechen.«

»Von den Kindern verabschieden!« Becky lachte, sehr hoch, beinahe hysterisch, als sie die Hände vor ihrem kleinen Busen zusammenschlug. Michael wirbelte herum und blickte sie an. Von ihrem bevorzugten Aussichtspunkt auf der Treppe konnte Rachel den hasserfüllten Blick sehen, den ihre Schwester ihm zuwarf. Vor zehn Jahren war Becky so sehr in Michael verliebt gewesen, dass sie erglühte, wenn sie auch nur seinen Namen aussprach. Der Gegensatz zwischen damals und der heutigen Situation stimmte Rachel traurig und ergrimmte sie zugleich. Hatte denn nichts in diesem Leben Bestand?

»Das sagst du so ruhig! Bedenkst du nicht, was eine Scheidung ihnen antun wird?« Beckys Stimme war schrill.

»Kinder passen sich an«, erwiderte Michael knapp. Sein ganzer Körper drückte Spannung aus. Überrascht bemerkte Rachel, dass er seine Hände zu Fäusten geballt hatte. Der Michael, den sie kannte, war stets ruhig und beherrscht gewesen – so weit sie sich erinnerte, konnte ihn nichts mehr aus der Fassung bringen. Aber das war damals. Näher kennen gelernt hatte sie ihn eigentlich nur in jenem Sommer, und da machte er ihr den Hof. Vielleicht war der junge Mann, den sie zu lieben glaubte, nur ein Produkt ihrer eigenen Fantasie.

»Du bist ihr Vater!« Wie ein Schrei kam es aus Beckys Herzen. Michaels Rücken versteifte sich, dann wandte er sich abrupt von seiner Frau ab, ging ohne ein weiteres Wort zu verlieren an Elisabeth und Rachel vorbei und schlug die Haustür zu.

Einen Augenblick lang schienen die drei Frauen zu Salzsäulen erstarrt. Rachel erholte sich als erste, eilte auf ihre bedauernswerte Schwester zu und schloss sie in die Arme.

»Er kam nur, um mich zu fragen, ob wir das H… Haus verkaufen wollen!«, klagte Becky. »Er übernachtet im Hotel und kommt morgen früh wieder, um darüber zu sprechen. Er sagte … er sagte, ein guter, tiefer Schlaf würde mir vielleicht helfen, die Dinge in die richtige Perspektive zu rücken.«

»Dieser elende Dreckskerl!«, sagte Elisabeth wütend. Rachel, die derartige Worte noch nie aus dem Munde ihrer Mutter vernommen hatte, nickte in tiefstem Einvernehmen. Mitfühlend lehnte sie ihre Stirn gegen Beckys Kopf, während ihre Schwester in Tränen ausbrach.

26

In Tylerville fand das jährlich abgehaltene Picknick zum Tag der Arbeit am Samstagabend statt, und wie immer wurde es von fast jedem Bürger der Stadt besucht. Es war ein festliches Ereignis, das Punkt sechs Uhr mit einem Umzug begann und um zwölf Uhr Mitternacht mit einem Brillantfeuerwerk endete. Auf dem Rasen vor dem Rathaus spielte eine einheimische Band Country Musik und klassischen Rock. Die jungen Leute saßen mit übereinander gekreuzten Beinen auf Decken oder lagen bäuchlings im Gras und riefen den Musikern ihre Wünsche zu. Da die angrenzenden Straßen für den Verkehr gesperrt waren, rannten kleinere Kinder wild herum, spielten Fangen und entwischten ihren atemlos hinterherjagenden Eltern mit großer Fertigkeit. Die Erwachsenen wurden in der Garage des nahe liegenden Feuerwehrhauses mit Getränken und hausgemachten Speisen bewirtet. Höhepunkte des Abends waren Fahrten in einem Heißluftballon zu einem Dollar und das Einfangen eines mit Öl eingeriebenen Schweines.

Als Rachel kurz vor sieben Uhr eintraf, standen ungefähr einhundertfünfzig Leute für die Ballonfahrt Schlange. Es schien keinen zu stören, dass der aufgeblasene Ballon sich nur zwanzig Fuß von der Erde erhob, um dann eiligst für die nächste Gruppe heruntergeholt zu werden.

In Rachels Gesellschaft befanden sich Rob, Becky mit ihren Töchtern und ihre Mutter. Sie war sich unschlüssig gewesen, ob sie Robs Einladung annehmen sollte oder nicht, aber als er höflicherweise den Rest der Familie in sein Angebot einschloss, sah sie keinen Grund, ihm abzusagen. Becky brauchte dringend Abwechslung und ihre Töchter, die in der Krise, die ihr junges Leben verändern würde, ausgelassener und wilder denn je waren, suchten ein Ventil für ihre überschüssige Energie. Auch wenn sich Rachels Herz nach Johnny sehnte, weigerte sie sich, ihrem

Schmerz nachzugeben. Es würde vergehen – musste vergehen. Die Worte ihrer Mutter über das Wunschdenken waren auf fruchtbaren Boden gefallen.

»Tante Rachel, können wir mit dem Ballon fahren?« Loren, fünf Jahre alt, zog aufgeregt an Rachels Hand.

»Wenn wir gegessen haben«, unterbrach Becky, bevor
Rachel zustimmen konnte. Am frühen Nachmittag war Rachel mit ihren beiden älteren Nichten ins Kino gegangen,
während Becky und Michael ihre Diskussionen fortsetzten.
Elisabeth, die sich währenddessen um die zweijährige Katie
gekümmert hatte, erklärte Rachel in Kurzfassung, dass das
Ehepaar sich nicht einigen konnte. Becky wäre heulend in
ihr Zimmer hinauf gerannt und Michael hätte eisig und ungerührt versprochen, am nächsten Tag wiederzukommen.

Etwas später war Rob erschienen, um die Familie zum
Picknick abzuholen. Becky hatte sich wieder gefasst. Abgesehen von einer leichten Rötung ihrer Augen hätte keiner
vermutet, dass irgendetwas nicht stimmte. Rob, den Rachel
über die Situation aufgeklärt hatte, fand Beckys Courage
bewundernswert und verbrachte die Fahrt in die Stadt und
den kurzen Fußmarsch zum Festplatz damit, am laufenden
Band Zoten und alberne Witze zu ihrer Aufheiterung zu
erzählen. Als sie sich zu den Festgästen gesellten, die die
gedeckten Tische umstanden, riss Rachel der Geduldsfa-
den. Noch ein idiotischer Witz und sie würde ihm einen Pa-
pierbecher mit Eistee über den Kopf schütten.

Aber Becky tat es gut und sie lächelte über seine verba-
len Albernheiten. Einen Moment dachte Rachel daran,
dass sie vielleicht Gefahr liefe, einen weiteren Mann an ihre Schwester zu verlieren.

»Katie, nein! Das ist heiß!« Rachel schnappte sich ihre
jüngste Nichte, die nach der Kaffeekanne greifen wollte.
Gerade noch rechtzeitig konnte sie die sich heftig wehren-
de Kleine auf ihre Hüfte klemmen und mit einem Schoko-
ladeneis ablenken.

»Gib sie mir, Rachel«, sagte Becky und streckte die Hände nach ihrer jüngsten Tochter aus. Katie, deren vergnügtes Gesichtchen mit Schokolade verschmiert war, schüttelte heftig den Kopf.

»Katie bleibt bei Tante Rachel«, sagte sie bestimmt. Rachel lachte und herzte ihre kleine Nichte und störte sich nicht daran, als Katies klebrige Hand in ihr Gesicht patschte. Mit einem Seufzer versuchte Becky wenigstens die größte Schmiererei am Mund des Kindes zu entfernen. Das Taschentuch war mittlerweile so schmutzig geworden, dass es sinnlos war, Rachels Wange damit abzuwischen.

»Sie hat dir Schokolade ins Gesicht geschmiert«, flüsterte Rob Rachel zu, als Elisabeth Beckys Aufmerksamkeit verlangte.

»Macht nichts, ich wasche es dann ab.«

Daraufhin nahm Rob sein frisch gebügeltes Taschentuch und rieb die Schokolade aus Rachels Gesicht, was sie ihm mit einem Lächeln dankte.

»Die Kinder deiner Schwester sind wirklich niedlich«, sagte er.

»Nicht wahr?« Zum Beweis küsste Rachel Katies Pausbacken, dann nahm sie einen Teller, um sich am Buffet zu bedienen. Die Freunde und Nachbarn um sie herum begrüßten die drei Grant-Frauen lauthals, insbesondere Becky und ihre Kinder, die sie nur selten zu sehen bekamen. Becky sah in ihrem knöchellangen, grünen Sommerkleid, das Schultern und Rücken freiließ, auffallend hübsch aus. Rachel, die sich für dunkelblaue Shorts und ein zitronengelbes T-Shirt entschieden hatte, entging nicht, dass Becky die Aufmerksamkeit der Männer auf sich zog. Wenn Michael sich nicht mehr für seine Frau interessierte, würde sie nicht als Mauerblümchen sitzen bleiben. Rachel entdeckte zufrieden, dass es sie eher freute und nicht, wie früher, ärgerte, wenn Becky bei den Männern so großen Anklang fand.

Rachel unterhielt sich angeregt mit ihren Bekannten, warf hier und da eine lustige Bemerkung ein. Katie hatte zum Glück aus unerfindlichen Gründen beschlossen, sich anständig zu benehmen. Sie lachte, klatschte in die Hände und begrüßten jeden, der sie ansprach mit »Hi!«. »Ein kleiner Engel«. »Wie ein Püppchen!« und »Seht euch das süße Kind an!« waren die Kommentare, mit denen Katie bedacht wurde. Mit der lebhaften, strampelnden Zweijährigen auf der Hüfte unternahm Rachel das Wagnis, ihren Teller mit etwas Essbarem zu füllen. Rob erkannte ihr Dilemma, nahm ihr den Teller aus der Hand und legte ihr das auf, was sie wünschte. Lisa und Loren waren stolz, dass sie sich, unauffällig von ihrer Mutter und Großmutter unterstützt, selbst bedienen konnten. Endlich konnte sich die kleine Gruppe vom Buffet zurückziehen und an einem der Tische unter den Bäumen Platz nehmen.

Rachel entledigte sich Katies und setzte sich im wahrsten Sinne des Wortes erleichtert an den Tisch. Das Kind schien trotz seiner zwei Jahre eine Tonne zu wiegen. Es war noch hell und die glühende Hitze des Tages war in eine angenehme Wärme übergegangen. Eine leichte Brise wehte Rachels Haar aus dem Gesicht. Sie genoss es mit der Familie unter Freunden zusammenzusein, der Musik zuzuhören, die aus angemessener Entfernung erklang und die fröhlichen Kinder zu beobachten, die auf dem Platz Verstecke spielten. Sie genoss es sogar, ihrer jüngsten Nichte das Essen klein zu schneiden.

»Ich will noch ein Schokoladenplätzchen«, sagte Katie und beäugte die gefüllte Schale vor ihr.

»Erst wenn du gegessen hast«, sagte Rachel und schnitt ihr den Schinken in mundgerechte Bissen.

»Nein, jetzt!«

»Katie, benimm dich«, ermahnte sie Becky, die ihr gegenüber saß.

»Mom, sie wird doch kein Theater machen, oder?« fragte Lisa besorgt. Wie der Rest der Familie wusste sie, dass ihre Schwester zu Wutausbrüchen neigte, wenn man ihr einen Strich durch die Rechnung machte.

»Plätzchen!«

»Mom …«

»Tante Rachel, ich habe aufgegessen. Können wir jetzt mit dem Ballon fahren?« Loren sprang vom Tisch auf und lief zu Rachel.

»Lass Tante Rachel erst aufessen, Schätzchen«, sagte Becky.

»Tante Rachel …«

»Später, Loren. Versprochen. Aber ich habe einen Mordshunger, und wenn ich nichts esse, bin ich zu leicht und der Wind weht mich weg.«

»Loren, geh spielen.« Beckys Stimme klang leicht gequält.

»Plätzchen!«

»Katie, Liebling, willst du deinen schönen Schinken nicht für Großmama aufessen? Möchtest du einen Happen Makkaroni mit Schinken?« Elisabeth reichte ihr eine Gabel Makkaroni mit Schinken von ihrem Teller über den Tisch.

»Plätzchen!«, antwortete Katie wild gestikulierend ihrer Großmutter.

»Katie, sei still und iss!«, erwiderte Becky und blickte ihre Jüngste streng an. Katie, die zwischen Rob und Rachel saß, sah mit ihren blonden Pferdeschwänzchen und dem blauen Trägerkleid entzückend aus, auch mit vorgeschobener Unterlippe und trotzig über der Brust gekreuzten Armen. Lisa saß zwischen ihrer Mutter und Großmutter gegenüber von Katie. Loren, die immer noch um den Tisch tanzte, warf ihrer kleinen Schwester einen angewiderten Blick zu.

»Plätzchen! Plätzchen, Plätzchen!« Ein durch Mark und Bein gehendes Kreischen. Die Köpfe an den umstehenden Tischen drehten sich um.

»Mom, kannst du nichts machen?« fragte Lisa mit leiser

Stimme und versank auf ihrem Platz. Loren war stehen geblieben und beobachtete das Spektakel.

»Katie Lynn Hennessey, jetzt reicht es! So benimmt sich keine junge Dame.« Elisabeth versuchte ihre eigensinnige Enkeltochter mit strengem Ton und einem Kopfschütteln zur Räson zu rufen.

»Bitte, Mom? Bevor sie ihren Koller bekommt.« Lisa blickte ihre Mutter flehentlich an.

»Was soll ich denn machen?« Becky zischte es Lisa mehr zu als dass sie sprach. Dann, »Rachel, pass auf!«

Aber Beckys Warnung kam zu spät. Katie schrie aus Leibeskräften weiter »Plätzchen, Plätzchen, Plätzchen!« und stieß ihren vollen Teller zur Seite. Er rutschte an der Tischkante entlang und kippte in Robs Schoß.

»O nein!«, japste Rachel.

»Du meine Güte!«, stöhnte Becky.

»Katie Hennessey!«, zischte Elisabeth.

»Verflucht!«, bellte Rob.

Diese Entsetzensrufe ertönten gleichzeitig. Rob sprang auf und wischte sich die Schweinerei von seiner frisch gebügelten Khakihose ab. Rachel packte die brüllende, um sich schlagende Katie, bevor sie noch mehr Schaden anrichten konnte, sah sich das Chaos auf Robs Hose an und war entsetzt. Schinken, Kartoffelpüree, Bratensoße, Makkaroni mit Käse, rote Grütze und Obstsalatstückchen klebten an der teuren Baumwolle.

»Schäm dich!«, sagte Becky, ging um den Tisch und verlangte ihre brüllende Jüngste. Rob sah die Kleine an. Einen Augenblick, nur einen Augenblick lang, stand echte, böse Wut in seinen Augen. Rachel war dieser Ausdruck nicht entgangen. Sie war entsetzt. Katie war noch ein Baby und hatte nur das getan, was Babys mehr oder weniger jeden Tag vollführen. Es geschah bestimmt nicht mit Absicht. War das der Mann, den sie für einen geduldigen, guten Vater gehalten hatte?

»Es tut mir so leid«, entschuldigte sich Becky bei Rob, während sie versuchte, ihr Kind in den letzten Zügen seines Wutausbruchs zu bändigen. Elisabeth, die Becky zu Hilfe kommen wollte, flüsterte: »Wie ungezogen, wie ungezogen«, und drohte Katie mit dem Finger. Die älteren Schwestern vertrollten sich, geniert über Katies schlechtes Betragen.

»Halb so schlimm. Es war nicht deine Schuld.« Rob hatte seine Fassung und seine guten Manieren wiedergewonnen und tupfte seine Hose mit einer Serviette ab. Rachel befeuchtete ihre Serviette in Katies Wasserglas, beugte sich über ihn, um ihm zu helfen.

Ein lautes Motorengeräusch ließ sie von Robs Bein aufblicken, über die Barrikade hinweg, die die Straße vor dem Feuerwehrparkplatz absperrte. Dass sie das Geräusch vernommen hatte, trotz Katies Gezeter, der lauten Band, des zischenden Heißluftballons und des Stimmengewirrs an den Tischen, überraschte sie. Das Geräusch musste ihr in einer gewissen Weise vertraut sein, dachte sie ...

... und sah Johnnys Motorrad. Tja, das war es also. In einem großen Bogen wendete er die Maschine vor der Absperrung und fuhr wieder auf die Straße zurück. Eine Frau saß hinter ihm auf dem Rücksitz. Der Helm verbarg ihr Gesicht, die herauswehenden blonden Strähnen aber sagten ihr, dass Johnnys Begleiterin Glenda Watkins war.

Bei dem Gedanken, dass sie es hätte sein können, krampfte sich ihr Herz zusammen.

27

»Hast du noch ein Bier?« Johnny lehnte in der ausgesessenen Couch in Glendas Trailer und fühlte sich nervös und ruhelos. In dem kleinen Wohnzimmer lief der Fernseher mit voller Lautstärke, während ein Film aus *Königreich*

Wildnis über giftige Fliegen im Amazonas oder ähnliches lief. Jeremy lag ausgestreckt am Boden, den Kopf auf die Hände gestützt und sah interessiert zu. Jake, der Vierjährige, saß zufrieden auf Johnnys Schoß und blickte ebenfalls angestrengt auf den Bildschirm. Johnny war sich ziemlich sicher, dass er keine Ahnung hatte, was sich vor seinen Augen abspielte.

»Im Eisschrank.« Glenda war im Badezimmer und wusch ihre beiden Mädchen. Jeder Platscher und Laut war im Wohnzimmer zu vernehmen. Johnny fragte sich, wie Glenda auf so engem Raum mit vier Kindern leben konnte – zwei winzige Schlafzimmer; ein Wohnzimmer, in dem gerade eine Couch, ein Sessel, ein Fernseher Platz hatten; eine Mini-Küche, ein Mini-Badezimmer – ohne verrückt zu werden.

»Jeremy, könntest du mir einen Gefallen tun und mir ein Bier holen?«

Keine Antwort auf seine Bitte. Jeremy war zu sehr von dem Film gefesselt und hörte ihn nicht. Johnny überlegte sich, ob er seine Bitte mit größerer Lautstärke äußern sollte, ließ es aber bleiben. Sollte der Junge in Ruhe seinen Film sehen.

»Partner, komm, du musst aufstehen«, sagte er zu Jake, der sich widerstandslos auf die Couch setzen ließ. Johnny stand auf, reckte sich und ging in Socken in die Küche, um sich ein Bier zu holen. Seine Turnschuhe lagen irgendwo unter der Couch. Jake hatte sie ihm ausgezogen, da er im Augenblick eine besondere Vorliebe für Schnürsenkel entwickelt hatte.

Er öffnete die Eisschranktür und entdeckte überrascht eine unaufgebrochene Sechserpackung. Er hätte schwören können, dass es zwei gewesen waren. Wieviel Bier hatte er getrunken?

Aber was machte das schon? dachte Johnny, als er sich eine weitere Büchse herausholte.

»Hey, Johnny, wirf mir eine Coke rüber!«, rief »Jeremy, ihm über die Schulter zu.

»Kein Coke!«, kam es von Glenda aus dem Badezimmer.

Jeremy zuckte mit den Achseln. Johnny goss dem Jungen ein Glas Milch ein und brachte es ihm. Es war wirklich rührend, wie sehr sich Glenda bemühte, ihren Kindern eine gute Mutter zu sein. Sie sorgte für ihre gesunde Ernährung, badete sie jeden Abend, las ihnen Geschichten vor, obwohl Glenda, so weit Johnny wusste, selbst nie etwas Anspruchsvolleres als Kochbücher gelesen hatte. Sie sorgte dafür, dass Jeremy und Ashley am Nachmittag nach der Schule ihre Hausaufgaben ordentlich erledigten. Glenda war nicht mit dieser Fürsorge aufgewachsen. Johnny wusste, dass ihre Kindheit fast so schwer wie die seine gewesen war, und er bewunderte sie, weil sie es bei ihren Kindern besser machen wollte.

Seitdem er sie besuchte, sorgte er dafür, dass stets etwas Essbares im Eisschrank war. Als kleiner Junge war er oft genug hungrig zu Bett gegangen und konnte es nicht ertragen, wenn Kinder nicht genügend zu essen hatten.

»Umps«, sagte Jeremy ohne aufzusehen, als Johnny das Glas neben ihn auf den Boden stellte.

»Bitte sehr«, sagte Johnny etwas ironisch, setzte sich auf die Couch und trank das Bier. Jake kletterte sofort wieder auf seinen Schoß und lehnte seinen blonden Lockenschopf an Johnnys Brust. Armer Kleiner, viel hatte er von seinem Vater nicht gesehen und jetzt sehnte er sich nach männlicher Aufmerksamkeit.

»Erzähl uns eine Geschichte, erzähl uns eine Geschichte!« Ashley und ihre Schwester tauchten aus dem Badezimmer auf, galoppierten über den kleinen Gang auf Johnny zu. Frisch gebadet, das blonde Haar zu einem Knoten am Kopf gesteckt, sahen sie in ihren weißen, bauschigen Nachthemden so entzückend aus, dass Johnny ihnen verzieh, sein Bier verschüttet zu haben.

»Keine Gruselgeschichte«, meinte die dreijährige Lindsay feierlich, als sie das Knie beanspruchte, das Jake freigelassen hatte. Da er um sein Vorrecht fürchtete, versetzte er seiner Schwester einen kräftigen Rippenstoß, den Lindsay blitzschnell erwiderte.

»Eine über Ungeheuer«, sagte Ashley tückisch. Ashley hatte sich so dicht sie konnte an Johnny geschmiegt.

»Keine Gruselgeschichte!«, schrie Lindsay und schubste ihre Schwester.

»Könntet ihr bitte den Mund halten?«, ertönte Jeremys Aufforderung laut und deutlich.

»Ab ins Bett mit euch!« Glenda klatschte in die Hände. Ihr T-Shirt und das Vorderteil ihrer Jeans waren patschnass. Sie trug keinen Büstenhalter. Johnny hatte es bemerkt, ohne dass diese Tatsache sein Interesse erregte. Verdammt noch mal, was war mit ihm los? Er wusste die Antwort, aber sie beruhigte ihn nicht: Glenda war nicht die Frau, die er wollte.

Die Frau, die er wollte, war auf diesem dämlichen Picknickfest gewesen – mit einem anderen Mann, dem Typ des respektablen, soliden Bürgers. Mit diesem Laffen.

Johnny trank noch einen Schluck Bier.

»Ach, Mom!«, erscholl es im Chor.

»Das ist mein Ernst! Ab in die Betten! Ich werde bis drei zählen – und das Letzte muss morgen am Rücksitz in der Mitte sitzen, wenn wir zur Kirche fahren.«

Darauf reagierten sie sofort. Das Trio auf der Couch drängelte sich in Richtung Schlafzimmer, sogar Jeremy stand auf und schaltete den Fernseher ab.

»Das ist nur ein Trick von dir, Mom. Ich muss sowieso immer in der Mitte sitzen, damit sich die Kleinen nicht streiten«, meinte er schmollend.

»Und du bist auch immer der letzte im Bett«, erwiderte Glenda, und zerzauste sein Haar, als sie an ihm vorbei ins Schlafzimmer ging, das direkt an das Wohnzimmer angrenzte. Es war das größere Zimmer und sie teilte es mit den beiden Mädchen.

Vom anderen Ende des Wohnzimmers ertönte es klagend, »Mommy, ich habe Angst!«

»Geh zu ihm, Jeremy«, bat Glenda ihn.

»Muss das sein?«

»Ja!«

»Mist!«, fluchte Jeremy leise. Ein Glück, dass es seine Mutter nicht gehört hatte.

Johnny trank sein Bier aus, während Glenda den Mädchen eine Gutenachtgeschichte vorlas. Auf der gegenüberliegenden Seite des Wohnzimmers hörte er Jeremys Stimme, der seinem Bruder vorlas. Seitdem er Glenda besuchte, war es jeden Abend so gewesen: Glenda musste den Mädchen vorlesen und Jeremy seinem Bruder Jake.

Als Glenda endlich aus dem Schlafzimmer zurückkam, lächelte sie ihm zu, hielt den Zeigefinger an ihre Lippen und schloss die Tür. Dann ging sie über den schmalen Gang in das Schlafzimmer der Jungen und sagte ihnen ebenfalls Gute Nacht.

Johnny schüttelte den letzten Tropfen Bier aus der Büchse und ging in die Küche, um sich Nachschub zu holen. Es wurde immer schwieriger, die Büchsen aus den verdammten kleinen Plastikringen herauszuziehen, realisierte er, als er eine Büchse ruckartig aus ihrer Halterung befreite. Die restlichen drei, die noch zusammengekoppelt waren, fielen aus dem Kühlschrank direkt auf seine Zehen.

»Aua! Verflixt noch mal!« Die Bierbüchse, die er in der Hand hielt krachte neben den anderen auf den Boden und rollte davon. Johnny hüpfte fluchend auf einem Fuß, als Glenda aus dem hinteren Schlafzimmer auftauchte, um zu sehen, was passiert war.

»Psst!«

»Ich hab' mich an der Zehe geschlagen!«

»Schscht!«

Johnny hob die halb leere Sechserpackung auf. Sie hing mit einem Gummiring an seinem Finger, während er vorsichtig seinen Fuß auf den Boden setzte.

»Willst du ein Video ansehen?«, fragte Glenda ungerührt, ohne von seinem Schmerz Notiz zu nehmen. Sie stand vor dem Fernseher und hielt eine Videokassette in die Höhe.

Johnny brummte, stellte die Büchsen in den Eisschrank zurück, suchte die verloren gegangene vierte, die unter ein Schränkchen gerollt war, hob sie auf und schloss die Eisschranktür. Dann hinkte er mit der Büchse in der Hand zur Couch hinüber und ließ sich hineinfallen. Er massierte seinen großen Zeh durch die dicke Sportsocke. Verdammt, wahrscheinlich gebrochen, dachte er. Glenda hatte inzwischen das Band eingelegt und saß dicht an ihn geschmiegt auf der Couch.

Er kannte den Film bereits. Glenda streichelte zärtlich seinen Schenkel, während sie auf den Bildschirm blickte, und verfolgte damit eine bestimmte Absicht, für die er aber kein besonderes Interesse zeigte. Mit einem Fuß suchte er unauffällig nach seinen Schuhen unter dem Sofa. Da waren sie!

»Ich muss gehen, Baby«, sagte er und bückte sich, um seine Schuhe anzuziehen. Er band die Schnürsenkel zu, trank den letzten Schluck Bier aus, bevor er die Büchse auf den Boden stellte.

»Jetzt schon?« Sie zog die Stirn in Falten.

»Wolf ist allein zu Hause. Wenn ich ihn nicht rauslasse, setzte er mir einen Riesenhaufen ins Wohnzimmer.«

»Du musst dem Hund schnellstens beibringen, stubenrein zu sein.«

Johnny brummte etwas und stand auf. Es überraschte ihn, dass ihm beim Aufstehen schwindlig wurde. Er schwankte leicht.

»Wieviel Bier hast du getrunken?« Glenda stand ebenfalls auf und stützte ihn am Arm.

Johnny hob die Schultern, befreite sich von ihrem Griff und suchte in seinen Taschen nach den Schlüsseln.

Glenda ging zum Eisschrank hinüber und blickte hinein. Dann trat sie kopfschüttelnd auf Johnny zu.

»Uhm … mhm, du wirst nicht wegfahren, mein Freund«, sagte sie und riss ihm die Schlüssel aus der Hand, die er soeben aus seiner Tasche gefischt hatte.

»Gib mir den Schlüssel wieder!«

»Bestimmt nicht!« Glenda ging rückwärts, die Schlüssel hinter ihrem Rücken haltend.

»Du hast zu viel getrunken.«

»Und wenn. Gib mir jetzt die Schlüssel.« Johnny ging auf sie zu, schlang die Arme um sie und versuchte ihr die Schlüssel zu entwinden.

»Sie schnappen dich wegen Trunkenheit am Steuer, und dann kommst du wieder ins Gefängnis.«

Er schien nachzudenken. »Ich bin nicht betrunken.«

»Doch, das bist du.«

Er ließ sie los und setzte sich wieder auf die Couch. »Na schön, dann schlafe ich hier«, sagte er, obwohl er wusste, was sie von diesem Vorschlag hielt.

»Das geht nicht! Tom« – Tom war ihr zukünftiger Ex-Mann – »könnte dahinter kommen und es bei der Scheidung gegen mich verwenden.«

»Dann gib mir die Schlüssel.«

Glenda stand einen Augenblick ratlos da. Sie biss sich auf einen Fingernagel, seine Schlüssel in der anderen Hand haltend. Er hätte sie ihr aus der Hand reißen können, aber ihm war nicht danach, und außerdem wollte er Glenda nicht wehtun.

»Ich werde dir ein Taxi rufen«, sagte sie nach einer Weile. Johnny dachte darüber nach und fand diese Idee äußerst vernünftig. Sein Kopf war tatsächlich nicht mehr ganz klar.

Glenda verschwand in ihrem Schlafzimmer, um zu telefonieren.

Johnny lehnte sich in die Polster. Der Couch fehlte ein Bein, das mit einem Lexikon und einem Paperback-Liebesroman ersetzt worden war. Eine grüne Chenille-Decke hing über der Rückenlehne. Das Sofa war äußerst bequem und einladend. Wenn er nicht aufpasste, würde er sofort einschlafen.

»Nicht einschlafen«, sagte Glenda, setzte sich neben ihn und blickte auf den Bildschirm. »Dann müsste man dich mit dem Bulldozer hochheben.«

»Ich schlafe nicht ein.«

Einen Augenblick lang schwiegen beide. Dann sah ihn Glenda von der Seite an.

»Wieso willst du nicht?«

»Was will ich nicht?«

»Du weißt schon.«

Johnny wusste es. Er hob die Schultern und legte den Arm um sie. »Wieso kommst du darauf, dass ich nicht will?«

»Das merke ich.« Ihre Hand strich sehr deutlich über seinen Schoß.

Sofort packte Johnny ihre Hand und legte sie neben sich und ließ seinen Arm von ihren Schultern sinken.

»Vielleicht habe ich doch zu viel getrunken. Wie du gesagt hast.«

»Das hat dich früher nicht daran gehindert.«

»Glenda, damals war ich elf Jahre jünger.«

Wieder saßen sie einige Minuten schweigend da. Johnny hoffte, dass sie ihren Film sehen und keine weiteren Fragen stellen würde.

»Johnny«

»Was?«

»Kann ich dich etwas fragen?«

»Das werde ich wohl kaum verhindern können.« Seine Antwort kam widerwillig, weil er annahm, sie würde ihn fragen, warum er nicht steif war, und über dieses Thema wollte er sich jetzt nicht auslassen. Es war peinlich genug, dass er nicht sofort reagiert hatte. In der vergangenen Woche, in der er Miss Hochwohlgeboren noch nicht so nahe gekommen war, und nicht wusste, wo ihm der Kopf stand, hatte er in dieser Beziehung keine Schwierigkeiten mit Glenda gehabt. Der Drang war ganz natürlich gekommen, wie es sein sollte.

»Hast du irgend etwas mit Miss Grant?«

»Was?« Er hätte sich beinahe verschluckt, als er zu Glenda herumwirbelte. Vor elf Jahren hatte sie seine Gedanken nicht lesen können.

»Du hast mich sehr gut verstanden.«

Es dauerte eine Weile, bis Johnny seine Fassung wiedergewonnen hatte. »Wie in aller Welt kommst du darauf?«

»Ihre Stimme.«

»Ihre Stimme?« Er musste zu viel getrunken haben, denn jetzt verstand er überhaupt nichts mehr.

»Ja. Ich habe ihr angemerkt, dass sie der Gedanke, dass du bei mir bist, nicht gerade begeistert hat. Sie klang sehr förmlich. Richtig steif. Sonst ist sie immer freundlich.«

»Wann war sie förmlich und steif?«

»Als ich mit ihr sprach.«

Johnny knirschte mit den Zähnen. Ein schrecklicher Verdacht stieg in ihm auf, so schrecklich, dass er ihn kaum auszusprechen wagte.

»Wann hast du mit ihr gesprochen?«

»Vor einer Weile. Als ich sie gebeten habe, dich abzuholen.«

»Verdammt!« Johnny sprang von der Couch auf und starrte Glenda an. Das Zimmer schwankte wieder, aber er blieb fest auf seinen Füßen stehen. »Warum zum Teufel hast du sie angerufen? Ich dachte, du rufst ein Taxi!«

»Es gibt nur zwei Taxis in Tylerville, und die beiden Fahrer sind noch bei diesem Picknick. Das weißt du doch.«

Er hatte es vergessen. »Verdammter Mist!«, sagte er bitter. Er ging zum Fernseher, schnappte sich seine Schlüssel, die Glenda dort abgelegt hatte und ging zur Tür hinaus.

Johnny warte! Du kannst nicht einfach so gehen!«

»Und ob ich das kann!«

Glenda folgte ihm hinaus. Sie rang die Hände, so aufgebracht war sie. »Aber sie kommt! Sie wird jede Minute hier sein! Was soll sie denken, wenn du weg bist? Und du bist immer noch betrunken. In diesem Zustand kannst du nicht fahren!«

»Es ist mir scheißegal, was Miss Prinzessin denkt. Und ich bin nicht betrunken.«

Er packte die Lenkstange seines Motorrades und zog es von seinem Ständer. Einen Augenblick lang musste er sich gegen das Gewicht des Motorrades stemmen, was normalerweise nicht der Fall gewesen wäre.

»Doch, das bist du. Gib mir die Schlüssel!«

Sie war ihm auf den Kiesweg gefolgt, der an ihrem Trailer entlangführte. Eine gelbe Laterne am Eingangstor des Wohnwagenparks beleuchtete die Szene nur schwach, trotzdem erkannte er, dass sie sehr aufgeregt war.

Er stellte seine Maschine wieder auf den Kickständer und umfasste ihre Schultern.

»Hey, ich schaff das schon«, sagte er einlenkend.

Glenda blickte kurz zu ihm auf. In dem matten Licht, das ihre Falten verbarg, sah sie beinahe so jung aus wie früher, als ihnen ihre Freundschaft mehr bedeutete als miteinander zu schlafen. Fast wie jetzt, dachte Johnny, und sein Herz schlug ihr warm und freundschaftlich entgegen.

»Du magst sie sehr, nicht wahr? Miss Grant.«

Johnny war zu benommen und müde, um dieses dumme Spiel zu spielen. »Ja, ich mag sie wirklich sehr.«

»Sie hat Klasse. Aber ist sie nicht ... nun, zu alt?«

Johnny hob die Schultern. »Wir sind beide erwachsen.«

»Schläfst du mit ihr?«

Johnny ließ Glendas Schultern los und wandte sich ab.

»Du glaubst doch nicht, dass ich dir darauf eine Antwort gebe, oder?« Er zog das Motorrad vom Ständer und stieg auf.

»Johnny warte!« Glenda warf die Arme um seinen Hals und presste sich an ihn. Johnny blickte sie irritiert an.

»Lass mich los, Glenda.«

»Du wirst es bereuen, wenn du dich mit ihr einlässt. Sie ist nicht von deinem Schlag. Nicht von unserem Schlag.«

»Das ist mein Problem, oder? Würdest du mich jetzt bitte loslassen?«

»Aber ...« Glendas Augen wanderten in die Nacht hinaus, und als sie sich ihm wieder zuwandten, blickten sie ihn resigniert und traurig an. »Ja, ich glaube, das ist dein Problem. Pass auf dich auf, ja? Ich könnte es nicht ertragen, wenn ich morgen aufwache und erfahre, dass man dich festgenommen hat ... oder dass du einen Unfall hattest.«

»Ich werde aufpassen.« Es überraschte Johnny, dass sie so schnell kapitulierte. Er küsste sie kurz auf die Stirn, steckte den Zündschlüssel ein und startete den Motor.

Vielleicht war er blau – okay, dann war er eben blau aber er würde sein Baby nach Hause bringen, auch in stockfinstrer Nacht. Er würde sicher nach Hause gelangen.

Ein kurzes Winken, ein Regen von Kieselsteinen und er verschwand in der Nacht.

28

Glenda blickte ihm nach. Ihr Gesichtsausdruck war traurig, als sie sich leicht fröstelnd die Arme um den Leib legte. Er hatte nicht gesehen, was sie gesehen hatte – den blauen Wagen, der um die Kurve kam. Er gehörte Rachel Grant. Dieser seltene Wagentyp war einmalig in Tylerville und wurde sofort als Rachels Wagen erkannt.

Johnny war fuchsteufelswild gewesen, weil sie Miss

Grant gebeten hatte, ihn abzuholen. Aber wen hätte sie sonst anrufen können? Sie kannte kaum jemanden in der Stadt, der bereit gewesen wäre, Johnny in sein Auto einsteigen zu lassen. Viele waren der Meinung, er hätte dieses Mädchen umgebracht. Nicht aber Glenda. Sie kannten sich von klein auf und sie hatte nie erlebt, dass er die Hand gegen eine Frau erhoben, geschweige denn, ihr Gewalt angetan hätte. Ein Mann, der nicht schlug, das war ihre Überzeugung, tötete nicht. Vielleicht einen anderen Mann bei einer Prügelei unter Alkoholeinfluß aber niemals eine Frau und niemals auf die Art, wie dieses Mädchen ermordet worden war. Zu diesem grausamen Mord war nur ein kranker, brutaler oder verrückter Mensch fähig.

Johnny würde aus der Haut fahren, wenn er bemerkte, dass es ihm nicht gelungen war, die Begegnung mit Miss Grant zu vermeiden. Der schmale Weg, der zum Wohnwagenpark führte, war nur einspurig. Glenda sah nicht, dass die Lehrerin vorsichtig an die Seite gefahren war, um Johnny passieren zu lassen. Glenda hatte Rachel gesagt, dass er voll wie eine Haubitze sei und dass sie fürchte, er würde sich zu Tode stürzen.

Johnny und Miss Grant. Dass sie nicht eher darauf gekommen war. Er hatte immer schon eine Vorliebe für seine Lehrerin gehabt, hatte Bücher gelesen, alles mögliche geschrieben, um sie zu beeindrucken und war in ihrer Gegenwart stets höflich und aufmerksam gewesen. Und seitdem er wieder zurückgekommen war, steckten die beiden oft zusammen. Sie hatte ihm ja sogar einen Job in Daddys Eisenwarenhandlung verschafft.

Und Miss Grant war ziemlich hübsch und sehr gepflegt. Leider war sie unmöglich angezogen. Ihre Kleider waren altmodisch, ohne den Schick, den Glenda an sich liebte – und sie hatte überhaupt keinen Busen. Aber ihr Teint war makellos, viel zu schön für eine Frau ihres Alters, und sie hatte eine gewisse Arroganz und Vornehmheit, die ein

Mann von Johnnys Herkunft sehr anziehend und als eine gewisse Herausforderung betrachten musste.

Die Furcht, dass Rachel ihn ihr wegschnappen konnte, war nicht unberechtigt, spann Glenda den Faden weiter. Nicht dass sie verrückt nach ihm war, ihn liebte, oder so, aber er konnte gut mit den Kindern umgehen.

»Glenda!« Das Flüstern riss sie aus ihren Gedanken. Erschreckt, mit geweiteten Augen, blickte sie um sich. Auf drei Seiten nichts als Dunkelheit, bis hinter ihr ein matter Lichtschimmer auftauchte.

»Wer ist da?« Aus unerklärlichem Grund bekam sie es mit der Angst zu tun. Was dumm war. In Tylerville brauchte man sich vor nichts zu fürchten. Keine Verbrechen, höchstens ein paar Teenager, die Laternen löschten oder Briefkästen mit dem Baseballschläger zertrümmerten. Es geschahen weder Gewalttätigkeiten noch Raubüberfälle, seit elf Jahren.

»Könnten Sie mir helfen?«

Das Flüstern musste von Mr. Janusky kommen, dem gebrechlichen Achtzigjährigen, der in dem Trailer nebenan wohnte. Mr. Janusky hatte sich gerade von eine Grippe erholt, deswegen klang seine Stimme so heiser. Aber was im Himmel wollte der alte Mann um diese Nachtzeit außerhalb seines Wohnwagens? Es musste gleich zwölf Uhr sein, und um diese Zeit war er normalerweise schon zu Bett gegangen.

»Sind Sie es, Mr. Janusky?«

»Ja. Schnell. Kommen Sie, Glenda.«

Die Stimme kam aus der Dunkelheit von der linken Seite des Trailers, wo die Mülltonnen standen. Vielleicht wollte der Alte seinen Müll wegbringen und konnte ihn nicht hoch genug heben, um ihn in die Tonne zu kippen.

»Wo sind sie?« Nachdem sie ihre Furcht zerstreut hatte, ging Glenda in Richtung der Stimme.

»Hier drüben.«

Glenda verließ den Lichtkegel und ging ein paar Schritte in die stockfinstere Nacht hinein und blieb dann zu Tode erstarrt stehen.

Das Gefühl der Angst ergoss sich wie ein Eisregen über sie.

Aber bevor sie reagieren konnte, bevor sie weglaufen, schreien oder sich bewegen konnte, schlug etwas Hartes auf ihren Kopf. Etwas schlug blindlings auf sie ein, so dass sie zu Boden stürzte. Einen Moment lang wurde es ihr schwarz vor den Augen. Dann sah sie Sterne.

Schmerz und Angst brachten sie wieder zurück. Und das Bewusstsein, dass sie erstochen wurde. Ein Stich, ein Stich und noch ein Stich, in wütendem Wahnsinn. Leise wimmernd hob sie den Arm, versuchte den Angreifer abzuwehren. Es blieb ihr nur ein Sekundenbruchteil, um die unfassbare Tatsache zu begreifen, dass sie ermordet wurde.

Der einzige, zusammenhängende Gedanke in diesem Moment war ein inbrünstiges Gebet: »Oh, bitte, Gott – ich will meine Kinder nicht verlassen! Oh, nein! Oh, bitte! Oh, bitte!«

Dann fiel die Dunkelheit über sie herab, wie ein schwerer, samtener Bühnenvorhang.

29

Besser. Der Beobachter fühlte sich besser, er fühlte sich gereinigt, jetzt, wo der Gerechtigkeit Genüge getan war. Das Blut war überall. Mit wachsender Lust sog er seinen Geruch ein, rieb die blutbesudelten Hände aneinander und delektierte sich an der warmen, feuchten Klebrigkeit des Lebenssaftes. Wie die andere Frau vor elf Jahren hatte diese den Tod verdient. Der Beobachter starrte auf die am Boden liegende Frau, genüsslich und selbstgefällig. Sie lag bewegungslos da, ihr Fleisch aufgerissen und blutend. Sie war jetzt still, konnte sich nicht mehr wehren. Er fühlte kein Mitleid mit ihr.

Der Beobachter bückte sich, um die roten Rosen hervorzuholen, die sein Tribut an die scheidende Seele sein würden. Hastig, mit blutverschmierten Händen, streute er die samtenen Blütenblätter über den noch warmen Körper.

Clethrablüten für die erste, die noch jung, wenn auch nicht unschuldig war. Rosen, die im Verblühen waren, für diese hier.

Wie treffend! dachte der Beobachter und beendete seine Aufgabe bevor er in der Nacht verschwand.

30

Rachel trat mit aller Kraft auf die Bremsen, nicht eine Sekunde zu früh. Im hellen Strahl ihrer Scheinwerfer raste ihr wie ein schwarzer Vogel Johnnys Motorrad entgegen. Er musste sie zur gleichen Zeit bemerkt haben, denn das Motorrad schwankte kurz, wurde nach links gerissen und schien dann von der Straße abzuheben.

Als Rachel aus dem Wagen stieg, lag die Maschine umgestürzt im Gras. Die Räder drehten sich noch, als Johnny sich mühsam neben ihr aufsetzte und wütende Flüche ausstieß.

»Großer Gott, fehlt dir auch nichts?« Rachel lief hastig zu ihm, beugte sich über ihn, legte eine Hand auf seine Schulter und blickte in das Gesicht unter dem silbernen Helm.

»Nein, das habe ich dir zu verdanken«, knurrte er und stellte sich zitterig und schwankend auf seine Beine. Er versuchte sein Gleichgewicht zu halten und griff zur Schnalle unter seinem Ohr. Als sie sich klickend öffnete, nahm er den Helm ab.

»Du bist betrunken«, sagte Rachel und trat einen Schritt

zurück, als ihr seine Bierfahne ins Gesicht wehte. »Als mich deine Freundin anrief, wollte ich es nicht glauben, dass man so dämlich sein kann, sich nach neun Bieren auf das Motorrad zu setzen. Aber offensichtlich bist du dümmer als ich dachte.«

»Es waren höchstens sechs ... oder sieben«, sagte Johnny brummig. »Ich bin nicht betrunken. Mir dröhnt nur der Kopf.«

»Oh ja?«, fragte Rachel wütend. »Und warum liegt dein Motorrad im Straßengraben?«

»Weil du mich von der Straße gedrängt hast!«

»Ich hatte die Scheinwerfer an und habe die vorgeschriebene Geschwindigkeit eingehalten. Du hast mich zu spät bemerkt, weil du betrunken bist!«

»Das bin ich nicht!«

»Doch, das bist du!«

Einen Augenblick standen sie sich wie Kampfhähne gegenüber, Rachel mit zurück geworfenem Kopf. Die Hände auf die Hüften gestemmt, blickte sie ihn angriffslustig an. Johnnys Reaktion war auch nicht freundlicher. Dann schweiften seine Augen zu seinem umgestürzten Motorrad.

»Sieh, was du angerichtet hast.« Sein Ton war ein einziger Vorwurf, als er sich umwandte und sich über die Maschine beugte.

»Das hast du, nicht ich! Du kannst von Glück reden, dass du noch am Leben bist.«

»Wahrscheinlich nicht, wenn ich es nicht herumgerissen hätte. Siehst du die dicke Eiche da vorn? Auf die wäre ich zugerast.«

Rachel blickte in Richtung des Baums und schauderte. Johnny packte sein Motorrad beim Lenker, hievte es hoch und stellte es auf den Ständer. Er war sehr besorgt, als er sich den Schaden ansah. Der Gestank des ausgelaufenen Benzins übertraf den seiner Fahne.

»Ein Reifen ist geplatzt.« Verärgert richtete er sich auf.

»Zu dumm.«

Johnny zögerte einen Augenblick. Dann blickte er sie trotzig an. »Du wirst mich nach Hause fahren müssen.«

»Deswegen bin ich hier.«

»Das Motorrad werde ich morgen abholen.«

»Fein.«

Rachel ging bereits auf ihren Wagen zu, der mit angestellten Scheinwerfern und laufendem Motor mitten auf der Straße stand. Die Fahrertür war noch offen. Beim Einsteigen blickte sie nicht einmal hinter sich, um zu sehen, ob Johnny ihr gefolgt war.

Sekunden später saß er neben ihr und warf den Helm auf den Rücksitz.

Rachel stieß zurück, wendete den Wagen und fuhr ohne ein Wort zu verlieren zur Stadt zurück. Die Vorstellung, dass Johnny soeben aus den Armen Glenda Watkins kam, nagte an ihr. Eifersüchtig – genau das war sie, eifersüchtig. Aber was konnte sie schon groß von Johnny Harris erwarten? Er war ein Weiberheld, das lag ihm im Blut.

Rachel rief sich zur Räson. Sie verurteilte ihn genauso stereotyp wie ganz Tylerville. Wahrscheinlich wäre er nicht bei Glenda erschienen – jedenfalls nicht so bald, meinte sie – wenn sie ihn nicht abgewiesen hätte. Dieser Gedanke wurmte sie.

Johnny drehte das Radio an. Ein Oldie der Rolling Stones ertönte. Brummend suchte Johnny einen anderen Sender, bis er ein Programm mit Country Musik gefunden hatte.

»Hast du dich gut bei dem Picknick amüsiert?« Seine plötzliche Bemerkung brachte ihm einen unfreundlichen Seitenblick ein.

»Ja.«

Schweigen.

»Ich möchte mich entschuldigen, falls ich dich gestört habe.«

»Das hast du, und du hast dich hiermit entschuldigt.«

»Hoffentlich war es deinem Freund nicht unangenehm.«

»Nein.«

»Schläfst du noch mit ihm?«

Daraufhin warf Rachel ihm einen wütenden Blick zu. »Das habe ich nie gesagt. Und weißt du warum? Weil es dich nichts angeht.«

»Tatsächlich nicht?«

»Nein!!«

Schweigen.

»Hast du Ärger in der Schule bekommen, weil ich dich abgeholt habe?«

»Interessiert dich das?«

»Ja.«

Rachel blickte ihn überrascht an. Sie hatte eine ironische Antwort erwartet, nicht dieses schlichte Ja.

»Ein wenig.«

»Tut mir leid.«

Ihr Ärger kühlte sich ab. »Es ist nicht deine Schuld.«

Sie erreichten den Stadtrand. Rachel bog in die Hauptstraße ein. Die Eisenwarenhandlung befand sich in der dritten Seitenstraße links.

»Hast du deinen Schlüssel?«, fragte sie, als sie auf den Parkplatz fuhr und den Wagen anhielt.

»Ja.« Johnny hielt ihr einen klappernden Schlüsselbund vor die Nase.

»Dann Gute Nacht.«

Er blickte sie an. In der Dunkelheit konnte sie seinen Gesichtsausdruck nicht erkennen. Sie hatte den Motor nicht abgestellt und es war offensichtlich, dass sie ihn nur aussteigen lassen wollte, um dann weiterzufahren.

»Rachel«, sagte er ruhig, »kommst du rauf?«

»Nein.«

»Brauchst du immer noch Abstand?«

Rachel biss sich auf die Lippen, ihre Augen blitzten, als sie sich ihm zuwandte.

»Ja. Jede Frau mit etwas Verstand bräuchte das! Sieh dich an! Du bist betrunken, und das nicht zum ersten Mal! Du rast mit deinem Motorrad in der Gegend herum, wie ein Halbstarker, der sich umbringen will! Du hurst herum, dein Haar ist zu lang, deine Manieren furchtbar. Und du trägst einen Riesenkomplex mit dir herum! Du sagst, du hättest einen Collegeabschluß. Machst du davon Gebrauch? Nein! Statt dessen verbringst du den Abend mit deiner Freundin, der wenigstens so viel an dir liegt, dass sie dich nicht betrunken nach Hause fahren lässt. Und dann hast du den Nerv, mich zu fragen, ob ich zu dir hinaufkomme? Was in Gottes Namen glaubst du mir bieten zu können? Kannst du mir das sagen?«

Es entstand eine lange Pause.

»Guten Sex?« Gedehnt kamen diese Worte über seine Lippen.

Die Frage hing zwischen ihnen in der Luft. Rachel spürte, wie die Wut weiter in ihr aufstieg und dann plötzlich überkochte. Ihre Stimme schwoll zu einem Brüllen an. »Raus mit dir! Raus aus meinem Wagen! Verschwinde! Verschwinde aus meinem Leben! Raus mit dir. Raus! Raus!«

Sie packte ihn bei der Schulter und versuchte ihn aus der Tür zu drängen. Sie war so wütend, dass ihr die Tränen kamen, so wütend, dass sie um sich schlagen und schreien wollte, wie Katie bei ihrem Wutanfall. Sie konnte nicht sagen, was sie getan hätte, wenn er nicht sofort die Tür geöffnet hätte und aus dem Wagen gestiegen wäre.

»Dein Wunsch ist mir Befehl, Baby«, sagte er mit einem unverschämten Grinsen. Dann schlug er die Tür zu und schwankte über den Parkplatz. Er ging bereits die Treppen hinauf, als Rachel zitternd den Rückwärtsgang einlegte und auf dem Parkplatz wendete.

31

Sie machten sich zum Kirchgang fertig, als das Telefon läutete. Rachel war bis auf ihr rosafarbene Leinenjacke fertig angezogen und band Loren eine blaue Schleife ins Haar, während Becky damit kämpfte, Katies Füße in ein Paar Lackschuhe zu stecken. Lisa war noch oben im Badezimmer. Elisabeth half Stan in seinem Schlafzimmer beim Ankleiden und sprach mit J.D., der mit Tilda extra nach Walnut-Grove gekommen war, um sich um den alten Herren zu kümmern, während die Familie den sonntäglichen Gottesdienst besuchte.

»Telefon, Rachel«, rief Tilda die Treppe hinauf.

»Rob?«, wollte Becky wissen und hob die Augenbrauen.

Rachel zuckte mit den Schultern, rannte die Treppen hinunter, um den Anruf entgegenzunehmen. Als sie den Hörer auflegte, sah sie besorgt aus.

»Wer war das, Schätzchen?«, fragte Tilda und blickte über das Tablett, auf das sie das Frühstücksgeschirr gestellt hatte.

»Ich muss auf die Polizeiwache gehen.«

»Was?«, Becky, die mit Katie auf dem Arm die Treppen herunterkam, hatte Rachels Bemerkung aufgeschnappt.

»Und zwar sofort. Man wollte nur nicht sagen, warum.« Aber sie wusste es. Sie wusste es, so wie sie wusste, dass sie Rachel Grant hieß. Es hatte mit Johnny Harris zu tun. Ihre Lippen wurden schmal. Er musste in Schwierigkeiten sein. War er letzte Nacht noch ausgegangen?«

»Am Sonntagmorgen?«, fragte Becky ungläubig. »Was ist mit der Kirche?«

»Vielleicht komme ich noch rechtzeitig nach.« Rachel sah auf die Uhr. Der Gottesdienst begann erst in einer Stunde.

»Sie können heute Abend immer noch mit mir und J.D. gehen«, meinte Tilda und schüttete ein Spülmittel in die Geschirrspülmaschine, Tilda besuchte eine andere Kirche als die Grants, aber Rachel und Becky hatten sie früher oft begleitet. Da die Gläubigen meistens Schwarze waren, war jeder willkommen und jeder wusste, dass die Grant-Mädchen wie Tildas eigene Kinder zur Familie gehörten. »Tanya singt jetzt die Solopartie im Chor.«

»Wirklich?« Tanya war Tildas Jüngste. »Das werde ich mir das nächste Mal anhören, aber heute würde ich gern mit Mutter und Becky in die Kirche gehen.«

»Glaubst du, es hat etwas mit dem Laden zu tun oder mit diesem Harris?« Becky, die Katie am Boden abgesetzt hatte, blickte besorgt auf.

Rachel starrte ihre Schwester einen Augenblick an, dann seufzte sie. »Hat Mutter mit dir darüber gesprochen?«

»Natürlich.«

»Natürlich.« Rachel hätte wissen müssen, dass Elisabeth Becky alles erzählt hatte. »Wahrscheinlich das Geschäft. Vielleicht hat ein Kind einen Stein durch die Scheibe geworfen, oder so etwas.«

»Vielleicht.«

Aus Beckys Ton konnte Rachel entnehmen, dass sie ihre Zweifel hatte. Was hatte Elisabeth ihr über ihre Beziehung zu Johnny erzählt?

»Ich gehe jetzt lieber. Dann höre ich ja, was vorgefallen ist.«

Becky und Tilda blickten sich vielsagend an.

»Becky, sagst du bitte Mutter, wo ich hingegangen bin? Sage ihr, ich würde versuchen, noch rechtzeitig zum Gottesdienst zu kommen. Und versuche auf jeden Fall, sie davon abzuhalten, selbst auf die Polizeiwache zu gehen, falls es etwas länger dauern sollte. Ja?«

»Ich werde mein Bestes tun.« Becky schüttelte mitleidig ihren Kopf. »Aber du weißt ja, wie sie ist.«

»Ich weiß.« Die Schwestern lächelten sich verständnisvoll zu. Dann verließ Rachel das Haus.

Die Polizeiwache befand sich in einem kleinen Backsteinhaus in der Madison Street, ungefähr eine halbe Meile südlich der Eisenwarenhandlung. Rachel hatte sie nur ein, zwei Mal betreten, um Karten für eine Schulveranstaltung zu verkaufen. Für einen Sonntag war der Parkplatz ungewöhnlich voll. Als sie den Warteraum betrat, bemerkte sie, dass eine größere Anzahl von Beamten herumschwirrte. Sie registrierte das nebenbei, ohne groß darüber nachzudenken.

»Hallo, Sie wollten mich sprechen?«, sagte sie zu dem jungen Beamten am Schreibtisch. Da er ihr nicht bekannt vorkam, nahm sie an, dass er neu hinzugezogen war.

»Miss Grant?«

»Ja.«

»Einen Augenblick, bitte.« Er nahm den Telefonhörer auf, drückte den Knopf und sagte: »Miss Grant ist hier.«

»Können Sie mir sagen, worum es sich handelt?«, fragte sie, als er den Hörer auflegte.

Er schüttelte seinen Kopf. »Das müssen Sie den Chef fragen,«

Das überraschte Rachel. Chief Wheatley war am Sonntag im Dienst? Soweit sie sich erinnern konnte, war er mit seiner Frau immer regelmäßig zum Gottesdienst erschienen. Aber da kam er bereits persönlich durch die Tür und führte sie zu den rückwärtigen Büroräumen und dem Gefängnistrakt.

»Rachel.« Er lächelte, als er sie begrüßte, aber Rachels Sinne waren bereits alarmiert. Er sah müde und erschöpft aus. Die Ringe unter seinen Augen waren normalerweise nicht vorhanden und seine rötliche, frische Gesichtsfarbe hatte einen grauen Farbton angenommen.

»Was ist passiert?«, fragte sie scharf.

»Kommen Sie mit nach hinten, Rachel. Dort können wir uns in Ruhe unterhalten.«

Er öffnete die Tür für sie und ließ sie eintreten. Rachels Unruhe wuchs, als sie sich verschiedene, schreckliche Dinge ausmalte. Dann bat er sie, auf einem harten grauen Stuhl vor seinem Schreibtisch Platz zu nehmen.

Chief Wheatley schloss die Tür, ging um den Schreibtisch und setzte sich ebenfalls. Das einzige Fenster war klein und ließ nur wenig Tageslicht einfallen. Die Neonlampe an der Decke schmeichelte keinem, weder dem grauen Linoleumfußboden, der bräunlichen Schreibtischplatte, noch dem müden, schlaffen Gesicht des Polizeichefs. Rachel konnte sich nur zu gut vorstellen, wie sie unter dieser erbarmungslosen Beleuchtung aussehen musste,

»Was ist passiert?«, fragte sie wieder und faltete die Hände in ihrem Schoß.

»Ich muss Ihnen zunächst einige Fragen stellen«, sagte er. »Haben Sie etwas dagegen, wenn ich es auf Band aufzeichne?«

»Nein, wieso?«

»Ich danke Ihnen. Das erspart uns spätere Unklarheiten.« Er öffnete die untere Schublade seines Schreibtisches, holte ein kleines Tonbandgerät hervor und schaltete es ein. Dann lehnte er sich in seinen Stuhl zurück und blickte sie aus halbgeschlossenen Lidern an. Seine Hände waren über seinem Bauch gefaltet. Rachel bemerkte, dass er etwas dicker geworden war. Er musste auf die Sechzig zugehen, was sie aus seinem grauen, schütter werdenden Haar, den erschlafften Kinnmuskeln und den Hängebacken schließen konnte.

»Sie besuchten gestern das Picknick zum Tag der Arbeit, richtig?«, fragte er.

Rachel nickte. Dann erinnerte sie sich des Tonbandgerätes und sagte »Ja«.

»Was haben Sie anschließend getan?«

»Ich bin nach Hause gegangen. Wieso?«

»Ist das alles?«

»Nein. Ich habe später noch einmal das Haus verlassen. Um … um einen Freund abzuholen, der zu viel getrunken hatte und nicht mehr fahrtüchtig war.«

»Wie hieß dieser Freund?«

Rachel würde Johnnys Namen nicht heraushalten können.

»Johnny Harris.«

»Sie haben das Haus verlassen, um Johnny Harris abzuholen, weil er zu viel getrunken hatte und fahruntüchtig war. Ist das richtig?«

»Ja, das habe ich gesagt.«

»Wo haben Sie ihn abgeholt?«

Im Wohnwagenpark draußen am Fluss – den Namen habe ich vergessen.«

»Appleby Estates?«

Rachel nickte, erinnerte sich wieder des Recorders und sagte »Ja«.

»Hat Harris Sie angerufen und Sie gebeten, ihn abzuholen?«

»Nein. Das war Glenda Watkins.«

»Ah.« Die Finger, die auf seinem Bauch geruht hatten, stellten sich auf.

»Um wie viel Uhr war das?«

»So gegen elf, würde ich sagen. Vielleicht etwas später. Warum?«

»Darauf kommen wir gleich zu sprechen. Zuerst muss ich noch ein paar Einzelheiten wissen. Schien sie nervös, oder sagen wir … ehm, emotional verändert zu sein, als sie anrief?«

»Nein.«

»Haben Sie Harris tatsächlich abgeholt?«

»Ja.«

»Um wie viel Uhr war das Ihrer Meinung nach?«

Rachel dachte einen Moment nach. »Ich werde ungefähr eine halbe Stunde gebraucht haben, um dorthin zu fahren, weil ich mich noch anziehen musste. Ich würde sagen, so gegen elf Uhr dreißig.«

»Sagen Sie mir genau, was sich ereignet hat, Rachel. Es

ist wichtig, dass Sie alles so genau wie möglich wiedergeben. Beginnen Sie mit Mrs. Watkins Anruf. Was hat sie genau gesagt?«

Rachel berichtete es ihm. Dann hätte sie sich angekleidet, sei zum Wohnwagenpark gefahren. Etwas widerstrebend beschrieb sie ihr Zusammentreffen mit Johnny. Wenn es um Trunkenheit am Steuer ging, wie sie jetzt vermutete, wollte sie ihn nicht noch mehr in Schwierigkeiten bringen, obwohl es dieser Schuft verdient hätte.

»Er ist mit seinem Motorrad gestürzt.«

»War er betrunken?«

Rachel verzog ihren Mund. »Er hatte getrunken, ja.«

»War er besinnungslos betrunken? Wusste er, was er tat? Schien er ... normal zu sein?«

Rachels Augenbrauen hoben sich. »Vollkommen normal. Nur etwas beschwipst.«

»Wie war er gekleidet?«

Rachel blickte ihn überrascht an. »Blue jeans, ein T-Shirt, Tennisschuhe.«

»Waren Sie ... haben Sie Flecken, Verfärbungen oder ähnliches darauf entdeckt?«

»Nein. Ich nehme an, dass Grasflecken auf der Hose waren, von seinem Sturz, aber bemerkt habe ich sie nicht.«

»Sie haben also nichts Ungewöhnliches bemerkt, weder an seinem Verhalten noch an seiner Kleidung?«

»Das ist richtig.«

»Okay. Was geschah, nachdem er in Ihren Wagen eingestiegen war?«

»Nun, ich habe ihn in seine Wohnung gefahren.«

»Wann kamen Sie dort an?«

»So gegen Mitternacht.«

»Und was geschah dann?«

»Er ging ins Haus. Und ich fuhr nach Hause.«

»Er ging in seine Wohnung, ungefähr um Mitternacht? Haben Sie gesehen, wie er hineinging?«

»Ich sah ihn die Treppen hinaufgehen.«

»Gut. Ich werde versuchen, Ihren Bericht korrekt wie-
derzugeben. Unterbrechen Sie mich, wenn ich etwas Fal-
sches sage. Mrs. Watkins rief Sie um elf Uhr an, mit der
Bitte, Harris abzuholen, weil sie glaubte, er sei zu betrunken, um mit seinem Motorrad nach Hause zu fahren. Sie
fuhren dorthin, kamen gegen elf Uhr dreißig an und drängten Harris vor dem Wohnwagenpark von der Straße ab. Er
ließ dort sein Motorrad zurück, stieg zu Ihnen in den Wagen. Sie fuhren ihn bis zu seiner Wohnung, die Sie gegen
Mitternacht erreichten. Ist das im Wesentlichen korrekt?«

»Ja.«

»Dann habe ich noch eine Frage an Sie. Haben Sie
Glenda Watkins zu Gesicht bekommen?«

»Ja, natürlich. Ich habe sie gesehen, aber nicht mit ihr
gesprochen. Ich habe sie etwas weiter weg stehen sehen,
vor ihrem Trailer wie ich annahm, als ich auf dem Hinweg
zum Wohnwagenpark in die Manslick Road einbog.«

»Sie haben Sie gesehen? Sind Sie sicher?« Er setzte sich
senkrecht auf, blickte scharf in ihr Gesicht und legte seine
Handflächen auf die Schreibtischplatte.

»Ja.«

»Sind Sie sicher, dass sie es war?«

Rachel nickte. Durch die Intensität seiner Frage überrascht, antwortete sie laut und deutlich: »Ja. Ich bin
sicher.«

»Was tat sie? War sie ... schien sie ... wohlauf zu sein?«

»So weit ich es sehen konnte, schien alles in Ordnung zu
sein. Sie stand vor dem Trailer, blickte auf die Straße in die
Richtung, von der ich kam.«

»Wieviel Zeit war vergangen, als sie dann beinahe mit
Harris' Motorrad zusammenstießen?«

»Tja, ich würde sagen, kurz danach. Knapp eine Minute.«

»Rachel, denken Sie gut nach. Es ist sehr wichtig. Haben

Sie Harris, nachdem er mit seinem Motorrad gestürzt war, auch nur einen Moment aus den Augen verloren?«

Rachel dachte nach, dann schüttelte sie den Kopf. »Nein. Warum? Was ist geschehen? Ist es … Ist Johnny etwas passiert?« Eine einfache Anzeige wegen Trunkenheit am Steuer hätte weder dieses Frage- und Antwortspiel zwischen ihr und dem Polizeichef zur Folge gehabt, noch seinen übertriebenen Ernst, registrierte Rachel. Es steckte etwas anderes dahinter, das sie fürchtete. Etwas sehr Schlimmes.

Chief Wheatley seufzte, die Steifheit schien aus seinem Rücken zu schwinden. Er schaltete das Tonbandgerät aus.

»Mrs. Watkins wurde gestern nacht ermordet.«

Rachel rang nach Luft. »Was?«

Chief Wheatley nickte grimmig. »Und das ist noch nicht alles. Das Verbrechen ist die exakte Wiederholung des Edwards Falls, bis zu den Blütenblättern auf der Leiche. Nur waren es in diesem Fall Rosen und keine Clethrablüten. Sie stammten aus einem nahe gelegenen Garten.«

»O mein Gott!« Rachel wurde vor Entsetzen übel.

»Genau wie das letzte Mal. Johnny Harris hatte beide Frauen besucht, und er war der letzte, der das Opfer lebend gesehen hatte.«

Rachel, immer noch unter Schock, nahm seine Worte langsam auf und antwortete dann nach einer Weile kopfschüttelnd. »Nein, nicht er. Ich war es. Ich habe sie vor dem Trailer stehen sehen, als er sie verlassen hatte. Auf seinem Motorrad. Ich sah sie, nachdem Johnny gerade fortgefahren war, haben Sie verstanden? Er konnte sie nicht getötet haben.«

Chief Wheatley nickte langsam. »Das ist richtig. Wenn Sie absolut sicher sind, dass Sie Glenda Watkins gesehen haben.«

»Ich bin sicher.«

»Sicher genug, um diese Aussage unter Eid zu machen, vor Gericht?«

»Ja. Ich bin absolut sicher. Sie stand in einem Lichtkegel, so dass ich sie deutlich erkennen konnte.«

Chief Wheatley spitzte seine Lippen, stützte die Finger
auf der Schreibtischplatte auf, blickte eine Weile auf sie hinunter, um dann wieder zu Rachel aufzusehen. Seine Augen schienen sie zu durchbohren.

»Rachel ... Harris hat nicht irgendwie versucht, sich mit
Ihnen in Verbindung zu setzen? Wenn ja, dann sagen Sie
mir es jetzt und es wird unter uns bleiben.«

Rachel starrte ihn an, ihre Augen weiteten sich langsam.
»Nein!«, sagte sie empört. »Nein!«

»Wenn Sie es als beleidigend empfanden, entschuldige
ich mich«, sagte er schwerfällig. »Aber wir haben es mit einem grässlichen Verbrechen zu tun, einem Verbrechen, das
mit dem vor elf Jahren identisch zu sein scheint, wofür
Harris damals verurteilt wurde. Nur hat er diesmal ein
hieb- und stichfestes Alibi: Sie. Und wo stehen wir jetzt?«

»Johnny hat Marybeth Edwards nicht ermordet! Ich
wusste es! Ich wusste es die ganze Zeit!«, rief Rachel exal-
tiert.

Ihr Körper war von innen neu belebt, als sie ihn aufgeregt ansah.

Er hielt eine Hand hoch. »Tja, das ist die eine Möglichkeit. Die andere: Es handelt sich um einen Nachahmungs-
mord, in der Absicht, den Verdacht auf Johnny Harris zu
lenken. Für diese Theorie gibt es drei verschiedene Varian-
ten. Erstens, jemand – vielleicht ihr Mann wollte Mrs.
Watkins unbedingt aus der Welt schaffen. Da sich Harris,
seit kurzem aus dem Gefängnis entlassen, wieder in
Tylerville befand, kam er auf die Idee, sie umzubringen und
den Mord so darzustellen, dass man Harris damit in Verbindung bringen musste. Zweitens, jemand hasst Harris so
sehr, dass er die Frau, mit der Harris zusammen war, ermordete, um ihn wieder ins Gefängnis zu bringen. Das
würde allerdings auf einen Täter innerhalb der Familie Ed-

wards oder aus deren Freundeskreis hinweisen. Die dritte Möglichkeit, tja, die ist entsetzlich.«

»Und das heißt?«

»Das heißt, dass da draußen ein Unbekannter herumläuft. Ein Wahnsinniger, dessen krankes Motiv wir nicht kennen. Aber wir werden dahinter kommen, auf jeden Fall.« Seine Stimme klang hart und entschlossen.

Er stand abrupt auf, blickte Rachel an, zögerte, beugte sich zu ihr vor, als er sein Gewicht auf die Hände am Schreibtisch stützte.

»Rachel, ich möchte Sie nicht der Lüge bezichtigen. Ich kenne Sie von klein auf, als Sie als Baby Ihrer Mutter hinterherkrabbelten, und ich kenne Sie nicht anders, als ein hundertprozent ehrlicher Mensch von hohen moralischen Werten. Aber, wie Sie wissen, habe ich selbst zwei Töchter. Und ich habe erlebt, was mit jungen Frauen geschieht, wenn sie dem Zauber eines Mannes unterliegen.«

Rachel, die sofort erriet, worauf er hinauswollte, atmete tief durch, bereit, ihm empört zu antworten. Chief Wheatley hielt ihr abwehrend seine Hand entgegen.

»Ich sage das nur, um Sie zu warnen. Ihnen ist doch bewusst, dass Sie sich in einer äußerst gefährlichen Position befinden würden, wenn … wenn Sie gelogen haben. Sie sind die einzige, die verhindern kann, dass Harris den Rest seines Lebens im Gefängnis verbringt oder auf dem elektrischen Stuhl endet, weil er dieses Mal nicht unter das Jugendstrafrecht fällt. Ich möchte nicht in dieser Lage sein. Nicht bei einem Mann, der ein derartiges Verbrechen begangen haben kann.«

»Ich lüge nicht, Chief Wheatley«, sagte Rachel fest.

Der Polizeichef richtete sich gerade auf. »Also gut. Ich nehme Sie beim Wort. Wir werden den Täter finden. Wir haben einige Tests mit Mrs. Watkins gemacht, die wir mit Marybeth Edwards Untersuchungsergebnissen vergleichen werden. Sie wurden bereits ins Labor geschickt. In einer Woche oder spätestens zehn Tagen müssten wir wissen, ob wir es in beiden Fällen mit ein und demselben Mörder oder mit einem Nachahmungstäter zu tun haben. Ich werde Sie auf dem laufenden halten.«

»Danke.«

Der Beamte ging um seinen Tisch herum auf die Tür zu. Rachel stand auf. Damit schien das Gespräch beendet zu sein.

»Wo sind die Kinder – Glenda Watkins Kinder?«, fragte sie. Ein dicker Klumpen machte sich in ihrer Kehle breit, als sie an die vier kleinen mutterlosen Kinder dachte. Jeremy und seine Mutter verstanden sich so gut.

»Wir haben sofort ihren Vater benachrichtigt. Noch während der Ermittlungen am Tatort wurden sie von ihm abgeholt. Der älteste Junge war völlig durcheinander. Er sagte immer wieder, er hätte etwas in der Dunkelheit gesehen, konnte uns aber nicht sagen, wen oder was.« Chief Wheatley schüttelte seinen Kopf. »Eine scheußliche Sache. Eine verdammt scheußliche Sache. Wir werden den Täter schnappen. Wir kriegen ihn todsicher. Darauf gab ich diesem Jungen, darauf gebe ich Ihnen mein Wort.«

Er öffnete Rachel die Tür.

»Möchten Sie Harris mitnehmen oder soll ich ihm sagen, er könnte nach Hause gehen?«

Rachel, die vor ihm durch die Tür schritt, sah ihn ungläubig und überrascht an.

»Wollen Sie damit sagen, dass Johnny hier ist?«

Der Beamte nickte. Ja, Ma'am. Wir haben ihn gegen zwei Uhr heute morgen in seiner Wohnung abgeholt. Er erzählte die gleiche Geschichte wie Sie, aber ich wollte ihn nicht vorher gehen lassen, bevor ich mich davon überzeugt hatte.«

»Tja, Sie können ihn gehen lassen! Er hat Glenda Watkins nicht ermordet!«

»Scheint so«, sagte der Polizeichef bedächtig. »Warten Sie vor der Tür. Ich lasse ihn hinausbringen.«

32

Ungefähr eine Viertelstunde später ging Johnny durch die Tür, die vom rückwärtigen Trakt der Polizeiwache in den Warteraum führte. Rachel, die ziellos in einer alten Ausgabe von *Jagd und Gebirge* geblättert hatte, stand auf. Johnny müsste sich dringend rasieren. Sein Haar war zerzaust, sein Gesicht eingefallen. An seinen hastigen Bewegungen und dem Funkeln seiner Augen merkte man, dass er wütend war. Ein Tropfen getrocknetes Blut rollte sich wie ein Komma aus seinem Mundwinkel. An seinem linken Backenknochen blühte ein Bluterguss.

»Er ist verletzt«, sagte sie erstaunt zu Karry Yates, der ihm gefolgt war und Johnnys breiten Rücken vorsichtig beäugte.

»Ja … hat sich der Festnahme widersetzt. Kann von Glück reden, dass er keine Anzeige wegen Körperverletzung bekommt. Er hat Skaggs ein paar üble Schläge verpasst.«

»Gehen wir, Rachel«, sagte Johnny. Ein Muskel zuckte seinem Kinn entlang, als er Kerry Yates einen kurzen, mörderischen Blick zuwarf.

»Aber sie haben dich geschlagen! Du solltest sie anzeigen«, sagte sie entrüstet, als er sie zur Tür zog.

Johnny schnaubte wütend. »Ja, richtig. Lebe du nur weiter im Land des Zauberers von Oz, Lehrerin. Hier ist die Wirklichkeit. Ich bin froh, dass sie mich nicht erschossen und dann verhört haben.«

Er öffnete ihr die Tür, wartete ungeduldig, dass sie hinausging und folgte ihr.

»Aber du hast überhaupt nichts getan! Das wissen sie doch jetzt! Sie müssen sich wenigstens bei dir entschuldigen!«

Johnny blieb stehen und blickte in Rachels Gesicht, das vor Zorn brannte. Sie befanden sich jetzt auf dem Parkplatz.

Die Septembersonne war golden und warm, der Himmel ein endloses Blau. Ein leichter Wind bewegte die Luft.

»Du bist manchmal so verdammt naiv, dass es nicht zu fassen ist«, sagte er tadelnd. Er ließ ihren Arm los und ging weiter. Einen Augenblick fragte sich Rachel, ob er vorhatte, zu Fuß zu seiner Wohnung zu gehen, aber er blieb am Wagen stehen und stieg ein.

Als sie ebenfalls eingestiegen war, lehnte er sich in seinem Sitz zurück und schloss die Augen.

»Haben sie dir von Glenda erzählt?«, fragte er, als sie den Wagen startete.

»Ja. Es ist schrecklich. Die arme Frau. Die armen Kinder.«

»Ja.« Er schwieg. Rachel bog in die Hauptstraße ein, blickte ihn kurz an und schwieg ebenfalls. Er sah völlig ausgelaugt und verstört aus.

»Sie war ein gutes Mädchen. Ein guter Freund. Der Gedanke, dass sie so sterben musste, ist furchtbar.«

»Es tut mir sehr leid.«

»Mir auch. Verdammt leid. Aber das nützt Glenda auch nichts mehr.« Seine Hände ballten sich zu Fäusten. Er setzte sich plötzlich auf. In seinen Augen stand Zorn und Schmerz. »Mein Gott, es muss gleich, nachdem ich wegfuhr, passiert sein! Wenn ich wieder zurückgegangen wäre, anstatt mit dir mitzufahren, dann hätte ich es verhindern können! Oder ich hätte dieses Schwein bei seiner Tat erwischt!«

»Und wärst auch noch umgekommen«, sagte Rachel ruhig.

Er schüttelte seinen Kopf. »Wer es auch ist, er hat es auf Frauen abgesehen. Ich glaube, er wagt es nicht, jemanden anzugreifen, der groß und kräftig genug ist, um sich zu wehren.«

»Du meinst, es ist die gleiche Person, die Marybeth getötet hat?«

»Ja. An einen zweiten Täter glaube ich nicht. In einer Kleinstadt wie Tylerville sind zwei dieser Wahnsinnstäter mehr oder weniger ausgeschlossen.«

»Da hast du recht.«

Sie hatten die Eisenwarenhandlung erreicht. Rachel fuhr auf den Parkplatz. Johnny fasste nach dem Türgriff, blickte zu Rachel hinüber und zögerte. Als er sprach, klang seine Stimme sehr freundlich, wie umgewandelt.

»Du siehst wirklich schön aus. Gehst du in die Kirche?«

»Das wollte ich.«

»Du kommst noch rechtzeitig, wenn du dich beeilst.«

Rachel blickte in die rauchblauen Augen, sah seine Einsamkeit, seine Wunden und hob zaghaft die Schultern. »Seit fast zehn Jahren habe ich den Gottesdienst nicht versäumt. Ich glaube, einmal kann nicht schaden.«

»Verbringst du den Tag mit mir?«

»Gern.«

Johnny lächelte. Ein Lächeln, das sie verzauberte, das bis auf den Grund ihres Herzens reichte. In diesem Augenblick wurde ihr etwas klar, etwas, das die ganze Zeit am Rande ihres Bewusstseins gelauert hatte und das jetzt Gestalt annahm. Obwohl sie ihn verteidigt hatte, obwohl sie verstandesgemäß fest von seiner Unschuld überzeugt war, hatte doch der Schatten eines Zweifels bestanden. Jetzt war dieser Schatten verschwunden. Er war unschuldig, so unschuldig wie sie.

Rachels Herz schien aufzufliegen.

Sie verbrachten den Tag gemeinsam und hielten sich an die unausgesprochene Vereinbarung, weder an das schreckliche Ereignis zu denken, noch darüber zu sprechen. Rachel ging mit ihm in die Wohnung, wurde widerwillig von Wolf begrüßt. Der Hund zeigte ihr deutlich, dass er sie genauso wenig mochte wie das letzte Mal. Während Wolf sie wachsam im Auge behielt, ging Johnny unter die Dusche. Als er mit einem Handtuch um die Hüften aus dem Badezimmer trat, ging sie auf ihn zu und legte die Arme um ihn. Es war das erste Mal, dass sie sich nackt in einem Bett liebten.

»Du hast mir gefehlt«, sagte er viel später, als sie mit dem Kopf auf seiner Brust neben ihm lag und mit den kleinen schwarzen Locken spielte, die dort wuchsen. Sie lagen ausgestreckt nebeneinander. Er hatte seinen Arm um ihre Schultern gelegt und streichelte sie. Die Bettdecke hatte irgendwo am Fußende das Weite gesucht.

»Ich habe darüber nachgedacht, was du gestern nacht gesagt hast. Dass ich betrunken war, einen Komplex habe, und so weiter.«

»Ich war wütend.«

»Ich weiß.« Er lächelte ein wenig. »Du siehst süß aus, wenn du wütend bist.«

Rachel zog an seinem Brusthaar, dass er aufjaulte. Er zog ihre Hand weg, rieb sich an der Stelle und blickte sie vorwurfsvoll an.

»Das hat wehgetan.«

»Das sollte es auch. Ich kann es nicht ausstehen, wenn man mich süß nennt.«

»Aber du bist süß. Das Süßeste, was ich gesehen habe. Besonders, dein süßer, kleiner A...«

Er wollte ›Arsch‹ sagen, aber Rachel legte ihm schnell die Hand auf den Mund.

»Nicht so vulgär«, sagte sie.

Er zog eine Augenbraue in die Höhe, nahm ihre Hand von seinem Mund und legte sie wieder auf seine Brust.

»Du willst mich bessern?«

»Ja.«

»Okay. Habe ich wahrscheinlich nötig. Was mich wieder an das erinnert, was ich dir sagen wollte.«

»Und das wäre?«

»Du hattest recht. Ich war gestern nacht betrunken. Es wird nicht wieder vorkommen.«

»Nicht wieder?«

Sie wagte kaum zu glauben, was sie da hörte. Er schüttelte seinen Kopf.

»Nein. Gewöhne dich ab heute an einen Abstinenzler.« Er schaute zu Wolf hinüber, der seinen Herrn eifersüchtig vom Flur aus beäugte, dann wieder auf Rachel. »Ich habe mir meinen Vater vor Augen gehalten. Er trank von morgens bis abends, so weit ich mich erinnern kann. Ich möchte nicht wie er enden.«

»Das freut mich.«

»Das Leben ist zu kurz.«

»Ja.«

Einen Augenblick schwiegen beide und dachten an Glenda.

Johnny sah Rachel von der Seite an.

»Willst du wirklich, dass ich mir die Haare schneiden lasse?«

Rachel lachte und war froh, die düstere Stimmung, die über beide hereinzubrechen drohte, zu verscheuchen. »Nicht, wenn du es nicht willst. Du hast herrliches Haar.«

»Oh, vielen Dank, Ma'am.« Er zögerte, lächelte dann etwas spöttisch. »Ich trage es in erster Linie so, weil sich jeder Scheißer – verzeih, besser, ich sage das nicht – weil sich jeder Dummkopf darüber aufregt.«

»Ich weiß.«

»Also werde ich es schneiden lassen, wenn du willst.«

»Danke. Aber du sollst mir nicht zu viele Zugeständnisse machen. Es ist genug, wenn du nicht mehr trinkst.«

»Du willst also nicht, dass ich mein Motorrad aufgebe?« Rachel blickte ihn höchst interessiert an.

»Würdest du, wenn ich dich darum bäte?«

Er nahm ihre Hand, führte sie an seine Lippen und küsste ihre Handfläche. »Es gibt eigentlich nichts, was ich nicht tun würde, wenn du mich darum bittest, Rachel.«

Das Telefon neben dem Bett läutete, schrill und unerwartet, dass Rachel aufsprang.

Johnny streckte eine Hand aus und hielt den Hörer an sein Ohr.

»Hallo?«

Er hörte zu, zog die Stirne kraus, dann wanderten seine Augen zu Rachel.

»Ja, Ma'am. Sie ist hier.«

Rachels Augen wurden groß, als er ihr den Hörer reichte.

»Deine Mutter«, sagten seine Mundbewegungen.

Rachel zog eine Grimasse, nahm den Hörer entgegen. »Hallo, Mutter«, sagte sie resigniert.

»Rachel Elisabeth Grant, was hast du bei diesem Harris, und dazu noch in seiner Wohnung, zu suchen?«

Rachel hätte es ihr um ein Haar gesagt, aber Elisabeth fuhr bereits fort, diesmal flüsternd, so dass Rachel annehmen, musste, es wäre nicht für Johnnys Ohren bestimmt.

»Hast du von dieser Watkins gehört?«

»Ja.«

»Dass sie ermordet wurde? Genau wie Marybeth Edwards? Gestern nacht?«

»Ja, Mutter. Eine schreckliche Tragödie.«

»Und du bist in seiner Wohnung?« Elisabeths Tonfall gab deutlich zu verstehen, dass ihr das Verhalten ihrer Tochter unbegreiflich war.

»Johnny hat sie nicht umgebracht, Mutter.«

»Um Gottes willen, Rachel, hörst du mich?«

»Ja, natürlich.«

»Oh, mein Gott! Hält er dich als Geisel fest? Soll ich die Polizei rufen?«

»Nein, er hält mich nicht als Geisel fest, und du brauchst nicht die Polizei zu rufen.« Rachels Geduld war erschöpft, aber Johnnys Gesicht verzog sich zu einem breiten Lachen. »Er hat Glenda Watkins nicht umgebracht, Mutter. Ich weiß, dass er es nicht getan hat, weil er gestern nacht, als es passierte, mit mir zusammen war.«

»Mit dir zusammen? Aber du warst doch zu Hause im Bett!«

»Nein, das war ich nicht.« Rachel seufzte. »Hör zu, ich erzähle dir alles, wenn ich zu Hause bin, okay? Mach dir meinetwegen bitte keine Sorgen. Es geht mir gut. Wahrscheinlich werde ich erst spätabends zurückkommen. Wir wollen irgendwo etwas essen gehen. Es sei denn …«

Sie blickte Johnny fragend an und hielt die Sprechmuschel zu, damit ihre Mutter sie nicht verstehen konnte. »Willst du zum Sonntagsdinner zu mir nach Hause kommen? Meine Mutter ist eine großartige Köchin.«

Johnny schüttelte alarmiert seinen Kopf, so dass Rachel lachen musste.

»Wir gehen zum Essen aus«, wiederholte sie. Dann sah sie Johnny neckend an und fügte hinzu: »Aber rate, wer nächsten Sonntag zum Essen kommt?«

»Rachel, nicht doch!« Elisabeth geriet in Panik.

»Doch, Mutter. Keine Sorge. Er scheint von der Idee genauso wenig begeistert zu sein wie du. Aber ich möchte, dass ihr euch kennen lernt.«

»Oh, Rachel, warum?«, stöhnte Elisabeth.

»Weil ich wahnsinnig in ihn verliebt bin, Mutter«, sagte Rachel und ertrank in Johnnys Augen. Am anderen Ende der Leitung war ein kleiner, halberstickter Schrei zu hören.

Zu Rachels Überraschung nahm Johnny ihr den Hörer aus der Hand.

»Rachel ruft Sie zurück, Mrs. Grant«, sprach er in den Hörer und legte ihn langsam auf.

Rachel lag schweigend da. Johnny faltete die Hände hinter seinem Nacken, bettete seinen Kopf auf ein Kissen und blickte sie von der Seite an.

»Hast du das ernst gemeint oder hast du das nur gesagt, um sie zu ärgern?«

Rachel blickte in seine Augen. »Ich habe es ernst gemeint.«

»Oh, ja?« Der Anflug eines Lächelns öffnete seine Lippen.

»Ja.«

»Ja?«

»Ja.«

Das Lächeln vertiefte sich, wurde zu einem Frauenlachen. Johnny zog sie zu sich herüber auf seine Brust.

»Kannst du das noch einmal wiederholen? Nur für mich?«

Rachel blickte in sein dunkles, schönes Gesicht, in seine rauchblauen Augen, auf den sinnlichen Mund mit dem kleinen Riss in der Ecke. Mit einem Finger strich sie vorsichtig über den Bluterguss an seinem Wangenknochen.

»Ich liebe dich«, sagte sie leise.

»Du hast das ›wahnsinnig‹ vergessen«, ermahnte er sie. »Ich möchte von dir den ganzen Satz hören, laut und deutlich.«

»Ich bin *wahnsinnig* in dich verliebt.« Sie lächelte verträumt, als sie von einem unsäglichen Glücksgefühl erfüllt wurde. So, jetzt hatte sie es gesagt. Ein Geheimnis war gelüftet. Sie hatte ihre Tarnkappe abgenommen, und sie schwebte auf Wolken.

»Rachel.« Er blickte sie wie ein Wunder an, als er ihr Gesicht in seine Hände nahm, sich über sie beugte und ihren Mund suchte. Sein Kuss war unendlich zärtlich und vertraut und sagte ihr Dinge, die er noch nicht in Worte gekleidet hatte. Rachel schlang ihre Arme um seinen Nacken und gab sich dem Zauber der Liebe hin.

Später, als sie schläfrig und glücklich in seinen Armen lag, vernahm sie ein Geräusch, das sie aufschreckte. Einen Augenblick lang wusste sie nicht, was es zu bedeuten hatte.

»Dein Magen knurrt!«, sagte sie und blickte ihn entsetzt an. Johnny lachte sie an.

»Ich sterbe vor Hunger«, bekannte er. »Ich habe seit gestern Abend nichts mehr gegessen.«

»Das hättest du sagen sollen!«

»Entweder Nahrung für den Körper oder Nahrung für die Seele und die Seele hat gewonnen.«

Das schelmische Lächeln auf seinem Gesicht verzauberte sie von neuem. Sie legte eine Hand hinter seinen Kopf und zog seinen Mund zu sich hinunter. Ihre Lippen trafen sich zu einem langen, zärtlichen Kuss.

»Jesus!« Er zog sie zu sich herauf, schlang die Arme um sie, drehte sie auf den Rücken und legte sich auf sie.

»Schluss jetzt!«, sagte sie und puffte ihn in die Rippen. »Wir stehen jetzt auf und gehen essen. Wir können nicht den ganzen Tag im Bett bleiben.«

»Ich kann mir nichts Schöneres vorstellen.« Aber sein Magen machte sich wieder knurrend bemerkbar. Widerwillig gab Johnny sie frei und stand auf. Einen Augenblick stand er nackt neben dem Bett. Rachel gestattete sich den Luxus, ihn einfach anzusehen. Wirklich der schönste Mann, dachte sie.

Groß und schlank, muskulöse Schultern und Arme und ein fester Bauch. Er sah besser als die Ausklapper im *Playgirl* aus, die sie sich als Teenager heimlich mit Becky angesehen hatte. Ein V dichter schwarzer Locken bedeckte seine Brust und verjüngte sich dann zu einem schmalen Streifen, der über seinen Bauchnabel lief, um sich dann wieder über seinen Genitalien auszudehnen. Einen Augenblick lang blieben ihre Augen an dieser Stelle mit dem reinsten Vergnügen stehen. Er war ihrem Blick aufmerksam gefolgt. Dann räkelte er sich, absichtlich, langsam wie eine träge Katze. Seine Augen glommen auf, als seine Augen ihren nackten Körper entlangwanderten. Sie fühlte sich köstlich sündig. Sündig und begehrenswert. Sehr begehrenswert.

Sein Magen knurrte wieder.

»Schon gut. Das wär's also. Ab mit dir unter die Dusche, bevor ich vor Hunger ohnmächtig werde.«

Er hob sie vom Bett auf, machte einen großen Schritt über Wolf, der diese Vorgänge angewidert verfolgte, trug sie ins Badezimmer und stellte sie unter die Dusche. Er ließ das Wasser aus beiden Wasserhähnen laufen, prüfte die Temperatur, stellte den kleinen Hebel um, der die Dusche in Funktion setzte und stieg selbst hinein. Dann zog er den Vorhang zu.

33

Sie war vierunddreißig Jahre alt und hatte noch nie in ihrem Leben mit einem Mann geduscht. Als Johnny ihr den Rücken abseifte, mit seinen sinnlichen Händen unter ihre Achselhöhlen fuhr, über ihre Brüste strich, wurde Rachel bewusst, was ihr bis jetzt entgangen war. Eine Welt, eine wundervolle Welt der Sinne lag zwischen einem Mann und einer Frau, eine Welt, die sie bis jetzt kaum erblickt hatte. Die kleinen Affären, die sie gehabt hatte, waren dagegen ein Nichts.

Als seine seifigen Hände über ihren Bauch glitten, über ihre Hüften und Schenkel, über ihr Gesäß, wusste sie warum. Das Wort *Liebe* hatte eine andere Bedeutung, einen anderen Klang für sie bekommen. Sie liebte ihn so sehr, dass ihr schwindelte.

Sie, Rachel Grant, liebte Johnny Harris. Bei der Vorstellung musste sie lachen.

»Was ist dabei so komisch?«, fragte er brummend. Er hatte sich ihre Reaktion auf seine suchenden Finger etwas anders vorgestellt. Er nahm sie in seine Arme und sah sie mit gespielter Strenge an, während die dampfenden Wasserstrahlen auf sie herabprasselten.

»Du. Ich. Wir beide. Wer hätte das je gedacht?«

Er strich mit seinen Fingern durch ihr nasses Haar, teilte es in Strähnen, damit die letzten Seifenreste ausgespült werden konnten. Seine Hände wanderten hinab und blieben auf ihrer schmalen Taille liegen.

»Ich habe jahrelang daran gedacht. Fast mein halbes Leben.«

Rachel blickte zu ihm hinauf, war plötzlich ernst geworden. Ihre Hände, die gerade vergnüglich seine Brust eingeseift hatten, hielten mitten in der Bewegung inne. Mit dem nassen, aus dem Gesicht gestrichene Haar unterschied er sich sehr von dem Johnny, an den sie gewöhnt war. Er war genauso schön, genauso sexy, aber älter und reifer. Er war ein erwachsener Mann, wie sie eine erwachsene Frau war. Der Altersunterschied zwischen ihnen verschwand.

»Du hast jetzt alles von mir bekommen. Wann sind die Flitterwochen vorbei?« Rachel fragte in scherzendem Ton, weil sie ihm nicht zeigen wollte, wie sehr sie eine ganz besondere Antwort brauchte. Johnny hatte nie von Liebe gesprochen, nur von Wünschen und Lust. Wenn er seine pubertären Sexfantasien wahrmachen wollte, dann hatte er es zur Genüge getan.

Ihre Hände bewegten sich wieder, seiften seine Brust diesmal etwas zaghafter – mit kreisenden Bewegungen ein.

»Lehrerin, das ist erst die Spitze des Eisbergs. Ich will viel mehr von dir.« Er lächelte und das Leuchten am Grunde seiner Augen ließ Rachels Herz schneller schlagen. Seine Hände legten sich auf die ihren und unterbrachen ihre halbherzigen Bemühungen.

»Es wird Jahre dauern, um das zu bekommen, was ich von dir will. Vielleicht mein ganzes Leben. Vielleicht noch länger.«

»Oh, ja?« Mit zwinkernden Augen blickte sie durch den Wasserschleier zu ihm hinauf.

»Ja.«

Er beugte sich zu ihr, um sie zu küssen.

Sie blieben unter der Dusche, bis das Wasser kalt wurde und Johnnys Magen sich wieder bemerkbar machte.

»Anstatt auszugehen könnte ich uns etwas kochen. Was hältst du davon?« Johnny stellte diese Frage, als sie beide zitternd auf dem Kachelboden standen und sich abtrockneten.

»Du?« Rachel, die ein Tuch um ihren Körper geschlungen hatte und sich mit einem breitzinkigen Kamm durch das handtuchtrockene Haar fuhr, hielt abrupt inne und blickte ihn ungläubig im Spiegel an.

»Ja. Ich. Warum nicht? Ich kann kochen.« Er hatte seine Haare trocken gerieben und schlang sich das Handtuch um die Hüften.

»Du kannst kochen?« Ihr Erstaunen war so echt, dass er auflachte.

»Rachel, Liebes, das sage ich dir nur ungern, aber dein stereotypes Denken setzt wieder ein. Du lieber Gott, warum haben wir alle immer eine vorgefasste Meinung! Natürlich kann ich kochen. Wenn man in einer Familie wie der meinen groß wurde, musste man kochen oder verhungern.«

»Du kannst kochen.« Sie war immer noch etwas ungläubig. Es war nicht zu ändern. Dann betrachtete sie noch einmal diese Quintessenz von einem Mann und schüttelte den Kopf. In ihrer Familie hatte ihre Mutter gekocht. Die Töchter lernten es von Elisabeth. Rachel hatte nie gesehen, dass ihr Vater auch nur einmal eine Suppe umgerührt hätte. Aber Johnny hatte ja recht. Nur weil er ausgesprochen maskulin war, hatte er in der Küche nichts zu suchen. Sie hatte ihn kategorisiert, wie es alle taten.

»Und?« Ihre Augen trafen sich im Spiegel.

»Dann koche um Himmels willen. Ich kann warten.«

Er lachte auf und verließ das Badezimmer. Rachel hörte ihn im Schlafzimmer rumoren und vermutete, dass er sich anzog.

Sie ging ins Wohnzimmer, um ihre Handtasche zu holen. Ängstlich stieg sie über Wolf, der im Flur lag und Johnny mit hündischer Ergebenheit im Schlafzimmer beobachtete.

Das riesige, schwarze Tier hob ein Auge, als sie beinahe über ihn gestolpert wäre, knurrte aber nicht.

Sie gebrauchte die wenigen Kosmetika, die sie stets in ihrer Handtasche mitnahm – Lippenstift, Kompaktpuder und Handlotion als Feuchtigkeitscreme – lockerte ihr beinahe trockenes Haar mit den Händen auf und ging dann ins Schlafzimmer, um sich anzukleiden. In der Küche konnte sie Johnny mit Töpfen und Pfannen klappern hören. Die Vorstellung, dass er ihr etwas zum Essen kochte, amüsierte sie derart, dass sie lachen musste, als sie in ihre Kleider schlüpfte.

Sie trug fast denselben Outfit, mit dem sie angekommen war – den engen Rock des hellroten Leinenkostüms, die kurzärmelige weiße Seidenbluse, eine einreihige Perlenkette und beige Pumps – auf die dazu passende Jacke hatte sie verzichtet, als sie in die Küche trat.

Sie war leer. Zwei Töpfe blubberten am Herd, ein köstlicher Koblauchduft wehte ihr entgegen. Aber keine Spur von Johnny.

»Johnny?«, rief sie, drehte sich um und suchte ihn. Wahrscheinlich war er ins Badezimmer gegangen, ohne dass sie es bemerkt hatte. Sie wusste nicht, wo er sich sonst noch in der kleinen Wohnung aufhalten konnte.

Wolf stand im Türrahmen und starrte sie an.

Rachel starrte zurück. Etwas Besseres fiel ihr nicht ein. Der Hund versperrte den einzigen Ausgang.

»Johnny!«, rief sie wieder, diesmal mit einem Anflug von Panik. Das Tier war riesig und schwer und offensichtlich kampferfahren. Sollte er einer bestimmten Rasse angehören, Rachel konnte es nicht feststellen. Zu ihrer Entschuldigung ist zu sagen, dass sie nur wenig Erfahrung im Umgang mit Hunden hatte. Ihre Tante Lorraine hatte einmal einen Zwergpudel besessen, und das war alles. Ihre Mutter hätte ihn in ihrem perfekt geführten Haushalt niemals Hunde geduldet.

Johnny, wo er auch stecken mochte, gab keine Antwort. Wolfs Augen schienen stechender zu werden und sie mit einem fast gierigen Blick zu fixieren. Lieber Gott, wollte diese Kreatur sie fressen? Setzte sie zum Sprung an?

Rachel wich einen Schritt zurück. Zu ihrem Schrecken machte Wolf einen Schritt nach vorn.

»Johnny!« Es war beinahe ein Schrei. Wolfs Ohren stellten sich bei diesem Kreischton auf. Er machte einen weiteren Schritt auf sie zu.

Rachel trat vorsichtig den Rückzug an, erreichte den Küchentisch und versuchte, um den Hund nicht zu provozieren, so gelassen und ruhig wie möglich auf den Tisch zu gelangen. Sie stützte beide Arme am Tischrand hinter sich auf und setzte sich auf die Tischplatte. Wolf machte noch einen Schritt auf sie zu. Er befand sich jetzt in der kleinen Küche, kaum einen Meter von ihren herunterhängenden Beinen entfernt.

»Johnny!« Diesmal ein Schrei höchster Verzweiflung. Wolfs Kopf hob sich, seine Augen blickten gierig zu ihr hinauf. Hastig zog sie die Beine auf den Tisch. Dann angelte sie sich einen hölzernen Kochlöffel, der neben der Spüle lag und hielt ihn dem Hund als Waffe entgegen.

»Was zum ...« Als Johnnys Stimme ertönte, sank Rachel erleichtert in sich zusammen. Sie war so froh, ihn wieder zu sehen, dass sie sein amüsiertes, leicht spöttisches Lächeln nicht störte.

»Hilfe«, sagte sie matt.

Johnny lachte.

»Wo bist du gewesen?«

Er ging in die Küche, lachte immer noch, streichelte Wolf, der seine Ohren anlegte und seinen Herrn schwanzwedelnd begrüßte und öffnete dann die Eisschranktür.

»Unten im Laden. Mir fehlte noch Salz für die Spaghettisauce, und da fiel mir ein, dass Zeigler noch die kleinen Päckchen vom Burger King in seiner Schublade hat.«

Er holte etwas aus den Tiefen des Kühlschranks hervor, warf es Wolf zu, der es mit einem Happ verschlang und schwanzwedelnd um mehr bat.

»Platz«, sagte Johnny und gab dem Tier ein Zeichen. Zu Rachels Erstaunen und Erleichterung drehte sich das Tier um und verließ die Küche.

»Er wollte eine Wurst.« Johnny ging zum Tisch, hob Rachel herunter und nahm ihr den Kochlöffel aus der Hand.

»Eine Wurst? Bist du sicher?« Noch etwas verschreckt lehnte Rachel ihre Stirn an Johnnys Brust.

»Ganz sicher. Was sollte er denn sonst gewollt haben?«

»Mich fressen«, sagte Rachel überzeugt.

Johnny brach in Lachen aus. Er lachte, bis Rachel ärgerlich ins Schlafzimmer gehen wollte.

Wolf lag ausgestreckt vor der Küchentür und machte ihr Vorhaben zunichte. Sie sah ihn mit größtem Missfallen an. Er erwiderte ihren Blick, und sie hätte schwören können, dass er sie auslachte.

»Hier, gib ihm eine.«

Johnny stand hinter ihr – klugerweise hatte er sein Lachen eingestellt – und versuchte ihr ein glänzendes, feuchtes Stück Bockwurst in die Hand zu drücken.

»Nein! Da füttere ich lieber einen Barrakuda!« Rachel verschränkte ihre Arme über der Brust und ließ sich nicht dazu bewegen.

»Ich möchte, dass ihr beide Freundschaft schließt. Na, komm schon … Bitte.«

Johnnys schmeichelnder Ton konnte ihr Herz erweichen – nicht aber ihre Furcht. Rachel schüttelte den Kopf.

Er seufzte. »Wir schließen einen Kompromiss. Du versuchst dich mit Wolf anzufreunden und ich versuche mich mit deiner Mutter anzufreunden.«

Rachel starrte ihn ungläubig an. »Willst du meine Mutter etwa mit einem schlechterzogenen, wilden Hundemonster vergleichen?«

Johnny zuckte mit den Schultern. »Sie jagt mir eine Heidenangst ein.«

Rachel überlegte einen Augenblick. »Na schön«, sagte sie widerwillig und nahm das Stück Wurst in die Hand.

In der Zwischenzeit war Johnnys Spagetti-Dinner fertig. Wenn Rachel und Wolf auch nicht Freundschaft geschlossen hatten, dann wenigstens einen Waffenstillstand. Der Preis dafür waren zweieinhalb Bockwürste.

Den restlichen Tag unternahmen sie nur wenig. Sie aßen, führten Wolf auf den Platz hinter der Eisenwarenhandlung spazieren, machten eine kleine Spazierfahrt, kehrten in die Wohnung zurück, saßen gemütlich auf der Couch, sahen fern und redeten über nichts und wieder nichts. Das Thema Glenda vermieden beide absichtlich. Das Glück ihrer Liebe betäubte ihren Kummer über das Geschehene.

Um sechs Uhr dachte Rachel widerstrebend daran, nach Hause zu geben. Nachdem sie Johnny und sich eine kleine Mahlzeit aus gebratenem Schinken und Ei zubereitet hatte, rückte sie mit der Sprache heraus. Seine Augen verdunkelten sich, aber er nickte.

»Ja, es ist spät geworden.«

»Ich bleibe nachts da, wenn du nicht allein sein möchtest.«

Sie standen in der Küche, räumten die Geschirrspülmaschine aus. Die Unbeschwertheit, mit der sie gemeinsam einfache häusliche Tätigkeiten verrichteten, überraschte Rachel. Ihr kam es vor, als ob sie ihn ein ganzes Leben lang kennen würde. Wenn sie genauer darüber nachdachte, stimmte es auch. Bei dieser Feststellung musste Rachel ein wenig lächeln.

»Das ist nicht nötig.«

Sie räumte die Pfanne in ein Schränkchen und blickte ihn an. Er lehnte am Tisch und beobachtete sie. Sein Gesichtsausdruck war völlig neutral, aber sie wusste genau, wie sehr ihm der Gedanke verhasst war, dass sie jetzt ging.

»Ich weiß. Ich frage dich, ob du möchtest, dass ich hier bleibe?« Ihre Worte waren sehr direkt und durchbohrten den Schild seiner selbstgerechten Männlichkeit. Sie wartete. Er hatte solange ohne einen Menschen gelebt, an den er sich anlehnen konnte, dass es ihm schwer fiel es ihr einzugestehen.

Er verzog sein Gesicht. »Deine Mutter wird mit der Schrotflinte antanzen, wenn du hier übernachtest. Und wenn es sich rumspricht, dann zeigt die ganze Stadt mit dem Finger auf dich. Die Schulbehörde könnte auf ihren – wie hieß es noch? – Verworfenheitsparagraphen pochen und dich entlassen. Willst du das riskieren? Nein.«

»Das kümmert mich alles nichts, wenn du mich brauchst.«

»Ich möchte, dass du bleibst, aber es muss nicht sein. Vor allem nicht, wenn so viel für dich auf den Spiel steht. Nein, du gehst heute Abend nach Hause, schläfst in deinem eigenen Bett und kommst dafür morgen Abend wieder zu mir.«

»Kochst du wieder?«, fragte Rachel lächelnd.

»Bereits verwöhnt, hmm?« Er lachte und streckte seine Arme nach ihr aus. Rachel ging auf sie zu. Sie schlossen sich um sie, als ob er sie niemals gehen lassen würde, trotz seiner großartigen Worte.

Es war inzwischen acht Uhr geworden, als sie seine Wohnung verließ. Er brachte sie zu ihrem Wagen und wartete am Bürgersteig, bis sie abgefahren war.

Ihn jetzt mit seinen Geistern allein zu lassen, tat Rachel in der Seele weh.

34

Die nachfolgenden Tage waren gleichzeitig die schönsten und schlimmsten in Rachels Leben. Auf der Haben-Seite standen die Abende mit Johnny, wenn sie sich nach Ladenschluss heimlich in seine Wohnung schlich und dort bis elf oder halb zwölf Uhr blieb. Sie führten den Hund aus, tanzten im Wohnzimmer nach Oldie-Platten, die Johnny als Teenager gesammelt und erst vor kurzem aus dem Haus seines Vaters geholt hatte. Sie räumten seine Wohnung auf, kochten zusammen und liebten sich. Und während sie über Gott und die Welt sprachen, entdeckte Rachel wieder den empfindsamen, intelligenten, wissensdurstigen Geist, der sie bereits vor Jahren fasziniert hatte. Dass dieser Geist jetzt in dem Körper eines Mannes wohnte, den sie tief und leidenschaftlich liebte, erschien ihr wie ein Geschenk der Götter. Dass sie mit ihm von einem Thema zum anderen springen konnte, vom Weiterleben nach dem Tode bis zu den Feinheiten einer Spaghettisauce, dass dieser Mann Verse von Henry Wadsworth Longfellow zitierte und sie vor Lust erbeben ließ, war mehr, als sie je vom Leben zu erhoffen gewagt hätte.

Auf der Soll-Seite standen Tylerville und der schauerliche Mord an Glenda Watkins. Die meisten Bürger hielten Johnny Harris für ihren Mörder. Die Gerüchteküche der Stadt quoll von bösen, hässlichen Geschichten über. So flüsterte man sich zum Beispiel zu, dass Johnny als Oberdämon einen Teufelskult betreibe oder ein sexbesessener Mörder wäre. Je lächerlicher diese Geschichten waren, desto leichter hätte man sie vom Tisch fegen können, aber nicht, wenn sie den Mann betrafen, den sie liebte.

Sogar ihre Mutter betrachtete Johnny als Psychopath, obwohl Rachel ihr tausendmal versichert hatte, dass Johnny es nicht getan haben konnte. Sie sagte ihrer Tochter ganz offen, sie hoffte, Harris würde keine Dr. Jekyll/-Hyde-Verwandlung durchmachen, wenn sie bei ihm war.

Nur Becky fühlte gefühlsmäßig mit Rachel, da sie selbst einen Tiefpunkt durchlebte. Michael war wütend nach Louisville zurückgekehrt, ohne Beckys Unterschrift, die ihm den Verkauf des Hauses ermöglicht hätte. Becky, die sehr darunter litt, schob ihren Kummer beiseite, um ihre Schwester und deren Liebe zu Johnny Harris vor Elisabeth zu verteidigen. Dafür war Rachel stets für Becky da, wenn sie sich ausweinen und aussprechen wollte. Die beiden Schwestern, die als Kinder unzertrennlich waren und sich als Erwachsene etwas auseinander gelebt hatten, wuchsen wieder eng zusammen.

Rachel empfand es als eine Quelle des Trostes, eine Schwester als Freund und Verbündeten zu haben und Becky erging es ebenso.

Glendas Beerdigung war für Samstagmorgen festgesetzt, knapp eine Woche nach ihrem Tod. In der Zwischenzeit wurden gerichtsmedizinische Gutachten erstellt, die Johnny in den Augen des Gesetzes von jeder Schuld reinwuschen. Der Mörder von Glenda war nach den Befunden mit dem von Marybeth identisch. In der Stadt aber dachte man anders und zischte unwillig, weil der mutmaßliche Täter noch auf freiem Fuß war.

Chief Wheatley hatte ihn gewarnt, nicht zur Beerdigung zu kommen und Johnny hatte Rachel versprochen, sich daran zu halten. Aber Johnny erschien zu Glendas Beerdigung. Rachel wäre beinahe von ihrem Stuhl gefallen, als sie ihn in dem kleinen, holzgetäfelten Raum von Longs Beerdigungsinstitut entdeckte, in dem auch die Trauerfeier für Willie Harris abgehalten worden war. Ein Großteil der Bürger war erschienen, obwohl die meisten eher aus Sensationslust gekommen waren und nicht zur Familie und dem engeren Freundeskreis gehörten. Sogar ein Reporter der *Tylerville Times* hatte sich in Begleitung eines Fotografen eingestellt. Als der Fotograf seine Kamera zückte und ein paar Aufnahmen machte, eilte Sam Munson auf ihn zu und bat ihn, dies zu unterlassen. Ein heftiger Wortwechsel entstand, der mit dem Rausschmiss des Reporters samt Fotografen endete.

Danach beruhigte sich die Szene wieder. Noch mehr

Blumen wurden hereingetragen. Kirchenmusik vom Band ertönte plötzlich mit voller Phonstärke aus dem Lautsprecher, so dass die Übernervösen zusammenzuckten, bis das Volumen eiligst auf ein erträgliches Maß reguliert wurde. Sämtliche Augen des überfüllten Raumes waren auf den geschlossenen Sarg gerichtet. Geflüsterte Bemerkungen über den entstellten Leichnam und morbide Andeutungen über die Einzelheiten des Mordes machten die Runde. Über den Hauptverdächtigen schien sich jeder einig zu sein: Johnny Harris. Sein Name wurde frei gehandelt, aber nur im Flüsterton ausgesprochen.

Wieder wurden Blumen und Kränze hereingetragen und zu den Chrysanthemen, Lilien und Nelken gereiht, die den Sarg schmückten. Rosen gab es nicht. Wenn man sie geschickt hätte, würde Sam Munson sie taktvoll entfernt haben. Bis zum Eintreffen des Geistlichen schien die Beerdigung allmählich den Charakter einer makabren Zirkusvorstellung anzunehmen.

Rachel saß zwischen Becky und Kay Nelson. Als der Geistliche endlich zum Altar schritt, um mit dem Gottesdienst zu beginnen, bemerkte Rachel plötzlich, dass das Getuschel und Gemurmel angeschwollen war und einen hässlichen Unterton bekommen hatte. Sie wandte ihren Kopf – war die Familie erschienen? – und entdeckte Johnny, wie immer in Jeans und T-Shirt gekleidet. Er lehnte mit der Schulter an der rückwärtigen Wand.

Rachels Gesicht wurde blass. Bevor sie aufstehen und zu ihm gehen konnte, erhob sich eine neue Welle des Flüsterns und Füßescharrens. Die vier Watkins-Kinder in Begleitung eines etwa vierzigjährigen, müde aussehenden Mannes (ihr Vater?) und einer jungen Frau (vielleicht die ›Hure‹, von der Jeremy sprach?) und eines älteren Ehepaares, schritten den Mittelgang entlang und nahmen in der vorderen Reihe Platz. Dann ging der Geistliche, der ungeduldig auf die Familie gewartet hatte, in seiner schwarzen Robe zur Kanzel.

»Liebe Freunde, wir sind heute hier zusammengekommen, um das Hinscheiden unserer lieben Glenda Denice Wright Watkins zu betrauern ...«

Rachel sah jetzt keine Möglichkeit, um zu Johnny zu gelangen. Sie saß in der Mitte einer Reihe und hätte mehr Aufsehen erregt als ihr recht war.

Becky und Kay, die ihre Unruhe spürten, blickten hinter sich und entdeckten ihn auch. Das gleiche galt für Chief Wheatley, der mit einigen seiner Beamten anwesend war. Nicht gerade erfreut stand er unauffällig von seinem Platz im rückwärtigen Teil des Raumes auf und gesellte sich zu Johnny. Die beiden blickten sich kurz an. Mehr konnte Rachel nicht sehen. Sie musste ihr Gesicht wieder nach vorn drehen, da der Geistliche die Gemeinde zu einem Gebet aufforderte.

Die Trauerfeier war kurz und hatte Rachel tief ergriffen. Tränen rannen ihre Wangen hinab, als sie den Nachruf, die Lieder und Gebete hörte. Sie dachte an Jeremy und seine Geschwister. Der Verlust der Mutter war wahrscheinlich das Schlimmste, was einem Kind passieren konnte. Rachel weinte um die Kinder und um Glenda.

Nachdem sich jeder von seinem Platz erhoben hatte und sich in die Schlange einreihte, die langsam zum Ausgang strebte, ging Johnny an der Außenseite des Raumes auf den Sarg zu. Chief Wheatley folgte ihm auf den Fersen, ebenso Kerry Yates und Greg Skaggs. Die Gesichter der beiden jüngeren Beamten waren unbeweglich, als ob sie widerwillig ihre Pflicht täten.

»Ich dachte, du hättest gesagt, er würde nicht kommen«, sagte Kay ziemlich deutlich vernehmbar hinter Rachel. »Unglaublich, dass er die Frechheit hat, hierher zu kommen! Sieh mal, er unterhält sich auch noch mit der Familie!«

Rachel wollte eigentlich mit aller Entschiedenheit erklären, dass Johnny zur Trauerfeier gekommen wäre, weil er unschuldig sei und weil er Glenda gemocht hätte und um

sie trauere, wurde aber durch das Geschehen am Sarg ab-
gelenkt. Johnny ging von hinten auf Jeremy zu, berührte
ihn leicht an der Schulter. Jeremy blickte sich um und ließ
einen Freudenschrei hören. Plötzlich stürzten sich alle vier
Kinder auf Johnny und umdrängten ihn. Ihre Arme um-
schlangen seine Beine und Hüften, wo immer sie ihn erreichen konnten. Johnny, der sichtbar gerührt war, kniete mit
einem Bein nieder und umarmte alle vier.

»Ist das zu fassen?«, fragte Kay als ob sie das wirklich
nicht konnte. Die Umstehenden reagierten ähnlich. Rachel
drängte sich durch die Menge und eilte auf Johnny zu.
Chief Wheatley und seine Männer standen wachsam hinter
ihm, sonst war niemand da, der ihn vor dem bösartig an-
schwellenden Gemurmel und den hasserfüllten Blicken
schützen konnte, die die Atmosphäre plötzlich elektrisch
aufluden.

Der Duft der Blumen war stark und betäubend, dachte
Rachel, als sie die kleine Gruppe am Sarg erreicht hatte. Sie
nickte Chief Wheatley kurz zu und kniete sich neben
Johnny nieder. Die Kinder fühlten sich durch seine Anwesenheit getröstet, das war unverkennbar, und sie begriff,
dass er aus diesem Grunde gekommen war.

Nur das ältere Mädchen, ein blondes feenhaftes Wesen
in einem gerüschten weißen Kleid, das offensichtlich extra
zur Beerdigung ihrer Mutter gekauft wurde, schluchzte
laut. Ihre Geschwister waren blass weinten aber nicht.

»Kinder«, sagte Johnny mit großer Fassung, die Rachel
in diesem Moment nicht aufgebracht hätte, »das ist Miss
Grant. Sie und eure Mutter haben sich gut gekannt. Rachel, das hier ist Jake – das ist Lindsay, das ist Ashley, und
Jeremy kennst du ja.«

»Meine Mom ist tot«, verkündete die dreijährige Lindsay, steckte ihren Daumen in den Mund und blickte Rachel
mit ihren großen blauen Kulleraugen an.

Rachel spürte, wie der Knoten in ihrem Hals wuchs und

sie nichts mehr sagen konnte. Statt dessen streichelte sie die Wange des Kindes.

»Das weiß sie doch, Dummi. Darum ist sie hier.« Jake, der kräftige kleine Junge, dessen Arm Johnnys Bein umklammerte, wies seine Schwester zurecht.

»Würdet ihr jetzt damit aufhören?« Ashley wirbelte aufschluchzend von Johnny weg und rannte auf die ältere Frau zu, in deren Begleitung die Kinder gekommen waren und die jetzt in einer kleinen Gruppe von Menschen stand, die ihr kondolierten und sich mit ihr unterhielten. Diese Frau, die Rachel für die Großmutter der Kinder hielt, schloss das weinende Kind in ihre Arme und blickte zu den anderen Geschwistern hinüber, die immer noch wie Kletten an Johnny hingen. Sie wandte ihren Kopf und sagte etwas zu dem Vater der Kinder neben ihr.

Mr. Watkins Gesicht wurde knallrot, als er sich umsah.

35

Jake zupfte Rachel am Ärmel. Sie zwinkerte ihm zu, nahm seine kleinen Kinderfinger und rubbelte sie zwischen ihren Händen, während er sie vertrauensvoll anlächelte.

»Wie geht es dir, Jeremy?«, fragte Rachel, ohne Jakes Hand loszulassen, als sie den Ältesten mitfühlend ansah.

Jeremy blickte Rachel an. Die Belastung und Erschütterung der letzten Tage stand ihm in seinem blassen Gesicht geschrieben. Noch nie hatte Rachel in so traurige Augen geblickt.

»Ich bin okay. Und Jake auch.« Er hielt inne, als seine Oberlippe zu zittern begann. Dann presste er seine Lippen fest zusammen. »Aber jetzt, wo Mom nicht mehr da ist, liest keiner den Mädchen Geschichten vor oder flechtet ihnen die Zöpfe. Mein Dad weiß nicht, wie das geht.«

»Oh, Jeremy, das mit deiner Mutter tut mir so leid.« Da

er nicht losheulte, hätte Rachel es beinahe an seiner Statt getan.

»Miss Grant, ich …« begann Jeremy schnell, wurde aber abrupt unterbrochen, als Becky, die hinter Rachel stand, ihrer Schwester auf die Schulter tippte.

»Rachel, pass auf«, murmelte Becky, aber bevor sie mehr sagen konnte, stürmte Jeremys Vater auf die kleine Gruppe zu. Ohne darauf zu achten, dass er plötzlich Anziehungspunkt sämtlicher Augenpaare geworden war, riss er Jake mit einer Hand von Johnnys Knien. Mit der anderen Hand stieß er Johnny brutal zurück.

»Verdammter Kerl, halten Sie sich von meinen Kindern fern!«, brüllte Mr. Watkins. Er packte Lindsay am Arm und befahl Jeremy mit einer knappen, aber unmissverständlichen Kopfbewegung, sich von Johnny zu entfernen. Rachel schnellte instinktiv auf, um Johnny zu verteidigen. Als er aufstand warf sie ihm einen ängstlichen Blick zu, hielt ihren Atem an und erwartete eine Schlägerei. Chief Wheatley, der offensichtlich ähnliches befürchtete, packte Johnny am Arm. Auf sein Zeichen flankierte ihn Greg Skaggs auf der anderen Seite. Zu Johnnys Gunsten sei gesagt, dass er sich nicht wehrte, sondern bewegungslos auf den tobenden, wild gestikulierenden Mr. Watkins blickte.

»Genug, Watkins!« Chief Wheatleys Stimme war scharf.

»Sie sollten ihn einsperren und nicht schützen! Er war es! Meine Kinder haben ihre Mutter verloren und sie ergreifen seine Partei!«

»So wie die Dinge im Augenblick liegen, ist Harris genauso unschuldig wie Sie, Mr. Watkins. Das sagte ich Ihnen bereits.«

»Er hat sie umgebracht! Er muss es gewesen sein! Zuerst die eine und jetzt Glenda!«

»Dad, Johnny hätte Mom nie wehgetan! Sie … sie haben sich geküsst und so …« kam Jeremy Johnny zu Hilfe, unterbrach sich aber und hielt sich den Mund zu. Seine Augen waren weit geöffnet, als er in die ringförmig um sie stehende Menge blickte.

»Was hast du gesehen, mein Sohn?«, fragte Chief Wheatley freundlich.

»Ich habe etwas im Dunkeln gesehen. Etwas ... ich weiß nicht ...« stammelte er und blickte verlegen auf den grauen Teppichboden.

Dann straffte sich sein Körper. Er schien all seinen Mut zusammenzunehmen, als er den Kopf hob und mit blitzenden Augen ausrief: »Aber es war nicht Johnny! Ich weiß, dass es Johnny nicht war!«

»Du gehst jetzt zu deiner Großmutter, Jeremy, und nimmst Jake mit«, befahl Mr. Watkins. Jeremy warf seinem Vater einen halb ängstlichen, halb trotzigen Blick zu und nahm den vor sich hin plappernden Jake bei der Hand.

Mr. Watkins hielt die daumennuckelnde Lindsay im Arm. Als Jeremy außer Hörweite war, drohte er Johnny: »Wenn ich Sie noch mal in der Nähe meiner Kinder erblicke, bringe ich Sie um. Das schwöre ich bei Gott.«

Dann spuckte er Johnny vor die Füße und ging weg. Die glänzende Schleimkugel zitterte am Teppich. Rachel blickte sie an, wandte sich hastig ab, als ihr Mageninneres nach oben drängte.

»Lassen Sie ihm das durchgehen? Er hat Johnny massiv bedroht!« Bevor jemand anderes etwas sagen konnte, hatte Rachel sich vor Empörung an Chief Wheatley gewandt.

»Schon gut. Er ist der Vater der Kinder. Ich kann ihn verstehen.« Johnnys Stimme klang müde. Mit einer heftigen Bewegung befreite er sich aus dem Griff der beiden Beamten. Chief Wheatley trat als erster einen Schritt zurück, dann folgte ihm, etwas widerstrebend, Greg Skaggs. Ohne die Reaktion der Umstehenden zu bedenken, ergriff Rachel spontan Johnnys Hand. Seine Finger schlossen sich um die ihren. Seine Hand fühlte sich warm und stark und gut an.

Kay Nelson, die Becky und Rachel nach vorne gefolgt war und Susan Henley, die erst jetzt auf sie zukam, hatte es die Sprache verschlagen, als sie Zeugen dieses Dramas wurden. Rachel blickte über Susan hinweg zu Rob, der mit Dave Henley auf sie zukam. Robs Innerstes krümmte sich zusammen. Aber Rachel hielt Johnnys Hand fest umklammert. Rob sagte nichts. In seinen Augen lag Wut und Enttäuschung, als sie von dem Händepaar zu Rachels Gesicht wanderten.

»Rachel«, begann Susan, »wir gehen essen und wir dachten, dass du und Becky – und Kay, wenn sie Lust hat – mitkommen möchten. Und … und …« Susans Stimme brach ab, als auch sie bemerkte, wo sich Rachels Hand befand.

Johnny blickte Susan spöttisch an. Rachel schüttelte den Kopf und hätte seine Hand um nichts auf der Welt freigegeben.

»Danke Susan, aber Johnny und ich haben bereits etwas anderes vor. Kennst du Johnny Harris?«

»Ja. Oh, ja.« Susan sah unglücklich aus.

»Rachel, dürfte ich dich einen Augenblick sprechen?« Robs Stimme war so kalt wie sein Gesichtsausdruck. Rachel blickte zu Johnny, nicht sicher, wie er darauf reagieren würde. Wortlos gab er ihre Hand frei. Sein Körper hatte sich bei Robs Frage versteift und sein Blick war alles andere als freundlich. Aber er unternahm nichts, um Rachel zurückzuhalten.

Um eine weitere unangenehme Szene zu vermeiden, die unweigerlich drohte, wenn sich die beiden Männer auch nur noch eine Sekunde länger gegenüberstehen würden, blickte sie Becky flehend an. Rachel glaubte, dass Rob ihren Arm nahm und sie in einen von Kübelpflanzen umstellten Winkel führte, der etwas Ungestörtheit versprach. Als sie sich durch das Blattwerk Hilfe suchend zu Becky umwandte, bemerkte sie erleichtert, dass ihre Schwester auf Johnny zuging. Becky erwies sich in dieser kritischen Situation als treue Schwester, die Johnny mit ihrem guten Namen und dem Status ihrer Familie wie ein Schutzmantel umgeben würde, während Rachel anderweitig beschäftigt war und ihm nicht zur Seite stehen konnte.

»Ich dachte, ich sehe nicht recht«, begann Rob mit wütendem Unterton, »als du diesem Mörder vor aller Augen deine Hand gegeben hast! Bei der Beerdigung der Frau, für deren grausamen Tod er wahrscheinlich verantwortlich ist! Hast du deinen Verstand verloren?« Er holte tief Luft und hob seine Hand, um sie an einer Erwiderung zu hindern. In einem etwas versöhnlicherem Ton fuhr er fort: »Rachel, ich habe den Klatsch ignoriert, ich habe alles mit deiner Herzensgüte und deiner Verantwortung als Lehrerin entschuldigt. Aber damit bist du zu weit gegangen! Entweder unterlässt du ab sofort jeden Kontakt zu ihm oder wir sind geschiedene Leute!«

»Tja, ich glaube, dann sind wir geschiedene Leute.« Zu ihrer Überraschung genoss es Rachel beinahe, ihm diese Antwort zu geben.

»Was?« Rob war entgeistert. Das hatte er nicht erwartet. »Rachel, du musst verrückt sein! Du sagtest mir, er hätte Glenda Watkins nicht ermorden können, weil du bei ihm warst, aber das ist doch Quatsch! Er hat garantiert eine Möglichkeit gefunden, um die Tat in der Zwischenzeit zu begehen. Sämtliche Umstände sprechen doch dafür! Auch wenn du mir nichts bedeuten würdest, sage ich dir klipp und klar: Du setzt dein Leben aufs Spiel, jedesmal, wenn du mit ihm zusammen bist! Keiner weiß, wann es ihn dazu treibt, durchzudrehen.«

»Johnny dreht nicht durch. Und er würde mir nie etwas antun.«

»Johnny …« sagte Rob bitter. »Rachel, du Närrin! Ich wollte dich heiraten!«

Rachel betrachtete ihn von seinem ordentlich gescheitelten Haar bis zu seinen polierten Schuhspitzen. Nichts war ihrem Blick auf dieser Strecke Mensch entgangen. Ohne Bedauern registrierte sie das ernste, gutaussehende Gesicht, den konservativen Anzug, die korrekte Krawatte und die Aura der Zuverlässigkeit, die von ihm ausging. Rob war die Verkörperung des Ehemannes, den sie sich einmal erträumt hatte. Nur hatten sich ihre Träume geändert.

»Ich glaube nicht, dass wir sehr gut zusammengepasst hätten, Rob«, erwiderte Rachel freundlicher als er es nach seinen üblen Bemerkungen über Johnny verdient hätte. Schließlich war es nicht seine Schuld, dass sie unter Johnnys Anleitung eine wilde, hedonistische Ader in sich entdeckt hatte, deren Existenz sie nie vermutet hätte. Es war nicht Robs Schuld, dass er vom Golfspielen, dem Aktienmarkt und den Begebenheiten aus seiner Apotheke sprach, wenn sie sich über den Sinn des Lebens und die Schriften von William Blake unterhalten wollte. Es war nicht Robs Schuld, dass sich seine Vorstellungen von einem gemütlichen Abend zu Hause auf eine süße kleine Frau beschränkten, die ihm liebevoll das Abendessen servierte und anschließend die Küche aufräumte, während er Fußball im Fernsehen sah. Es war nicht Robs Schuld, dass sie prinzipiell nicht zusammenpassten. Und sie hatte ihm auch nie Grund gegeben, eine andere Rachel unter dem Lack der Konventionen zu vermuten.

»Offensichtlich nicht.« Ärger hatte sich jetzt in Robs Stimme geschlichen. Seine Augen verengten sich. »Ich habe mich in dir getäuscht, Rachel, und ich kann nur sagen, ich bin froh, dass ich deine wahre Natur entdeckt habe, bevor es zu spät ist.«

»Ich auch«, pflichtete sie ihm bei, für seinen Geschmack etwas zu herzlich.

Ihre Antwort erzürnte ihn. Sein Gesicht rötete sich, und sie glaubte zu hören, wie er mit den Zähnen knirschte. (Eine Angewohnheit von ihm, die sie lange kannte und jetzt abstoßend fand.)

»Du hast dich verändert«, sagte er. »Dieser Harris hat dich verändert. Du hast eine Affäre mit ihm, nicht wahr?«

»Wir sind seelenverwandt«, sagte Rachel. Es sollte schnippisch klingen, aber kaum waren diese Worte ausgesprochen, erkannte sie ihre wahre Bedeutung.

Rob schnaubte.

»Können wir gehen, Rachel?«

Rachel zuckte leicht zusammen, als sie Johnnys ruhige Stimme hinter sich hörte. Sie drehte sich um und sah Johnnys festen, unbeirrbaren Blick, als er Rob offen ins Gesicht sah. Johnnys Hand packte sie besitzergreifend am Arm. Als sie seine Hand auf ihrer weichen Haut spürte, stieg in Rachel ein so starkes Glücksgefühl auf, dass sie beinahe laut aufgejuchzt hätte. Sie genoss den Gedanken, dass er sie öffentlich zu seinem Besitz erklärte. Sie hatte genug davon, sich über Hintertreppen zu ihm zu schleichen.

»Du bist verrückt, Rachel«, sagte Rob scharf. Seine Augen wanderten von Johnny zu ihr, blieben einen Moment flackernd auf ihrem Gesicht stehen. Seine Lippen wurden hart, als sie nicht reagierte. Mit gesenkten Augen ging er an ihnen vorbei. Rachel blickte ihm nach und sah, wie Dave und Susan Henley ihm auf dem Fuße folgten. Bei ihr und Johnny blieben Becky, Kay, Chief Wheatley und die beiden anderen Polizeibeamten stehen, die dieses Zwischenspiel aus nächster Nähe gelassen verfolgt hatten.

Glücklicherweise hatte sich der Raum allmählich geleert. Sam Munson und seine Leute waren die einzigen, die am Sarg standen und darauf warteten, ihn zum Friedhof zu transportieren, nachdem jeder gegangen war. Nur die Familie würde bei der Beerdigung anwesend sein. Der Rest der Trauergäste war jetzt entlassen.

Rachel schämte sich des Glücks, das sie an dieser Stätte der Trauer empfunden hatte und senkte reuevoll ihren Kopf, als Johnny sie aus dem Gebäude führte.

36

Bei Glenda Watkins Beerdigung bewegten sich die Empfindungen des Beobachters auf einer normalen, kontrollierten Ebene. Tief in seinem Inneren aber tobten wilde Emotionen und kämpften um die Vorherrschaft. Zum ersten Male entdeckte die dominierende, äußere Persönlichkeit, hinter der sich der Beobachter verbarg, die Existenz einer monsterhaften Seele in ihrem Körper. Dieses äußere Ich, dieses Alltagswesen, das jeden kannte und das jeder kannte, hatte nicht das Geringste mit dem Beobachter zu tun. Es war freundlich und liebenswert und mit den üblichen Pflichten, Ereignissen und Begegnungen, die den Alltag ausmachten, gut vertraut. Der Beobachter hingegen war alterslos, geschlechtslos und verkörperte das Böse pur. Wut und Hass durchtränkten ihn und schürten seinen zwanghaften Trieb zum Töten.

Bis zu dieser Stunde hatte das äußere Ich nicht die geringste Ahnung, dass es bei den Morden von Marybeth Edwards und Glenda Watkins die Hand im Spiele hatte. Der Anblick dieser vier mutterlosen Kinder jedoch – insbesondere des ältesten Jungen, den der Beobachter in der Nacht des Watkinsmordes erspäht hatte – löste in ihm eine bruchstückhafte Erinnerung an jene Nacht aus, eine Erinnerung, die sehr wirklich zu sein schien: Blut, überall Blut, dunkelrotes, klebriges Blut und dieser penetrante Geruch. Vor Entsetzen und Furcht geschüttelt kämpfte es die Erinnerung nieder, bis die kaleidoskopartig aufleuchtenden Bilder, Laute und Gerüche jener Nacht verdrängt waren.

Der Beobachter und sein äußeres Ich wurden Verbündete, als sie den ersehnten Zustand der Amnesie herbeiführten. Trotzdem befürchtete er, es könnte seine Existenz entdecken. Für eine kurze Zeitspanne verschwand er von der Bildfläche. Seine selbstständigen Gedanken, Empfindungen und Erinnerungen schienen verloschen.

Das äußere Ich konzentrierte sich jetzt auf die Wirklichkeit: Die harte Bank mit der unbequemen Rückenlehne, der tröstende Singsang des Geistlichen, die Körperwärme der neben ihm sitzenden Freunde. Die grausigen, vorbeiziehenden Bilder, die aus einem längst vergessenen Horrorfilm stammen mussten, waren besiegt. Die Wirklichkeit hatte gewonnen.

Eine Weile später, nachdem das andere Ich eingelullt worden war, erwachte der Beobachter wieder langsam und vorsichtig zum Leben. Er spähte durch die Augen des Körpers und betrachtete zufrieden die Trauerfeier für die Frau, die er ermordet hatte. Aber bevor die letzten Trauergäste zur Tür hinaus gegangen waren, wurde der Beobachter erneut von triebhafter Raserei erfüllt. Wie es schien, war der Mord an Glenda Watkins und an dem jungen Mädchen umsonst gewesen.

Johnny Harris hatte eine neue Geliebte gefunden.

Dem Beobachter wurde wieder eine Beute präsentiert, die erjagt und vernichtet werden musste.

Der unbezähmbare Drang, diese Tat zu begehen, stieg in ihm auf.

Aber zuerst musste man dem anderen Ich Zeit lassen, die unerwünschten Erinnerungen an den Mord lückenlos abzuschotten. Dann musste der drohende Gedanke, der so plötzlich in seinem kranken Gehirn aufgeblitzt war, ausgeräumt werden.

Der Junge hatte etwas in der Dunkelheit bemerkt? In einem Anflug von schwarzem Humor lachte der Beobachter auf.

Warte Kleiner, bis du es deutlicher sehen kannst!

37

Obwohl Rachel sich weigerte, Johnny allein zu lassen, bestand er darauf, dass sie den Nachmittag mit ihrer Schwester und ihrer gemeinsamen Freundin verbrachte. Dann fuhr er auf seinem neubereiften Motorrad davon. Es gab einige Dinge, die er erledigen musste und über die er in aller Ruhe nachdenken wollte.

Glendas Gesicht und die Gesichter ihrer Kinder verfolgten ihn. Er zermarterte sich den Kopf, was er hätte tun können oder tun sollen, um das Geschehene zu verhindern. Er hatte Glenda nicht getötet, so wie er Marybeth nicht getötet hatte, aber er wurde das Gefühl nicht los, dass er in gewisser Weise Schuld an ihrem Tode hatte.

Motiv und Täter waren unbekannt. Aber aus einem tiefen, sicheren Instinkt heraus, den er sich nicht erklären konnte, spürte er, dass die Morde auf geheimnisvolle Weise mit ihm in Verbindung standen.

Er dachte zurück, weit zurück, an die Zeit mit Marybeth. Sie war ein hübsches kleines Ding, schlank, blond und zierlich, genau der Typ, den er bevorzugte. Ihre Eltern waren einflussreiche Mitglieder des Country Clubs und die Säulen der Gesellschaft von Tylerville. Marybeth war das jüngste Kind der Familie Edwards, ein Nachzügler, der nach Strich und Faden verwöhnt wurde. Sie bekam alles, was sie haben wollte – bis auf Johnny Harris.

Zum ersten Mal in ihrem Leben, vermutete er, bekam sie ein unerbittliches Nein aus dem Munde ihrer Eltern zu hören. Und Marybeth hatte sich geweigert, dieses Nein zu akzeptieren.

Sie war ein süßes Mädchen gewesen, sehr jung und dumm, den Kopf voller Flausen. Sie wollte Schauspielerin werden oder Mannequin oder Stewardess (was ihrer Meinung nach genauso aufregend war wie die beiden anderen Berufe). Zu dieser Zeit war Johnny von ihr hingerissen, sowie von ihrer Bereitschaft, sich heimlich mit ihm, hinter dem Rücken ihrer Eltern, zu treffen und ihrer unschuldigen, aufkeimenden Sexualität, die Johnny in der Ich-Bezogenheit seiner Jugend voll ausgekostet hatte.

Rückblickend wurde deutlich, dass es die erste Rebellion gegen ihre Eltern war, die sie bisher mit Samthandschuhen behandelt und am langen Zügel gehalten hatten. Dieser völlig normale Abnabelungsprozeß hätte sie nicht das Leben kosten dürfen – aber so war es.

Jetzt, bei Glenda, war es anders. Es war ihm niemals, zu keiner Zeit, in den Sinn gekommen, in Glenda verliebt zu sein, noch dass sie ihn liebte. Sie waren Freunde gewesen, Spielkameraden als Kinder; später, während der High-School-Zeit, Schulfreunde, die miteinander schliefen, wenn ihnen danach war und ein anderer Partner fehlte. Als er aus dem Gefängnis entlassen wurde, hatte sich nichts an ihrer Beziehung geändert. Sie waren Freunde geblieben und schliefen ab und zu miteinander. Sie hatte genauso viel Freude am Sex wie er, ohne sich der Illusion einer zwischen ihnen aufkeimenden Liebe hinzugeben. Trotzdem stand sie ihm auf seine Art nahe, und umgekehrt.

Wie Marybeth hatte Glenda den Tod nicht verdient, sowie ihre Kinder es nicht verdient hatten, ihre Mutter zu verlieren.

Und die Tatsachen? Zwei tote Frauen und ein Mörder. Ein Mörder, der in elf Jahren zweimal zugeschlagen hatte. Was hatten diese Frauen gemeinsam? Was wusste er über sie? Er hatte mit beiden kurz vor ihrem Tode geschlafen. Bei diesem Gedanken fröstelte ihn.

Denn jetzt gab es Rachel. Rachel, für die er den Mond und die Sterne vom Himmel geholt und die Sonne abgeschirmt hätte, um sie vor der Gluthitze ihrer Strahlen zu schützen. Rachel bedeutete ihm mehr, als er jemals erträumt hatte. Rachel war Wirklichkeit geworden. Sie war eine empfindsame, wertvolle, mutige Frau, die bereit war, rücksichtslos für Wahrheit und Gerechtigkeit einzutreten; eine Frau, die durch ihre Liebe den Kerker seines Herzens geöffnet hatte.

Rachel liebte ihn. Diese drei Worte waren ihm heilig.

Drohte ihr das gleiche Schicksal? Lief da draußen ein Wahnsinniger herum, der die Frauen tötete, die ihm nahe standen? Oder gab es zwischen den Opfern einen Zusammenhang, der ihm unbekannt war? Die ganze Sache war so vertrackt, so alptraumhaft verrückt, dass sie keinen Sinn ergab.

Bei dem Gedanken an Rachel riss er sein Motorrad so heftig herum, dass es sich aufbäumte, als er in entgegengesetzter Richtung davonschoß, wie ein waidwundes Tier, das vor dem Jäger flüchtet.

Vernunft und Logik bremsten ihn. Elf Jahre lagen zwischen den Morden. Ein weiterer Mord würde nicht innerhalb einer Woche geschehen. Vielleicht wurde Marybeth von einem herumziehenden Psychopathen getötet (Rachels bevorzugte Theorie) und Glenda war nur eine Kopie des ersten Mordes. Vielleicht war Tom Watkins hinterhältiger als er aussah. Oder vielleicht ... Die Möglichkeiten waren endlos.

Nein, er glaubte nicht *wirklich*, dass Rachel in Gefahr war. Aber das Leben hatte ihn gelehrt, auf der Hut zu sein.

Wenn er das Bindeglied war, wer wusste außerhalb der Familie von ihm und Rachel Da war Rachels Mutter, die er nur als körperlose, missbilligende Telefonstimme kannte, und ihre Schwester Becky. Becky war zierlich wie Rachel, aber lebhafter und sich ihrer Anziehungskraft auf Männer voll bewusst. Er hatte Becky immer aus der Ferne bewundert – ihre weiblichen Attribute, mit denen Rachel in gleicher Weise ausgestattet war, entsprachen seinen Idealvorstellungen – aber sein Interesse hatte nur Rachel gegolten. Zwischen ihm und Rachel hatte immer eine besondere Beziehung bestanden.

Seelenverwandt. Genau das waren sie. Johnnys Mundwinkel verzogen sich zu einem Lächeln, als er darüber nachdachte. Wie hoffnungslos romantisch – und dumm – das klang. Die Liebe zwang starke Männer in die Knie, hatte er gehört, und weichte ihr Gehirn auf. Vielleicht sollte er es sich noch einmal überlegen, bevor er sein Haar schneiden ließ.

Er hielt ihre Mutter und Schwester dazu fähig, Rachel böses zu wollen, aber die Chancen standen tausend zu ein, dass sie ihn statt ihrer ermorden würden.

Glenda war verhältnismäßig groß und kräftig gewesen, überlegte er. Sie so schnell und grausam zu töten, hatte besondere Körperkraft erfordert.

Die Kraft eines Mannes.

Gab es einen Menschen, der ihn dermaßen hasste, dass er die Frauen, die in seinem Leben eine Rolle spielten, ermordete und den Verdacht auf ihn lenkte?

Johnny musste unwillkürlich lächeln. Zum Teufel, davon gab es mehrere in dieser Stadt! Es war ein Rätsel. Wie er es auch drehte und wendete, er fand keine Lösung.

Er kam immer wieder auf den einen Nenner zurück: die beiden Frauen hatten ihm nahe gestanden und waren auf grausame Weise ermordet worden. War er das Bindeglied zwischen ihnen, das ihren Tod ausgelöst hatte?

Wenn diese spezielle Theorie wahr sein sollte – abgesehen von den vielen anderen Theorien – dann war Rachel in Gefahr. Vielleicht sollte er sich nicht mehr mit ihr treffen – um sie zu schützen war er zu allem bereit. Bei näherer Betrachtung aber war diese Idee überholt. Ihr Händehalten bei der Beerdigung war zumindest von einem Drittel der Gemeinde bemerkt worden.

Wie ein Lauffeuer würde sich die Neuigkeit verbreiten. Die restlichen zwei Drittel würden es spätestens beim Abendessen erfahren haben. In Tylerville waren die Buschtrommeln äußerst rührig.

Wenn auch nur zu seiner eigenen Beruhigung, beschloss Johnny, wollte er Chief Wheatley aufsuchen und ihm sagen, dass Rachel sich möglicherweise in Gefahr befände. Auch wenn Wheatley einen Beruf ausübte, der Johnny von Grund auf verhasst war, so war er menschlich integer. Man konnte sich ihm anvertrauen, ihm seine Vermutungen mitteilen, außerdem hatte er zu vielen Informationen Zugang, die Johnny verschlossen blieben. Vielleicht kannte er einen Zusammenhang zwischen den beiden toten Frauen, der Rachel völlig ausklammerte. Vielleicht auch nicht.

Vielleicht, nur vielleicht, gab es einen Menschen, der die Frauen, die ihm nahe standen, umbringen wollte.

Rachel würde den Nachmittag mit ihrer Schwester und ihrer gemeinsamen Freundin verbringen. Sie war in Sicherheit. Johnny wollte sich bei seinen Erledigungen beeilen und bei Einbruch der Dunkelheit zurückkehren. Die Nacht barg die Gefahr. Bis zum Tagesanbruch würde er Rachel nicht aus den Augen lassen.

Der nächste Tag war Sonntag, mit diesem teuflischen Lunch, der ihr so viel bedeutete. Johnny verzog sein Gesicht. Er würde ihrer Mutter gegenübersitzen, an einem Tisch voller Silber, Porzellan und Kristall. Elisabeth Grant, dessen war er sicher, würde es sich nicht nehmen lassen, ausgefallene Speisen zu servieren – nur im ihn damit zu verwirren.

Bitte sehr, wenn sie es wollte! Obwohl er es keiner lebenden Seele gegenüber zugegeben hätte, nicht einmal Rachel, war er auf derartige Gelegenheiten vorbereitet. Emily Post war seine Mitternachtslektüre geworden, seitdem Rachel wieder in sein Leben getreten war.

Um Rachel nicht in Verlegenheit zu bringen, wollte er sich von seiner besten Seite zeigen und seine beste Seite war verdammt gut!

Außerdem wollte er sein Bestes zum Schutze ihres Lebens tun.

Wenn alles überstanden war, würde er eine zweite Chance haben. In den Augen der Polizei war er jetzt unschuldig, nicht nur an Glendas Tod, sondern auch an Marybeths. Er musste mit seinem Anwalt sprechen. Das war einer der Gründe, warum er jetzt nach Louisville unterwegs war. Er wollte, dass die Flecken der Vergangenheit aus seinem Leben getilgt wurden.

Es schien, als ob das Schicksal ihn für das erlittene Unrecht entschädigen wollte.

38

Rachel fühlte sich durch Johnnys Verhalten immer noch leicht verstimmt, als sie und Becky vor Kays Wohnung hielten. Sie hatte angenommen, er würde nach Glendas Beerdigung ihre Nähe und ihren Trost suchen, statt dessen hatte er sie Beckys Begleitung empfohlen, sich mit einem kurzen Händedruck und der Entschuldigung verabschiedete, er hätte an diesem Nachmittag noch Geschäftliches zu erledigen.

Rachel konnte sich nicht vorstellen, welcher Art seine Geschäfte waren. Er war ihr Angestellter und die Eisenwarenhandlung war wegen der Trauerfeier für den Rest des Tages geschlossen worden. Er hätte sie zum Abschied wenigstens küssen können.

Rachel war überrascht und beschämt, als sie sich ihrer Gedanken bewusst wurde.

Sie wusste, er liebte sie, wusste es mit ihrem Herzen, ihrem Verstand und ihrer Seele, obwohl er nie viele Worte darüber verloren hatte. Aber ihre Liebe war so neu, so unglaublich, aufregend und herrlich, dass sie jede Sekunde bedauerte, die sie voneinander getrennt verbrachten.

Offensichtlich empfand er nicht das gleiche Bedauern.

»Möchtet ihr nicht auf einen Sprung hereinkommen? Ich

habe einen sehr guten Kräutertee.« Kay stieg aus dem Wagen und lächelte Rachel und Becky erwartungsvoll an. Seit Jahren betrachtete Rachel ihre Freundin zum ersten Mal genauer und stellte erstaunt fest, dass Kay, die seit ihrer Jugendzeit mehr oder weniger einem Mauerblümchen glich, plötzlich erblüht war. Ihr normalerweise blasses Gesicht hatte Farbe bekommen, als ob sie sich viel im Freien aufhielt und Sport trieb. Sie trug Make-up, was neu an ihr war, und duftete nach einem schweren, blumigen Parfum. Das natürliche, etwas fade Braun ihres Haares hatte einen kupferroten Schimmer bekommen, der durch einen lässig um den Hals geschlungenen, apfelgrünen Seidenschal geschickt betont wurde. Ihre dickliche, etwas plumpe Figur war immer noch rundlich, aber attraktiver. Wahrscheinlich hat sie abgenommen, überlegte Rachel. Sie war in letzter Zeit so mit sich selbst beschäftigt gewesen, dass sie diese Dinge nicht wahrgenommen hatte.

»Nein, danke«, antworteten beide Schwestern im Chor, als das Stichwort Kräutertee fiel. Dann blickten sie sich an und lachten. Kay schüttelte den Kopf, winkte und verschwand im Hausflur.

»Kay sieht gut aus, findest du nicht? Ob sie verliebt ist?«, meinte Becky obenhin, als sie aus der Parklücke fuhr und in die Straße nach Walnut-Grove einbog. Da sie mit Rachels Fahrkünsten vertraut war und einen äußerst schlechten Beifahrer abgab, saß sie am Steuer des blauen Maxima.

»Das habe ich mich auch gerade gefragt.«

Becky lachte. »Wer könnte der Glückliche sein? Ich kenne nur zwei Junggesellen in dieser Stadt, und die liegen sich deinetwegen in den Haaren.«

»Du meinst Johnny und Rob?« Rachel blickte zu Becky hinüber. »In Tylerville müsste es doch noch mehr unverheiratete Männer geben als diese beiden.«

Becky schüttelte den Kopf. »Ich habe mich umgesehen und keinen entdeckt. Dir ist es wahrscheinlich entgangen, aber ich war lange genug fort, um Veränderungen zu bemerken, wenn ich zurückkomme. Die jungen, ehrgeizigen Männer verlassen Tylerville und wenn sie zurückkehren, dann mit Frau und Kindern im Schlepptau.«

Beckys trauriges Lächeln erinnerte Rachel daran, warum sich ihre Schwester auf einmal für Junggessellen interessierte.

»Hast du vor in Tylerville zu bleiben, Becky? Wenn … wenn es vorbei ist?«

»Die Scheidung, meinst du? Sprich es ruhig aus. Ich muss lernen, damit zu leben. Bald werde ich eine ›Geschiedene‹ sein. Hättest du das jemals gedacht?« Sie lachte gezwungen.

Rachel, schüttelte ihren Kopf. »Das Leben geht seltsame Wege.«

»Wie bei dir. Du bist zu Hause geblieben, obwohl du große Pläne hattest. Du wolltest abenteuerliche Reisen unternehmen, die ganze Welt sehen. Und ich … ich wollte mich verlieben, heiraten, Kinder bekommen, sie hier in Tylerville großziehen und nie von zu Hause fortgehen. Bei uns beiden ist nicht eingetroffen, was wir uns gewünscht hatten, stimmt's?«

»Du hast geheiratet und Kinder auf die Welt gebracht.«

»Aber es ist nicht so gekommen, wie ich es mir vorgestellt habe. Auch als zwischen Michael und mir noch alles in Ordnung war … oh, es war nicht das wahre Glück! Alles drehte sich um *ihn*, um seinen Beruf, sein gesellschaftliches Leben. Und ich dachte immer, wo bleibe ich?«

»Das wusste ich nicht. Ich meinte, du wärst im Siebenten Himmel.«

»Ich weiß. Ich wollte, dass ihr das alle denkt. Du, Mutter und Daddy. Jeder sollte denken, meine Ehe wäre glücklich. Ich kam mir so schlecht vor, als ich ihn dir weggenommen hatte, Rachel. Hast du ihn sehr geliebt?«

»Nicht so sehr, wie ich es damals glaubte.«

Sie schwiegen eine Weile, erinnerten sich. Dann blickte Becky ihre Schwester neckend an.

»Eins will ich dir sagen ... Du verstehst es, dir die Richtigen herauszupicken. Johnny Harris ist ein toller Typ.«

»Ein *Typ?*« Rachel musste lachen, als Becky in den Jargon ihrer Schüler verfiel.

»Ja«, insistierte Becky. »Ich habe ihn lange nicht mehr gesehen, hatte es ganz vergessen. Er war zwei Jahre jünger, aber für meine Freundinnen und mich der bestaussehendste Junge der Schule. Wenn er nicht so wild gewesen wäre! Jedenfalls ist er jetzt ein Mann, und zum Umfallen sexy! Und wie er dich ansieht ... wow! Ich hätte auch ganz gerne eine Affäre mit ihm.«

Rachel blickte Becky ernst an. »Es ist vielleicht mehr als eine Affäre, Becky. Ehrlich gesagt, es ist mehr.«

»Wieviel mehr?«, fragte Becky plötzlich aufmerksam geworden.

»Sehr viel mehr. Ich liebe ihn so sehr, dass es schmerzt.«

»Du denkst doch nicht an Heirat, Rachel, oder?«

Rachel hob die Schultern. »Er hat mich nicht gefragt. Dazu kann ich also nichts sagen.«

»Schlag es dir aus dem Kopf, Rachel Elisabeth, ich kenne dich nur zu gut. Du möchtest ihn heiraten, nicht wahr?«

»Vielleicht.«

»Du weißt genauso gut wie ich, was dagegen spricht.«

»Ja.«

»Dann brauche ich nichts mehr zu sagen. Nur dass es bereits schwierig genug ist, eine Ehe zu führen, die unter den besten Voraussetzungen geschlossen wurde ... wie bei Michael und mir. Und bei dir sind die Schwierigkeiten bereits vorprogrammiert.«

»Ich weiß.«

Eine Pause entstand.

»Rachel?«

»Ja?«

»Um deine vorherigen Frage zu beantworten: Ich glaube, ich werde eine Weile zu Hause in Tylerville bleiben. Mutter genießt ihre Enkelkinder und den Mädchen tut es gut, bei Mutter zu sein. Und mir tut es auch gut. Solltest du mit dem Gedanken spielen, hier deine Zelte abzubrechen, so fühle dich nicht gebunden. Ich werde das Herdfeuer bis zu deiner Rückkehr hüten.«

Rachel blickte Becky überrascht an. »Du kennst mich sehr gut, Becky.«

»Sonst könntest du Johnny Harris nicht heiraten. Er ist nicht der Mann, der hier bleibt. Und ich könnte ihn mir nicht in Tylerville vorstellen. Ob er unschuldig ist oder nicht interessiert keinen. Man hält ihn für schuldig und nichts wird sich daran ändern.«

»Ich weiß. Das habe ich mir auch überlegt.«

»Wenn du dich dazu entschließen solltest, habe wegen der Eltern keine Bedenken. Du hast deinen Teil getan. Jetzt bin ich an der Reihe.«

»Diese Frage wird sich vielleicht nie stellen, aber trotzdem vielen Dank.«

»Keine Ursache.« Becky lächelte Rachel an und wandte ihre Aufmerksamkeit wieder der Straße zu. Sekunden später sah sie ihre Schwester von der Seite an. »Rachel?«

»Ja?«

»Bist du sicher, dass er kein psychopathischer Frauenmörder mit einem Dr. Jekyll-Mr. Hyde-Komplex ist?«

Trotz Beckys Versuch, ihrer Frage einen oberflächlichen ironischen Ton zu geben, spürte Rachel, dass sie ernst gemeint war.

»Ganz sicher«, sagte sie ruhig.

Becky sagte nichts mehr.

Als sie auf Walnut-Grove vorfuhren, war Rachel heilfroh, dass sie nicht zu Johnny gegangen war. Der schwarze Lexus stand in der Auffahrt. Michael war gerade ausgestiegen und wurde von seinen Töchtern umringt.

Als Becky ihren Mann erblickte, hielt sie den Maxima mit einem Ruck an, der ihrer Schwester alle Ehre gemacht hätte. Einen Moment lang, nur einen Moment, saß Becky wie versteinert da, starrte ihre Familie durch die Windschutzscheibe an.

»Allein sein Anblick macht mich krank«, sagte sie. Bevor Rachel etwas anderes unternehmen konnte, als ihre Schwester mitleidig anzusehen, war Becky mit zusammengepressten Lippen aus dem Wagen gestiegen.

Kaum hatte sie das getan, ließen Loren und Lisa von Michael ab und sausten auf sie zu. Katie saß auf Michaels Arm und verhielt sich abwartend.

»Mom! Dad sagt, ihr lasst euch scheiden?« Loren hatte sich vor Becky aufgebaut und blickte ihre Mutter anklagend an.

»Er sagte, wir sollen uns hier in der Schule anmelden, weil wir eine Weile bei Großmutter und Tante Rachel bleiben würden.« Lisa war genauso aufgebracht wie Loren.

Rachel, die um den Wagen herumgegangen und an Beckys Seite getreten war, sah wie Becky erblasste und hilflos dastand. Sie konnte nichts tun, um ihren Nichten über diese Nachricht hinwegzuhelfen.

»Kinder, Dad und ich haben darüber gesprochen, aber es ist noch nicht hundertprozentig entschieden.« Sie warf Michael einen vernichtenden Blick zu, als sie ihren beiden Töchtern die Hand auf die Schulter legte.

»Es ist besser, ihnen gleich die Wahrheit zu sagen, Becky«, erklärte Michael.

Beckys Lippen verzogen sich zu einem Strich, als sie Michael erneut anblitzte. Dann wandte sie sich wieder ihren Töchtern zu.

»So wie die Dinge im Augenblick liegen, ist es sehr wahrscheinlich, dass Dad und ich uns trennen werden. Also wäre es klüger, euch hier in der Schule anzumelden. Das wäre doch schön, oder? Hier bei Großmutter und Tante

Rachel zu bleiben und auf eine Schule zu gehen, wo Tante Rachel Lehrerin ist?«

»Du meinst, wir kehren nie wieder nach Hause zurück?«, fragte Loren entsetzt.

»Und unsere Freunde?« Lisa war den Tränen nahe.

»Und unsere Spielsachen!«

»Und Rumsley!« Rumsley war eine Katze.

»Wir holen Rumsley natürlich. Und all eure Sachen. Und eure Freunde zu Hause bleiben euch erhalten und hier werdet ihr neue Freunde kennenlernen.« Becky versuchte verzweifelt, der Situation ein positives Gesicht zu geben.

»Ich will nach Hause!«

»Ich will nicht, dass ihr euch scheiden lasst!«

»Denkt ihr denn nicht an uns?«

»Ich hasse dich!«

Lisa brach in Tränen aus und rannte auf das kleine Wäldchen hinter dem Haus zu. Loren fing ebenfalls zu weinen an und lief ihrer Schwester hinterher.

»Das hast du fabelhaft gemacht«, sagte Michael sarkastisch, als er auf Becky zuging und ihr Katie übergab.

Becky zuckte zusammen. Rachel hätte ihm am liebsten die passende Antwort entgegengeschleudert, riss sich aber ihrer Schwester wegen zusammen. Es war nicht ihr Leben, nicht ihre Angelegenheit. Am besten war es, wenn sie den Mund hielt und ihrer Schwester zur Seite stand, wenn sie sie brauchte.

»*Ich* habe das gut gemacht? Wie konntest du es ihnen einfach so sagen? Ich wollte abwarten, bis wir uns ganz sicher gewesen wären …«

»Wir sind uns sicher«, antwortete Michael brüsk.

Becky wurde aschfahl. Schweigend nahm Rachel Katie aus dem Arm ihrer Schwester, um ihr zwei Eichhörnchen zu zeigen, die an einem Baumstamm entlangflitzten. Rachel war noch nahe genug, um ihrer Schwester und Michael im Auge zu behalten. Falls Becky Hilfe brauchte, konnte sie sofort einspringen. In einer extremen Situation wie dieser war Michael ihr fremd und sie hatte keine Ahnung, zu welchen Reaktionen er fähig war.

Becky verschränkte ihre Arme und starrte ihren Mann an.

»Wie kannst du uns vier einfach so wegwerfen?« Beckys Stimme zitterte. Sie tat Rachel unendlich leid.

Michael blickte sie ungeduldig an. »Jetzt wirst du melodramatisch, wie immer. Ich werfe nichts weg. Meine Töchter werden immer meine Töchter sein, und wir werden uns darüber einigen, wann sie mich besuchen können. Du weißt so gut wie ich, dass unsere Ehe ein Irrtum war. Sie funktioniert schon seit Jahren nicht mehr. Ich habe eine Frau gefunden, die ich heiraten möchte. Warum zum Teufel gibst du nicht nach, bevor du den Mädchen wehtust?«

»Bevor ich den Mädchen wehtue … !« Becky verschlug es die Sprache.

»Die Sache würde ziemlich schmerzlos über die Bühne gehen, wenn du dich nicht so verdammt hysterisch benimmst. Ich habe bereits einen Käufer für das Haus, der mir einen guten Preis zahlt, was bei der jetzigen Marktlage erstaunlich ist … falls es dich interessiert. Diese Summe plus dem, was ich dir monatlich zu zahlen bereit bin, sollte dir doch Anlass genug sein, diesem Unsinn ein Ende zu bereiten. Außerdem werde ich natürlich weiterhin für die Kinder aufkommen.«

»Ich frage mich, ob ich dich wirklich gekannt habe«, flüsterte Becky, mit einem Gesicht so weiß wie Rachels Seidenbluse. »Ich glaube nicht. Komm bitte nie mehr hierher. Wenn du mir etwas zu sagen hast, dann über meinen Anwalt. Ich rufe Montag in deiner Kanzlei an und hinterlasse Namen und Anschrift.«

»Ich dachte, wir hätten beide beschlossen, bei meinem Anwalt zu bleiben.«

»Du hast es beschlossen, nicht ich. Ich bin dagegen.«

»Becky …« begann Michael unwirsch.

»Geh bitte«, sagte Becky in halb ersticktem Ton, dessen Bedeutung Rachel sehr gut kannte. Becky war den Tränen nahe. Sie hatte sich bei diesen Worten von ihrem Mann abgewandt. Mit schneeweißem Gesicht ging sie blind auf das Haus zu. Als Rachel den Schmerz in ihren Augen sah, stieg kalte Wut in ihr auf.

»Vielleicht kannst du ihr etwas Vernunft beibringen, Rachel?«, fragte Michael leicht entnervt, als er sich zu Rachel gesellte und Becky nachblickte. Rachel schlang ihre Arme fester um Katie, die zufrieden am Daumen lutschte, und blickte Michael ungläubig an.

»Du bist ein verdammter Dreckskerl«, kam es über die Lippen der Frau, die nur selten fluchte. Michaels Augen starrten sie an, vor Erstaunen geweitet. »Und meine Schwester ist dich endlich losgeworden. Würdest du jetzt bitte unseren Grund und Boden verlassen oder soll ich die Polizei rufen?«

Dann drehte auch sie Michael den Rücken zu und ging auf das Haus zu.

Einige Minuten später beobachtete sie immer noch wütend, wie der schwarze Lexus die Auffahrt hinunter dröhnte und verschwand.

Rachel hatte eigentlich vorgehabt, diesen Abend mit Johnny in seiner Wohnung zu verbringen, wie sie es immer getan hatte, aber gegen sieben Uhr stellte sich heraus, dass sie Walnut-Grove nicht verlassen konnte. Becky und ihre Töchter waren so durcheinander und unglücklich, dass sie sie nicht mit ihrem Kummer allein lassen konnte. Dazu kam noch, dass Loren und Lisa ihre Mutter für die Misere verantwortlich machten, sie beschuldigten und hysterisch anschrien. Rachel blieb nichts anderes übrig, als die Rolle des Vermittlers zu übernehmen, ihnen immer wieder die Situation zu erklären, sie zu trösten und Katie abzulenken, während Elisabeth ihrer jüngsten Tochter die mütterliche Schulter zum Ausweinen lieh.

Mitten in diesem Aufruhr läutete das Telefon.

Rachel nahm den Hörer ab. In dem kleinen Vorflur neben der Küche begann Katie währenddessen mit einem Buntstift große rote Kreise auf die goldene Moiré-Tapete zu malen. Rachel schnappte sich den Buntstift, worauf Katie brüllend davonlief. Mit einem Seufzer meldete sich Rachel am Telefon.

»Wo bist du gerade?«, tönte es vorwurfsvoll aus dem Telefon.

Als sie Johnnys Stimme erkannte, fühlte sie sich augenblicklich besser.

»Ich kann heute Abend nicht kommen«, sagte sie leise. Sie wollte nicht, dass ihre älteren Nichten, die am Küchentisch saßen und mit Keksen und Milch abgefüttert wurden, mithörten. »Wir haben Probleme.«

»Was für Probleme?«, wollte Johnny wissen.

»Michael hat den Kindern mitgeteilt, dass er sich von Becky scheiden lässt. Alle spielen verrückt. Ich muss heute Abend hier bleiben.«

»Oh.« Eine Pause entstand. Dann mit einen hoffnungsvollen Unterton: »Heißt das, dass ich am Sonntag den Lunch vergessen kann?«

Rachel musste lachen. »Nein. Das heißt es nicht.«

»Das habe ich befürchtet«, sagte er düster. »Um zwei Uhr?«

»Ja, so gegen drei viertel zwei. Und Johnny ...«

»Ja?«

»Keine Angst. Mutter wird dich nicht fressen.«

»Das sagst du so einfach.« Es klang amüsiert, und Rachel lächelte.

»Ich liebe dich«, flüsterte sie in den Hörer.

»Hmmm.« Ausführlicher äußerte er sich nicht dazu. Dann fuhr er mit verändertem Ton fort: »Rachel?«

»Ja?«

»Tust du mir einen Gefallen?«

»Jeden. Aber das Essen kann ich nicht absagen.«

»Das ist es nicht.« Er lächelte. Sie erkannte es an seiner Stimme. »Du gehst heute Abend bitte nicht aus, ja?«

»Warum nicht?«

Sie merkte, wie er zögerte. »Ich habe heute lange nachgedacht, mit dem Ergebnis, dass Marybeth und Glenda eine Sache gemeinsam hatten: mich.«

»Und?«

»Und ... und du auch. Ich weiß nicht, ob sie sterben mussten, weil sie mit mir in Verbindung gebracht wurden. Der Gedanke ist furchtbar. Ich möchte nur, dass du kein Risiko eingehst. Bleib heute nacht bitte zu Hause, okay?«

»Ist gut.« Rachel sprach langsam, als sie den Inhalt seiner Worte begriff. Es lag auf der Hand und sie hatte nicht daran gedacht. Wenn – und es war ein großes Wenn – die Morde auf irgendeine Weise mit Johnny zu tun hatten, dann stand jetzt möglicherweise sie auf der Liste. Diese Erkenntnis ließ sie vor Angst erzittern.

»Versprochen?«

»Ja«, sagte sie fest. Keine zehn Pferde hätten sie heute nacht aus dem Hause gebracht.

»So ist es brav!«, sagte er zufrieden. »Dann bis morgen beim Lunch. Pass gut auf Becky und die Kinder auf ... und auf dich.«

»Mache ich. Bye.«

»Bye.«

Er hing als erster ein. Rachel behielt den Hörer noch in ihrer Hand. Sie liebte ihn, sehnte sich nach ihm. Sie hätte alles darum gegeben, jetzt bei ihm in seiner Wohnung zu sein, Spagetti zu essen, zu tanzen oder zu ...

»Rachel, wer war das?« Elisabeths Kopf erschien im Türrahmen der Bibliothek.

»Johnny, Mutter. Er sagte, er freue sich morgen auf den Lunch.«

»Tatsächlich?« Elisabeth sah aus, als ob sie eine Scheibe

Zitrone im Munde hätte, aber nach einem Blick auf Rachel, ließ sie sich zu diesem Thema nicht weiter aus.

»Glaubst du, die Mädchen können jetzt mit ihrer Mutter wie zivilisierte Menschen reden?«

Rachel hob die Schultern. »Keine Ahnung«, sagte sie und wartete, dass Elisabeth Katies originelle Wandmalereien mit einem Aufschrei entdecken würde, aber sie würdigte sie nur mit einem müden Achselzucken und zog sich zurück. Rachel ging in die Küche und scheuchte die beiden Mädchen in die Bibliothek.

39

In seiner Wohnung verzehrte Johnny ein einsames Bologna Sandwich. Die Lust am Kochen war ihm vergangen. Rachel fehlte. Um sich abzulenken, schaltete er eine Talk-Show im Fernsehen an, verfolgte das Programm einige Minuten, fand es langweilig und stellte das Gerät angewidert ab.

Dann versuchte er es mit einem Buch. Vergeblich. Er konnte sich nicht auf das Gedruckte konzentrieren.

Eigentlich müsste er müde sein. Er hatte einen harten Tag hinter sich. Drei Stunden auf dem Motorrad – Louisville hin und zurück und drei Stunden in der Kanzlei. Das Gespräch mit seinem Anwalt hatte ihn von einer Zentnerlast befreit. Wenn das Gesuch, das der Anwalt bei Gericht einreichen wollte, angenommen wurde – was mit Sicherheit zu erwarten war – würde Johnnys Vorstrafe gelöscht werden. Um das Unrecht vollends wieder gutzumachen, konnte Johnny als nächstes den Staat auf Entschädigung verklagen – aber Johnny lag nicht so viel am Geld. Wichtig für ihn war, nicht mehr gebrandmarkt zu sein. Er würde als freier Mann ein neues Leben beginnen.

Mit diesem Gedanken hätte er beruhigt einschlafen können, aber wenn er die Augen schloss, tauchte Glendas Bild vor ihm auf.

Und er dachte an Rachel.

Er wurde die Vorstellung nicht los, dass sich draußen in der Nacht jemand an Rachel heranschlich. Ob es nun krank, paranoid oder sonst etwas war – das Gefühl ließ sich nicht abschütteln.

Schließlich, gegen elf Uhr, gab Johnny den Versuch auf, an etwas anderes zu denken. Er zog seine Stiefel an, tätschelte Wolf zum Abschied, nahm Decke und Kissen unter den Arm und ging zur Tür hinaus.

Wie dumm würde er sich vorkommen, wenn man ihn entdeckte! Er hatte vor, in Rachels Garten zu kampieren. Wenn ihm jemand in der Dunkelheit auflauerte, dann würde er es nicht mit einer einsamen, hilflosen Frau zu tun haben.

Dieses Mal wollte Johnny zur Stelle sein. Er wollte vor Rachels Haus schlafen, bis sie frei war, um die Nächte in der Geborgenheit seiner Arme zu verbringen. Gleichgültig wie lange es dauern würde. Er musste sicher sein, dass ihr nichts mehr geschehen konnte.

Es war nicht das erste Mal, dass er unter Sternen schlief.

40

»Jeremy.« Leise drang die Stimme durch das Elend, das den Jungen eingehüllt hatte. Er hockte auf der hinteren Treppe in dem kleinen Holzhaus seines Vaters, den Kopf auf die Arme gestützt und horchte auf. In der mondbeschienenen Dunkelheit konnte er nichts erkennen, außer dem Schuppen und den dünnen Bäumchen, die auf der Wiese hinter dem Haus wuchsen.

Sam winselte jammervoll aus einer Ecke. Sam war sein Hündchen. Sein Dad hatte den Hund gekauft, um ihm über den Tod seiner Mutter hinwegzuhelfen. O nein, Dad hatte das nicht so deutlich ausgesprochen. Aber Jeremy wusste es. Er war nicht dumm. Er durfte vorher nie einen Hund haben. Dann wurde Mom ermordet, und zwei Tage später hatten er und Jake und die Mädchen einen kleinen Hund. Man musste kein Genie sein, um das herauszufinden.

Er würde seine Mom nie wiedersehen. Das brachte der Tod mit sich. Er wusste es, auch wenn es seine jüngeren Geschwister nicht wussten.

Tränen rollten seine Wangen hinunter. Ärgerlich wischte er sie mit seinem Ärmel ab.

»Jeremy. Könntest du mir bitte helfen? Dein Hund hat sich in einem Draht verfangen.«

Sam, dessen nächtliches Geschäft in erster Linie der Anlass war, warum Jeremy sich auf der Treppe befand, jaulte kläglich. Jeremy hatte den Hund kurz zuvor vor dem Schuppen gesehen. Er stand auf, ging die Treppen hinunter. Hinter dem Schuppen lag jede Menge Stacheldraht herum. Ein kleiner Hund wie Sam könnte sich leicht verletzen, wenn er sich darin verfangen hatte. Nett von Heather, dass sie es ihm sagte. Seine Mom hatte Heather immer ›die Hure‹ genannt, aber seit dem Tode seiner Mutter war sie zu Jeremy richtig nett gewesen.

Aber als Jeremy über die Wiese auf den Schuppen zuging, fiel ihm ein, dass Heather die Mädchen im Haus badete. Zu spät.

Es war zu spät, um wegzulaufen.

41

Elisabeth hatte eine große weiße Küchenschürze um ihr Kirchgangskleid geschlungen, als sie das Fleisch aus dem Ofen holte und die Sauce zubereitete. Rachel fuhr Stan vor dem Lunch in seinem Rollstuhl im Park spazieren, während ihre Nichten fröhlich singend um ihren Großvater und ihre Tante herumsprangen. Da Tilda und J.D. den Sonntagnachmittag und Abend normalerweise frei hatten, fiel Becky die Aufgabe zu, beim Läuten der Hausglocke an die Tür zu gehen.

Sie gab das Eis in das letzte Kristallglas und ging zur Haustür.

Sie wusste wer es war, bevor sie die Tür öffnete. Elisabeth lud jeden Sonntag ungefähr vier bis sechs Gäste ein. Heute war nur ein Gast angesagt.

Johnny Harris.

Becky setzte ihr Begrüßungslächeln auf und öffnete die Tür in einem weiten Bogen. Dann blieb sie wie angewurzelt stehen, ein vergessenes Lächeln auf ihren Lippen.

»Du meine Güte!«, brachte sie hervor, als ihre Augen ihn ungläubig von oben bis unten betrachteten. Er trug einen Anzug, einen teuer aussehenden, dunkelblauen Pinstripe, der wie angegossen saß; ein schneeweißes button-down-Hemd und eine weinrote Seidenkrawatte. Er hatte sich das Haar schneiden lassen. Der klassische Schnitt, das Haar locker aus der Stirn gekämmt, die Nackenhaare den Hemdkragen nur leicht berührend.

»Komme ich zu früh?«, fragte er. Ihre Augen hatten sich endlich so weit stabilisiert, dass sie ihm ins Gesicht blicken konnte.

Es war Johnny Harris. Unverkennbar. Die blauen Augen, das schmale, unverschämt gutaussehende Gesicht hatte sich seit der High-School-Zeit nicht sehr verändert. Als sie ihn gestern bei Glendas Beerdigung wieder gesehen hatte, hielt sie ihn zwar für den schönsten Mann von Tylerville, aber mit Jeans und langen Haaren war er nicht ganz ihr Typ gewesen. Aber jetzt. Neid befiel sie. Rachel hatte einen Mann geangelt, der eigentlich mehr in ihr Ressort gepasst hätte. Obwohl dieser hier wesentliche Nachteile mit sich brachte.

»Becky?« Er blickte sie fragend an, als sie ihn weiterhin sprachlos anstarrte.

»Sie sehen blendend aus«, sagte sie der Wahrheit entsprechend. Der instinktiv in ihr aufgestiegene Futterneid wich einem Gefühl der Vorfreude. Wie sehr würde sich Rachel über seine äußere Veränderung freuen. Sie lächelte ihn an. »Rachel wird aus allen Wolken fallen!«

»Danke. Ich glaube schon.« Er folgte ihrer Handbewegung und betrat die riesige Eingangshalle, die mit Bronzebüsten, Messingleuchten und alten Gemälden dekoriert war. Die gewachsten Eichenholzdielen schützte ein dunkelrot gemusterter, persischer Läufer. Er schien kaum befangen, als er sich umsah. »Wo ist Rachel?«

»Sie ist draußen im Garten, mit Vater und den Kindern. Kommen Sie in den Salon. Ich mache Ihnen einen Drink, während Sie auf sie warten.« Becky ging voraus und führte ihn durch die breite Mahagonytür, die den Salon von der Diele trennte. »Möchten Sie sich nicht setzen? Was wollen Sie trinken?«

»Einen Eistee, bitte«, sagte Johnny. Er überging ihre Aufforderung Platz zu nehmen und schritt auf das große Bogenfenster am anderen Ende des Raumes zu. Von hier aus konnte er Rachel sehen, die ihren Vater in einem Rollstuhl auf einem gepflasterten Weg entlang schob, der vom Patio in den Park führte.

»Danke«, sagte er, als Becky sich zu ihm gesellte und ihm ein Glas reichte. »Das sind Ihre Kinder?« Er zeigte auf die drei Mädchen, die im Gras spielten.

»Ja. Die mit dem schwarzen Haar ist Lisa, die jüngere, blondhaarige Loren und die ganz kleine ist Katie. Ich hoffe, es stört Sie nicht, mit den Kindern zu essen. Am Sonntag essen sie immer bei Tisch mit.«

»Ich habe Kinder gern.«

»Tatsächlich?« Becky glaubte, sie hätte dieser Frage zu viel Bedeutung beigemessen – sie sah ihn plötzlich mit Ra-

chels Kindern herumspringen und wusste nicht, was sie mit
diesem Bild anfangen sollte –, also machte sie weiter Konversation, um keine Verlegenheit aufkommen zu lassen.
»Rachel sagte mir, Sie mögen auch Hunde.«

»Wirklich?« Ein Lächeln huschte über sein Gesicht. Er
trank einen Schluck Tee und fuhr fort: »Rachel erzählt, dass
man das von Ihnen und Ihrer Mutter nicht behaupten kann.«

»Nun … Ja. Wir haben nie einen Hund gehabt. Meine
Töchter haben eine Katze.«

»Das ist schön.«

Die Unterhaltung tröpfelte dahin. Becky, die niemals
Schwierigkeiten hatte, sich ungezwungen mit einem Mann
zu unterhalten, suchte krampfhaft nach einem Thema und
gab dann schließlich auf. Er blickte sie nicht an, stand tee-
schlürfend am Fenster und beobachtete Rachel mit einem
undurchdringlichen Gesicht. Becky dachte an den wilden
Rebellen aus der Schulzeit, an seine Haftstrafe und die
Morde, die er nach Rachels Überzeugung nicht begangen
hatte und ihr schauderte innerlich. Er war ein attraktiver
Mann, darüber bestand kein Zweifel, aber da war auch
eine Aura der Gefährlichkeit um ihn, die es ihr fast unmöglich machte, ihn mit Rachel zusammenzusehen. Mit ihrer
süßen, verträumten Rachel, die immer so perfekt war, sich
nie daneben benahm, nie einen falschen Schritt tat. Rachel,
die immer wusste, was zu tun war und es mit einer ihr an-
geborenen Anmut ausführte. Rachel an der Seite eines un-
gestümen Johnny Harris, auch nach seiner äußerlichen
Verwandlung, war undenkbar.

»Rachel … hält sehr viel von Ihnen«, begann Becky
plötzlich und war neugierig, wie er darauf antworten würde. Rachel hatte bei Männern nie diesen Anklang gefunden
wie Becky, und es war durchaus möglich, dass die starke
Sexualität, die dieser Mann unweigerlich besaß, ihr den
Kopf verdreht hatte. Wenn er abschätzend oder in abfälli-
gem Ton von ihr sprechen sollte …

»Das hat sie ihnen gesagt?« Seine Augen streiften Beckys Gesicht. Sie fühlte sich unbehaglich, als er sie offen anblickte. Was ließ sie bei ihm so nervös werden? Sein Ruf? Sein Aussehen? Dieser elegante Anzug, in dem er sie an einen Wolf im Schafspelz erinnerte?

»Ja. Ja, das sagte sie.«

Er lächelte. Becky musste sich eingestehen, dass seine ungeheuren Vorzüge zudem noch mit einem verschwenderischen Scharm ausgestattet waren. Kein Wunder, dass Rachel ihm verfallen war, mit Leib und Seele. Wenn Rachel nicht gewesen wäre, gestand sich Becky ein, hätte sie garantiert einen Flirt mit ihm angefangen. Nichts Ernstes, selbstverständlich, und außerdem würde sie unter keiner Bedingung daran denken, ihn zu heiraten, nicht einen Mann wie Johnny Harris.

Aber für eine kurze Beziehung, eine kleine Affäre, wäre er genau der Richtige. Es sei denn, er hätte doch etwas mit diesem Dr. Jekyll-Mr. Hyde gemeinsam, wie Elisabeth befürchtete.

»Ihre Schwester ist ein erstaunlicher Mensch.«

Becky kämpfte gegen die nervösen Schauer an, die sie zu überfallen drohten. »Ich weiß. Ich bin froh, dass Sie es erkennen.«

Johnny blickte wieder aus dem Fenster, beinahe nachdenklich, trank einen Schluck Tee und wandte sich wieder Becky zu.

»Rachel sagte mir, dass Sie sich scheiden lassen. Es tut mir leid.«

»Danke.« Becky nahm ihren Mut zusammen. Wenn sie etwas über den wahren Johnny Harris erfahren wollte, war Kühnheit geboten. Ein höfliches Geplänkel würde zu nichts führen.

»Ich hoffe, Sie halten mich nicht für unverschämt, wenn ich mich einmische, aber ich liebe meine Schwester sehr. Sie … Sie sind ein ungleiches Paar.«

»Ich nehme an, das sind wir, oberflächlich gesehen. Aber Ihre Schwester hat die seltene Gabe, unter die Oberfläche zu blicken.«

»Der Altersunterschied von mehreren Jahren ...«

»Das stört mich nicht. Sie ist volljährig.«

Becky lächelte etwas vage und wusste nichts zu erwidern. Wie er, nippte sie am Tee, blickte durch das Fenster auf Rachel, die ihren Vater jetzt zum Haus zurückschob.

Mit ihrem wehenden, kinnlangem braunen Haar, dem schwingenden Rock ihres zitronengelben Kleides, ihren schlanken Beinen, sah Rachel viel jünger als ihre vierunddreißig Jahre aus. Liebe und Fürsorge verschönten ihr Gesicht, als sie sich vorbeugte, um mit ihrem Vater zu sprechen, obwohl Becky wusste, dass er wahrscheinlich kein Wort davon verstand oder überhaupt wahrnahm, dass man mit ihm sprach.

Beim Anblick Rachels quoll ihr Herz vor schwesterlicher Liebe über und sie verspürte den Wunsch, sie zu beschützen.

»Ich möchte nur, dass sie glücklich wird. Sie verdient es, glücklich zu sein«, sagte Becky plötzlich ernst.

»Dann wollen wir beide das gleiche.«

»Rob ... der Mann, mit dem sie lange befreundet ist ... ist sehr nett. Er ist Apotheker, hat ein hübsches Haus und ist vierzig Jahre alt. Er wäre ein guter Ehemann für sie.« Dieser kurzen Schilderung war viel mehr Bedeutung beizumessen, als die bloßen Worte aussagten.

»Da bin ich anderer Meinung. Ich glaube, nach einem Jahr Ehe würde sie ziemlich unglücklich sein.«

Becky blickte überrascht auf. »Wieso kommen Sie darauf?«

»Weil Rachel eine Träumerin ist. Das bemerken nur wenige, weil sie sich durch ihr Äußeres täuschen lassen. Sie erfährt das Leben anders als die meisten Menschen. Sie liebt intensiver, fühlt intensiver und leidet intensiver. Sie verdient mehr, als die kleine Hausfrau eines Neandertalers zu werden, und sie wäre in dieser Rolle falsch besetzt.«

Beckys Unterkiefer klappte etwas herunter, als sie seine beredten, wohl überlegten und völlig zutreffenden Worte über Rachel hörte. Sie hätte Johnny Harris nicht diese Einsicht zugetraut. Wenn sie ehrlich war, hätte sie bis heute bezweifelt, dass er sie besaß.

Rachels Gefühle für ihn waren fundierter als Becky angenommen hatte.

»Da Sie das alles wissen, wird Ihnen auch klar sein, dass Sie ihr sehr, sehr wehtun können.«

»Ich würde mir eher die Hand abschlagen, als Rachel wehzutun.« Diese klare, ruhige Feststellung klang so aufrichtig und wahr, dass Beckys Befürchtungen langsam dahinschmolzen.

Es gab noch genügend Hindernisse, die Rachels Glück mit Johnny Harris im Wege standen, aber bestimmt nicht die Gefühle dieses Mannes.

»Becky, wo bist du? Du musst mir ...« Elisabeths Stimme traf einige Sekunden vor ihrem Körper ein, und brach ab, als sie bemerkte, dass ihre Tochter nicht allein war.

»Oh«, sagte sie und verstummte für einen Augenblick, als ihre Augen den Gast von Kopf bis Fuß musterten. Abgesehen von dem kleinen Schock, den sie auf dem Gesicht ihrer Mutter bemerkte, war Becky überzeugt, dass sein Aussehen Elisabeth genauso überraschen würde wie sie. Aber durch die langjährige Schulung an der Seite ihres Mannes bei geschäftlichen und gesellschaftlichen Anlässen ließ sich Elisabeth nichts anmerken. Keinem wäre das leichte Zögern aufgefallen. Dann sprach sie weiter. »Ich habe nicht bemerkt, dass Sie gekommen sind. Guten Tag. Es ist sehr freundlich von Ihnen, dass Sie unserer Einladung gefolgt sind.«

»Und sehr freundlich von Ihnen, dass Sie mich gebeten haben.«

Beckys Nervosität als Augenzeuge dieser ersten Begegnung schwand allmählich. Ihre Mutter war sehr förmlich aber äußerst zuvorkommend. Da Elisabeth Rachels Gefühle für diesen Mann respektierte, vermied sie jede Unhöflichkeit. Ihre zur Schau getragene Steifheit und Förmlichkeit – eine Angewohnheit, die Becky sehr gut zu deuten wusste – signalisierte Missbilligung. Aber das konnte Johnny Harris nicht wissen, und was er nicht wusste, konnte ihn nicht kränken.

Elisabeth überraschte und verwirrte Becky durch ihre Direktheit.

»Rachel sagte mir, dass sie Sie liebt. Allein diese Tatsache erfordert, dass wir uns kennenlernen, finden sie nicht?«

»Absolut, Ma'am.« Johnny lächelte sie an. Elisabeth war aus härterem Holz geschnitzt als Becky – oder sie war aus dem Alter heraus, in dem sie ein attraktiver Mann aus der Fassung bringen konnte. Jedenfalls schien sie von seinem Scharm unbeeindruckt.

»Es freut mich, dass Sie meiner Meinung sind. Das erleichtert mir das, was ich Ihnen sagen möchte ungemein.« Elisabeth schritt langsam auf den Kamin zu und blieb ungefähr sechs Fuß davor stehen. Dann verschränkte sie ihre Arme über der Brust. Bestürzt war Becky der Begrüßungssuada ihrer Mutter gefolgt und wünschte sehnlichst, dass ihre Schwester auf der Bildfläche erscheinen würde. Ihr Wunsch erfüllte sich nicht.

»Sie müssen wissen, dass ich bezüglich Ihrer Beziehung zu Rachel starke Befürchtungen hege. Sie ist überzeugt, dass Sie kein Mörder sind. Mir bleibt keine andere Wahl, als mich der Meinung meiner Tochter anzuschließen, da sie über Ihre Person natürlich besser informiert ist als ich.« Elisabeths Kinn reckte sich in die Höhe, ihre Augen blitzten, als sie einen Schritt auf Johnny Harris zuging und mit dem Zeigefinger auf ihn zeigte. »Aber ich möchte Sie warnen, Sir, sollte meiner Tochter in Ihrer Nähe ein Leid zustoßen, mache ich Sie dafür verantwortlich, ganz gleich, was die Polizei, die Gerichte oder andere dazu sagen. Und ich werde das Gewehr meines Mannes holen, Sie aufsuchen und Sie eigenhändig niederschießen. Ich bin eine alte Frau, mein Leben ist bald zu Ende und ich habe dabei nur wenig zu verlieren. Sie können mich also beim Wort nehmen. Ist Ihnen das klar?«

»Ja, Ma'am.« Zu Beckys Erleichterung sah Johnny leicht amüsiert aus.

»Gut. Dann wären Sie jetzt vielleicht so freundlich, in den Garten hinaus zu gehen und Rachel und die Kinder zu holen. Normalerweise würde ich einen Gast nicht darum bitten, aber sie saß den ganzen Vormittag auf Kohlen, weil sie bei Ihrem Eintreffen im Haus sein wollte, um mir die Gelegenheit zu nehmen, vorher ein paar persönliche Worte an Sie zu richten. Aber ich hatte Glück, Sie kamen ein wenig zu früh.«

»Ein wenig.« Johnny blickte Elisabeth offen an. »Und darüber bin ich froh, denn das gibt mir die Gelegenheit, ebenfalls einige persönliche Worte an Sie zu richten. Sie brauchen nicht zu befürchten, dass ich Rachel ermorden könnte, weil das natürlich nicht der Fall sein wird. Aber der Rest unserer Beziehung betrifft nur sie und mich. Und keinen Dritten.«

Elisabeths und Johnnys Augen maßen sich wie zwei Gegner, die ihre Stärke abschätzten. Dann lächelte Johnny Elisabeth entwaffnend an. Becky hatte den Eindruck, als ob beide die Klingen gekreuzt hätten und friedlich beilegten.

»Ich denke, ich hole jetzt Rachel. Sie entschuldigen mich.«

Mit einem Nicken zu beiden Frauen verließ er den Salon. Sekunden später hörten sie, wie sich die Haustür öffnete und schloss. Elisabeth blickte zu Becky.

»Ich habe ihn mir anders vorgestellt.«

Becky holte tief Luft. »Mutter, wie konntest du ihm so etwas sagen? Es war unverschämt.«

»Lieber unverschämt, als dass deine Schwester genauso endet wie die beiden anderen Frauen, mit denen er sich getroffen hat. Ich traue ihm diese Tat nicht zu, aber wer will es genau wissen? Er ist ein gutaussehender Mann. Und er hat Zivilcourage, was ich an einem Mann sehr schätze, aber es ist noch zu früh, um sich eine Meinung über ihn zu bilden. Warten wir ab, wie sich die Beziehung zwischen ihm und Rachel entwickelt.«

»Mutter …«

»Oh, psst, Becky, komm jetzt in die Küche. Ich brauche noch deine Hilfe.«

42

Als Jeremy seine Augen öffnete, konnte er nichts erkennen. Einen Augenblick fürchtete er, er sei blind geworden. Dann merkte er, dass es um ihn stockfinster war. So finster, dass er nichts sehen konnte. Absolut nichts, nicht einmal seine Knie, die bis zu seiner Nasenspitze angezogen waren. Er lag auf seiner rechten Seite auf etwas sehr Hartem, sehr Kaltem.

Alles um ihn war kalt. Es roch nach Moder, wie in einem alten Keller. Im Hause seines Vaters gab es keinen Ort, der so dunkel, kalt und muffig war, wie dieser hier. Zu Hause hatten sie keinen Keller.

Er befand sich nicht im Hause seines Vaters. Jeremy zitterte, als ihm das klar wurde. Vielleicht war er tot? War das die Hölle oder das Fegefeuer? Vielleicht war seine Mutter in der Nähe? Aber nein, sie würde im Himmel sein. Wenn es einer verdient hätte, in den Himmel zu kommen, dann seine Mom.

Er hob den Kopf. Ein stechender Schmerz fuhr durch

seinen Schädel und rief Schwindel und Übelkeit hervor. Sein Kopf schmerzte. Wie hatte er sich an seinem Kopf verletzt? War er gestürzt?

Dann, ganz langsam, erinnerte er sich wieder. Er hatte auf der Treppe gesessen und jemand – nicht Heather – hatte ihn gerufen, um Sam zu befreien. Ein furchtbarer Gedanke blitzte in ihm auf: Dieser jemand musste derjenige gewesen sein, der seine Mutter ermordet hatte. Es war das Etwas, das er in der Dunkelheit gesehen hatte und jetzt war es hinter ihm her.

Jeremy wimmerte vor Angst auf, aber das Geräusch erschreckte ihn und er hörte auf. Wenn ihn dieses Etwas hier versteckt hatte – wenn es hier in der Nähe war und darauf lauerte, dass er aufwachte? Würde dieses Etwas ihn töten, wie es seine Mutter getötet hatte?

Sehr vorsichtig, sehr leise, legte er seinen Kopf wieder auf die harte kalte Unterlage, zog seine Knie noch enger an den Leib und schlang seine Arme um sie. Zusammengerollt wie eine kleine Kugel schloss er wieder die Augen.

Stumme Tränen rannen über seine Wangen.

43

»Tante Rachel, sieh mal!« Loren lief ihr entgegen und zeigte auf das Haus. Rachel blickte auf, zog die Stirn kraus. Wer war dieser Mann, der ihr auf dem Pfad entgegenkam?

»Johnny!«, rief sie überrascht aus. Er war immer noch der schönste Mann, den sie kannte. Die Eleganz und Soigniertheit seines Äußeren verlieh ihm etwas Weltmännisches, lässig Geschliffenes, das sie früher nicht mit ihm in Verbindung gebracht hatte. Ein neuer Johnny Harris?

»Nun?« Er lachte sie an, als er vor ihr stand und ihr erstauntes Gesicht sah.

»Du hast dir die Haare schneiden lassen!«

»Das wolltest du doch.«

»Aber das musstest du nicht … hoffentlich hast du es nicht für *mich* getan.«

»Nein, das habe ich für Wolf getan! Und natürlich auch für mich. Ich werde zu alt, um James Dean zu spielen.«

Sie blickte in seine Augen und las die Botschaft, die darin stand: Er war bereit, den Schritt in die Zukunft zu wagen, die Maske des rebellischen, bösen Jungen abzulegen und die Vergangenheit hinter sich zu lassen.

Diese Erkenntnis berührte sie tief. Vielleicht stand einer gemeinsamen Zukunft weniger im Wege als sie erwartet hatte.

»Du siehst fantastisch aus.«

»Danke. Das Kompliment kann ich nur zurückgeben.« Er blickte zu Stan hinab, der mit leeren Augen vor sich hinstarrte, ging um den Rollstuhl herum auf Rachel zu und legte seine Hand unter ihr Kinn. Er hob ihren Kopf, um sie zu küssen. Es war ein kurzer, fordernder und besitzergreifender Kuss, der Rachel den Atem nahm. Ihr schwindelte leicht, als sie sich auf die Zehenspitzen stellte, ihre Arme um ihn schlang, um seine Begrüßung zu erwidern. Ein Gekicher in allen Tonhöhen hielt sie davon ab. Sie blickte sich um und wurde puterrot.

Johnny grinste, als er Loren und Lisa sah, mit der kleinen Katie in der Mitte.

»Ist das dein neuer Freund, Tante Rachel?«, fragte Loren mit aufgerissenen Augen.

Rachel hatte nicht gedacht, dass es noch eine Steigerung zu puterrot geben würde. Ihr wurde noch heißer.

»Ja, ganz richtig«, antwortete Johnny für sie und lächelte den drei kleinen Mädchen zu. »Und du bist Lisa, stimmt's?« Dann zeigte er auf die beiden anderen. »Und Loren, und Katie.«

»Woher weißt du, wie wir heißen? Tante Rachel, hast du es ihm gesagt?«

Einigermaßen gefasst schüttelte Rachel den Kopf. »Das ist Mister Harris, Kinder.«

Johnny warf ihr einen teils belustigten, teils überraschten Seitenblick zu. »Das Mister bin ich nicht so gewöhnt. Sie können »Johnny!« zu mir sagen, wenn sie wollen.«

Rachel schüttelte den Kopf. »Mister Harris«, sagte sie und blickte ihre Nichten streng an. Dann zu Johnny: »Damit zeigen sie ihren Respekt. Sie reden jeden Erwachsenen mit Mister oder Mistress an, mit Ausnahme der Verwandten.«

»Ich verstehe.« Er grinste. »Ich werde versuchen, mich daran zu gewöhnen. Aber wundere dich nicht, wenn ich nicht sofort darauf reagiere.«

»Okay. Hauptsache, du reagierst auf mich!«

»Das hängt davon ab, wie du mich ansprichst.«

Rachel schnitt ihm eine Grimasse. Ihn bei der Hand nehmend trat sie mit ihm vor den Rollstuhl. Johnny blickte sie fragend an. Sie beugte sich zu ihrem Vater, der keine Regung zeigte.

»Daddy, das ist Johnny Harris«, sagte Rachel leise, aber eindringlich.

Stan starrte weiter ins Nichts. Sein Gesicht war bleich und ausdruckslos, seine Hände ruhten unbeweglich auf der Decke, die über seinem Schoß lag.

»Guten Tag, Mr. Grant.«

Johnnys Worte erreichten ihn genauso wenig wie Rachels. Sie blickte traurig auf ihren Vater, als die Hoffnung in Resignation umschlug. Er hatte sie nicht verstanden. Er würde Johnny nicht kennenlernen.

»Er war so ... witzig«, sagte sie über ihre Schulter zu Johnny, der ihre Hand mitfühlend drückte. »Riesengroß, quicklebendig, geistreich, und ...« ihre Stimme brach ab.

»Ich erinnere mich an ihn, als ich noch ein kleiner Junge war«, sagte Johnny zu Rachels Überraschung. »Ich hatte immer Angst vor ihm. Er war so ein Riese, mit einem tiefen röhrenden Bass. Ich weiß noch, wie ich einmal in eurem Laden Kaugummis stibitzen wolle, als hinter mir seine Stimme ertönte. Ich war zu Tode erschrocken, dachte, er hätte mich auf frischer Tat ertappt, bis ich merkte, dass er mit jemand anderem sprach. War ich erleichtert! Und ich habe nie mehr etwas aus Mr. Grants Laden gestohlen!«

Er lachte belustigt auf. »Tja, Rachel, ein Chorknabe war ich nicht. Ich habe beinahe alles getan, aber keinen Mord begangen.«

»Johnny Harris! Deswegen dein Mitleid mit Jeremy!«

»Wieso kommst du darauf?«

»Weil du als warmherziger, mitfühlender Mensch nicht ertragen hättest, dass man ein so kleines Kind der Polizei übergibt!«

»Ich habe mich natürlich um hundert Prozent gebessert!«, sagte Johnny lachend, fügte dann sehr ernst hinzu:« Ich habe gestern mit meinem Anwalt gesprochen. Er sagte, mit dem Beweismaterial der Polizei könne er meine Vorstrafe gerichtlich löschen lassen. Wenn er sich nicht geirrt hat, bin ich nicht mehr als Verbrecher gebrandmarkt.«

»Wirklich?« Rachel lächelte zaghaft.

»Ja.« Er strahlte sie an. »Gute Nachrichten, hm? Aber das Beste weißt du noch nicht.«

»Und das wäre?«

Johnny schüttelte seinen Kopf. »Das sage ich dir nach dem Essen. Deine Mutter hat mich gebeten, dich und deine Nichten ins Haus zu holen.«

»Du hast mit meiner Mutter gesprochen?«

»Oh, ja. Und mit Becky. Und ich habe mit ihr Tee getrunken.«

Rachel blickte auf ihre Uhr. »Es ist doch erst kurz vor zwei. Wann bist du hier gewesen?«

»Ein wenig früher«, sagte er mit schuldbewusstem Lächeln.

»War Mutter ... Habt ihr ... ?«

»Deine Mutter«, sagte Johnny, »ist eine bemerkenswerte Person. Und mehr werde ich dazu nicht sagen.«

»Oh, du lieber Gott. Sie war unverschämt?«

»Ganz und gar nicht. Nur ... sehr deutlich. Ich glaube, ich könnte deine Mutter gern haben.«

Rachel schob den Rollstuhl etwas langsamer. »Was heißt das?«

»Das heißt, ich weiß jetzt, woher du deine Courage hast, Miss Löwenherz!«

Rachel setzte zu einer Antwort an, als Becky im Patio erschien und ungeduldig winkte.

»Mutter hat das Essen fertig! Kommt!«

Die Mädchen rannten auf ihre Mutter zu. Johnny bestand darauf, Stan über das ausgeklügelte System von Rampen in das Haus zu fahren. Rachel folgte ihm.

Nachdem Groß und Klein am Tisch saß, hatte Rachel Gelegenheit, Johnny inmitten ihrer Familie zu betrachten. Dank Becky standen nur Wasser- und Weingläser auf dem Tisch. Das Silber war auf ein Minimum beschränkt, kleine Gabel, große Gabel, Suppen- und Dessertlöffel, Fleisch- und Buttermesser. Rachel hatte sich überlegt, ob sie Johnny für den heutigen Lunch einige Anweisungen geben sollte und war angenehm überrascht und erleichtert, als er seine Serviette entfaltete, auf den Schoß legte, Platten und Schüsseln weiterreichte, den richtigen Teller für Brot und Butter benutzte und mit untrüglicher Sicherheit das richtige Besteck wählte. Rachel musste sich ein Lachen verkneifen, als er sich tapfer durch die vielen Gänge aß, als ob sie bei ihm an der Tagesordnung wären. Ihre Mutter, die ihn anfangs wie ein Habicht beobachtet hatte, wandte ihre Augen beruhigt von ihm ab, als sie Stan, der im Rollstuhl neben ihr saß, liebevoll fütterte.

»Arbeiten Sie gern in der Eisenwarenhandlung?«, fragte Elisabeth, als sie ihrem Mann einen Löffel Gemüse in den Mund schob.

»Eigentlich nicht«, antwortete er. »Ich glaube nicht, dass ich dort noch länger arbeiten werde.«

»Oh?«, kam es von Elisabeth, während Rachel und Becky ihn überrascht ansahen.

»Ich habe mir überlegt, ob ich nicht wieder die Schulbank drücke.«

»Tatsächlich?«, fragte Rachel, während Elisabeth erstaunt fortfuhr. »Wieder die Schulbank drücken … Ich glaube Sie meinen, Sie wollen wieder aufs College gehen.«

»Ja. Genauer gesagt, ich möchte mich an der juristischen Fakultät einschreiben.« Johnny schnitt sich ein Stück Steak Diane ab, als ob er eine altbekannte Tatsache wiederholt hätte.

»Jura?«, riefen die drei Frauen im Chor. Erst blickten sie sich an, dann Johnny. Völlig unbeteiligt verspeiste er sein Steak.

Die Mädchen, die nicht sprechen durften, wenn sie mit Erwachsenen an einem Tisch saßen, blickten bei diesem erstaunten Ausruf auf.

»Ja.« Johnny trank einen Schluck Wein und lachte Rachel an. »Glaubst du nicht, ich würde einen guten Anwalt abgeben?«

»Aber Johnny …« begann sie, brach ab, als ihr einfiel, dass sie dieses Thema besser unter vier Augen besprachen. Er aber schien keine Vorbehalte zu haben.

»Das ist noch ein weiter Weg. Zuerst müssen Sie das College abschließen – und die juristischen Fakultäten nehmen keine Straftäter.« Elisabeth ließ Stans Löffel sinken, als sie Johnny stirnrunzelnd anblickte.

»Ich habe meinen Collegeabschluß«, sagte Johnny mit heiterer Gelassenheit und schnitt sich einen weiteren Bissen Fleisch ab. Im Gefängnis habe ich dann vergleichende Literatur studiert und meine Freizeit auf bessere Art genutzt. Und wenn mein Anwalt recht behält, bin ich nicht mehr vorbestraft.«

»Wie bitte?«, fragte Elisabeth blass erstaunt.

»Die Polizei ist der Überzeugung, dass der Mörder von Glenda Watkins auch Marybeth Edwards getötet hat. Die gerichtsmedizinischen Untersuchungen haben bei beiden Frauen identische Einstichwunden festgestellt. Ich war bei Rachel, als Glenda getötet wurde. Und das schließt mich in beiden Fällen als Täter aus. Mein Anwalt meint, dass diese Beweise und die Tatsache, dass an mir keine Spuren zu finden waren, ausreichen müssten, meine Vorstrafe zu tilgen,«

Elisabeth blickte zuerst auf Rachel, dann auf Johnny. »Ich verstehe«, sagte sie langsam.

Rachel konnte direkt sehen, wie ihre Mutter die Neuigkeiten in ihrem Gehirn verarbeitete.

»Dürfen wir aufstehen, Mom?«, fragte Lisa wohlerzogen.

»Möchtet ihr euer Dessert nicht essen?« Elisabeth ließ sich aus ihren Gedanken reißen und betrachtete ihre beiden Enkel mit Wohlwollen. Dazu hat sie auch guten Grund, dachte Rachel. Sie haben sich fabelhaft benommen, auch Katie, die oben ihren Mittagsschlaf hielt. Die Mahlzeit verlief ruhig und friedlich wie lange nicht mehr, das heißt, seitdem Becky und ihre Sprösslinge ins Haus geschneit waren.

»Ich bin zu satt«, klagte Loren.

»Dürfen wir unsere Nachspeise später essen, ja?« Lisa sah ihre Mutter an. »Ja, Mom? Bitte.«

»Von mir aus gern«, antwortete Becky. Die Mädchen standen langsam und artig auf, aber kaum dass sie zur Tür hinaus waren, hörte man ihr Getrappel und Gejohle auf den Stufen. Ihre Nintendos waren in einer riesigen Kiste mit ihren anderen Spielsachen eingetroffen.

Die Ungeduld der Mädchen war zu verstehen.

»Es war köstlich, Mrs. Grant«, sagte Johnny, lehnte sich zurück und legte die Serviette neben seinen Teller. Rachel lächelte ihn stolz und glücklich an.

»Danke.« Elisabeth schenkte ihm ebenfalls ein Lächeln.

Rachel registrierte amüsiert, dass sie Johnny jetzt herzlicher behandelte als zu Beginn des Lunches. Für ihre Mutter waren zwei Dinge wichtig: Ehrgeiz und Bildung. Da Johnny beides beanspruchte, hatte er in Elisabeths Augen an Ansehen gewonnen.

»Dessert?«, fragte Rachel. »Mutter hat eine Kirschtorte gemacht.«

»Wenn ich mich deinen Nichten anschließen darf, würde ich damit noch etwas warten.«

»Kaffee?«

Johnny schüttelte den Kopf.

»Rachel, möchtest du nicht mit Johnny hinausgehen und ihn ein wenig herumführen? Ich helfe Mutter beim Abräumen.«

»Danke, Becky«, sagte Rachel mit echter Dankbarkeit und stand auf. Sie konnte es kaum erwarten, Johnny für sich allein zu haben. Eine ganz bestimme Frage würde ihr sonst ein Loch in die Zunge brennen.

Johnny erhob sich ebenfalls, bedankte sich bei Elisabeth mit einem weiteren Kompliment für das Mahl und begleitete Rachel aus dem Zimmer.

44

»War es dein Ernst oder hast du es gesagt, um Mutter zu schockieren?«, fragte Rachel, als sie sicher war, mit ihm allein zu sein. Sie waren im Garten, gingen den Pfad entlang, auf dem sie ihrem Vater im Rollstuhl geschoben hatte. Ihre Hand hielt die Johnnys fest umschlossen, wie sie dorthin gekommen war, hätte sie nicht sagen können.

»Was war mein Ernst?«

»Das mit der juristischen Fakultät.«

»Oh.« Er machte eine kleine Pause. »Ja, es war mein Ernst.«

»Wirklich?« Ihre Stimme zitterte vor Freude.

»Siehst du mich nicht als Anwalt?« Er lachte. »Du brauchst darauf nicht zu antworten. Aber so weit hergeholt ist es nicht. Ich habe viel über Gesetze und Anwälte gelernt, als ich im Gefängnis war. Ich glaube, ich gebe einen verdammt guten Verteidiger ab!«

Rachel war begeistert. »Oh, das glaube ich auch!«

»Dir gefällt die Idee?« Seine Augen strahlten sie an.

Rachel war glückselig. Sie hatte keinen Grund, keinen konkreten Grund, plötzlich auf einer Wolke zu schweben. Aber ihr Herz raste vor Freude, als sie sich das Leben als Mrs. Johnny – nein, Mrs. John Harris, Esquire, vorstellte.

»Wie lautet dein zweiter Vorname?«, fragte sie lächelnd. Er blickte sie kurz an. »W. Wieso?«

»W ist kein Name.«

»Wenn ich dir sage, wofür das W steht, wirst du lachen.«

»Bestimmt nicht. Außerdem weiß ich es wahrscheinlich aus deinen Schulakten, fällt mir im Moment nur nicht ein.«

»Wayne.«

Rachels Stirn legte sich in Falten. »Wayne? Wieso, es ist ein wunderschöner Name. Was ist denn bei John Wayne so ...« Sie hielt inne und fing zu lachen an, dachte aber sofort an seine Warnung und wandte ihren Kopf zur Seite.

»Ich hab' dir gesagt, du würdest lachen.«

»Ich lache nicht, Cowboy.«

»Du siehst es ja. Das geschieht immer. Darum erwähnte ich den Namen nie.«

»Es klingt doch sehr gut. John Wayne Harris.« Sie prustete los, hielt sich schnell die Hand vor den Mund, als er ihr einen gespielt empörten Blick zuwarf. Dann führte er sie vom Pfad weg, auf den Wald hinter dem Haus zu.

»Ich freue mich, dass er dir gefällt.« Er ging voraus, zog sie den kleinen Trampelpfad entlang, den sie und Becky als Kinder oft benutzt hatten und der jetzt auch bei ihren kleinen Nichten sehr beliebt war. Er schlängelte sich ungefähr zwei Meilen durch das Gehölz bis an das Ende des Grundstücks. Johnny ging mit ihr einige Meter in den Wald hinein, zu einem großen Kletterbaum, auf dem Stan seinen Töchtern vor langer Zeit ein Baumhaus errichtet hatte. Es bestand eigentlich nur aus einer Plattform und Seitenwänden, die durch eine an dem dicken Eichenstamm festgenagelte Treppe zu erreichen war.

Als Kinder hatten Rachel und Becky hier endlos lange gespielt, und als Teenager hatte Rachel viele Sommernachmittage auf den Holzbrettern liegend verbracht und unzählige Bücher verschlungen. Die breite Laubkrone, die sich darüber wölbte, fing an, sich golden zu färben. Als Rachel hinaufblickte, löste sich ein einzelnes, gelbes Blatt und tanzte, den Launen des Windes gehorchend, sich hin und herwiegend zu Boden.

»Woher kennst du unseren Kletterbaum?«, fragte Rachel, als ihr klar wurde, dass er vorgehabt hatte, sie zu der alten Eiche zu führen.

»Du denkst, ich hätte diesen Wald nicht durchforscht? Du lieber Himmel, Grady und ich haben dich und Becky hier beim Spielen beobachtet. Und manchmal, wenn keiner da war, haben wir Seeräuber gespielt, die ein feindliches Schiff enterten. Dein Baumhaus war dieses Schiff.«

»Das wusste ich nicht.«

»Damals warst du zu alt für uns, um mitzuspielen, also haben wir dich nicht gefragt.«

»Wahrscheinlich bin ich auch heute zu alt, um mit dir zu spielen«, meinte Rachel etwas verzagt. Johnny sah sie an, lehnte sich an die Eiche und zog sie an seine Brust.

»Du bist genau richtig für mich.«

Seine Arme hielten sie umschlungen und ihr Körper schmiegte sich an den seinen. »Außerdem bin ich für mein Alter sehr reif«, flüsterte er in ihr Ohr.

»Du warst Mutter gegenüber fabelhaft«, murmelte Rachel, als er ihren Nacken küsste.

»Trotzdem habe ich noch eine Heidenangst vor ihr, aber die werde ich überwinden.« Johnny stupste ihr Kinn zur Seite und küsste die kleine Mulde unter ihrer Kehle. Rachel schlang die Arme um seinen Hals, schloss die Augen und gab sich seinen Zärtlichkeiten hin. Sein Jackett und das Hemd darunter fühlten sich weich und edel an und wirkten auf sie wie ein leichtes Aphrodisiakum. Rachel schmiegte sich noch enger an ihn, während sich ihre Zehen in den Sonntagspumps kringelten.

»Rachel.«

»Hmmm?«

»Meinst du, du könntest in diesem Kleid und mit diesen Schuhen auf den Baum klettern?«

»Auf den Baum klettern?« Erstaunt über seine Frage sie hatte etwas ganz anderes erwartet – öffnete Rachel ihre Augen. Zu ihrer Beruhigung drückte er ihr einen Kuss auf die Stirn.

»Du hast mich verstanden, oder?«

Rachel blickte auf die Leiter, die in das dichte Blattwerk des Baumes führte und in einem schmalen Loch im Boden der Plattform endete, durch das sie sich hindurchzwängen musste. Sie blickte an ihrem zitronengelben Kleid hinunter, mit der engen Taille, dem weiten Rock, bis zu ihren champagnerfarbenen Pumps.

»Wenn du vor mir hinauf gehst«, meinte sie.

»Pfui. Du denkst doch nicht, ich wäre so frech und würde unter deinen Rock schauen?« Johnny ließ sie los und klatschte sich scherzhaft mit der Hand auf die Wange.

»Doch.«

»Du kennst mich sehr gut«, sagte er und grinste. Rachel sah ihm zu, wie er behände wie ein kleiner Junge die Leiter hinaufstieg. Sie folgte ihm, wenn auch etwas vorsichtiger, da sie ihr hübsches Kleid auf keinen Fall beschädigen wollte. »Mist, meine Strumpfhose!« Sie runzelte verärgert die Stirn, als sie sich durch die Öffnung hinaufzog und die Beine hinunterbaumeln ließ. Ein breiter Riss im Nylon ließ bereits nach oben und unten unzählige Maschen laufen.

»Du kannst sie ja ausziehen«, sagte Johnny und zwinkerte ihr etwas zweideutig zu. Rachel wandte sich zu ihm um. Er saß mit dem Rücken an der gegenüberliegenden Bretterwand und beobachtete sie mit einem ganz bestimmten Ausdruck in den Augen, der ihr deutlicher als alle Worte der Welt sagte, was er im Schilde führte. Die ganze Plattform war nicht größer als zwei mal drei Meter, die Holzwände ungefähr einen Meter hoch. Das fehlende Dach wurde durch Zweige und dichtes Laub ersetzt, die das Himmelsblau fast vollständig abschirmten. In dieser Höhe – sie waren vielleicht sechs Meter hoch – wehte der Wind spürbar stärker. Obwohl die Wände des Baumhauses ihn abhielten, hörte man das Schaben und Knärzen der Äste.

Die Blätter raschelten wehmütig, als sie sich vom Sommer verabschiedeten und langsam zu Boden trudelten. Obwohl es noch warm war, lag der Duft des nahenden Herbstes in der Luft.

Rachels Augen schweiften über Johnny. Er beobachtete sie. Seine Augen waren blauer als der Himmel, der durch das Blätterdach blitzte. Ein kleines Lächeln umspielte seine Mundwinkel. Da die Holzwand des Baumhauses nicht höher als seine Schultern war, bildete das grün-goldene Laubwerk einen traumhaft belebten Hintergrund für seinen schönen Kopf.

Der Wind bewegte sein schwarzes Haar. Rachel stellte fest, dass ihm der konservative Haarschnitt ausgezeichnet stand. Die Kanten und Vertiefungen seines Gesichtes, das feste Kinn, die hohen Backenknochen und die hohe, kluge Stirn kamen jetzt viel besser zur Geltung. Er hatte noch nie so schön ausgesehen und war weit von dem Wesen entfernt, das erst vor wenigen Wochen verbittert und böse aus dem Bus gestiegen war.

Wenn sie damals gewusst hätte, wie er ihre Welt verändern würde, wäre sie ihm schnurstracks in die Arme gelaufen – was ihn wahrscheinlich vor Schrecken wieder in den Schutz der Gefängnismauern getrieben hätte.

Bei dem Gedanken, wie er auf diese Begrüßung reagiert hätte, lächelte Rachel.

»Was ist hier komisch?«, fragte er und zog eine Augenbraue in die Höhe.

Rachel schüttelte ihren Kopf. »Ich bin nur glücklich.«

»Wirklich? Ich auch. Ich wäre noch glücklicher, wenn du dich jetzt neben mich setzen würdest. Ich muss mit dir reden.«

»Reden?«

»Dachtest du, ich hätte etwas anderes im. Sinn?«

»Das hatte ich gehofft.«

Johnny lachte verschmitzt und hielt ihr die Hand entgegen.

»Komm her, Rachel. Sieh in meinen Taschen nach. Ich habe ein Geschenk für dich.«

»Ehrlich?« Sie war entzückt. Der Gedanke, dass Johnny ihr etwas mitgebracht hatte, freute sie über alle Maßen. Sein erstes Geschenk an sie – außer sich selbst. Sie würde es in Ehren halten.

»Sieh in meinen Taschen nach«, forderte er sie wieder auf, als sie sich neben ihn setzte.

»Ich komme mir albern vor«, protestierte sie, gehorchte aber lachend. Die erste Tasche war leer. In der zweiten fand sie ein kleines, eingepacktes Schächtelchen. Sie zog es heraus, legte es auf ihre Handfläche und blickte es eine Weile an. In silberne Folie gewickelt, mit weißen Bändern geschmückt, sah es kostbar aus. Sie blickte zu Johnny.

»Es ist wunderschön.«

»Mach es auf.«

Seine Stimme klang angespannt. Rachel spürte, wie ihr Herz schneller schlug, als sie die Schleifen abstreifte und das Päckchen auspackte. Seinen Inhalt glaubte sie zu kennen, aber sie konnte sich täuschen. Sie wollte ihre Hoffnungen nicht zu hoch setzen.

Die kleine Schachtel war aus glänzend rotem Karton. Langsam hob sie den Deckel. Eine kleine Schmuckschatulle wurde sichtbar.

Ihre Hände zitterten, als sie sie herausnahm und den festen, gewölbten Deckel aufspringen ließ.

Im Inneren lag ein Diamantring, ein wunderschöner Solitär, der mindestens ein halbes Karat wog. Er war in Weißgold gefasst.

»Johnny! Wo hast du das viele Geld her?«

»Hast du nichts anderes dazu zu sagen? Ich habe es nicht gestohlen, falls du das befürchten solltest. Die Eisenbahngesellschaft hatte Sue Ann, Buck und mir fünfundsiebzigtausend Dollar als Entschädigung für den Tod meines Vaters angeboten. Sie wollten es annehmen und ich habe zugestimmt.« Er hatte seinen Humor wiedergewonnen, als er mit seinem Kinn auf den Ring wies. »Das ist ungefähr ein Fünftel meines Anteils.«

»Das hättest du nicht tun sollen! Er ist wunderschön.«

»Würdest du dir das verdammte Ding endlich ansehen!«

Die Ungeduld in seiner Stimme überraschte sie, aber dann sah sie sich den Ring genauer an. Eine winzige Geschenkkarte war mit einem dünnen weißen Band am Ring befestigt. Sie erkannte Johnnys fließende Handschrift. Dann las sie die Inschrift: »Heiratest Du mich?«

Sie blickte zu Johnny hinauf, der sie mit einer seltsam anrührenden Mischung aus Angst und Liebe ansah.

»Nun?«, fragte er, als sie nichts sagte.

Rachel nahm den Ring aus der Schatulle, streifte ihn über den Ringfinger ihrer linken Hand. Dann schlang sie ihre Arme um seinen Hals.

»Vielleicht.« Sie küsste seinen Mund.

»Vielleicht?« Es klang brüskiert, da er ihren Kuss aber ungestüm erwiderte, konnte sie sich getäuscht haben.

»Du glaubst doch nicht, du kommst mit dieser mickrigen Andeutung eines Heiratsantrags davon, oder? Wenn du mich heiraten willst, dann musst du mich in aller Form darum bitten.«

Johnny stöhnte. »Ich hätte es mit Blumen sagen müssen. Ich weiß.«

Rachel knuffte ihn in den Arm. »Keine Scherze. Ich meine es ernst.«

Er packte sie bei den Schultern, schob sie etwas von sich weg, damit er in ihr Gesicht sehen konnte. Sie kniete neben seinen ausgestreckten Beinen, ihren weiten Rock wie Narzissenblätter um sich drapiert. Ihre Hände legten sich auf seine Unterarme, als er sie etwas atemlos anblickte.

»Ich auch«, sagte er.

»Also ... ?«

Er seufzte. »Okay. Okay, Rachel, willst du mich heiraten?«

»Nein.«

»Nein!«

»Versuch es noch einmal. Das war nicht gut genug.«

»Großer Gott. Soll ich vor dir niederknien?«

»Das wäre schön.«

»Das soll ein Witz sein, oder?«

Rachel schüttelte den Kopf. Er blickte sie einen Augenblick an, sehr eindringlich. Dann kapitulierte er, kniete vor ihr nieder, ergriff ihre Hand.

»Rachel, willst du mich heiraten?«

»Schon besser.«

»Zum Kuckuck, Rachel, was soll das!« Man kann nicht behaupten, dass er sie in diesem Moment wie ein Liebender ansah. Sein Griff, der ihre Hand vorher zärtlich unschlossen hatte, wurde fest.

Sie blickte ihm ernst und offen in die Augen. »Johnny, liebst du mich?«

Als er ihren Blick erwiderte, wurden seine Augen sanft

und warm. Rachel war aber nicht das dunkle Rot entgangen, das seinen Hals hinaufstieg und seine Wangen färbte. Ihr seine Liebe in Worten zu offenbaren fiel ihm ungeheuer schwer.

»Natürlich tue ich das. Das ist doch selbstverständlich, wenn ein Mann eine Frau bittet, ihn zu heiraten.«

Rachel schüttelte den Kopf. »Ich möchte nichts für selbstverständlich nehmen. Das wird für mich der letzte Antrag in meinem Leben sein. Und er soll vollkommen sein. Wenn du mich liebst, dann sage es. Sage es mir, um Gottes willen.«

»Rachel ...« begann er und schien zu überlegen, wie er das, was er sage wollte, besser formulieren könnte. Er begegnete ihrem offenen Blick mit zusammengezogenen Augenbrauen und legte seine Hand, die er ihr vorher entzogen hatte, auf sein Herz. Sie war überrascht und amüsiert zugleich, als er sich wie ein missmutiger Schüler benahm, der ›Das Pfand der Treue‹ vor der Klasse rezitieren muss.

»Johnny ...«

»Pssst. Siehst du nicht, dass ich dir meine Seele entdecke?« Mit erhobenen Brauen brachte er sie zum Schweigen und atmete tief ein. »›Meine Liebe ist wie eine rote, rote Rose, die frisch im Lenz erblüht. Meine Liebe ist wie die Melodie, die süß und leis erklingt. Mein Mädchen, so schön und rein, so innig liebe ich dich, und ich werde dich noch lieben, mein Herz, wenn die Meere vertrocknet sind.‹«

Johnnys tiefe, wohlklingende Stimme verlieh diesen Zeilen eine zu Herzen gehende Eindringlichkeit, die Rachel tief berührte. Er sah nicht mehr wie ein Schuljunge aus, der gegen seinen Willen ein Gedicht aufsagen musste, sondern wie ein Mann, der durch das Bekenntnis seiner Liebe erniedrigt und erhöht wird. Rachel blickte in diese rauchblauen Augen, und was sie in ihnen las, rührte sie zu Tränen. Ihre Finger schlossen sich fester um seine Hand, als er fortfuhr.

»›Wenn die Meere vertrocknet sind, mein Herz, und die Felsen in der Sonne verglüh'n …

Und ich werde dich weiter lieben, mein Herz, wenn der Sand des Lebens verrinnt. Und wenn ich dich verlassen muss, mein einzig Lieb, dann kehr' ich wieder, und wärest du zehntausend Meilen fern.‹«

Nachdem die letzten Worte verklungen waren, schwiegen sie eine Weile. Johnnys Augen spiegelten einen wahren guten Glanz wider, den Glanz seiner reinen Seele. Ihre Augen waren tränenfeucht und drohten überzufließen – als er plötzlich auflachte.

»Robert Burns hatte Glück bei den Frauen. Diese Verse schlagen verdammt gut ein.«

»Johnny Harris!« plötzlich aus ihrer sentimentalen Aufwallung herausgerissen, versetzte Rachel ihm einen wütenden Stoß. Er fiel nicht nach hinten, wie sie beabsichtigt hatte, aber lachte nicht mehr.

»Lass mich los!«

»Um Himmels wissen, Rachel, es war doch nur ein Scherz. Ich habe es nicht so gemeint!«

»Dieses herrliche Gedicht – mir kamen beinahe die Tränen – und für dich war es nur ein Scherz! Ich könnte dich umbringen!«

Sie versuchte sich loszureißen.

»Rachel, du hast mich falsch verstanden! Ich …«

»Wenn du mich nicht sofort loslässt, dann … dann …« Rachel war so wütend, dass ihr im Augenblick keine passende Drohung einfiel. Sie versuchte seinen Ring vom Finger zu reißen, wollte ihn in seine grinsendes Gesicht schleudern, aber er presste sie mit einem Arm an seine Brust, mit der anderen freien Hand drehte er ihr Gesicht zu ihm hinauf.

»Das Gedicht war kein Scherz.«

»Du hast gesagt …«

»Ich weiß, was ich gesagt habe. Das war nicht so gemeint. Aber das Gedicht war ernst gemeint. Wort für Wort. Das schwöre ich.«

Rachel hörte auf sich zu wehren und blickte ihn misstrauisch an.

»Du wusstest, dass ich diese Verse über alles auf der Welt liebe, nicht wahr? Du hast sie absichtlich benutzt,* um mich zu beeindrucken.«

Er küsste ihre Schläfe, keine Spur von Reue auf seinem Gesicht. »Ja, das wusste ich. Auf der High-School hatte ich eine Poesie besessene Englischlehrerin. Sie hat mich so fasziniert, dass ich mich noch an jedes ihrer Worte erinnern kann.«

»Lügner.«

»Ich lüge nicht«, sagte er schlicht und küsste ihre Nasenspitze. »Und das weißt du. Du weißt, was ich für dich empfinde. So wie ich weiß, was du für mich empfindest. Und ich weiß, dass wir zusammengehören.«

Rachel blickte zu ihm auf, in das dunkle schöne Gesicht mit den funkelnden blauen Augen, auf den lächelnden Mund. Sie gab auf. Wenn sie Johnny Harris wollte, dann musste sie Johnny Harris so nehmen, wie er war, zu seinen Bedingungen.

Was nutzte eine erzwungene Liebeserklärung? Wie er gesagt hatte, wusste sie, was er für sie empfand. Ihr Verstand, ihr Herz und ihrer Seele wussten es.

45

»Ja«, sagte sie.

»Ja?«

»Du hast es gehört.«

»Gut«, sagte er und lachte. »Ich hätte den Ring ungern wieder zurückgenommen. Ich habe die Rechnung nicht mehr.«

»Wie witzig du heute bist!«

»Ich versuche es.« Aber als er sie anblickte, wurden seine Augen plötzlich ernst. »Rachel, ich kann nicht in Tylerville bleiben.«

»Ich weiß.«

»Ich finde, wir sollten so bald wie möglich heiraten, im kleinen Rahmen, und vielleicht in den Westen ziehen.«

»Und wann ungefähr?«

»Je eher, desto besser. Diese Woche. Rachel ...« er zögerte. »Ich glaube nicht, dass du hier sicher bist. Ich habe es mir immer wieder durch den Kopf gehen lassen. Es kann nur ein Verrückter sein, der mich so sehr hasst, dass er die Frauen in meinem Leben umbringt. Wenn das zutrifft, dann bist du sein nächstes Ziel.«

»Bist du sicher?« Ihre Stimme war ganz klein.

»Ich hoffe nicht. Aber wir müssen mit dieser Möglichkeit rechnen. Rate einmal, wo ich die vergangene Nacht verbracht habe?«

»Wo?«

»Ich habe Wache geschoben. In deinem Garten.«

»Du willst mich auf den Arm nehmen?!«

»Nein. Im Ernst. Ich kann dir die Mückenstiche zeigen.« Johnny schob einen Ärmel seiner Jacketts hoch, knöpfte die Manschette seines Hemdes auf und entblößte seinen braungebrannten, leicht behaarten Oberarm, der mit ungefähr einem halben Dutzend rotgeschwollener Insektenstiche überzogen war. »Am anderen Arm habe ich noch mehr und noch mehr an meinem Nacken. Überall, wo sie ein Stückchen nackte Haut finden konnten, haben diese Blutsauger zugebissen. Und die Stiche jucken auch noch teuflisch.«

Rachel war überrascht und gerührt. »Das war doch nicht nötig.«

»Nicht nötig?« Johnny blickte zum Himmel. »Ich möchte dich nicht verlieren, Lehrerin. Und wenn der Preis für dein Leben darin besteht, dass ich meinen Körper einem

Schwarm Mini-Vampire zum Fraß vorsetze, dann bezahle ich ihn gern. Die anderen Frau, mit denen ich zusammen gewesen war, sind beide tot, Rachel.«

Rachel zitterte. »Ich habe Angst.«

»Ich auch. Aber es wird dir nichts geschehen, dafür werden wir sorgen. Du wirst heute nacht bei dir zu Hause bleiben, und ich werde in deinem Garten übernachten, falls du es vergessen solltest. Und wir werden so schnell wie möglich heiraten und dann nichts wie raus aus Dodge. Einverstanden?«

»Einverstanden.« Rachels Lippen lächelten zitternd. »Cowboy.«

Johnny stöhnte auf. »Wußt' ich's doch! Ich hätte dir meinen zweiten Vornamen nicht sagen dürfen.«

Trotz des ernsten Themas musste Rachel laut lachen. Er sah sie einen Augenblick an und brachte sie mit dem wirkungsvollsten Mittel zum Schweigen, einem Kuss. Rachel gab sich dem Kuss hin, seinen Händen, die über ihren Rücken strichen und seiner besitzergreifenden Umarmung. Sie war jetzt sein, so wie er ihr gehörte. Trotz ihrer Verschiedenheit gehörten sie zusammen wie die zwei Hälften eines Ganzen.

»Rachel?« Es regnete Küsse, als seine Hände die winzigen Knöpfe ihres Kleides öffneten und den Gürtel lösten.

»Ja?« Sie zog, ohne Erfolg zu haben, an dem Knoten seiner Seidenkrawatte. Wie im Himmel hatte er diesen Knoten zu Stande gebracht? Er schien für die Ewigkeit gebunden.

»Willst du Kinder?«

Ihr Verstand, der sich bereits vernebelt hatte, klärte sich für einen Moment.

»Ja, gern. Warum?«

»Gut.« Er richtete sich auf, um sie kurz anzustrahlen, dann streifte er das Kleid über ihre Arme und zog es aus. »Ich hasse Gummis.«

Er warf das Kleid achtlos zur Seite und Rachel dachte einen Augenblick mitfühlend an das schöne Gelbe. Aber nur sehr kurz, denn er hatte bereits ihre Schuhe und Strumpfhosen abgestreift. Sie saß auf seinem Schoß, in weißem Büstenhalter und Höschen. Der Ausdruck seiner Augen ließ sie alles vergessen. Es gab nur ihn auf der Welt, ihn und seine Zärtlichkeit.

»Hübsche Unterwäsche.«

»Danke.«

»Spitzen, Seide, Perlenbesatz. So etwas Schönes habe ich mir nicht vorgestellt.«

»Ich dachte du hättest mich dir immer ohne Unterwäsche vorgestellt.«

»Tja«, sagte er schmunzelnd. »Das auch.«

Seine Hand umspannte eine mit Spitzen, Seide und Perlen überzogene Brust, dann beugte er sich vor, um ihre Lippen zu küssen.

Rachel spürte, wie die Erregung durch ihren Körper schoß, wie sich ihre nackten Zehen kringelten, als seine Zunge von ihrem Mund Besitz ergriff.

Als das vertraute Pulsieren ihrer Lenden einsetzte, entzog sie ihm ihren Mund.

»Moment«, sagte sie.

»Mmm.« Er blickte auf ihre nackten Beine. Die schlanken weiblichen Formen auf seiner dunkelblauen Hose erregten ihn. Bewundernd strich er mit seiner Hand über die Innenseite ihres Schenkels, zum Knie und wieder zurück. Rachels Beine öffneten sich instinktiv, aber dann schloss sie sie abrupt, stieg von seinem Schoß und entfernte sich außer Reichweite von ihm.

»Benimm dich«, sagte sie, als er nach ihr greifen wollte. Sie wehrte ihn ab, kniete sich vor ihm nieder und zog seinen Reißverschluss auf.

»Rachel …« Er brach ab, als ihn ihre suchenden Finger gefunden und befreit hatten.

»Schtscht.« Sie beugte sich über ihn, berührte ihn mit ihrer Zunge. Es war eine zarte, beinahe neckende Geste, die ihn aufstöhnen ließ.

»Oh ja«, murmelte er, als ihr Haar in seinen Schoß fiel und ihr Mund ihn aufnahm. Sein Körper spannte sich wie ein Bogen, als er mit seinen Händen durch ihr Haar fuhr.

»Tante Rachel!«

Es dauerte eine Sekunde und noch eine, bis er die Bedeutung dieser Worte begriffen hatte.

»Du lieber Gott!«, stöhnte Johnny. Seine Hände hielten ihren Kopf protestierend fest. »Nicht jetzt!«

»Was … ?« Rachel blickte auf. Ihr war schwindlig und sie hatte das Gefühl, als ob sie ihre Sinne sortieren müsste. Ihr Mund schmeckte nach ihm.

»Tante Rachel!«

»Loren!«, rief sie und ließ ihn fallen, als ob er plötzlich siedend heiß geworden wäre. Einen Augenblick sahen sie sich fassungslos an. Dann kroch Rachel in wahnsinniger Hast zu ihrem Kleid.

Johnny, der sich viel schneller in einen respektablen Zustand versetzen konnte, beobachtete sie amüsiert.

»Niedlicher Hintern«, sagte er.

»Tante Rachel!« Der Ruf ertönte aus nächster Nähe. Möglicherweise bereits unterhalb des Baumhauses. Rachel versuchte ihre verdrehte und zerrissene Strumpfhose anzuziehen und warf Johnny einen gehetzten Blick zu.

»Geh runter und halte sie auf«, zischte sie.

»Gut.« Korrekt angezogen und grinsend verschwand er durch das Loch in der Plattform. Beim Zuknöpfen ihres Kleides hörte Rachel, wie er Loren mit beneidenswerter Ungezwungenheit begrüßte. Sie schloss ihren Gürtel und hörte die halblauten Stimmen.

Rachel stieg gerade in einen Pumps, als Johnnys Kopf in der Öffnung erschien.

»Angezogen?«, fragte er. Sein Ausdruck ließ sie stutzig werden.

»Stimmt etwas nicht?«

»Zieh deinen zweiten Schuh an und komm runter«

»Johnny …« Aber er war bereits unten am Baum. Rachel wusste auf einmal, woher konnte sie nicht sagen, dass etwas Schlimmes passiert war. Sie zog den zweiten Pumps an und kletterte eilig hinunter. Kurz vor dem Boden spürte sie, wie sich seine Hände um ihre Taille legten. Er hob sie herunter, stellte sie auf ihre Beine. Der Ausdruck seiner Augen erschreckte sie.

»Was ist los?«, fragte sie leise.

»Dein Vater. Anscheinend hatte er einen Schlaganfall. Ein Krankenwagen ist unterwegs.«

Sein Arm umschlang sie, stützte sie, als sie halb stolpernd zum Haus lief.

46

»Jeremy.«

Da war sie wieder – die Stimme. Die leise, furchtbare Stimme, die ihn rief. Jeremy krümmte sich in seinem kalten dunklen Gefängnis zusammen. Er zitterte. Ob er hier Stunden oder Tage verbracht hatte, er wusste es nicht. Die meiste Zeit hatte er wohl geschlafen. Aber immer, immer hatte er diese Stimme vernommen.

»Jeremy.«

Da war sie wieder. Er wollte schreien, wollte weinen, aber er fürchtete sich zu sehr. Er war hungrig und durstig, und er musste auf die Toilette, aber das war unbedeutend im Vergleich zu der Angst, die ihn ergriffen hatte.

Etwas Böses lauerte in der Dunkelheit.

»Steh auf, Jeremy. Du musst dich bewegen.«

»Mom?« Es war ein Krächzen. Seine Mutter war tot. Die Stimme, die er gehört hatte, konnte nicht die ihre sein. Das Böse wollte wieder zuschlagen, wie das erste Mal.

»Steh auf, Jeremy.«

Vielleicht war es doch seine Mutter? Jeremys Lippen zitterten. Er wünschte sich inständig, es möge seine Mutter sein. Vielleicht war sie zu ihm gekommen, um bei ihm zu sein, während er starb.

Er wollte nicht sterben. Er hatte Angst.

»Steh auf, Jeremy.«

Die Stimme wurde eindringlicher. Er fragte sich, ob sie in seinem eigenen Kopf ertönte. Sein Kopf schmerzte und pochte und schien wie ein Kürbis angeschwollen zu sein. Sprach seine Mutter in seinem Kopf mit ihm?

Er öffnete die Augen, versuchte sich aufzusetzen. Aber ihm wurde schwindlig, schwindlig und übel. Sein Kopf schmerzte, sein Bauch schmerzte, seine Arme und Beine schienen hundert Pfund zu wiegen. Um ihn herum war nichts als Schwärze, kalte dicke Schwärze, die nach Moder roch.

War er in einem Grab?

Bei diesem Gedanken begann er schneller zu atmen. Kurz ergriff ihn Panik. Dann beherrschte er sich wieder. Wo immer er sich befand, in einem Grab hätte er nicht so viel Platz gehabt. Er war nicht lebendig begraben worden.

Das glaubte er wenigstens. Aber sein Kopf schmerzte, wenn er seinen Verstand gebrauchen wollte.

»Versteck dich Jeremy!«, rief eine Stimme in seinem Kopf. Er wollte antworten, aber ein kratzendes Geräusch, ein grässliches kratzendes Geräusch hielt ihn davon ab. Dieses Geräusch ängstigte ihn mehr, als alles andere, was er bis jetzt erlebt hatte.

Er stützte sich auf seine Hände und Knie, tastete sich nach vorn und fühlte eine glatte, steinerne Wand. Es war keine Außenwand, sie war innen, und er hatte vielleicht fünf Zentimeter davon entfernt gelegen. Sie war kalt und glitschig, aber zu seiner Orientierung tastete er sich weiter an ihr entlang und kroch so schnell wie möglich von diesem kratzenden Geräusch weg.

Ein Lichtspalt – nein, kein Licht, sondern verminderte Finsternis – fiel hinein und ließ ihn die Höhe der Steinwand, ungefähr ein Meter fünfzig, erkennen und dass er sich vor diesem grauen Dämmerstein verbergen konnte, wenn er sich dahinter verkroch.

Er duckte sich, wagte kaum um die Ecke zu blicken, aber dann schob er vorsichtig seinen Kopf vor.

In dem drohenden Etwas erkannte er sofort die Umrisse der Gestalt, die in jener Nacht im Schatten gelauert hatte, als seine Mutter getötet wurde. Eine körperhafte, dunkle Silhouette türmte sich in einer Tür auf, die aus seinem Gefängnis führen musste. Ein frischer Luftzug, wärmer als die Luft, die er atmete, wehte um den Saum des Umhangs, der dieses Wesen vor seinen Augen verbarg.

Obwohl er kaum etwas erkennen konnte, spürte Jeremy die Anwesenheit des Bösen. Es war so spürbar wie ein Geruch. Er machte sich ganz klein, bekämpfte den Drang zu schreien oder davonzulaufen.

Aber er hätte nirgendwo hinlaufen können – außer auf das dunkle Etwas zu.

»Jeremy.«

Das war die Stimme, die er im Garten gehört hatte. Sie war anders als das Flüstern, das ihn weckte und sagte, er solle aufstehen.

»Komm her, Junge.«

Das Etwas bewegte sich und ließ vor sich einen silbernen Gegenstand aufblitzen. Jeremy erkannte, was er vor sich sah: ein Messer, lang, glänzend und scharf.

Wahrscheinlich das Messer, das seine Mom getötet hatte. Das Messer, das dieses Etwas jetzt für ihn bereit hielt.

Jeremy spürte, wie sich ein warmer Schwall über seine Beine ergoss. Er hatte sich wie ein Baby in die Hosen gemacht. Das Gefühl der Scham verdrängte für einen Augenblick seine Angst. Er konnte nur noch verhindern, dass er nicht laut aufschluchzte.

Das Etwas in der Tür sog hörbar die Luft ein, einmal, zweimal, als ob es ihn riechen könnte. Dann tauchte von außen her ein Lichtschein auf. Nein, es waren zwei. Die Scheinwerfer eines Autos! Jeremy öffnete seinen Mund, um zu schreien.

»Sei still«, warnte ihn die gute Stimme. Er schloss seinen Mund.

Das Etwas schien zu zögern und verschwand schnell, wie ein Vogel auf Schwingen. Die Tür schloss sich. Jeremy befand sich wieder allein, in der Dunkelheit.

Nur begrüßte er sie diesmal wie einen Freund.

47

Die nächsten Tage verbrachte Rachel wie hinter einem Nebelschleier. Sie wachte am Bett ihres Vaters, hielt seine Hand, sprach mit ihm und betete für seine Genesung, obwohl sie wusste, dass es falsch war, ihn jetzt vor dem erlösenden Tod zurückzuhalten. Aber sie konnte nicht anders. Sie konnte sich nicht überwinden, ihn gehen zu lassen. Nicht jetzt. Nicht auf diese Weise.

Elisabeth, die am Boden neben Stans Bett schlief, erging es nicht besser. Ihr Gesicht war bleich und eingefallen. Vor Erschöpfung konnte sie mit den Ärzten kaum ein zusammenhängendes Wort sprechen. Rachel fiel die Aufgabe zu, sich über den Zustand ihres Vaters zu informieren. Dann erstattete sie Elisabeth und Becky Bericht.

Becky, zwischen ihren Töchtern zu Hause und ihrem Vater im Krankenhaus hin und her gerissen, löste ihre Schwester ab wenn Johnny Rachel für ein paar Stunden Schlaf von der Seite ihres Vaters wegreißen konnte. Seine nächtliche Wache im Garten von Walnut-Grove fiel aus, da Rachel ihre Nächte nicht mehr zu Hause verbrachte. Es war ganz natürlich, dass Rachel in Johnnys Wohnung ging. Sie lag in der Nähe des Krankenhauses. Und Johnny wartete dort auf sie. Seine Arme hielten sie, während sie schlief. Er trocknete ihre Tränen, wenn sie weinte und er überredete sie zum Essen, wenn sie keinen Appetit hatte. Johnny besorgte die kleinen Dinge, die die ermüdeten Wachen im Krankenhaus erträglicher machten. Er chauffierte die Frauen hin und her, wenn sie zu erschöpft waren, um einen klaren Gedanken zu fassen, geschweige denn, sich an das Steuer eines Wagens zu setzen. Er brachte ihnen einen kleinen Imbiss in das Krankenzimmer, wenn er sie nicht zu einer kleinen Mahlzeit in der Cafeteria bewegen konnte. Er hatte persönliche Dinge, wie Gesichtsseife, Zahnbürste und Zahnpasta in der Krankenhausdrogerie besorgt, nachdem sie die erste, schreckliche Nacht bei Stan verbracht hatten. Das Wichtigste aber war, dass er den Frauen eine starke, männliche Schulter zum Anlehnen bot. Sogar Elisabeth wusste seine Hilfe zu schätzen. Sie betonte mehr als einmal, dass sie nicht wüsste, wie sie ohne ihn zurechtkämen. Nach Stans Einweisung ins Krankenhaus hatte sie die Nachricht von Rachels Verlobung ohne Widerrede aufgenommen. Nicht dass Rachel die Situation ausgenutzt hätte, um ihrer Mutter ihre Verlobung mitzuteilen: der glitzernde Ring an ihrem Finger – das Schildchen hing noch daran – war kaum zu übersehen.

Das Leben außerhalb des Krankenhauses ging weiter, während Stan mit unzähligen Schläuchen und Kanülen am Leben erhalten wurde. Freunde kamen ins Wartezimmer, aber nur Familienangehörige hatten zu Stan Zutritt. Kay erschien sehr oft, wie Susan Henley und Elisabeths Freundinnen aus der Kirche. Sogar Rob schickte Blumen, eine Geste, die Rachel zu schätzen wusste. In dieser schweren Zeit tat es gut, mitfühlende Freunde zu haben. Die Besucher grüßten Johnny höflich, da sich sein Status als zukünftiges Familienmitglied der Grants schnell herumgesprochen hatte. Zum ersten Mal war Rachel dankbar, dass man sich auf die Buschtrommeln von Tylerville verlassen konnte. Ihre Verlobung mit Johnny war in aller Munde. Im Augenblick hätte sie weder die Nerven noch die Energie gehabt, ihren Freunden und Bekannten Johnnys ständige Anwesenheit zu erklären.

In der Schule hatte man für Rachel einen Ersatz gefunden, solange sie im Krankenhaus gebraucht wurde. Michael war aus Louisville gekommen, um Stan zu besuchen, wurde aber von Elisabeth und Rachel derart frostig empfangen, dass er nur zehn Minuten blieb. Becky, die eine Weile später mit geschwollenen Augen erschien, erzählte, dass er seine Töchter auf Walnut-Grove besucht hätte.

Die Eisenwarenhandlung stand wieder unter Bens fähiger Leitung. Eine vertraglich festgelegte Gewinnbeteiligung, eine Erhöhung des Gehalts und die Zusage, dass Johnny nicht mehr im Geschäft arbeiten würde, hatten dazu geführt, dass Ben seine Kündigung zurücknahm. Johnny schmerzte die Entlassung nicht, da er nur die Stabilisierung von Stans Gesundheitszustand abwarten wollte, um mit Rachel Tylerville für immer zu verlassen.

Chief Wheatley gehörte zu den wenigen Freunden, die das Krankenzimmer betreten durften. Er sagte, er könne über die Ermittlungen in dem Mordfall nichts Neues berichten, bringe aber eine schlechte Nachricht mit: Jeremy Watkins war offensichtlich von zu Hause fortgelaufen. Jedenfalls war er verschwunden. Sein Vater und seine Großeltern waren verzweifelt. Nein, der Polizeichef tippte nicht auf ein Verbrechen, in Tylerville schloss man den Mord an einem kleinen Jungen aus, aber die Sache war trotzdem beängstigend. Als Rachel und Johnny ihm versicherten, Jeremy seit der Beerdigung seiner Mutter nicht mehr gesehen zu haben, spitzte Chief Wheatley seine Lippen und nickte. Das Kind konnte sich nicht an seine neue häusliche Situation gewöhnen und sei aus Verzweiflung darüber weggelaufen. Die Polizei überprüfe aber trotzdem jede Möglichkeit.

Das einzige, was ihn störe, erklärte er, sei Jeremys wiederholte Behauptung, er hätte in der Nacht, in der seine Mutter ermordet wurde, etwas in der Dunkelheit gesehen. Wenn der Mörder davon Wind bekommen hatte, könnte er auf den Gedanken kommen, Jeremy aus dem Wege zu räumen. Deswegen befrage er Johnny und Rachel und jeden, der Jeremys Bemerkung gehört hatte. Natürlich gab es in ganz Tylerville kaum jemanden, der nicht über die Aussage des Jungen Bescheid wusste. Die Liste der Verdächtigen beschränkte sich also keineswegs nur auf die wenigen Personen, die es direkt von Jeremy erfahren hatten.

Rachel war über diese Möglichkeit zutiefst erschrocken.

Chief Wheatley meinte aber, dass es eine von vielen Theorien sei und dass man die Leiche des Jungen in diesem Fall bereits gefunden hätte, da der Mörder von Marybeth Edwards und Glenda Watkins es eher darauf angelegt hatte, seine Opfer mit Blumen dekoriert am Tatort zurückzulassen.

Nein, am wahrscheinlichsten war, dass der Junge, durch den Tod seiner Mutter und die Anwesenheit der neuen Frau so verstört war, dass er einfach von zu Hause weggelaufen sei. Er sei landesweit als vermisst gemeldet und würde bestimmt in Kürze aufgegriffen werden.

Rachel hoffte es. Die Nachricht von Jeremys Verschwinden bedrückte und beunruhigte sie. Als Chief Wheatley ging, sah sie Johnny an, dass es ihm nicht viel besser erging.

Aber sie konnten nichts unternehmen, um den Jungen ausfindig zu machen. Die Sorge um den Gesundheitszustand ihres Vaters ließ Rachel das rätselhafte Verschwinden Jeremys in den Hintergrund drängen, außerdem klang Chief Wheatleys Theorie sehr plausibel.

Nachdem der Beamte gegangen war, entschuldigte sich Johnny und verließ ebenfalls das Krankenzimmer. Rachel hatte die kurze Kopfbewegung des Beamten nicht bemerkt, mit der er Johnny dazu aufgefordert hatte und winkte ihm geistesabwesend nach.

Wheatley war nicht mehr auf dem Korridor, als Johnny aus Stans Zimmer trat. Eine der weiß gekleideten Krankenschwestern, die einen Patienten in einem quietschenden Rollstuhl schob, antwortete ihm auf seine Frage, dass Chief Wheatley bereits im Fahrstuhl sei. Johnny nahm zwei Treppen auf einmal und erwischte Chief Wheatley in der Eingangshalle.

»Chief.« Seine Stimme hielt den älteren Mann auf, der gerade auf die gläserne Drehtür zugehen wollte.

Wheatley blickte sich um, sah Johnny und gab ihm ein Zeichen, ihm durch die Tür zu folgen, was Johnny ungeduldig tat. In der warmen Septemberluft standen sich die beiden Männer vor dem Backsteingebäude des Krankenhauses gegenüber. Der Polizeichef, untersetzt, in blauer Uniform und Mütze, hatte seine Arme über der Brust verschränkt. Johnny, groß und schlank, in Jeans und weißen T-Shirt und mit neuem Haarschnitt, hatte die Hände in die Taschen gesteckt.

»Sie wollten mich sprechen?«

Wheatley nickte kurz. »Ich wusste nicht, ob Sie meinen Wink verstanden hatten.«

»Was ist?«, fragte Johnny nervös.

»Keine guten Nachrichten.«

»Bin ich gewohnt.«

»Okay. In der Stadt wächst die Antipathie gegen Sie.«

Johnny wurde sofort ruhiger. Er hatte schon befürchtet, Wheatley hätte schlechte Neuigkeiten über Jeremy zu berichten, mit denen er die bereits überstrapazierten Damen verschonen wollte. Wenn es nur das war! Diesen Quatsch hörte er bereits seit Jahren. »Und was gibt es noch?«

Chief Wheatley schüttelte den Kopf. »Diesmal ist es anders. Das Gerede ist wirklich übel, übler als bisher. Die Leute halten Sie für den Täter, auch wenn ich ihnen das

Gegenteil erzähle. Und sie sind aufgebracht, dass Sie noch frei herumlaufen.«

»Wollen Sie mir damit sagen, ich soll aufpassen, dass mich der Mob nicht lyncht?«

Der Beamte spitzte seine Lippen. »Nein, das habe ich nicht gesagt. Die Leute hier in Tylerville sind im großen ganzen friedliebende und anständige Menschen. Aber der Watkinsmord und das Verschwinden ihres Sohnes haben alle aufgeschreckt. Man fragt sich, ob der Junge nicht getötet wurde, um ihn zum Schweigen zu bringen, und Tom Watkins setzte sein ganzes Geld darauf, dass Sie es gewesen waren. Andere haben zwei und zwei addiert und Rachel als nächstes Mordopfer benannt. Und da Rachel in Tylerville sehr beliebt ist, will natürlich keiner, dass sie wie die beiden anderen Frauen endet.«

Johnny sah den Beamten fest an. »Sie glauben immer noch, dass ich es war, stimmt's?«

»Sie legen mir schon wieder etwas in den Mund, was ich nicht gesagt habe. Wenn Rachel die Wahrheit sagt und ich habe sie nie bei einer Lüge ertappt –, dann konnten Sie es nicht gewesen sein. Aber wenn Rachel etwas zustößt oder der Junge tot aufgefunden wird, dann ist Ihr Leben hier keinen Penny wert. Nicht einmal einen viertel Penny, würde ich meinen.«

Johnny wollte etwas erwidern, aber Chief Wheatley gebot ihm mit einer Handbewegung zu schweigen.

»Lassen Sie mich erst ausreden. Ich betrachte die Sache von zwei Seiten. Erstens, Rachel sagt die Wahrheit.

Dann konnten Sie Mrs. Watkins nicht getötet haben. Obwohl Sie sich mit ihr genauso wie mit Marybeth Edwards getroffen haben. Sie leben beide nicht mehr.

Meiner Meinung nach ist Rachel Kandidatin Nummer drei, denn diese Theorie ist nur schlüssig, wenn der Mörder alle Frauen, mit denen Sie eine Beziehung hatten oder haben, umbringt. Oder, zweitens, Sie sind wahnsinnig, haben Marybeth Edwards und Mrs. Watkins aus unbekannten Gründen ermordet und Rachel lügt, um Sie zu schützen. Und diese Theorie kursiert in der Stadt.

So oder so – Ihretwegen sitzt Rachel verdammt tief in der Tinte.«

Johnnys Lippen pressten sich aufeinander. »Sie müssen sie unter Polizeischutz stellen. Ich wollte Sie sowieso darum bitten.«

Chief Wheatley nickte. »Daran habe ich auch gedacht. Aber wir sind nur sechs Mann stark. Die beiden Morde liegen elf Jahre auseinander und ich kann Rachel nicht elf Jahre lang rund um die Uhr bewachen lassen.«

»Sie haben mich gerufen, um mir zu sagen, dass ich immer noch verdächtigt werde und dass Rachels Leben in Gefahr ist, ganz gleich wie die Dinge liegen. Ist das Richtig?«

Chief Wheatley schüttelte seinen massigen Kopf. »Sie haben mich falsch verstanden. Ich habe Sie nur herausgebeten, um Ihnen zu raten, die Stadt so schnell wie möglich zu verlassen. Alle werden besser schlafen, wenn Sie weg sind.«

»Was ist mit Rachel?« Ärger hatte Johnnys Stimme geschärft.

Wheatley hob die Schultern. »Schlimmer kann es für sie nicht kommen. Wenn Sie nicht mehr hier sind, wäre sie verdammt besser dran. Und außerdem gefällt mir die Aussicht nicht sehr, Sie in den nächsten Tagen von einem hohen Baum schneiden zu müssen.«

Johnnys Mund verzog sich. »Okay, Sie haben Ihren Vers gesagt, jetzt bin ich an der Reihe. Am liebsten würde ich dieses Kaff sofort verlassen, aber das tue ich erst, wenn Rachel mitkommen kann, und Rachel bleibt im Augenblick noch wegen ihres Vaters hier. Falls Sie es nicht wissen, Tylerville stinkt mir.«

Der Polizeichef verzog keine Miene. »Ich kann Sie nicht dazu zwingen.«

»Nein«, sagte Johnny und hielt seinem Blick stand, »nein, das können Sie nicht.«

»Mir war nur daran gelegen, Sie über den gegenwärtigen Stand der Dinge aufzuklären.« Wheatley hatte sich bereits zum Gehen gewandt, als er sich nach Johnny umblickte. »Persönlich halte ich Sie nicht für schuldig.«

Johnny erwiderte nichts. Der Chief hob die Achseln und ging auf seinen grauen Taurus zu, der nicht weit vom Krankenhaus am Randstein parkte. Er öffnete die Fahrertür und merkte, dass Johnny ihn beobachtete. Wheatley blickte über das Autodach zu Johnny hinüber.

»Übrigens, haben Sie hier noch ein paar verflossene Freundinnen sitzen?«

»Keine lebenden«, erwiderte Johnny knapp. Der Chief nahm seine Antwort zur Kenntnis, nickte einmal und stieg in seinen Wagen.

Johnny blieb noch lange auf der gleichen Stelle stehen, bevor er wieder in das Backsteingebäude hineinging.

48

Sterben dauert lange, stellte Jeremy fest, als die Stunden in nahtlosem Schrecken ineinander übergingen. Nichts zu essen, nichts zu trinken, kein Licht, kein Ende des stechenden Schmerzes, der jedesmal durch seinen Kopf fuhr, wenn er sich bewegte. Aber er lebte noch. Wieviele Stunden, Tage oder Wochen vergangen waren, wusste er nicht. Die Kerkerhaft in dieser kalten, muffigen Schwärze schien ihm länger als ein Jahr zu dauern, wenn nicht die Stimme seiner Mutter gewesen wäre.

Er wusste jetzt, dass es ihre Stimme war, die ihn tröstete. Seine Fingerspitzen waren aufgerissen und blutig, als er versucht hatte, durch die Steinmauern oder die Eisentür zu entkommen, an der das Etwas gestanden hatte. Er wusste jetzt, dass es keinen Ausweg gab und versank in tiefe Hoffnungslosigkeit. Er lag zusammengerollt auf dem Steinboden, während es in seinem Kopf pochte und bunte Kreise auf seinen geschlossenen Augenlidern tanzten. Sein Körper zitterte vor Kälte. Ab und zu verlor er das Bewusstsein und wenn die Schmerzen oder die Angst zu groß wurden, redete seine Mutter mit ihm. Jeremy stellte sich vor, er läge in seinem Bett mit dem kleinen Jake an seiner Seite. Mom saß wie immer im Schaukelstuhl in der Ecke des Zimmers.

»Jeremy, weißt du noch, als du die Schule schwänzen durftest und wir zum Angeln gingen?«

»Ja, Mom.«

»Weißt du noch, vorletztes Weihnachten, als Santa Claus dir das neue Fahrrad schenkte?«

»Ja, Mom.«

»Erinnerst du dich noch an Halloween … Erntedankfest … an deinen Geburtstag?«

»Ja, Mom.«

Manchmal sagte sie Reime auf, die er aus seiner Kleinkindzeit kannte. Manchmal sang sie ihm vor, kleine, dumme Liedchen, die er liebte oder Wiegenlieder für Jake. Und manchmal erzählte sie ihm auch nur, dass sie da sei. Als der Durst seine Kehle auszutrocknen begann, sagte ihm seine Mutter, er solle trotz seiner stechenden Kopfschmerzen aufstehen und die Wände seines Gefängnisses nach Wassertropfen abtasten. Sie würden ihn am Leben erhalten. Hatte er einen gefunden, leckte er ihn gierig von der glitschigen Steinwand ab. Als das Wasser seine trockene Zunge und die brennende Kehle benetzte, hätte er aufjubeln können. Obwohl er sich immer stärker nach ihr sehnte, spürte er, wie sie sich dagegen sträubte, dass er den Weg über die Brücke zu ihr ging. Sie wollte, dass er lebte.

Hunger nagte an seinen Eingeweiden, dass es schmerzte. Allmählich aber wich er einer dumpfen Leere, die nicht mehr wehtat. Er lag zusammengerollt an der Wand, wo das

Wasser herabtröpfelte, leckte es ab, wenn er es brauchte und hörte seiner Mom zu. Das war das beste Mittel, um der Angst die Schranken zu weisen.

Er wusste, dass dieses Etwas früher oder später wiederkommen würde und fürchtete, dass es dann nicht mehr weggehen würde.

Bei dem Gedanken an das blitzende Messer schluchzte er laut auf und konnte nicht mehr aufhören, obwohl seine Mutter durch die Dunkelheit zu ihm sprach und versuchte, ihm seine Furcht zu nehmen.

»Sei tapfer. Sei tapfer.«

49

Am Freitag verbesserte sich Stans Zustand, so dass Elisabeth und Rachel beschlossen, sein Krankenlager für kurze Zeit zu verlassen. Becky blieb bei ihm – sie hätten Stan niemals allein gelassen –, während Johnny Rachel und ihre Mutter in Rachels Wagen nach Walnut-Grove fuhr. Elisabeth, die am Beifahrersitz neben Johnny saß, war nur noch ein Schatten ihrer selbst. Ihr Kopf lehnte am Polster, die Augen waren geschlossen, die Hände im Schoß gefaltet. Es war eines der wenigen Male in ihrem Leben, dass Rachel ihre Mutter in einem weniger gepflegten Äußeren sah.

Keiner von ihnen sprach ein Wort. Rachel und Elisabeth waren erschöpft und ausgelaugt. Johnny schwieg rücksichtsvoll. Die Stille war angenehm und gab Rachel Gelegenheit ihre Gedanken ein wenig zu ordnen. Der Herzanfall ihres Vaters hatte eine positive Seite: Die letzten Tage im Krankenhaus hatten viel dazu beigetragen, Elisabeth mit Johnny zu versöhnen und sie einander näher zu bringen. Die Krise hatte ihre Mutter gezwungen, Johnnys Hilfe und Beistand anzunehmen und Johnny hatte sich besser verhalten, als Rachel erwartete. Er war da, wenn man ihn brauchte. Kurz, er hatte sich bei der Familie im Verlauf der Tage unentbehrlich gemacht und ihr Herz gewonnen. Nach den seltsamen Gesetzen der Alchemie war Johnny in Zeiten der Not einer der ihren geworden.

Als sie durch das Tor von Walnut-Grove fuhren, gewann Rachel ihre Lebensgeister wieder. Die Sonne schien, die Luft war warm. Das Laub der Bäume färbte sich herbstlich und sah sehr dekorativ aus. Das Haus hielt sich zu ihrem Empfang bereit. Katie sang mit Tilda einen albernen Schlager in der Küche. Die kindliche Unbeschwertheit ihrer kleinen Nichte tat Rachel wohl. Ein großer Pott, der nach einer köstlichen Gemüsebouillon duftete, stand brodelnd auf dem Herd.

»Pünktlich zum Mittagessen«, sagte Tilda und blickte mit einem breiten Lächeln auf die Eintretenden. Katie lief juchzend auf Rachel zu. Sie nahm das Kind mit einem ausholenden Schwung in die Arme, küsste es ohne sich daran zu stören, dass die Händchen klebrig von der Lutschstange waren, die sie in ihrer Aufregung fallen gelassen hatte.

»Wo sind die anderen, Tilda?«, wollte Elisabeth wissen. Das Reden strengte sie an.

Sie war so müde, dass die Worte leise und undeutlich über ihre Lippen kamen.

»J.D. holt Loren aus dem Kindergarten ab. Lisa ist noch bis drei Uhr in der Schule. Und Katie-Maus und ich sind hier in der Küche, stimmt's, Katie-Maus?«

»In der Küche«, bestätigte Katie nickend.

»Willst du nicht hinaufgehen und dich einen Augenblick hinlegen, Mutter?«, fragte Rachel besorgt.

»Ich glaube ja. Ich bin hundemüde.« Elisabeth küsste Katie, die kichernd aus der Küche lief und dabei den Gang einer alten Frau imitierte. Rachel hatte ihre Mutter nie als das betrachtet und erschrak, als sie an das Alter ihrer Mutter dachte.

»Ich glaube, ich werde Mutter beim Ausziehen helfen«,

sagte sie und schickte Katie wieder in die Küche. Als die Kleine protestierte, lenkte Tilda sie mit einer Pfanne und einem Kochlöffel als Trommelstock ab. Der Lärm begleitete Rachel die Treppen hinauf.

Als sie nach einer Viertelstunde wieder in der Küche erschien, nachdem sie ihrer Mutter das Badewasser eingelassen und Nachthemd und Morgenmantel bereit gelegt hatte, plantschte Katie auf einem Hocker stehend vergnügt im Spülbecken.

Johnny lehnte am Küchenschrank und unterhielt sich mit Tilda, die Schinken für die Sandwichs schnitt und ihn wie einen ihrer eigenen vier Söhne behandelte. Dann füllte Tilda zwei Suppenschalen mit der Bouillon und stellte sie neben zwei appetitlich angerichtete Salatteller auf den alten Eichenholztisch. Mit der protestierenden Katie auf dem Arm verließ sie die Küche, damit Rachel und Johnny in Ruhe essen konnten.

Johnny aß mit Freude, während Rachel nur ein paar Löffel von der Suppe nahm und die Schale wegschob.

»Schmeckt sie nicht?«, fragte Johnny und meinte damit keineswegs die Suppe. Er hatte in den letzten Tagen beobachtet, wie wenig sie aß. »Kein Wunder, dass du so winzig bist. Eine ausgewachsene Maus verspeist mehr als du.« Rachel schnitt ihm zur Antwort eine Grimasse, aß aber auf seinen strengen Blick hin den Rest der Suppe auf. Aber mehr hatte wirklich nicht in ihrem Magen Platz.

»Es hilft deinem Vater nicht, wenn du vor Unterernährung krank wirst«, sagte Johnny als er den letzten Bissen seines Tellers vertilgte und ein großes Glas Milch austrank. In Stresssituationen war ihr Magen zu und sie konnte kaum einen Bissen hinunterbekommen, während Johnny immer einen gesunden Appetit hatte.

»Ich habe Kopfschmerzen«, antwortete sie würdevoll.

»Tatsächlich?« Johnnys Frage war rein rhetorisch. Dann blickte er sie nachdenklich an und meinte lachend:

»Sei ein braves Mädchen und saus hinauf und zieh dir Jeans und Turnschuhe an. Du brauchst frische Luft.«

»Da magst du recht haben.«

Ein Spaziergang. Das hörte sich gut an, dachte Rachel und ging die Treppen hinauf. Als sie in die Küche zurückkam, wischte er sich die Krümel eines Schokoladenkekses vom Mund.

»Wenn du weiter so viel isst, wirst du im Alter dick und fett sein.« Sie lächelte schelmisch.

»Bestimmt nicht. Mein Energieverbrauch ist zu hoch.« Er wischte sich die Finger an seinen Jeans ab und ging auf sie zu.

»Das sagt man immer.«

»Oh, ja?«

»Ja.«

»Na, komm. Es ist wunderschön draußen.«

Johnny fasste sie bei der Hand. Glücklich ging Rachel mit ihm zur Tür hinaus über den Patio den kleinen Pfad zur Garage entlang. Sein Motorrad parkte dort neben dem Wagen ihrer Mutter und dem Wagen, den Tilda zum Einkaufen benutzte. Rachel holte tief Luft und sog den herben Duft des Frühherbstes ein. Irgendwo verbrannte jemand Laub. Dieser Geruch lag nur wie ein Hauch in der Luft, war aber für Rachel unverkennbar.

Draußen war es noch warm genug, dass man weder Jacke noch Pullover brauchte. Ein aufkommender Wind fuhr durch Rachels Haar und ließ die dunklen Äste mit ihrem rotgoldenen Herbstschmuck hoch über ihren Köpfen wie winkende Arme auf und niederschwingen. Rachels Seele erfrischte sich an den Farben und Geräuschen und Düften des Herbstes, der ihr die liebste Jahreszeit war.

»Hier«, sagte Johnny und reichte ihr einen Helm. Rachel war so mit ihren Gedanken beschäftigt, dass sie nicht bemerkt hatte, dass ihr Spaziergang an seinem Motorrad endete.

»Oh, ich glaube nicht ...« Rachel schüttelte ihren Kopf, als sie seine Absicht erkannte und tat einen Schritt zurück. Aber Johnny ließ sich nicht beirren, setzte ihr den Helm auf und blickte sie fragend an.

»Vertraust du mir nicht?«

»Ja, aber ...«

»Gut.« Er zog die Halterung ihres Helms fest und brachte sie mit einem energischen Kuss zum Schweigen.

»Es wird dir gefallen. Glaube mir.« Er zog sie an der Gürtelschlaufe ihrer Jeans an sich und küsste sie wieder.

»Wollen wir eine Probefahrt machen?«

»Was bleibt mir übrig?« Rachel kapitulierte seufzend. Wenn er seinen Scharm einsetzte, war er unwiderstehlich, auch wenn sie höchst ungern mit ihm auf dem Motorrad fuhr. Sie wusste, dass sie an seiner Seite sicher und wohlbehalten nach Hause kommen würde.

»Spring auf.« Johnny lachte, setzte seinen Helm auf, schwang ein Bein über den Sitz, hob die Maschine vom Ständer und startete den Motor.

»Aber wie?« Rachel musste brüllen, um das Motorengeräusch zu übertönen. Der Sitz war ziemlich weit vom Boden entfernt und es erschien ihr nicht sehr damenhaft, ihn aus dem Stand zu besteigen. Für ihn kein Problem, schließlich war er über ein Meter achtzig groß.

»Stell dir vor, das Motorrad wäre ein Pferd!«, brüllte er zurück.

Rachel versuchte es und saß plötzlich hinter ihm, hinter seinem breiten Rücken, ihre Schenkel an die seinen gepresst.

»Halt dich fest!«, rief er ihr über die Schulter zu.

Rachel biss die Zähne zusammen, schlang die Arme um seine Taille. Dann schossen sie davon. Als sie donnernd die Auffahrt hinunterflogen und die Kieselsteine rechts und links aufspritzten, meinte Rachel auf einer Rakete zu sitzen.

Johnny liebte das Motorradfahren. Sie spürte die Freude und Begeisterung seines Körpers, als sie sich eng an seinen Rücken schmiegte. Sie spürte es in seinen Augen, wenn er sein Gesicht kurz umwandte und an seiner Stimme, wenn er ihr etwas zurief. Sie klammerte sich ohne Protest an ihn, wenn sie in die Kurven gingen oder Bodenunebenheiten überflogen. Johnny zuliebe würde sie sich an diese Art der Fortbewegung gewöhnen, auch wenn es sie umbringen sollte. Er hatte keine Mühen gescheut, sich in ihre Welt einzufügen, dass sie zumindest dieses eine für ihn tun konnte.

Als sie nach anderthalb Stunden wieder vor der Garage auf Walnut-Grove standen, hatte Rachel ihre zusammengekniffenen Augen noch nicht geöffnet.

»War das nicht großartig?« Er lachte sie breit an, als er das Motorrad abstellte. Rachel – dankbar noch am Leben zu sein – nickte lächelnd, setzte ihren Helm ab, reichte ihn Johnny und ließ sich vom Sattel heruntergleiten. Dann passierte etwas Komisches. Ihre Knie und Oberschenkel schienen sich miteinander abgesprochen zu haben, als sie unkontrolliert zu zittern begannen. Ihr Hinterteil tat ausgesprochen weh. Sie rieb es, verzog das Gesicht, als Johnny den Helm abnahm.

»Was ist?«, fragte er, als er sah, wie sie ihren schmerzenden Po rieb. Stirnrunzelnd blickte er sie an. Etwas verlegen ließ Rachel ihre Hand sinken.

»Ich bin wund geritten«, sagte sie kläglich.

»Für das erste Mal waren wir zu lange unterwegs.« Es klang zerknirscht.

Das erste Mal? dachte sie und schüttelte sich innerlich, lächelte ihn aber weiterhin an, als sie auf das Haus zugehen wollte. Beim ersten Schritt zuckte sie unwillkürlich zusammen.

»Baby, tut mir leid.« Johnny stellte sich hinter sie und hob sie in seine Arme, bevor sie wusste, wie ihr geschah. Sie sträubte sich kurz, schmiegte sich dann an ihn, als er mit ihr auf das Haus zuging. Das war der Mann, den sie liebte. Er konnte sie in seinen Armen forttragen. Sie lächelte bei diesem Gedanken und schlang ihre Hände um seinen Nacken.

»Verzeihst du mir?« Er klang wirklich betrübt. Rachel zupfte ihn an einer Locke hinter dem Ohr.

»Ja, Dummerchen.«

»Du wirst dich mit der Zeit daran gewöhnen.«

»Ja, bestimmt.«

»Du musst nicht mitfahren, wenn du nicht willst.«

»Ich weiß.«

Johnny blieb kurz stehen, um sie zu küssen. Als er weiterging, schlug er zu Rachels Überraschung den Weg zum Wäldchen ein.

»Wo gehen wir hin?«

»Dahin, wo ich deine Schmerzen lindern kann.«

»Hört sich viel versprechend an.« Sie lächelte ihn an.

»Nicht wahr?«

Johnny trug sie den kleinen Trampelpfad entlang, auf den Kletterbaum zu und ließ sie vor der Eiche zu Boden gleiten. Mit zitternden Beinen kletterte sie in das Baumhaus. Als Johnny durch die runde Öffnung erschien, lag sie flach ausgestreckt auf ihrem Rücken, die Arme hinter dem Kopf verschränkt und bewunderte das flammend gelbe Gewölbe der Baumkrone über sich. In ihren ausgeblichenen Jeans, dem rosafarbenen T-Shirt, dem zerzausten Haar und den geröteten Wangen sah sie wie achtzehn aus. Und so fühlte sie sich. Als Johnny vor ihr stand und auf sie herabblickte, lächelte sie ihn glückselig an. Dann kniete er sich vor sie hin.

»Dreh dich um.«

»Wieso?«

»Ich sagte doch, ich würde deine Schmerzen stillen. Da hilft nur eine gute Massage.«

»Wirklich?«

»Uh-hmmm.«

Rachel drehte sich um, legte ihre Hände als Kissen unter ihr Kinn. Sie spürte die Kraft seiner Hände, als sie ihr schmerzendes Hinterteil kneteten. Er hatte recht. Die fachkundige Massage löste den Schmerz ihrer Muskeln oder verteilte ihn wenigstens. Seltsam, dachte sie, wie schnell er die Lust nach ihm in ihr wecken konnte. Kein anderer Mann hatte jemals so auf sie gewirkt. Wenn Johnny sie berührte, wollte sie seinen Sex.

Als sie die nötige Energie aufbrachte, um sich umzudrehen und es ihm zu sagen, glitten seine Hände unter sie und versuchten, den Verschluss ihrer Jeans zu öffnen.

»Was machst du da?«, fragte sie wohlig, als er den Reißverschluss öffnete und die Jeans langsam über ihre Hüften zog.

»Ich glaube, die Massage wirkt direkter, wenn sämtliche Hüllen zwischen meinen Händen und deiner Haut verschwinden.«

»Oh, wirklich?«

»Ja.«

Er zog ihre Turnschuhe und Jeans aus. Rachel lag regungslos auf ihrem Bauch, mit rosafarbenem T-Shirt, pfirsichfarbenem Slip und gleichfarbigen Söckchen, den Kopf auf die Hände gestützt. Die Luft fühlte sich auf ihren nackten Beinen kühl an. Als seine Hände über ihre Schenkel strichen und ihre Tätigkeit wieder aufnahmen, breiteten sie eine wohlige Wärme aus.

Rachel musste zugeben, dass seine Bemühungen ohne ihre Jeans weitaus wirkungsvoller waren. Sie dehnte ihren Rücken wie eine Katze, als seine Hände unter ihren Slip fuhren.

Rachel mobilisierte ihre letzten Energien, um sich umzudrehen und sich aufzusetzen.

»Schon besser?«, fragte er und streichelte jetzt ihren Bauch.

»Viel besser.« Rachel lächelte zu ihm hinauf, schlang ihre

Arme um seinen Nacken und presste ihre Lippen zu einem sinnlichen Kuss auf seinen Mund, den er hingerissen erwiderte.

»Du hast bei mir noch etwas gut«, sagte sie schließlich, wehrte ihn ab und schüttelte den Kopf, als er sie langsam auf den Rücken legen wollte.

»Oh, ja?«, fragte er interessiert, als sie nach seinem Reißverschluss griff und ihn öffnete. Gegen die Wand gelehnt beobachtete er ihre Bemühungen mit einem verwunderten Lächeln.

»Ja«, antwortete sie. Sein Lächeln verebbte, sein Atem beschleunigte sich, als ihre Hand ihn umschloss und befreite. Johnnys Augen brannten dunkel, als sie ihren Kopf über ihn beugte. Er schloss die Augen und gab sich ihrer Liebe hin. Dann stöhnte er auf.

Rachel war von diesem Laut so hingerissen, dass sie es noch einmal tat.

50

Völlig unbemerkt von den beiden im Baumhaus, gab es an diesem Nachmittag noch jemand in dem Wäldchen hinter Walnut-Grove. Der Beobachter war auch da.

Der hellbraune Wagen mit dem Alltagsgesicht des Beobachters hinter dem Steuer war zufällig die Hauptstraße heruntergefahren, als Johnnys Motorrad vorbeisauste. Der Anblick der Frau, die sich von hinten an ihn geschmiegt hatte, wobei ihre Arme seine Hüften fest umschlossen, hatte den Beobachter derart erregt, dass er bereits im Augenbick des Erkennens die Kontrolle über sein triebhaftes Verlangen verlor. Während er dem Motorrad in sicherem Abstand folgte, hatte der Beobachter den starken Drang bekämpfen müssen, einfach nur Gas zu geben und das verräterische Paar zu überfahren. Aber es war ihm gelungen, dem zu widerstehen. Johnny Harris zu töten gehörte nicht in seinen Plan.

Aber der Beobachter musste sie zumindest bis zum Wald verfolgen. Er stellte sich unter den Baum und horchte auf die Geräusche der Liebe über seinem Kopf. Sein schlimmster Verdacht war bestätigt. Sie waren Liebende! Er verhielt sich ganz still und brannte inwendig vor Wut, vor Eifersucht in ein geiferndes, blutgieriges Untier verwandelt. Er hatte bereits zweimal getötet. Aber niemals zuvor war sein Drang nach blutiger Rache so stark wie jetzt. Die Frau musste sterben. Die Frau würde sterben. Und bald. Bald.

Aber nicht sofort. Das verbot ihm seine Klugheit. Er konnte warten, bis ihm die Frau allein überlassen war.

Das Warten würde sich lohnen.

Denn dieses Mal würde die Frau, die zu sterben hatte, die richtige sein. Die ersten zwei Morde hatten nicht erfüllt, was der Beobachter wirklich wollte und nun wusste er warum. Diese Frau, Rachel Grant, war diejenige welche … Mit der festen Gewissheit seiner eigenen Identität als ein wieder geborenes Wesen, suchte er ein zweites wieder geborenes Wesen. Innerlich jubelnd wurde ihm bewusst, dass er endlich seine Beute ausgemacht hatte. Seine wirkliche Beute, die seit ewiger Zeit sein unseliges Schicksal war. Der Beobachter wusste, dass Erinnerungen, Verhaltensmuster und Handlungen der Rachel Grant genauso ihre Oberfläche ausmachten, wie seine zur Schau getragene Alltäglichkeit. Unter diesen unanfechtbaren Alltagsfassaden lauerte weit mehr: ruhelose Seelen, die das Schicksal aneinander gekettet hatte, deren Bestimmung es war, immer wieder gemeinsam neugeboren zu werden, um den endlosen Zyklus von Verrat und Mord und Erlösung durchzuspielen. Mit dem Beobachter selbst, der Seele von Johnny Harris, bildete die Seele der Frau den dritten Punkt des ewigen Dreiecks.

Der Beobachter wusste, dass sein Schicksal ihn dazu bestimmt hatte, dieses Dreieck zu zerstören. Erst danach würde er Frieden finden.

Von seiner Sicht aus hatte er leichtes Spiel. Rachel Grant und Johnny Harris ahnten nichts von der Existenz eines anderen Wesens, das sich hinter seinem äußeren verbarg. Das Wissen um Wiedergeburt, Bestimmung und Erlösung, das dem Beobachter eigen war und das er als letzte, ewig gültige Wahrheit erkannt hatte, lag außerhalb ihres Verstehens. Nur einige wenige aufgeklärte Geister, zu denen er sich zählte, hatten Zugang zu derart überirdischem Wissen. Die meisten sahen nicht mehr, als das Ich an der Oberfläche, das nur eine winzige Facette der vollständigen Seele darstellte.

Der Beobachter hatte darüber seine eigenen Vorstellungen. Von der Luft aus gesehen schienen die Inseln, die wie Punkte im Meer lagen, vollständig zu sein. Blickte man aber unter die Oberfläche des Meeres, entdeckte man, dass die Inseln nur die Spitzen gigantischer Felsformationen waren, die sich dem Blick entzogen.

Das alltägliche Ich, sinnierte der Beobachter, war wie eine Insel. Nur dem scharfsinnigen, einfühlsamen Beobachter war es vergönnt, unter die Oberfläche zu blicken.

Die Geräusche der Liebe über ihm hörten plötzlich auf und rissen den Beobachter aus seinen Betrachtungen. Kurz sah er hinauf. In ihm brannte der Wunsch, seinen vorherbestimmten Mordauftrag sofort auszuführen. Hass, glühender, beißender Hass für die verräterische Seele, die in Rachel Grant lebte, kämpfte mit seiner instinkthaften Schläue.

Die Schläue gewann. Der Beobachter drehte sich um und ging schnell davon.

Es würde ein anderer, besserer Tag der Rache kommen.

51

Ungefähr gegen vier Uhr nachmittags fuhr Johnny Rachel und ihre Mutter im blauen Maxima ins Krankenhaus zurück. Johnny war schachmatt. Rachel hatte ihn erschöpft. Er lachte innerlich bei dem Gedanken, dass er das früher für unwahrscheinlich gehalten hatte. Sie hatte diesmal die Initiative ergriffen und er hatte jede Minute ausgekostet. Sie schien jetzt belebt und gekräftigt zu sein, während er sich müde und zerschlagen vorkam. Muskeln, von denen er nicht wusste, dass er sie besaß, schmerzten. Er musste unbedingt heiß duschen, sich umziehen und etwas essen. Er wollte Rachel im Krankenzimmer ihres Vaters abliefern und dann kurz in seine Wohnung fahren. In einer Stunde würde er wieder zurück sein und es würde nicht vor sechs Uhr dunkel werden. Ihre Mutter, ihre Schwester und ein Dutzend Ärzte und Krankenschwestern in Rufweite dürften als Schutz für sie ausreichen. Er hatte sie seit einer Woche Tag und Nacht nicht aus den Augen gelassen und glaubte, sie beruhigt für eine Stunde verlassen zu können.

Rachel hatte durchaus nichts dagegen, sie lehnte sich aus dem Fenster und küsste ihn, während ihre Mutter bereits im Krankenhauseingang verschwunden war.

»Und lass dich nicht von Fremden ansprechen, okay?« Seine Bemerkung war nur halb scherzhaft gemeint, aber sie strahlte ihn an.

»Keine Angst!« Sie tippte mit dem Finger auf seine Nase, wandte sich um und ging auf die gläserne Drehtür zu. Johnny, der verbotenerweise auf der Patientenspur geparkt hatte, sah ihr nach. Sie trug einen schlichten Rock und eine türkisfarbene Seidenbluse, einen mit Silberbeschlägen verzierten Ledergürtel und silberne Ohrringe. Ihre Rückenpartie schwang lässig hin und her, als sie auf ihren mittelhohen Pumps in das Krankenhaus ging. Allein dieser Anblick genügte, um sie von neuem zu begehren.

Auf dem Weg zu seiner Wohnung klatschten die ersten dicken Regentropfen gegen die Windschutzscheibe. Johnny stellte die Wischer an und blickte zum Himmel hinauf. Seit Wochen hatte es nicht mehr geregnet. Aber den Wolkenbergen nach zu schließen, die im Westen heraufzogen, würde sich das bald ändern. Sehr gut – der Regen war dringend erforderlich.

Er parkte den Wagen hinter der Eisenwarenhandlung, benutzte die Außentreppe zu seiner Wohnung, um nicht durch den Laden gehen zu müssen, holte die Post aus dem Briefkasten neben der Tür und ging hinein. Wolf begrüßte ihn stürmisch und hätte ihn beinahe umgestoßen.

»Du hast mir auch gefehlt«, sagte er und kraulte ihn hinter den Ohren. Dann warf er einen besorgten Blick auf den Himmel und beschloss, Wolf zu einem kurzen Spaziergang auszuführen, bevor der Himmel seine Schleusen öffnen würde. Er nahm den Hund an die Leine und ging die Treppen hinunter. Die Tropfen fielen jetzt regelmäßiger, als er mit Wolf über den Rasen ging.

T-Shirt und Jeans waren mit großen, nassen Punkten besprenkelt, als er wieder in seine Wohnung zurückkehrte. Johnny zog sich rasch aus und ging unter die warme Dusche. Seit seiner nachmittäglichen Siesta mit Rachel war die Temperatur erheblich gefallen, so dass er ein langärmliges, dunkelblaues Jeanshemd wählte. Beim Zuknöpfen fiel sein Blick auf die Post, die er auf den Tisch gelegt hatte. Nichts Wichtiges, dazwischen ein paar Rechnungen. Ein brauner, wattierter Umschlag war ihm aus dem Gefängnis nachgeschickt worden. Als er den aufgestempelten Namen in der linken Ecke des Umschlages sah, wurde ihm fast übel.

Aber das lag jetzt alles hinter ihm. Er wollte nicht mehr zurückblicken. Der Makel würde aus seinen Akten und aus seinem Leben gelöscht werden. Die elf Jahre gehörten einem anderen Johnny Harris an. Rachel und ihre Liebe, und das Versprechen eines neuen gemeinsamen Lebens hatten ihn zu einem anderen Mann gemacht.

Der Gedanke an Rachel beflügelte ihn. Mit aufgeblähten Wangen pustete er kräftig die Luft aus und dachte an die guten Dinge, die das Leben jetzt für ihn bereithielt. Er wollte seine Lederjacke mit ins Krankenhaus nehmen, für Rachel, wenn er sie abends mit nach Hause nahm. Die türkisfarbene Seidenbluse war zwar sehr schön, aber bestimmt nicht sehr warm.

Sein Magen zog sich zusammen, als sein Blick wieder auf die Post aus dem Gefängnis fiel. Zurückholen werden sie mich ja nicht, dachte er sarkastisch, als er den Umschlag öffnete. Es waren nur Briefe, die man ihm nachgeschickt hatte. Seine Anhängerinnen konnten von seiner Freilassung nichts wissen. Er fragte sich, wie lange sie ihm wohl noch schreiben würden.

Seine eifrigste Briefeschreiberin war wieder dabei. Sie benutzte stets rote Tinte auf rosafarbenem Briefpapier und ihre Briefbögen waren ständig parfümiert. Es war ein süßlicher, schwerer Blumenduft. Johnny zog eine Grimasse, als der aufdringliche Geruch in seine Nase stieg.

So weit er sich erinnerte, rochen ihre Briefe im Gefängnis nicht so stark, aber wahrscheinlich hatte sich der Duft in dem wattierten Umschlag intensiviert.

Der Geruch stand immer noch in seiner Nase, als er den Umschlag mit dem Daumen öffnete und den Briefbogen entnahm. Aus Nettigkeit müsste er ihr eigentlich mitteilen, dass es Zeitverschwendung wäre, ihn mit weiteren Liebesergüssen zu bedenken. Aber er wusste sofort, dass er es nicht tun würde. Nie mehr würde er seine Gefängnispost in die Hand nehmen. Sie brachte nur alte Erinnerungen zurück, böse Erinnerungen, die ihn krank machten. Er würde sie ungeöffnet in den Papierkorb werfen und nach vorne, auf sein neues Leben blicken.

Was für eine Frau musste das sein, die sich einem Fremden, einem inhaftierten Mörder anvertraute, der nie eine Zeile zurückschrieb? Während seiner Haftzeit hatte sie ihm regelmäßig einmal die Woche geschrieben. Ihr Ton war vom ersten Brief an sehr vertraut gewesen, was er ziemlich lächerlich fand. Zum Teufel, er wusste nicht einmal, wie sie hieß, denn sie unterschrieb immer mit ›ewig Dein‹. Sie redete ihn auch nie mit dem Namen an. Ihre Briefe begannen unverändert mit ›Mein Liebster‹. Aus ihrem Wortlaut hätte man annehmen können, sie wären ein Ehepaar.

Merkwürdig. Johnny rümpfte die Nase und warf den Brief zu den anderen zurück. Dann ging er in die Küche und wusch sich die Hände, um den anhaftenden Geruch loszuwerden, holte seine Lederjacke und ging zur Tür hinaus.

Er stand bereits auf der Treppe und wollte, da der Regen verstärkt einsetzte, eilig hinunterlaufen, als es ihn wie ein Blitz durchfuhr. Er erstarrte mitten in der Bewegung. Er kannte dieses Parfüm, nicht nur von den Briefen. Er hatte es kürzlich gerochen. Nach seiner Rückkehr in Tylerville. An einer Frau. Er wusste es so sicher, wie der Regen auf seinen Kopf prasselte, aber er konnte sich im Augenblick nicht auf die Trägerin dieses Parfüms besinnen.

Wheatley hatte ihn gefragt, ob er noch ein paar verflossene Freundinnen in Tylerville hätte und er hatte ihm geanwortet, dass es seines Wissens niemanden mehr gäbe. Johnnys Gehirn arbeitete blitzschnell. Natürlich! Plötzlich stand eine grauenhafte Vision vor ihm.

Die Absenderin dieser verrückten Briefe konnte aus Tylerville stammen. Vielleicht war sie hier geboren. Vielleicht hatte sie – nicht er – sondern sie – Glenda und Marybeth ermordet. Weil sie sich einbildete, ihn zu lieben!

Wer immer sie war, innerhalb der wenigen Wochen seit seiner Entlassung aus dem Gefängnis war er ihr mehr als einmal begegnet. So sehr er sich das Hirn zermarterte, er konnte sich nicht an diese Frau erinnern. Es konnte fast jede Frau aus Tylerville gewesen sein. Eine Verkäuferin. Eine Kundin aus der Eisenwarenhandlung. Jemand aus dem Bekanntenkreis der Grants.

Vielleicht konnte man die Briefe zurückverfolgen. Johnny machte auf dem Absatz kehrt, sprang die Treppe hinauf. Seiner nervös zitternden Hand gelang es nicht sofort, den Schlüssel ins Schloss zu stecken. Endlich. Hastig stieß er die Tür auf, ließ sie sperrangelweit offen stehen, stürzte zum Tisch und nahm den Brief mit dem passenden Umschlag an sich.

Der Absender lautete Postfach Louisville. Es dürfte nicht schwierig sein, den Absender ausfindig zu machen.

Den Brief in der Hand ging Johnny zum Telefon. Er nahm den Hörer ab, wählte die Nummer. Als sich am anderen Ende der Leitung eine gelangweilte Frauenstimme meldete, sagte er: »Geben Sie mir Chief Wheatley.«

52

»Rachel!«

Rachel eilte auf die Fahrstühle zu, als sie ihren Namen rufen hörte. Sie blickte sich um und sah Kay aus einer Glastür auf sich zukommen. Rachel winkte ihr lächelnd zu, blieb stehen, um auf ihre Freundin zu warten.

Kay lächelte nicht zurück. Als sie näher kam, konnte Rachel ihren Gesichtsausdruck erkennen, der sie sofort alarmierte.

»Ist etwas passiert?«, fragte sie kurz.

»Oh, Rachel, wie furchtbar, dass ich dir das sagen muss.« Kay sah unglücklich aus. »Es hat Ärger gegeben. Johnny ... Johnny ist verhaftet worden.«

»Verhaftet?! Weswegen?«

»Es tut mir so leid, Rachel. Anscheinend gibt es neue Beweise, dass er diese beiden Frauen tatsächlich getötet hat.«

»Aber ... er hat mich gerade erst verlassen, um in seine Wohnung zu gehen.«

»Sie haben ihn vor seiner Wohnung festgenommen und ihn in Handschellen ins Gefängnis gebracht. Ich bin zufällig vorbeigefahren und habe alles miterlebt.«

»Das ist nicht möglich!«

»Es tut mir wirklich leid, Rachel. Aber weißt du, vielleicht ist es ein Irrtum. Ich weiß, du hältst ihn für unschuldig. Vielleicht ist er das auch.«

»Ich muss zu ihm. Oh, nein, ich habe keinen Wagen. Johnny ist mit meinem Wagen gefahren. Kay, ich bitte dich ungern, aber ...«

Kay lächelte und legte eine Hand auf Rachels Arm. »Sei nicht albern. Wofür sind Freunde da? Ich fahre dich doch gern hinüber. Na, komm.«

Rachel bemerkte nicht einmal, dass es in Tylerville seit Monaten zum ersten mal regnete, als sie mit Kay zur Tür hinausging.

Rachel legte den Sicherheitsgurt an, als Kay den hellbraunen Ford Escort aus der Parklücke steuerte. Der Wind hatte zugenommen. Innerhalb einer Stunde war der Himmel drohend schwarz geworden. Das nahende Unwetter kündigte sich an.

Das Geräusch der sich hin- und herbewegenden Scheibenwischer und das regelmäßige Platschen der dicken Regentropfen, die auf der Windschutzscheibe zerplatzten, verliehen der Unterhaltung im Wageninneren etwas Beruhigendes. Auf dem Rücksitz lag ein Strauß rosafarbener Nelken und strömte einen würzigen Duft aus. Rachel nahm an, dass Kay die Blumen ausliefern würde, nachdem sie sie abgesetzt hatte.

»Das muss ein Irrtum sein«, sagte Rachel ungeduldig. Johnny hat keine dieser Frauen getötet! Ich habe Chief Wheatley immer wieder versichert, dass wir zusammen waren, als Glenda Watkins ermordet wurde.«

»Ich glaube dir«, sagte Kay und warf Rachel einen kurzen Seitenblick zu.

»Wheatley auch. Das dachte ich jedenfalls. Aber ich kann mir nicht vorstellen, dass er denkt, ich würde in diesem Punkt lügen – um Johnny zu schützen! Das würde ich nicht tun. Nicht ich.«

»Ich habe nie geglaubt, dass Johnny den ersten Mord begangen hat. Und meiner Meinung nach hat er die zweite Frau auch nicht ermordet.«

»Dann bist du eine der wenigen …« Rachels Stimme brach ab, als ihr auffiel, dass Kay eine andere Richtung eingeschlagen hatte. »Kay, wo willst du hin? Du fährst ja aus der Stadt heraus.«

»Ich weiß.«

»Aber die Polizeiwache ist nur ein paar Straßen vom Krankenhaus entfernt! Du musst wieder umdrehen.«

»Das kann ich nicht«, antwortete Kay in einem merkwürdig entschuldigenden Ton, der Rachel aufhorchen ließ. Sie blickte ihre Freundin prüfend an. Sie erschien ihr verändert. Ein unbehagliches Gefühl beschlich Rachel.

»Fühlst du dich wohl?«, fragte Rachel besorgt.

»Das hängt davon ab, was du mit wohl fühlen meinst.« Kay klang beinahe traurig, als sie zu Rachel hinüberblickte. »Glaubst du an Wiedergeburt?«

»Was?« Kays Frage kam so unerwartet, dass es Rachel für einen Moment die Sprache verschlug.

»Glaubst du an Wiedergeburt?«

»Nein, bestimmt nicht. Wieso?«

»Aber ich. Ich habe mich schon lange damit beschäftigt. Bereits auf der High-School.«

»Du hast das Recht, zu glauben was du willst, wie jeder andere auch. Darum nennt man Amerika das Land der Freiheit.« Rachel wurde ungeduldig. Was sollte dieses unsinnige Thema?

»Kay, könntest du wenden und mich zur Polizeiwache

fahren? Wenn nicht, dann halte bitte an und lass mich aussteigen. Dann gehe ich zu Fuß zurück.«

Kay lächelte bedauernd. »Du verstehst immer noch nicht, oder, Rachel?«

»Was verstehen?«

Johnny wurde nicht verhaftet, Dummerchen.«

»Warum hast du es mir dann gesagt?«

›Die Sache wird immer seltsamer‹, hatte Alice gesagt, als sie sich im Wunderland wieder fand. Rachel blickte Kay noch einmal prüfend an. Hatte sie getrunken? Rauschgift genommen? Rachel machte sich ernsthaft Sorgen.

»Damit du mit mir kommst.«

»Warum sollte ich mit dir kommen?«

»Wusstest du, dass mein Großvater in den dreißiger Jahren im Gemeinderat war? Als man die Leiche dieser Frau in der Krypta gefunden hatte? Das Tagebuch lag neben ihr – das Tagebuch der Mörderin. Mein Großvater behielt es – deswegen ist es nie aufgetaucht – ich habe es zum ersten Mal gelesen, als ich zehn Jahre alt war. Es faszinierte mich. Ich habe es immer wieder und wieder gelesen. Dann begann ich von dem Gelesenen zu träumen – lebendige Träume, so lebendig, als ob ich sie wäre, ihr Leben lebte. Ich fürchtete mich, bis ich mich mit der Reinkarnation beschäftigte. Da wurde mir klar, dass wir alle wiedergeboren werden, unzählige Male. Meine Träume waren so wirklich, weil ich in einem früheren Leben diese Frau gewesen bin. Ich hatte alles erlebt, was sie erlebt hatte.«

»Kay, verzeih mit aber was hat das alles mit Johnny zu tun?« In ihrer Nervosität und Ungeduld musste Rachel sich zusammenreißen, dass sie ihre Freundin nicht anschrie.

»Oh, Rachel, es tut mir wirklich leid«, sagte Kay mit schwacher, absterbender Stimme. Ihr Hände umklammerten das Steuerrad. Ihr Körper wurde starr. Rachel erschrak. Entsetzt stellte sie fest, dass die Frau, die jetzt neben ihr saß, nicht diejenige war, die noch vor wenigen Minuten neben ihr gesessen hatte.

»Weißt du, wer du bist?«, fragte Kay nach einer Weile und blickte zu Rachel. Ihre Stimme hatte sich verändert. Sie war leiser und tiefer geworden. Ihre Pupillen hatten sich erweitert und bedeckten die Iris bis auf einen schmalen blauen Rand.

»Kay …«

»Nein«, sagte Kay und lächelte.

»Ich bin nicht Kay. Mein Name ist Sylvia. Sylvia Baumgardner.«

Es lag so viel Böses, Drohendes in diesem Lächeln und in diesen Augen, als sie Rachel wieder anblickten. Rachel gefror das Blut in den Adern. War Kay wahnsinnig geworden?

»Halte bitte sofort an. Ich möchte aussteigen.«

Sie musste sich zusammenreißen, um ihrer Stimme die nötige Schärfe und Autorität zu geben, mit der sie unzählige Schüler zur Räson gebracht hatte. Und es gelang ihr. Was immer in Kay vorgehen mochte, es war beängstigend. Rachel wollte auf keinen Fall neben ihr sitzen bleiben und den Zuschauer spielen, während ihre Freundin ins Irreale abtrudelte und von Rache sprach. Sie musste aussteigen.

Kay lachte. »Du kommst nicht darauf, du armes, dummes Wesen? Du bist Anna Smythe, die Organistin. Die süße kleine Ann. Die keiner Seele etwas zu Leide tun konnte. Immer schön, immer so sittsam. Keiner hätte vermutet, dass du eine Hure bist. Keiner außer mir. Ich wusste es, verstehst du. Ich kannte ihn gut. Ich bemerkte sofort, als du ihm den ersten lüsternen Blick zuwarfst, und als er ihn erwiderte. Ich wusste, dass er sein Ehegelöbnis mit dir brach. Er war mein. Er *ist* mein.«

Rachels Augen weiteten sich bei dieser fremden, kehligen Stimme. Kay kam ihr wie ein Gespenst vor. Ihr Aussehen hatte sich verändert, ihre Stimme hatte sich verändert. War sie, was man eine gespaltene Persönlichkeit nennt?

Rachel schauderte, als sie an diese Möglichkeit dachte. Sie öffnete ihren Sicherheitsgurt, hielt ihn mit ihrer Hand fest und suchte mit der anderen Hand unauffällig den Griff der Beifahrertür. Wenn es sein musste, würde sie heraussspringen. Nur raus hier!

»Ah-ah. Sie ist abgeschlossen«, sagte Kay und drohte Rachel mit dem Zeigefinger. Kays Augen waren weit aufgerissen, aber Rachel hatte den Eindruck, als ob sie nichts sehen würden. Sie spürte, dass etwas – nicht Kay, aber etwas – durch diese Augen blickte, wie eine Kreatur, die durch eine Luke schaute.

»Kay. Du redest Unsinn.« Rachel zwang sich, ruhig und gleichmäßig zu sprechen. Die Vernunft sagte ihr, dass Kay sie nicht für immer in diesem Wagen gefangen halten konnte. Rachel durfte nur nicht in Panik geraten, dann würde alles gut gehen. Was sie jetzt erlebte war erschreckend und wahr, aber wahrscheinlich mehr oder weniger ein Nervenzusammenbruch ihrer Freundin. Möglicherweise hatte Kay in letzter Zeit unter großer Anspannung gestanden. Rachel schämte sich ein wenig, dass sie zu sehr mit ihrer eigenen Welt beschäftigt war, um die Kümmernisse anderer wahrzunehmen.

»Du willst keinen Unsinn hören?« Kay lächelte heimtückisch. »Willst du begreifen, was geschieht, Rachel? Dann müsstest du Ann fragen – aber du kennst Ann ja nicht. Jedenfalls nicht bewusst. Also werde ich es dir sagen. Du – als Ann – hast mir meinen Mann gestohlen. Du hast ihn zum Ehebruch verführt. Du warst seine Hure. Ihr beide dachtet, ich wüsste es nicht. Aber ich wusste es. Ich wusste es, und habe die Sache beendet. Damals. Aber er ist schwach, verstehst du. Sein Fleisch ist schwach. Er ist hinter den Frauen her. Ich habe ihm wieder Gottesfurcht beigebracht. Als er erfuhr, was ich mit dir gemacht habe, ist er nie mehr auf Abwege gegangen. Nicht in jenem Leben. Aber als ich ihn wiedertraf, war er wieder der Alte und suchte Abenteuer. Er schlief mit billigen Flittchen, übersah die Werte der Frau, deren Liebe sein Schicksal war. Weil ich schlicht war, verstehst du. Und du warst schön. Alle seine Frauen waren schön.«

»Du siehst sehr gut aus, Kay«, sagte Rachel unbehaglich.

Kay blickte sie mit derartigem Hass an, dass Rachel zurückzuckte. »Ich dachte, sie wären du, verstehst du. Aber ich habe mich getäuscht. Du hieltest dich versteckt, nicht wahr? Während du dir überlegtest, wie du ihn für dich gewinnen konntest. Aber ich habe dich doch gefunden.«

Rachel sah in die fast schwarz gewordenen Augen. In ihnen stand eine echte, unmittelbare Drohung. Aus welchem Grund auch immer, Kay glaubte das, was sie sagte. Rachel focht die plötzlich in ihr aufsteigende Panik nieder. Sie musste, musste die Ruhe bewahren.

»Kay, du fühlst dich nicht sehr wohl. Willst du nicht umdrehen? Wir gehen ins Krankenhaus und dort wird man dir helfen. Bitte, Kay.« Trotz ihrer Bemühungen zitterte Rachels Stimme. Jeder Nerv schrie ihr entgegen, dass sie in höchster Gefahr war, ihr Verstand dagegen weigerte sich immer noch zu akzeptieren, dass diese Frau, Freundin aus ihren Kindertagen, eine Bedrohung für sie darstellen konnte. Immer wieder lief dieser Gedanke durch ihr Gehirn. ›Das kann nicht geschehen. Nicht mir.‹

»Ich bin nicht Kay. Ich bin Sylvia Baumgardner, Frau des Reverend Thomas Baumgardner, Geistlicher dieser Kirchgemeinde. Du kennst Thomas als deinen heiß geliebten Johnny.« Bei den letzten drei Worten lachte Kays Stimme höhnisch auf. Der Wagen fuhr langsamer, als Kay von der Hauptstraße abbog und aus dem Fenster zeigte. Rachel, die kaum wagte ihre Augen von Kay zu nehmen, sah, dass sie nicht weit von Walnut-Grove waren und in die schlammige Straße zur Baptistenkirche einbogen. Als Rachel den schmalen Kirchturm erblickte, wurde ihr die Bedeutung von Kays Worten nur allzu klar.

Wie jedes Kind in Tylerville war Rachel mit der Schauergeschichte über den Geistlichen großgeworden, der seine
Frau mit der hübschen Organistin betrog und deren furchtbares Ende durch die rächende Hand der Ehefrau. Kay
schien die betrogene Ehefrau zu spielen und hatte Rachel
mit dem Part der Organistin besetzt.

Rachel fror, als sie sich das Ende des Stücks ausmalte.

53

Es war Nachmittag, kurz nach fünf Uhr, als sich das kleine
Fleckchen Himmel langsam verdunkelte, das Johnny von
seinem Stuhl aus in Chief Wheatleys Büro sehen konnte.
Diese Beobachtung machte ihn unruhig. Der Gedanke, bei
Einbruch der Dunkelheit nicht in Rachels Nähe zu sein,
gefiel ihm nicht.

»Kann ich telefonieren?«, fragte er Chief Wheatley
schießlich. Wheatley, der bereits mit dem Postmeister von
Louisville gesprochen hatte, um den Halter des Postfaches
zu ermitteln, grunzte nur. Er hatte Johnny erbarmungslos
nach den kleinsten Erinnerungsfetzen an seine ehemalige
›Brieffreundin‹ ausgepresst – es mussten an die fünfhun-
dert Briefe gewesen sein – die stets mit ›ewig Dein‹ unter-
schrieben waren. Bis jetzt hatte er noch nicht die Antworten erhalten, die er suchte.

»Sie sind sicher, jeden Brief von ihr weggeworfen zu haben?« Wheatley schien empört, als er Johnny unter seinen
zusammengekniffenen Augenbrauen ansah.

Johnny nickte. »Ganz sicher. Es gab ja keinen Grund, sie
aufzubewahren. Haben Sie gehört, was ich gefragt habe?
Ich muss telefonieren.« Chief Wheatley verzog seinen
Mund und kniff die Augen zusammen. »Mit wem?«

»Rachel. Es wird langsam dunkel. Ich möchte ihr sagen,
dass sie unbedingt auf mich warten soll, bis ich sie abhole.

Muss ich einen Erlaubnisschein unterschreiben, bevor ich das Telefon benutzen darf?«

Chief Wheatley lächelte säuerlich, als er ihm den Apparat über den Schreibtisch schob. »Bitte.«

»Danke.« Johnny nahm den Hörer ab und wählte das Krankenhaus an. Beim dritten Läuten ertönte Elisabeths Stimme.

»Hallo, Mrs. Grant. Hier ist Johnny. Könnte ich bitte Rachel für einen Moment sprechen?«

Er hörte kurz in die Muschel und erstarrte. Seine Augen bohrten sich in die seines Gegenübers, als er den Hörer mit zitternder Hand auflegte.

»Sie ist nicht da«, sagte er heiser. »Ich habe sie vor dem Krankenhaus abgesetzt, vor Über einer Stunde und sie ist nicht da. Sie ist nie im Zimmer gewesen.«

54

»Denkst du etwa, Johnny ist die Reinkarnation von Reverend Baumgardner?« Eine lächerliche, absurde Vorstellung, wäre die Situation nicht so ernst gewesen.

»Ich *denke* das nicht. Ich weiß es. Seine Seele ist in seinen Augen. So wie bei dir. Ich begreife nicht, warum ich dich nicht eher erkannt habe.« Der Wagen hielt ruckartig hinter der Kirche. Sie hatten die letzten zehn Meter auf dem dichten Gras zurückgelegt und parkten neben dem schwarzen, schmiedeeisernen Zaun, der den kleinen Friedhof umgab. Fast alle Grabsteine datierten aus der Mitte des neunzehnen Jahrhunderts. Die dreiteilige Krypta im rückwärtigen Teil war noch etwas älter. Der Friedhof befand sich dank der Pflege des Verschönerungs- und Denkmalschutzvereins in bestem Zustand.

Rachel hätte beinahe hysterisch aufgelacht, als sie daran dachte, wie liebevoll Kay die Blumenrabatten bepflanzt

hatte, die die mörderischen Hände der Pfarrersfrau höchstwahrscheinlich selbst angelegt hatten. Ob Kay sich bei ihrer Arbeit bereits als längst verstorbene Mrs. Baumgardner
gesehen hatte?

»Die anderen zwei waren ein Irrtum.« Kay hatte sich Rachel jetzt voll zugewandt, da sie ihre Aufmerksamkeit nicht
mehr auf die Straße richten musste. Rachel wurde sich
plötzlich bewusst, dass Kay viel größer und kräftiger als sie
war. Wenn es zu einem Handgemenge kommen sollte,
dann, so sagte sich Rachel, blieb ihr nichts als ein Stoßge-
bet zum Himmel übrig. Langsam begriff sie den Inhalt von
Kays Worten, dann traf sie die Erkenntnis wie eine Bitte,
als sie wusste, wen sie vor sich hatte.

»Du ... *du* hast Marybeth Edwards und Glenda Watkins
getötet, nicht wahr?« Rachel presste sich so nahe wie möglich an die Tür und wartete darauf, dass sich die Verriege-
lung öffnete. Sie würde mit einem Satz herausspringen und
wie ein von Hunden gehetztes Kaninchen über die Wiese
laufen. Walnut-Grove, die nächste menschliche Behau-
sung, war nur drei Meilen entfernt. Sie musste nur über das
Feld durch den Wald rennen. Dann wäre sie in Sicherheit.

»Wie ich bereits sagte, sie waren ein Irrtum.« Kay hob
die Schultern. »Manchmal ist es schwierig, klar zu sehen.
Aber jetzt habe ich dich gefunden, und ich weiß, du bist die
richtige. Die beiden anderen waren mehr oder weniger
Narrengold. Du bist es. Wenn du nicht mehr da bist, wird
er mein sein.«

Rachel merkte, wie sie vor Angst ohnmächtig zu werden
drohte. »Aber, Kay, du und Johnny ... du schienst dich
doch nie sonderlich für ihn zu interessieren. Und er auch
nicht. Wieso denkst du, er würde sich dir zuwenden, wenn
du mich tötest?« Im Grunde erwartete sie nicht, dass Kay
Vernunft annehmen würde. Es war klar, dass Kay sich in
diese Idee verrannt hatte. Aber sie wollte alles versuchen,
alles, was ihre Chancen, am Leben zu bleiben, vergrößern

würde. Jetzt, wo sie begriffen hatte, dass Kay sie auf diesen verlassenen Friedhof geschleppt hatte, um sie zu töten.

»Wenn du ausgelöscht bist, hat er keinen Grund mehr, gegen seine Bestimmung anzukämpfen. Wir sind das ewige Dreieck, er und ich und du. Manchmal sind wir beide Männer und er ist die Frau. Aber du bist immer diejenige, die vernichtet werden muss, damit die anderen zwei zusammen glücklich werden können. Er hätte sich an mich gewandt, wenn du nicht gewesen wärst. Das weiß ich. Er hat deine Anwesenheit seit Jahren gespürt. So wie ich. Nur wusstet ihr beide nicht, was ihr suchen solltet. Und ich wusste nicht, wen.«

»Kay, das ist verrückt.« Kaum hatte sie das gesagt, wusste Rachel, dass es ein Fehler war.

Das Lächeln auf Kays Gesicht war furchtbar.

»Steig aus dem Wagen«, sagte sie und suchte etwas zwischen Sitz und Fahrertür. Rachel war sprungbereit, um die erste Sekunde, in der sich die Tür öffnen würde, sofort zu nutzen. Dann erschrak sie zu Tode, als Kay plötzlich eine Pistole in der Hand hielt. Sie war groß und schwarz und funktionell. Und sie war direkt auf Rachels Brust gerichtet.

»Kay …« Es war ein geflüsterter Appell an ihre Freundin aus der Kinderzeit. Rachel rechnete damit, jetzt sterben zu müssen. Ihre Bitte half nichts. Kays Auen glühten befriedigt auf, als ihre Rivalin Schwäche und Angst zeigte.

»Sei vorsichtig«, warnte Kay sie mit drohender Stimme. »Ich möchte dich nicht erschießen. Nur wenn ich muss. Jetzt steig aus.«

55

»Sie kommt.«

Die Worte rissen Jeremy aus seinem halbbewußtlosen Zustand.

Wer? Mom? Aber dann wusste er es. Nicht ›es‹, sondern ›sie‹. Das Ding war ›sie‹. Er zitterte vor Angst.

»Steh auf. Stell dich an die Tür.«

Jeremy wimmerte. Das Ding kam. Kam, um ihn zu töten. Wenn er nur sofort sterben könnte jetzt, sofort, dann hätte er es hinter sich. Er hatte solche Angst. Er wollte sterben. Mom, Mom! Hol mich zu dir!

»Geh zu Tür! Schnell!«

Wenn seine Mutter –mit dieser Stimme sprach, wollte sie, dass man ihr gehorchte. Keuchend und zitternd gelang es Johnny, sich auf Hände und Knie zu stützen. Ihm war schwindlig. Übel und schwindlig. Sein Kopf pochte so sehr, dass er glaubte, er würde platzen. Aber seine Mom kannte kein Erbarmen. Er musste aufstehen. Er stieß mit seinen Füßen an die Wand, während sich seine Schultern gegen den kalten Steinfußboden stemmten. Als er stand, war er in Schweiß gebadet. Aber er biss die Zähne zusammen und schleppte sich zur Tür.

»Sie wird die Tür aufmachen. Wenn sie das tut, dann lauf! Lauf so schnell du kannst! Du weißt doch, in der Schule warst du der beste Sprinter! So musst du laufen. Du kannst es, Jeremy.«

Ich bin krank, Mom. Und ich fürchte mich.

»Ich bin bei dir, mein Sohn. Lauf.«

56

»Warte.«

Rachel war ausgestiegen. Auf Kays Befehl musste sie den Wagen auf der Fahrerseite verlassen. Es regnete jetzt gleichmäßig. Rachel spürte kaum die Tropfen, die sie durchnässten. Ihre Augen klebten an Kay. Die Pistole zitterte nicht ein bisschen, als Kay zum Kofferraum ging – die Waffe blieb fest auf Rachels Brustkorb gerichtet.

Kay öffnete den Kofferraum mit einem Schlüssel – nur so weit, dass ihr der Blick auf Rachel nicht versperrt wurde und tastete mit einer Hand hinein. Sie holte ein zusammengewickeltes schwarzes Tuch heraus. Rachel beobachtete sie hilflos, während ihr Herz wie wild hämmerte. Was will sie damit, überlegte Rachel, als Kay das Tuch mit einer Hand ausschüttelte und um die Schultern schwang.

Es war ein Umhang, ein schwarzer Umhang mit Kapuze, der aus dem neunzehnten Jahrhundert stammen konnte. Kay schien damit von der Gegenwart in eine andere Zeit geschritten zu sein. Rachel blickte sie ungläubig an und suchte fieberhaft nach einer Möglichkeit, um ihr zu entkommen. Aber es fiel ihr nichts ein.

»Die Blumen sind für dich, weißt du. Für … später. Rosa Nelken. Rosa ist deine Farbe, findest du nicht auch?« Diese sachliche, völlig normal klingende Frage war einfach furchtbar. Rachel konnte kein Wort hervorbringen.

Kay langte wieder in den Kofferraum. Diesmal zog sie ein Messer hervor. Es war ein Fleischermesser, so wie es in vielen Küchen verwendet wurde, einschließlich in der auf Walnut-Grove. In Kays Hand nahm es grausige Dimensionen an. Rachel wusste, dass es das Messer war, das Glenda, und möglicherweise auch Marybeth, getötet hatte. Rachel war, als müsse sie sich übergeben.

Würde sie Nummer drei werden? Die Möglichkeit erschien so irreal, dass Rachel, als sie sie durchdachte, beinahe ihre Furcht vergaß. Gewiss würde sie nicht auf diese Art ums Leben kommen. Ihr Leben war viel zu schön! Es hatte erst begonnen. Sie war noch nicht so weit. Sie konnte Johnny nicht zurücklassen oder ihre Mutter oder Becky oder …

Diese Überlegungen, versetzten sie erneut in Panik und Panik war das einzige, was sie sich jetzt nicht erlauben durfte. Sie musste wie ein rationales Wesen denken, denn das unterschied sie jetzt von Kay.

Kay konnte sie nicht niederstechen und gleichzeitig die Waffe in der Hand halten. Das war ein Punkt zu Rachels Gunsten. Wie ein Ertrinkender hielt sie sich an diesem Strohhalm fest.

Vielleicht würde Kay dieses Mal die Pistole benutzen und auf ihren Körper einstechen, wenn sie bereits tot war.

Kay war wahnsinnig. Hysterische Schluchzer stiegen Rachels Kehle hinauf, als sie diese Tatsache bedachte. Sie schluckte ein paar Mal und versuchte krampfhaft sie zurückzuhalten. Wenn sich ihr überhaupt eine Chance bot, dann musste sie einen kühlen Kopf bewahren.

Kay schloss den Kofferraum. Dann bedeutete sie Rachel mit der Pistole, ihr zu folgen.

»Los.«

»Wohin?«

Rachel spielte mit dem Gedanken davonzulaufen. Einfach loszurennen, so schnell sie konnte, in der Hoffnung, Kay würde nicht schießen oder ihr Ziel verfehlen.

»Zum Ende des Friedhofs! Na los!«

Im letzten Moment überlegte es sich Rachel anders. Sie konnte es nicht. Der Gedanke, von hinten erschossen zu werden, verschaffte ihr Gummiknie. Sie folgte Kays Aufforderung und setzte einen Fuß vor den anderen. Sich umsehend hoffte sie verzweifelt, dass ihr irgendetwas oder irgendjemand zur Hilfe käme. Wenn nur jemand kommen würde! Aber die Kirche wurde nur noch an besonderen Feiertagen besucht. Das Kirchengebäude verdeckte den Friedhof, so dass man ihn nicht von der Straße aus sehen konnte. Ungefähr eine halbe Meile rechts von ihr, hinter dein hohen, goldgelben Gras, begann der kleine Wald, zu dem sie rennen musste, um nach Walnut-Grove zu gelangen. Links von ihr erhob sich eine kleine Baumgruppe, die einen verlassenen Steinbruch abgrenzte. Dort würde ihr niemand helfen. Und vor ihr der Friedhof, dahinter nur Felder und Wiesen.

Wenn sie etwas tun wollte, um ihr Leben zu retten, dann musste es in den nächsten Minuten geschehen. Sie konnte Kays wachsende Erregung spüren, die ihr in einem Abstand von ungefähr sechs Schritten folgte.

»Zu dem Gewölbe dort hinten. So ist es richtig. Noch weiter.«

Als Rachel auf Kays Geheiß langsam weiterging, fiel ihr Blick auf einen kräftigen, abgebrochenen Ast, der am Boden neben der halb zugewachsenen Krypta lag. Im Waffengang würde er sich gegen Messer und Pistole rührend und lächerlich ausnehmen. Aber mehr bot sich ihr nicht. Wenn sie ihn in letzter Minute ergriff und ihn ihr entgegenschleuderte …

Sie würde entweder erschossen oder erstochen werden. Also, sagte sie sich, ist es besser kämpfend dem Tod ins Auge zu sehen, als nur zu sterben.

Rachel spürte wieder das Würgen in der Kehle. Sie unterdrückte das Schluchzen, ballte die Hände zu Fäusten und versuchte mit aller Gewalt einen klaren Kopf zu behalten.

In diesem Augenblick begann sie zu beten.

57

»Fertig, Jeremy?«

Ja, fertig, Mom.

Aber er hatte solche Angst. Wenigstens gab ihm seine Furcht Kraft. Bei dem Gedanken, dass das Ding bald mit seinem Messer in der Tür erscheinen würde, schlug sein Herz kräftiger und sein Atem beschleunigte sich und der grässliche, betäubende Schmerz in seinem Kopf ließ nach.

»So bald sich die Tür öffnet, mein Sohn, lauf.«

Jeremy drückte sich flach an die feuchte Steinwand, als er das kratzende Geräusch zum zweiten Mal hörte. Er wusste jetzt, was es war – es war das Geräusch eines Schlüssels auf der Suche nach dem Türschloss.

Er riss sich zusammen. Sobald sich die Eisentür einen Spalt geöffnet hatte, würde er wie eine Fledermaus aus dem Höhlendunkel herausschießen.

Seine einzige Chance war der Moment der Überraschung. Er musste an ihr vorbeiflitzen, bevor sie reagieren konnte. Wenn ihm das nicht gelang, würde er sterben.

Das Schloss quietschte schauderlich, als sich der Schlüssel im Zylinder drehte.

»Ich bin bei dir, Jeremy. Auf mein Zeichen ...«

58

Als Rachel auf Kays Befehl stehen blieb, war der Ast ungefähr einen halben Meter von ihren Füßen entfernt. Kay lächelte jetzt ständig, nur dass ihr Lächeln eine Grimasse war. Es war der schrecklichste Ausdruck, den Rachel je im Gesicht eines Menschen gesehen hatte. Das alte, steinerne Grabgewölbe, zu dem Kay sie getrieben hatte, war mit Efeu und Moos überwachsen. Der Name *Chasen* war in die rostige Eisentür graviert.

Chasen. Rachel wurde von einer neuen Schreckenswelle erfasst, als sie sich erinnerte, dass man angeblich in dieser Krypta die sterblichen Reste der Organistin gefunden hatte. Kay würde sie, ihren verrückten Fantastereien folgend, in dieser Gruft ermorden.

»Bleib stehen.« Kay ging vorsichtig an ihr vorbei, um das Schloss mit einem langen, verzierten Eisenschlüssel zu öffnen, den sie aus einer Tasche ihres Umhanges zog. Es war ein langwieriges Unternehmen, da das Schloss alt und verrostet war und Kay ihr Opfer nicht aus den Augen lassen konnte. Rachel, die ihre erneut aufsteigende Panik unterdrückte, wusste, dass nach dem Öffnen der Tür der Kampf um ihr Leben beginnen würde.

»Du hast die anderen nicht hierhergebracht.« Rachel bemühte sich, ihre Stimme ruhig zu halten. Sie hoffte, Kay lange genug ablenken zu können, um näher an den Ast heranzukommen.

»Man macht noch zu viel Wirbel darum. Wenn man dich so wie die anderen auffinden würde, wäre es vielleicht zu riskant für mich, besonders für Thomas und ich möchte nicht, dass er wieder ins Gefängnis muss.«

»Man wird mich vermissen, Kay. Meine Familie wird mich überall suchen.«

»Aber sie werden dich nicht finden.« Das Schloss klickte hörbar, und Kay lachte zufrieden auf. »Die Polizei wird dich suchen. Aber schließlich wird es heißen, du wärst davongelaufen. So war es auch damals, als ich dich getötet hatte. Und bei diesem kleinen Jungen hat die Polizei dasselbe gesagt.«

»Bei diesem Jungen …« Rachel lief es eiskalt den Rücken hinunter. »Du meinst Jeremy Watkins? Hast du ihm etwas angetan?«

»Er hat mich gesehen.« Kay zog den Schlüssel aus dem Schloss und steckte ihn in die Tasche ihres Umhanges. »Er ist hier drin. Tot. Mittlerweile. Oder beinahe tot.«

»Du hast ihn umgebracht?« Bei dem Gedanken an den armen Jeremy, der auf die gleiche, grausame Art wie seine Mutter getötet wurde, drohte sie ohnmächtig zu werden. Dieses Messer würde auch bald auf sie einstechen.

»Bei ihm war es anders.« Einen Augenblick sah Kay etwas verunsichert aus. »Ich hasste ihn nicht. Er stand mir im Wege. Ich habe ihn erschlagen und hierhergebracht. Ich wollte ihn töten, wurde aber gestört. Ein dämlicher Fremder sah meinen Wagen vor der Kirche und hielt an, um mich nach dem Weg zu fragen.« Sie kicherte. Das Kichern einer Irren. »Es kam mir vor, als ob Gott nicht wollte, dass ich ihn in jener Nacht umbringe. Also beschloss ich, ihn Gott zu überlassen, damit er ihn zu sich ruft, wenn es ihm gefällt. Und das hat er wahrscheinlich bereits getan.«

»Wie kannst du so von Gott sprechen?« Es war ein Schrei aus ihrem Herzen, den Rachel am liebsten rückgängig gemacht hätte. Zu spät. Die Verunsicherung verschwand aus Kays Gesicht und machte einer eiskalten Entschlossenheit Platz. Sie würde ihre Tat ausführen.

»Alles ist Teil eines göttlichen Plans«, sagte Kay beinahe ehrfürchtig und umfasste den ringförmigen Türgriff. Die Scharniere mussten erst vor kurzem geölt worden sein, denn die Türe öffnete sich leise und geräuschlos.

59

»Los!!!«

Jeremy stürzte schreiend aus seinem Kerkerloch heraus, hielt die Arme vor sich, um das Ding, wenn nötig, mit aller Kraft von sich zu stoßen.

Sie stand da, riesig und schrecklich, mit dem Gesicht im Schatten und dem im Wind wehenden, schwarzen Umhang. Sein schreiendes Auftauchen überraschte sie dermaßen, dass sie schwankte und einen Schritt zurücktrat. Jeremy schoß unter den Ermunterungen seiner Mutter wie eine Rakete an ihr vorbei, in das blendende Licht einer Welt, die er eine Ewigkeit nicht mehr gesehen hatte. Der frische Duft der Erde, die Lebendigkeit des Windes, der Leben spendende Regen und das Licht erweckten seine Lebensgeister. Er konnte kaum sehen, aber er wollte nicht sehen. Er wollte nur fliegen, fliegen, in das Licht hineinfliegen.

60

Rachel schrie ebenfalls aus Leibeskräften, als Jeremy aus dem Keller hervorbrach. Ihr Herz frohlockte, als sie wusste, dass der Junge am Leben war, dass er fliehen konnte.

Dann blieb ihr zum Denken keine Zeit mehr. Kay strauchelte leicht, als Jeremy an ihr vorbeistürmte und hätte beinahe die Pistole fallen gelassen. Rachel agierte jetzt nur noch instinktiv. Sich nach dem Ast bücken und ihn ergreifen war eins, dann schleuderte sie ihn mit voller Wucht auf Kay. Der kräftige Hieb beförderte Kay samt wehendem Umhang in die Krypta.

Blitzschnell stieß Rachel die Tür zu. Kay hatte den Schlüssel und sie brüllte wie am Spieß, und Rachel wusste, dass sie nicht stark genug war, um die Tür längere Zeit zu zuhalten. Einer Eingebung folgend klemmte sie den Ast wie einen Keil unter der Tür fest.

Lange würde er nicht halten, aber Rachel und Jeremy hätten etwas Zeit gewonnen, um wegzulaufen.

Kay stand wieder auf ihren Beinen. Rachel konnte die dumpfen Stöße ihres Körpers hören, als sie sich gegen die Eisentür stemmte.

Rachel schleuderte ihre Schuhe fort und lief, als ob ihre Füße Flügel bekommen hätten, auf den Wagen zu. Wenn sie sich nicht irrte, hatte Kay die Wagenschlüssel am Kofferraum gelassen.

»Jeremy!« Sie versuchte ihn zu rufen, aber er war bereits weit vor ihr, flog den schlammigen Weg hinunter auf die geteerte Straße zu. Er hielt die Arme immer noch vor sich ausgestreckt und schrie mit hoher schriller Stimme, als ob sich fremde, unwirkliche Töne aus seiner Kehle lösten.

Rachel blickte ihm kurz nach. Sie musste zum Wagen. Sie zog den Schlüssel aus dem Schloss des Kofferraums – Gott sei Dank, sie waren da! – sprang auf den Fahrersitz, steckte den Schlüssel ins Zündschloß. Als der Motor an sprang, flog die Tür der Krypta auf, und Kay wankte heraus.

Rachel entdeckte es mit Schrecken, als sie den ersten Gang einlegte. Sie drückte den Gashebel voll durch, wirbelte Schlamm und Grasfetzen auf, als sie ruckend, mit durchdrehenden Reifen einen Halbkreis fuhr und den aufgeweichten Weg hinunterschoß.

Im Rückspiegel sah sie Kay. Mit wehendem schwarzem Umhang rannte Kay hinter dem Wagen her, so dass sie Zorro oder einem riesigen Kolkraben alle Ehre gemacht hätte.

Jeremy hatte den Highway fast erreicht. Rachel riss den Wagen herum, schnitt ihm den Weg ab, beugte sich über den Sitz und öffnete die Beifahrertür.

»Steig ein!«, schrie sie. Einen Augenblick sah es so aus, als ob er einen Bogen machen und weiterrennen würde, aber dann lief er zur offenen Tür und hechtete, mit dem Kopf zuerst, auf den Sitz.

Rachel blickte in den Rückspiegel. Kay war verschwunden. Sie drückte mit aller Kraft auf das Gaspedal. Die Fahrertür klappte im Fahrtwind auf und zu.

»Jeremy. Jeremy, mach die Tür zu!«

Zuerst dachte sie, er wäre zu überdreht, um sie zu verstehen. Er zögerte eine Sekunde, packte den Türgriff und zog die Tür ins Schloss. Rachel drückte den Hebel für die automatische Türverriegelung herunter. Mit einem Klicken waren sämtliche Türen verschlossen.

Sie waren kurz vor der Kreuzung, an der die Schlammstraße in den Highway mündet, als Kay wie eine angreifende Armee aus dem Gebüsch hervorbrach. Rachel schrie auf, der Wagen geriet außer Kontrolle, die Reifen drehten in einem Schlammloch durch – und plötzlich war Kay nicht mehr als fünf Schritte von ihnen entfernt. Wie ein schwarzer Wall stand sie zwischen Wagen und Highway.

Sie lachte tückisch. Ihre Augen leuchteten wie zwei glühende Kohlen aus dem Höllenfeuer. Sie hob ihre Arme und richtete die Pistole auf Rachels Gesicht.

Jeremy duckte sich schreiend. Rachel schrie ebenfalls und gab Gas.

Kay wurde hoch in die Luft geschleudert, ähnelte wieder

diesem riesigen Kolkraben, als sie auf die Kühlerhaube stürzte, das Gesicht an die Windschutzscheibe gepresst. Vor Entsetzen und Schrecken benommen sah Rachel die starren geöffneten Augen und das Blut, das aus Kays Nase und Mund tropfte. Dann schaltete sich ihr Instinkt wieder ein. Sie riss das Steuer scharf herum, so dass der Wagen nach links davonschnellte. Der Körper rutschte von der Haube und landete mit dem Gesicht nach unten auf der Straße.

61

Rachel war zu aufgeregt und fuhr zu schnell. Es kam wie es kommen musste. Der Ford Escort geriet auf dem nassen Asphalt ins Schleudern und schoß in den Straßengraben. Rachel und Jeremy flogen zunächst nach vorn, dann landete Jeremy als kleines Häufchen am Boden vor seinem Sitz, während Rachel wie eine Versuchspuppe bewegungslos auf dem Steuerrad liegen blieb. Der Aufprall hatte ihr für einen Augenblick den Atem verschlagen. Mühsam richtete sie sich wieder auf, um nach Jeremy zu sehen. Aber zuerst warf sie schnell einen ängstlichen Blick in den Rückspiegel. Die Straße war frei.

Der Wagen lag halb auf der Seite, im schrägen Winkel zum Graben. An eine Weiterfahrt war nicht zu denken. »Jeremy, hast du dir wehgetan?«

»Mom?«

»Nein, mein Junge. Ich bin Rachel. Rachel Grant.«

»Oh.« Er schwieg einen Augenblick. Dann hob er seinen Kopf und sah sie an. »Ist die schreckliche Frau tot?«

»Ja. Ich denke ja.«

Er begann lautlos zu weinen. »Mein Kopf tut weh. Und meine Mom soll kommen.«

Rachel wollte mit ihm weinen, seinetwegen und ihretwegen, aber zuerst mussten sie von hier fort.

»Jeremy, wir stecken fest. Wir müssen aussteigen. Mein Haus liegt oberhalb der Straße. Glaubst du, du kannst so weit laufen?«

Er hörte zu weinen auf und wischte die Tränen mit seinem Ärmel ab. »Ja, wenn es sein muss.«

»Dann komm.«

Rachel stemmte die Tür auf und kletterte hinaus. Es goss jetzt in Strömen. In wenigen Sekunden war ihr Haar klatschnass und klebte an ihrem Kopf. Jeremy kroch hinter ihr aus dem Wagen und begann zu zittern, als der Regen ihn durchnässte. Seine Shorts und sein T-Shirt waren dreckverkrustet. Dunkles, geronnenes Blut klebte an einer klaffenden, ungefähr zehn Zentimeter langen Wunde an seiner linken Schläfe. Kein Wunder, dass sein Kopf schmerzte!

»Gehen wir«, sagte Rachel und blickte sich ängstlich um. Der starke Regen beschränkte die Sicht, aber so weit sie sehen konnte, war nichts zu entdecken. Trotzdem packte sie Jeremys Hand, als sie auf die Straße gingen.

Bis zur Ausfahrt von Walnut-Grove war es weniger als eine viertel Meile. Als sie das Tor erreicht hatten – beide waren nass, wie aus dem Wasser gezogen – blickte Jeremy zu ihr hinauf.

»Ist das dein Haus?«

»Ja.«

»Dann rennen wir.«

Das taten sie. Als sie vor der Haustür standen, zuckte ein greller Blitz über den Himmel. Mit einem krachenden Donnerschlag setzte ein sündflutartiger Gewitterregen ein.

Die Tür war verschlossen. Rachel klopfte. Dann drückte sie lange auf den Klingelknopf. Aber es rührte sich nichts.

Es war niemand zu Hause.

Sonderbar. Sie dachte nicht lange darüber nach. Sie musste ins Haus und sie musste telefonieren.

Zum Glück lag immer ein Ersatzschlüssel unter dem rechten Blumentopf an der Treppe bereit.

»Stimmt etwas nicht?« Jeremy blickte sich ängstlich um, als Rachel die Tür öffnete. Er war immer schon ein schmächtiger kleiner Junge gewesen, aber jetzt war er nur noch Haut und Knochen und seine Augen lagen in tiefen Höhlen. Er hatte viel Schlimmeres erleben müssen als sie.

Rachel legte ihren Arm um seine Schultern.

»Nein. Es ist alles in Ordnung«, log sie und ging mit ihm in das Haus.

Mit großer Sorgfalt schloss sie die Tür hinter sich, tastete nach dem Lichtschalter, um die Diele zu beleuchten.

Das Licht ging an. Rachel atmete erleichtert auf. Es war ihr nicht bewusst gewesen, wie sehr sie die Dunkelheit gefürchtet hatte und wie verängstigt sie immer noch war.

»Komm, Jeremy. Wir gehen in die Küche und rufen die Polizei. Dann ziehen wir uns etwas Warmes und Trockenes über und essen etwas, und …«

»Gibt es Hotdogs?«, fragte er erwartungsvoll.

Rachel lachte, umarmte ihn und setzte ihn auf einen Küchenstuhl. »Aber sicher«, sagte sie. »Du kannst selbst nachsehen, während ich telefoniere.«

Das ließ er sich nicht zweimal sagen. Jeremy öffnete die Eisschranktür, kramte in den verschiedenen Fächern herum, während Rachel den Hörer abnahm. Ihre Finger zitterten, als sie die Nummer der Polizei wählte. Als sich eine Frauenstimme meldete, sagte sie: »«Hier ist Rachel Grant. Ich muss Chief Wheatley sofort sprechen. Bitte.«

»Er ist dienstlich unterwegs und … sagten Sie, Sie wären Miss Grant?«

»Ja.«

»Oh, mein Gott, unsere Leute suchen Sie! Wir dachten, Sie wären entführt worden! Wo sind Sie?«

»Ich bin jetzt zu Hause. Ich bin entführt worden. Ich habe Jeremy Watkins bei mir, wir haben Kay Nelson überfahren, und …«

Rachel brach ab, als ein Schatten das Glasfenster an

der Hintertür verdunkelte. Ihre Augen weiteten sich vor Schrecken, als das wilde, blutverschmierte Gesicht mit teuflischem Grinsen hinter der Scheibe erschien. Diele, Flur und Küche waren erleuchtet. Kay würde sie entdecken.

»Schicken Sie so schnell wie möglich jemanden hierher! Sie ist an der Tür!«, zischte sie ins Telefon. Sie ließ den Hörer fallen, ohne ihn einzuhängen.

Kay rüttelte am Türgriff. Gott sei Dank, die Tür war abgeschlossen! Wenn sie sie nur so lange aufhalten konnten, bis die Polizei kam ...

Jeremy blickte sich um, sah Kay an der Tür und schrie auf.

Kay fing an zu lachen, drohte dem Jungen mit dem Finger.

Rachel stürzte an seine Seite.

»Komm«, sagte sie hastig, blieb kurz stehen, um ein Fleischermesser aus der Halterung über der Anrichte zu nehmen, und rannte dann mit Jeremy die Treppen hinauf.

»Die Polizei kommt gleich. Sie kann nicht ins Haus. Wir sind hier sicher. Wir sind hier sicher.«

»Bitte, lassen Sie sie nicht zu mir! Mom! Mom, wo bist du? Ich brauche meine Mom!«

»Komm weiter, Jeremy!«

Als sie im Flur des ersten Stockwerks standen, hörte Rachel zu ihrem Entsetzen das Splittern von Glas.

»Sie kommt!« Jeremy war einem hysterischen Anfall nahe. Rachel ging es nicht viel besser. Aber diesmal war Hilfe in Aussicht, sie wusste, wo sich eine Waffe befand.

Sie gehörte ihrem Vater. So weit sie wusste, wurde sie in den letzten zehn Jahren genau einmal abgefeuert, um zu prüfen, ob sie noch funktionierte. Sie lag zuoberst in dem Schränkchen, in dem die Tonbänder aufbewahrt wurden, im sogenannten Ballsaal. Die Patronen wurden, so viel sie wusste, in einer danebenliegenden Schachtel aufbewahrt.

Noch einmal das Splittern von Glas, und dann ein schrilles, triumphierendes Lachen. Rachels Herzschlag stockte.

»Miss Grant …«

»Still!«, sagte sie zu dem Jungen. Einen Moment, nur einen Moment lang, dachte sie daran, in eines der oberen Badezimmer zu fliehen und die Tür zu verschließen. Aber die Riegel waren altersschwach und wenn Kay sie aufbrach, saßen Jeremy und sie in der Falle. Nein, es war besser, ganz hinauf zu gehen und die Waffe zu holen. Und Kay würde sie in dem großen Haus suchen müssen.

Kay befand sich jetzt im Haus. Rachel hörte sie murmeln, hörte ihre Tritte auf den Glasscherben und ihr wurde zum Speien übel. Jeremy stöhnte vor Angst. Seine Zähne klapperten. Rachel legte ihre Hand auf seinen Mund und drängte ihn die schmale Stiege zum obersten Stockwerk hinauf.

Kays Stimme drang zu ihnen hinauf. »Rachel!« Es war nicht mehr Kays Stimme, sie war gespenstisch, hohl und böse.

Jeremy zitterte am ganzen Leib. Rachel drückte ihn fest an sich, als sie auf den Ballsaal zueilten und inbrünstig hofften, die Polizei möge rechtzeitig eintreffen.

»Rachel!«

Kay kam die Treppen herauf! Sie hatten nasse, schlammige Fußspuren hinterlassen, denen sie folgen konnte. Sie musste bei dem Aufprall auf die Kühlerhaube verletzt worden sein, sonst wäre sie die Treppen schneller hinaufgegangen.

Rachel klammerte sich an diesen Gedanken, sie betete ihn sich vor, als sie mit Jeremy im Schlepptau in den kleinen Gang zum Ballsaal hastete. Der Raum lag im Halbdunkel. Der graue, verregnete Himmel schien durch die hohen Sprossenfenster und tauchte ihn in ein geheimnisvolles Schattenmuster. Sie bugsierte Jeremy hinter die alte Couch und huschte leise über die Holzdielen zu dem Schränkchen mit den Tonbändern. Zitternd tastete ihre Hand das oberste Regal ab, in panischer Angst, Kay könne jeden Augenblick hinter ihr auftauchen. Zu ihrem Entsetzen stellte sie fest, dass das Gewehr nicht an seinem Platze lag.

»Rachel!«, ertönte es höhnisch und schrill. Verzweifelt registrierte Rachel, dass Kay bereits im obersten Stockwerk war und sich dem Ballsaal näherte.

»Versteck dich!«, zischte sie Jeremy zu, der sich hinter der Couch wie eine kleine Kugel zusammenkauerte und den Kopf schützend mit seinen Armen bedeckte.

Sie hörte die Uhr in der Diele schagen. Sechs mal.

Rachel blieb gerade noch Zeit, sich in die Nische hinter dem Schränkchen zu ducken, als Kay in der Tür auftauchte. Ihr Umhang schleifte hinterher, hinterließ eine schlammige nasse Spur auf dem Holzboden. Sie hatte nichts Menschliches an sich. Wirres Haar, das Gesicht eine teuflische Fratze.

Rachels Herz hörte auf zu schlagen, als Kays Augen sie in der Dunkelheit ausgemacht hatten. Rachels Finger verkrampften sich um den Griff des Messers, das sie immer noch in der Hand hielt. Wenn sie Kay nur so lange aufhalten konnte, bis die Polizei kam ...

Dann hob Kay ihre Hand. Mit Entsetzen entdeckte Rachel die Pistole.

Hinter der Couch schluchzte es laut auf.

Kay wirbelte herum. Ihre Augen suchten Jeremy als sie auf sein Versteck zuging.

Das Geräusch von Schritten, die die Treppe hinaufhasteten, ließ Kay mitten in ihrer Bewegung erstarren. Das Gefühl der Erleichterung, das Rachel in diesem Moment durchströmte, war so intensiv, dass sie umzusinken drohte. Das musste die Polizei sein! Gott sei Dank! Kay ließ von dem Jungen ab und richtete die Pistole auf die Tür. Sie ging ein paar Schritte zurück, um Rachel und Jeremy und deren Retter besser im Visier zu haben.

Mucksmäuschenstill nutzte Jeremy die Gelegenheit und

robbte unter die Couch. Einen anderen Schutz gab es nicht.

Rachel betete zu Gott, dass er dort in Sicherheit war.

Johnny stürzte durch die offen stehende Tür, hielt sich am Türrahmen fest, als seine nassen Turnschuhe über den glatten Holzboden rutschten. Er war bis auf die Haut durchnässt. So nass, dass das ablaufende Wasser zu seinen Füßen kleine Pfützen bildete. Seine Augen waren weit aufgerissen. Er atmete schwer, als er sich in dem großen Raum umblickte.

»Johnny.« Rachels Lippen formten seinen Namen, tonlos. Ihre Stimme versagte, auch als seine Augen sie ausgemacht hatten und die Angst aus seinem Gesicht gewichen war. Nur Johnnys Keuchen und der Sturmwind draußen waren zu hören, sonst war das große Haus totenstill. Er war allein gekommen.

Das bedeutete, dass sie alle drei Kay ausgeliefert waren – und Kay war bewaffnet.

»Thomas.« Kay schwankte leicht. Dann machte sie einen Schritt auf ihn zu. Die Waffe bewegte sich hin und her, senkte sich etwas. Ihr Mund verzog sich zu einem Lächeln. Ihre Augen glühten wie im Fieber. Die Szene war ein Albtraum.

»Mein Gott«, sagte Johnny, als seine Augen Kay und die Waffe wahrnahmen und den Zustand, in dem sie sich befand.

»Johnny wollte ich sagen. Du weißt nicht, dass du Thomas bist, nicht wahr? Aber das bist du. Und du gehörst mir. So wie ich Dein bin. Ewig Dein.«

Blitzschnell warf Johnny Rachel einen Blick zu. Um Kays Aufmerksamkeit nicht auf sich zu lenken, brachte Rachel keine einzige Silbe hervor. Sie hoffte inständig, Kay würde sich auf ein längeres Gespräch mit Johnny einlassen. Vielleicht konnte Johnny sie solange hinhalten, bis die Polizei eintraf. Sie musste ja bald hier sein.

»Ich habe deine Briefe bekommen, als ich im Gefängnis war«, sagte Johnny. Er konzentrierte sich jetzt voll auf sein Gegenüber. Seine Stimme hatte einen besänftigenden, einschmeichelnden Ton angenommen, obwohl er das wachsame Aufblitzen seiner Augen nicht verbergen konnte. »Sie *waren* doch von dir, oder? Es waren wunderschöne Briefe.«

»Gut kombiniert.« Kay kicherte wie ein junges Mädchen. »Du warst immer schon ein sehr kluger Kopf, Thomas.«

»Mein Name ist Johnny.« Er lächelte, steckte seine Hände in die Jeanstaschen und lehnte sich mit dem Rücken gegen ein Fensterkreuz. Wasser tropfte von seinen Haarsträhnen herab. Das klatschnasse T-Shirt klebte an seinem Oberkörper und zeichnete jeden Muskel ab.

»Nicht bewegen!« Die Waffe hob sich wieder. Kays Warnung war ernst zu nehmen. Als Johnny keine Anstalten machte, sich ihrer Aufforderung zu widersetzen, senkte Kay die Waffe um wenige Zentimeter. »Es spielt keine Rolle, wie du heißt. Ich weiß, wer du bist.«

»Woher weißt du das?« Johnnys leichte, lässige Art ließ nichts von der nervösen Hochspannung ahnen, in der er sich befinden musste. Rachel stand immer noch geduckt in der Nische hinter dem Schränkchen und hielt das Fleischermesser in der Hand.

»Ich erkannte dich, als du mich zum ersten Mal geküsst hast.«

»Als ich dich das erste Mal geküsst habe?« Johnnys Stimme war ein einziges Fragezeichen. Er richtete sich vom Fensterkreuz auf.

»Nicht bewegen, sagte ich!« Die Hand mit der Waffe hob sich alarmierend. Dann fuhr Kay in verändertem, freundlichen Tonfall fort: »Es war mein erster Kuss. Erinnerst du dich … bei dieser Weihnachtsfeier an der High-School. Ich war mit einer Freundin da – ich hatte noch keinen Freund – und da kamst du. Du sahst so gut aus. Ich musste dich immerfort ansehen, aber ich glaube, du hattest mich nicht einmal bemerkt. Ich ging durch eine Tür – Mistelzweige über meinem Kopf – und da standest du. Du packtest mich und küsstest mich. Dann hast du es noch einmal getan. Ich wusste, dass du die ganze Nacht an mich gedacht hast, so wie ich an dich gedacht habe. Und ich wusste, dass du mein bist, beim ersten Kuss. Mein Mann. Mein.«

»Zum Teufel noch mal! Das war die einzige Schulweihnachtsfeier, die ich in meinem Leben besucht habe. Ich kann mich an nichts mehr erinnern.« Überrascht und ärgerlich sprudelten die Worte aus ihm hervor. Leider. Es war ein Fehler.

»Du kannst dich an nichts mehr erinnern?« Schmerz war in Kays Stimme. Ihre Augen wurden zu schmalen Schlitzen. »Nein. Das hätte ich mir denken können. Ich bin dir treu gewesen, aber du, du hattest in der Zwischenzeit unzählige Mädchen, so viele, dass du dich wahrscheinlich nicht einmal an die Hälfte von ihnen erinnern kannst.«

»Doch, ich erinnere mich jetzt an dich …« Aber Johnnys strategisch kluger Versuch, die Situation zu retten, wurde beiseite gefegt. Kay straffte ihre Schultern, verzog hasserfüllt das Gesicht, als sie Rachel einen giftigen Blick zuwarf und wandte sich wieder Johnny zu.

»Du warst schon immer ein Weiberheld, stimmt's? Ich hoffe, du bist stolz auf dich. Du siehst ja, wohin du mich getrieben hast. Ann Smythe, Marybeth Edwards, Glenda Watkins. Sie sind alle tot. Deinetwegen. Denkst du, ich *wollte* sie umbringen? Denkst du, ich will Rachel jetzt umbringen? Das bist du, du, du.«

Das Heulen der Polizeisirenen übertönte das Unwetter. Kay brach ab, konzentrierte sich auf das Geräusch. Rachel verharrte wie erstarrt in ihrer Nische. Weder sie noch Johnny wagten ihre Augen von Kay zu nehmen.

»Die Polizei kommt. Man wird mich ins Gefängnis bringen. Und sie wird dich bekommen.« Kay stieß diese Worte schrill und hastig hervor. »Ich muss sie töten … Nein. Ich werde uns töten. Dich und mich. Dann werden wir auf ewig zusammen sein und sie wird dich nie bekommen! Nicht in diesem Leben!«

Ein irres Kichern folgte, dass es Rachel kalt über den Rücken lief. Der Arm mit der Pistole hob sich leicht, steckte sich durch und zielte auf Johnnys Kopf. Johnny trat instinktiv einen Schritt zurück, hielt eine Hand hoch, als ob er die Kugel aufhalten wolle …

»Stirb, mein Liebling«, sagte Kay kichernd.

»Nein!«, schrie Rachel und sprang aus ihrer Nische. Draußen krachte der Donner. Der Sturm rüttelte an den Fenstern. Die Sirenen kamen näher …

Kay ließ sich für den Bruchteil einer Sekunde ablenken und blickte zu Rachel. In dieser winzigen Zeitspanne warf sich Johnny in bester Footballmanier auf Kay.

Kay kreischte auf, sprang geistesgegenwärtig zurück und feuerte einen Schuss ab.

Eine Explosion schien die Stille zu zerreißen.

Johnny brüllte, warf sich auf den Boden und rollte, sich um seine Längsachse drehend, in Rachels Richtung davon. Seine Hand war an die Seite seines Nackens gepresst. Rachel erschrak, als sie dickes, rotes Blut zwischen seinen Fingern hervorquellen sah.

»Fürchte dich nicht, Thomas. Der Tod ist schmerzlos«, flüsterte Kay, als sie über ihm stand und die Waffe auf den am Boden liegenden Johnny richtete.

»Nein!«, schrie Rachel erneut und stürzte sich mit dem Messer in der Hand auf Kay.

»Hure!« Kay blickte sie starr an und feuerte die Waffe ein zweites Mal ab. Rachel glaubte, ein ausschlagendes Pferd hätte sie an der Schulter getroffen. Der Aufprall der Kugel warf sie zurück. Das Messer flog ihr aus der Hand und landete zwei Schritte von ihr entfernt auf dem Boden.

Kay wandte ihre Aufmerksamkeit wieder Johnny zu, der

unbeweglich am Fußboden lag, während das Blut aus einer runden, ausgefransten Wunde am Hals floß, und zielte mit der Pistole auf seinen Kopf.

Plötzlich riss ein greller Blitz die Dunkelheit auf, ein markerschütterndes Krachen folgte. Wie aus dem Nichts flog ein schwerer Ast gegen die raumhohen Fenster und drückte sie wie eine Riesenfaust ein.

Kay, die der Fensterfront am nächsten stand, wurde mit einem Regen von Glassplittern überschüttet. Sie schrie auf, drehte sich um und sah auf die zerschlagenen Fenster. Johnny lag vergessen hinter ihr auf den Holzdielen, als sie einen Schritt auf die Fenster zumachte, und noch einen, und noch einen, als ob sie magisch von dem schwarzen, sturmgepeitschten Nichts angezogen würde.

In diesem Augenblick bewegte sich Stans Rollstuhl, der nur ein paar Fuß von Rachel entfernt gestanden hatte. Wahrscheinlich hatte ihn der plötzlich hereinbrechende Wind in Fahrt gesetzt.

Mit einer Selbstverständlichkeit, die sich nicht erklären ließ, wusste Rachel, was sie zu tun hatte.

Sie achtete nicht auf den Schmerz in ihrer Schulter, packte den Stuhl bei den Haltegriffen der Lehne und rannte damit so schnell sie konnte auf Kay zu. Der Stuhl erwischte Kay unterhalb ihrer Kniekehlen. Kay fiel auf den Ledersitz. Ihr Gewicht schien den Stuhl noch zu beschleunigen. Rachel blieb kaum Zeit, die Hände von den Griffen zu lösen, als der Stuhl die Reste von Fensterrahmen und Verglasung durchbrach und in der Dunkelheit verschwand.

Rachel wandte sich ab. Dann schleppte sie sich an Johnnys Seite und brach zusammen. Noch auf ihren Knien versuchte sie mit fliegenden Händen, das Blut von Johnnys Wunde mit dem Saum ihres Rockes zu stillen, als die gesamte, sechs Mann starke Einheit der Polizei von Tylerville in das Zimmer stürzte.

62

Am folgenden Tag stand im Krankenhauskorridor von Tylerville eine kleine Menschentraube vor einer verschlossenen Tür.

Tom Watkins und seine Kinder, Toms Freundin Heather sowie Chief Wheatley gehörten zu denjenigen, die sich mit einem Arzt unterhielten.

»Fertig?«, unterbrach der Arzt die Unterhaltung und blickte auf Jeremy, der ungeduldig mit seinen Füßen scharrte.

Jeremy nickte.

»Dann los.« Der Arzt ging auf die geschlossene Tür zu, öffnete sie und trat zur Seite. Hand in Hand näherten sich Tom und Jeremy der Tür. Dann ging Tom einen Schritt zurück.

»Du gehst vor«, sagte er zu seinem Sohn und ließ seine Hand los.

»Bist du sicher, Dad?«

»Ja. Geh schon hinein.«

Jeremy trat durch die Tür, zögerte. In dem Zimmer war es dunkel und ruhig und er konnte die Gestalt im Bett nicht deutlich erkennen. Hoffentlich war es nicht ein furchtbarer Irrtum.

»Bist du Jeremy?« Eine Krankenschwester, die neben dem Bett gesessen hatte, kam lächelnd auf ihn zu.

Jeremy nickte.

»Sie hat nach dir gefragt.« Die Krankenschwester winkte ihn an das Bett. Jeremy hatte beinahe Angst, sich zu bewegen. Dann zwang er sich, wenigstens zwei Schritte auf das Bett zuzugehen. Die Krankenschwester blickte auf die bewegungslose Gestalt in den Kissen.

»Ihr Sohn ist hier, Mrs. Watkins«, sagte die Frau leise.

Jeremys Herz schlug bis zum Hals, als sich die Gestalt bewegte.

Jeremy Es war ein schwaches Flüstern, so schwach, dass Jeremy es kaum verstehen konnte. Aber er kannte diese Stimme.

»Mom?« Er machte einen halben Schritt auf das Bett zu, dann rannte er los. Er hätte sich auf das Bett geworfen, hätte ihn die Krankenschwester nicht mit beiden Armen gepackt und zurückgehalten.

»Vorsichtig! Wir wollen ihr doch nicht wehtun, hm?«

»Mom!« Sie war es. Sie drehte ihm ihren Kopf zu. Das kleine Licht der Notlampe erleuchtete ihr Gesicht.

»Jeremy.« Sie lächelte ihn voller Liebe an. Dann tauchte eine Hand aus den Kissen auf und tastete nach der seinen. Die Krankenschwester gab ihn jetzt mit einem warnenden Druck frei.

Jeremy hielt ihre Hand fest umschlossen und beugte sich über den geschwächten Körper seiner Mutter. Tränen des Glücks und der Dankbarkeit stiegen in seine Augen, füllten sie und rannen über die Wangen hinab.

»Ich dachte, du wärst tot.« Er würgte die Worte hervor.

»Noch nicht.« Glenda brachte ein schwaches Lächeln zu Stande. »Anscheinend habe ich mehrere Leben wie eine Katze. Sie sagen, ich würde wieder ganz gesund werden. Mach dir keine Sorgen.«

Jeremy beugte sich tiefer hinab, um seine Wange an die seiner Mutter zu pressen.

»Es war der schlimmste Albtraum.« Seine Stimme brach ab, als er seinen Kopf schluchzend an Glendas dünner Schulter barg.

»Ich hatte die entsetzlichsten Albträume«, flüsterte sie. »Grausame Albträume. Du warst in einem dunklen Kellerloch gefangen und riefst mich um Hilfe. Ich habe immer versucht, zu dir zu kommen.«

»Ich war in einer Art Keller und ich habe dich gerufen.« Jeremy hob seinen Kopf, um seine Mutter fassungslos anzustarren.

»Ja? Ich habe immer wieder geträumt, du wärst in Gefahr.«

»Das war ich. Du hast mich gerettet. Diese böse Frau wollte mich umbringen ...«

»Das ist jetzt genug«, sagte die Krankenschwester. »Wir wollen Deine Mutter doch nicht aufregen, oder? Du kannst ihr später von deinen Abenteuern berichten. Im Augenblick braucht sie viel Ruhe und Schlaf.« Die Krankenschwester legte beruhigend ihre Hand auf seine Schulter.

Jeremy biss sich auf die Lippen. Glenda streckte die Hand nach ihm aus und zog ihn an sich. Mutter und Sohn umarmten sich innig, und die Albträume verschwanden allmählich. Draußen im Korridor knurrte Tom Watkins den Polizeibeamten an. »Sie hatten kein Recht, diese Kinder in dem Glauben zu lassen, sie wäre tot. Sie sind durch die Hölle gegangen.«

Wheatley seufzte. »Ich habe Ihnen erklärt, wie es war, Tom. Mein Hauptziel war, Glenda am Leben zu erhalten. Wir konnten sie nicht wochenlang vierundzwanzig Stunden am Tag bewachen. Sie lag im Koma, als wir sie fanden. Sie lag bis gestern im Koma. Man rief mich sofort zu ihr, als sie ständig Jeremys Namen murmelte und aufwachte. Wenn wir einer Menschenseele gesagt hätten, vor allen den Kindern, dass sie noch am Leben ist, hätte es sofort die ganze Stadt gewusst. Sie wissen ja, wie das hier ist. Und für mich kam jeder, einschließlich Sie, als Täter in Verdacht. Wir hatten eine Wache vor ihrem Zimmer postiert, aber ein Wort davon, und sie hätte für immer tot sein können. Vergessen Sie nicht, sie hat den Mörder gesehen.«

»Ja, ja.«

»Es war also das Beste, den Mörder im Glauben zu lassen, Glenda wäre tot, bis sie zu sich kam und uns sagen konnte, wer sie erstechen wollte.«

»Und hat sie das? Ich meine, hat sie es Ihnen denn gesagt?«

»Oh, ja. Gestern. So um diese Zeit. Sie nannte uns Kay Nelsons Namen. Den Namen der Frau, die Miss Grant und Harris und Ihren Jungen umbringen wollte.«

»Gott sei Dank. Sie leben alle.«

»Ja. Danken wir Gott. Amen.«

Die Tür zu Glendas Krankenzimmer öffnete sich und Jeremy trat heraus. Die Krankenschwester blieb in der Tür stehen.

»Sie möchte die Mädchen sehen und Jake.« Jeremy strahlte über das ganze Gesicht, trotz der tränennassen Wangen.

»Mama! Mama!« Die drei Kinder sausten durch die geöffnete Tür.

»Halt, halt! Einer nach dem anderen«, sagte die Krankenschwester aufgeräumt. Ashley drängte sich als erste durch. Dann schloss sich die Tür hinter ihr.

»Mama«, sagte Jake weinerlich, als er sich mit seiner Schwester von der Tür abwandte. Seine Unterlippe zitterte und kündete Schlimmeres an.

»Ihr könnt gleich zu ihr hineingehen«, sagte der Arzt und legte seine beiden Hände tröstend auf die kleinen Schultern.

»Mom lebt, Jake«, erklärte Jeremy seinem Bruder. Dann blickte er zu Lindsay. »Mom lebt, Lin!«

»Ist das nicht schön?«, sagte Tom Watkins lächelnd.

»Ja, Dad. Sehr schön«, antwortete Jeremy und lachte.

Epilog

»Kay *war* wahnsinnig, nicht wahr?«

»Das war sie zweifellos.« Johnny nahm ihre Hand und drückte sie beruhigend. Seitdem er auf seinem Motorrad wie ein Bolid durch den Sturm gebraust war, um sie und Jeremy vor Kay zu retten, hatte er sich danach gesehnt, sie zu berühren.

Trotz starker Beruhigungsmittel hatte er sich in der ersten Nacht auf seinem Krankenlager ruhelos hin- und hergeworfen und nach ihr gerufen, bis Rachel, deren Fleichwunde ambulant behandelt werden konnte, endlich an seiner Seite saß.

Zwei Monate waren inzwischen vergangen. Rachel stand mit Johnny am Grab ihres Vaters. Stan Grant war an jenem furchtbaren Spätnachmittag gestorben, an dem Kay sie zu töten versucht hatte. Da die Familie an sein Sterbebett im Krankenhaus gerufen worden war, hatte Rachel das Haus leer vorgefunden. Sein Tod war genau fünf Minuten nach sechs Uhr eingetreten.

Rachel, die anfangs sehr darunter gelitten hatte, in dieser Stunde nicht bei ihm gewesen zu sein, freundete sich immer mehr mit einem Gedanken an, der ihr ein Leben lang Trost geben würde.

Die Uhr in der Diele hatte sechs Mal geschlagen, bevor der schwere Ast durch die Scheiben brach und sich der Rollstuhl in Bewegung setzte. Wenn das nicht geschehen wäre, hätte Kay vor dem Eintreffen der Polizei höchstwahrscheinlich Johnny getötet, und vermutlich auch Rachel und Jeremy. In ihrem Innersten war Rachel fest davon überzeugt, dass sie der Geist ihres Vaters gerettet hatte. Stan war genau in jenem Augenblick aus dem Leben geschieden, in dem sich seine Tochter in höchster Not befand. Hatte er seine letzte Reise unterbrochen, um das Leben seiner Tochter zu retten?

Rachel wusste, dass der Geist ihres Vaters ihr in jenen furchtbaren Minuten beigestanden hatte.

Ein wunderschöner Gedanke, den Rachel auf immer in ihrem Herzen bewahren würde. Er half ihr, ihren Vater in Liebe gehen zu lassen.

»Wir können länger in Tylerville bleiben, wenn du möchtest«, sagte Johnny mitfühlend. Es war mittlerweile November geworden. Eine frostige Kühle lag in der Luft. Johnny hatte seine Lederjacke bis zum Kinn geschlossen. Rachel trug einen knöchellangen, flauschigen Wollmantel. Die breite Narbe, die Kays Kugel in Johnnys Fleisch gerissen hatte, wurde durch den hochgeschlagenen Kragen verdeckt. Rachels Wunde an der Schulter war zu einem schmalen Streifen verheilt, der am Träger ihres Büstenhalters entlanglief. Die Narbe schmerzte ab und zu, vor allem bei kaltem Wetter und sie wünschte sich beinahe, dieser Schmerz würde immer wiederkehren, um sie daran zu erinnern, was sie beinahe verloren hätte.

»Nein. Von mir aus können wir jederzeit fahren. Ich wollte mich nur von Daddy verabschieden.«

»Ich wünschte, ich hätte ihn näher gekannt.«

»Ich wünschte, er hätte dich kennen gelernt. Ich wünschte, er hätte an unserer Hochzeit teilnehmen können.«

Sie hatten am Tag davor in aller Stille in Stans Bibliothek auf Walnut-Grove geheiratet. Außer der Familie nahmen Jeremy, Glenda im Rollstuhl und der Rest der Familie Watkins an der Hochzeitsfeier teil. Nach dem Besuch am Friedhof wollten sie nach Colorado fahren, das Johnny schon immer sehen wollte.

Rachels einzige Bedingung war, dass sie die Hochzeitsreise mit dem Wagen, nicht mit dem Motorrad, antraten. Während Johnny sich ausbedungen hatte, dass er chauffierte.

Johnny glaubst du, es ist möglich, dass Daddys Geist uns gerettet hat?«

Johnny hob die Hand und legte sie auf Rachels Schulter. Sie hatten sich bereits darüber unterhalten und er wusste, dass dieser Gedanke tröstlich für sie war.

»Das ist sehr wahrscheinlich«, sagte er. »Warum nicht? Etwas von uns lebt über den Tod hinaus weiter und dein Vater hat dich über alles geliebt.« Er lächelte sie zärtlich an und sagte:

»›Endlos vergehen Generationen wie das Laub im Herbst …

Nur die Liebe ist ewig …

Nur die Liebe stirbt nie …‹«

»Das ist wunderschön.« Rachel atmete tief durch und schmiegte sich an ihn.

»Henry Kemp.« Stolz nannte Johnny den Namen des Dichters. »Wie Robert Burns hatte auch er sehr viel Erfolg damit!«

»Oh, du!« Rachel stieß ihn lachend von sich.

»Ich liebe dich«, sagte er ernst.

»Ich liebe dich«, erwiderte sie.

Johnny beugte sich zu ihr und küsste sie. Engumschlungen verließen sie den schattigen Friedhof und traten in das helle Sonnenlicht eines neuen Lebens.

Nora Roberts

*Bestsellerautorin Nora Roberts
schreibt Romane der anderen Art:
Nervenkitzel mit Herz und Pfiff!*

Eine Auswahl:

Verborgene Gefühle
01/10013

Dunkle Herzen
01/10268

Der weite Himmel
01/10533

Die Tochter des Magiers
01/10677

Tief im Herzen
01/10968

Insel der Sehnsucht
01/13019

Gezeiten der Liebe
01/13062

Das Haus der Donna
01/13122

Hafen der Träume
01/13148

Träume wie Gold
01/13220

*Die Unendlichkeit
der Liebe*
01/13265

*Rückkehr
nach River's End*
01/13288

Tödliche Liebe
01/13289

Verlorene Seelen
01/13363

Lilien im Sommerwind
01/13468

Der Ruf der Wellen
01/13602

Ufer der Hoffnung
01/13686

HEYNE ‹